大鱼

有爱的青春陪伴者

荣辱浮沉
我来度 你
往后余生
我来陪 你

漂亮的他不说话
江小绿 著
百花洲文艺出版社
BAIHUAZHOU LITERATURE AND ART PRESS

情话
—小剧场—

林慕安，你以后毕业了怎么办？

讨饭。

……

你呢？

我呀……当然是努力赚钱养你啊。

这么娇贵的人，可不能让他去讨饭了。

他是谁呀！

学校师哥。

为什么每天都和他聊天？

辅导我考研。

噢，他怎么这么好心哪！

给了钱的。

只能聊学习啊……

不要和别的男孩子闲聊。

不然别人喜欢上你了怎么办。

你以为我是人民币啊，人人都喜欢呢。

在我眼里，你比人民币更珍贵。

目 录

contents

目 录

contents

楔子

Piaoliang de Ta Bushuohua

木棉暗恋的那个男生，叫林慕安，生得十分漂亮。

他总是独来独往，几乎不与人交谈，沉默又阴郁，像一个黑洞，幽深神秘，让人情不自禁地想去探索，却又心生畏惧，一不留神，就被吸了进去。

在江城一中，基本每个女孩心中暗恋的男生都是他。

她最好的朋友徐静也不例外。
所以木棉从来不敢对别人说。

第一章

重回一百零八天前

Piaoliang de Ta Bushuohua

雨淅淅沥沥地下着，打在木棉头顶的伞上，发出闷闷的敲击声。她穿着白色透明雨鞋，踩着一摊摊积水，穿梭在学校这条林荫道上。

早晨七点的天气，暗沉阴森得仿佛是末日降临。

来到教室的时候，里头已经稀拉坐着两三个人，木棉抖了抖伞面的雨水，弯腰脱掉脚上的鞋套，踩着底下干净柔软的白色帆布鞋走了进去。

教室里开着灯，老旧的灯管两头已经黑掉了，粘着丝丝黑色的蜘蛛网，不甚明亮。

木棉从后门走了进去，在角落那个位置停顿了一下，随后细细辨认找到自己的位置，安静坐下，打开书包拿出英语课本，放在桌上翻到最后一页单词，目光停在上面，却在自顾自发着呆。

快八点的时候，教室里的人渐渐多了起来，耳边有些喧闹，木棉微不可察地皱了皱眉头，目光有意无意地看向门口。

八点整时，那个人出现了。

那是一个非常漂亮的男孩。

白皙精致的脸，乌黑笔直的眉，一双眼似桃花，睫毛纤长卷翘，鼻梁挺直，玫瑰花瓣一样粉嫩又好看的唇。

他笑起来很好看，眼尾微翘，眼睛会像月牙般弯起，眸光潋滟，仿佛盛着一片星光，让人情不自禁地想要沦陷下去。

他几乎从来都没有笑过。

木棉只见过一次，也是最后一次。

他走进教室，单肩背着一个帆布包，有些旧，颜色洗得发白，身子有些单薄，但很挺拔。他一直走到最后一排角落，才停住脚步，拉开椅子。

把肩头书包塞进课桌的时候，他愣了一下，随后俯身掏了掏，从桌子里头拿出来一瓶牛奶，还有一个面包。木棉看见他皱了下眉头，随后毫不犹豫地把手里的东西丢到了身后垃圾桶里。

木棉懊恼，忍不住在心里骂了句脏话。

八点零五分，预备铃响起，他开始趴在座位上睡觉，整张脸都埋在臂弯中，只看得见毛茸茸的头顶，乌黑凌乱，像是刚从床上爬起来的模样。

于旁人来说是邋遢，在他身上则是无比性感。

因为他是林慕安。

下课铃声响起的时候，他才动了动身子，懒懒地抬起头站了起来，往门口走去。木棉知道，他应该是去楼下的小卖铺买早餐。

她合上了面前的课本，拿起挂在桌角的雨伞，跟了上去。

两人一前一后相隔不远，走到楼下的时候，天空还是一片暗沉，细雨绵绵，林慕安毫不在意地看了一眼，随后加快脚步冲进了雨幕中。

很快黑发便微微淋湿一层，粘在一起，背影看起来有些可怜。木棉撑开伞立刻跑了过去，来到他身旁时，把手里的伞移到了他头顶。

他明显惊了一下，侧头看她时，乌黑的眼里带着一丝微不可察的疑惑。木棉淡然回视，目光有些贪婪地打量着。

那张白皙的脸上沾了不少雨水，淡粉色的唇比起先前苍白几分，眼底有一片青色，却丝毫没有影响他的美貌，反而多了几分我见犹怜。

木棉笑了笑，平静地说：“我也要去小卖铺，顺路。”

“不需要。”

林慕安面无表情地说完，毫不留恋地转头冲进了雨中。

木棉低头，盯着脚尖，白色的帆布鞋此刻已经被雨水浸湿，鞋面沾满污渍，格外刺目。

刚刚她出来得太急，忘记穿上鞋套了。

第二节课铃声响起时，木棉才看到林慕安的身影，他一手拿着面包，一边拿着牛奶喝着，和她早上放在他课桌里的一模一样。

他只喜欢吃这个口味的面包，喝这个牌子的纯牛奶。

之后的几节课，他又是睡过去的。临近中午下课时，他应该是睡够了，往后仰靠在椅子上满眼漠然地看着窗外，白皙纤长的手指间，无意识地转着一支圆珠笔。

几根手指灵活地旋转，那支圆珠笔在他指间上下翻飞着，格外好看。

下课铃声响起，方才还沉闷不已的教室瞬间热闹起来，学生们三两结伴往食堂走去，徐静走了过来，叫她一起去吃饭。木棉应了一声，快速收拾好桌上的东西，起身挽着徐静的手一同往外走着。

雨还未停，细细绵绵地下着，空气无比潮湿，天色暗沉，春雨就是这样，一下起来就是接连几天，浑身都仿佛泛着霉气，让人无比生厌。

木棉极其不喜欢阴雨天。

但是林慕安好像很喜欢。

两个女生撑着同一把雨伞，手挽手无比亲密地走着，路面无比湿滑，徐静小心地注意着脚下的水坑，木棉沉吟了一下，极其自然地开口："静静……"

"嗯？"徐静专注地看着脚下，闻言头也不抬地应了一声。

"你觉得林慕安怎么样？"木棉问。

"啊……"徐静蓦然抬头，眼里闪过一丝慌乱，随后不自然地笑了笑，抬手把颊边的碎发捋到耳后。木棉很喜欢看徐静做这个动作，会给人一种很温婉的感觉，让她产生一种对姐姐般的依赖。

"他挺好的呀……"

"我也觉得。"木棉抓紧了她的手，笑着说，"所以我想去更加了解他。"

徐静脸上的笑容有一瞬间的凝固，随后缓缓收起，认真盯着她："棉棉，你是认真的吗？"

"嗯。"木棉缓慢地、极其坚定地点了下头。

徐静沉默了，许久，才再次绽出一个柔柔的笑容，掩去心底的那一丝失落。

"棉棉，希望你顺利。"

木棉看着那双黯淡下去的眸子，涌上来的却是心安。她揽紧了徐静，撒娇似的在徐静肩头蹭了蹭，真好。

吃完饭，木棉去校外超市买了一把伞，她是走读生，中午的时候也可以出入校门，回到教室时，里面已经有不少人在午睡了，林慕安没在。

他一般吃完饭，会去教学楼天台上独自待一会儿。

木棉把手里新买的那把雨伞塞到了他桌子里，与早上不一样的是，此刻旁边有不少人都看到了这一幕，包括不远处的徐静。

木棉对她眨了眨眼睛笑了笑。

徐静扬起了嘴角，如往常般温柔，眼里却带着微不可察的黯然。

快到一点半的时候，林慕安回来了。他直接往桌上一趴就开始睡觉，肩膀微微匀速起伏。木棉浅浅地笑着，脸在底下的校服布料上蹭了蹭，然后安然睡去。

下午，刺耳的上课铃声响起，与此同时，后头传来了“咚”的一声，不少人诧异地回头。木棉揉着脸看了过去，睡眼惺忪中，她中午买的那把黑色雨伞呈现出完美的抛物线，精准地落入了垃圾桶。

“……”

林慕安迎着众人的视线，面无表情地拿出这节课要用的课本，翻开。

中午的目击者纷纷将视线移到了木棉身上。

木棉同样面无表情地拿出这节课要用的课本，翻开。

下午上完两节课，中间有二十分钟休息时间，木棉快步走到校门口，和门卫大叔好说歹说，才让她溜了出去。回来的时候，她手里提着一小包白色袋子，乖巧地和门卫大叔道谢。

“谢谢大叔，你看，我真的就是出去一下下，上课前一定能赶回来的。”

门卫大叔无奈地挥手：“下次不要这样子了。”

“好的。”她笑得格外甜。

离上课还有几分钟，教室里坐满了人。

木棉径直走到林慕安的座位前面，把手里的东西放到了他面前，语气平缓，声音是这个年纪的清亮娇脆，但带着一丝她特有的软绵，轻柔响起时格外好听。

“天气预报说这一个星期都会下雨，既然你把我买给你的伞丢了，那这些感冒药你留着，过不了多久应该就会用上。”

林慕安奇怪地盯着她，眸光微沉，乌黑的眼里没有一丝情绪，他仿佛不耐烦地抿了抿唇，却最终什么都没说。两人对峙了几秒，木棉转身离开。

许久，身后都没有传来重物落入垃圾桶的声音。

木棉悄悄地勾起了嘴角。

下午放学，晚上还有三节自习，住宿生纷纷去食堂吃饭，走读生可以自由选择上不上自习，木棉收拾着书包，和桌前的徐静告着别。

“静静，我先走了，你明天早上要吃什么我给你带。”

学校食堂的早餐永远只有包子、馒头、粉条，外面却有肠粉、豆花、葱油饼、灌汤包、小笼包……数不胜数的美食。

“棉棉……”徐静欲言又止，应该是目睹了下午那一幕，有些担忧。

“嗯？”木棉假装什么都不知道。

“没事，你明天不用给我带早餐了。”她有些勉强地笑了笑。

木棉心头微酸，伸手拉住徐静的手，柔声安慰：“静静，你放心，我知道自己在做什么。”

“可是……”徐静欲言又止。可是现在是高二啊，木棉的成绩一向很好，这样下去难免会分心，而且不管最后结果怎么样，那个男孩子……总是叫人难以抵挡。

“没有可是，静静，你相信我。”木棉盯着徐静，语气郑重。

徐静勉强放下心来。虽然她比木棉大上一岁，但木棉不管在什么时候都十分冷静，她话不多，却经常很清楚自己想要什么。

尤其是今天，她与平日里差别很大，这一点也越发明显。

就像是将原本被隐藏，不想为人所知的，无所畏惧地表露了出来。

木棉穿着雨鞋，撑着伞穿梭在林荫道上，背脊挺直，面容冷静。耳边是雨滴敲打伞面的声音，沉闷得如同古老的挂钟，一下一下，吹奏着死亡的丧曲。

今天是她回到三个多月前的第一天。

距离林慕安死亡还有一百零八天。

木棉又做了那个梦。

烈日当空，骄阳似火烤着大地，她站在教学楼下，细密的汗水从额头冒了出来，有风吹来，上面站着的那个少年衣角翻飞，他犹如神祇般俯视着底下一张张慌乱的脸，然后，嘴角缓缓挑起一个笑容。

那双漂亮的眼睛像月牙般弯起，眸光潋滟，仿佛盛着一片星光。

那是木棉第一次看到他笑。

他笑起来出乎意料地好看，那张脸美好得不似凡人。

她睁大着眼睛，努力地仰着头看向天台，贪婪又恐惧地望着那张面孔。湛蓝的天空下，他穿着白色衬衫，像堕入凡间的天使，却在下一秒，张开了手臂，轻轻一跃，奋不顾身地跳了下来。

“啊”的一声尖叫，木棉惊恐地睁开了眼睛，看着头顶的天花板，大口地喘着气，身上的衣服已经被汗湿透了。她捂着胸口，慢慢调整着呼吸的频率，渐渐平缓下来。

她伸手，摸到了旁边的手机，按亮屏幕，上面显示着的日期是 3 月 10 号，她回来的第十天。

林慕安是在 6 月 18 号自杀的。

还有九十八天。

天边泛起一抹鱼肚白，木棉下床，洗完澡擦着半湿的头发出来时，恰好七点整，她换好校服出门。

阴雨连绵的天气已经过去了，此刻温暖的金色阳光洒满了整个大地，微风徐徐吹过，带着一丝凉意，让人格外舒畅。

来到教室的时候，她照常从书包中拿出牛奶和面包，放在林慕安的桌子里。这个举动受到了不少注目，旁人只是用一种八卦的眼神扫过她，随后又自顾自做着自己手里的事情。

这段时间班里的人都习惯了木棉对林慕安无微不至的关怀。

说是追求又谈不上，更像是那种母亲宠儿子般的关怀，让人觉得怪异不已又生不出谈资来，慢慢地，大家都不知不觉地接受了这个现象，没有在班里溅起太大水花。

林慕安也在慢慢接受。

在丢了木棉一个星期的早餐之后，某天清晨，他盯着眼前无比执拗的东西，踟蹰片刻，还是动手拆开了它。

有了第一次就有无数次，林慕安每天第一节课下课去小卖铺买早餐的固定行程就这样取消了，改成了趴在座位上睡觉。

然而林慕安就算是吃了木棉的早餐，却依旧不是她的人，每天就连一个多余的眼神都没有分过给她。

木棉没有一丝异样，每天给他买得不亦乐乎，偶尔还会换换口味，多给他带一份小笼包或者豆花。

最开始的时候他还是选择了牛奶、面包，后来次数多了，也慢慢吃其他的食物，只是依旧要喝完那瓶奶。

木棉从来没见过像他这样爱喝牛奶的男孩子，不知道他身上是不是也有一股奶味。

徐静也慢慢习惯了木棉对林慕安的态度，经常还会和她讨论明天要给他买什么早餐。虽然她不知道木棉为什么突然对林慕安这么好，但是她也希望有人对那个男孩子好。

因为每次看到他形单影只的样子，她就打心底觉得难受，很心疼很心疼的那种。

她没有木棉的勇气，她只敢默默地这样看着他。

中午食堂有红烧肉，这是整个一中食堂最好吃的一道菜，肥而不腻，入口即化，浓香扑鼻，木棉和徐静都很爱吃，整整吃了两大碗米饭，于是只好绕道去消食。

漫无目的地走在校园中，穿过小花坛，公告栏就这样猝不及防地出现在眼前，木棉心头一跳，停住脚步，拉着徐静往回走。

“怎么了？”

“不想往那边走……”木棉撒娇。

徐静无奈，眼里都是包容，任由木棉拉着往来时的路上走去，今天阳光正好，她笑得也很美好。

木棉只希望这一刻永远地保留下去。

她们走了很远的时候，木棉才敢回头望了一眼，安静立在那里的公告栏，仿佛是只潜伏的怪兽，不经意间就露出它巨大的獠牙，把毫无防备的人们拆吃入腹。

木棉午睡的时候又做噩梦了。

这次场景换了，变成了教学楼不远处的空地上，旁边有小花坛，有高大的树木，在阳光下投射出片片阴影。可是好奇怪，这次的整个画面都是蒙着一层灰的，就连天上发光的太阳，都仿佛笼罩着一层雾霭。

空地正中立着一块巨大的公告栏，前面人头攒动，每个人的眼睛都盯着上面贴着的东西，脸上都是趣味和八卦，还在不停地议论和指指点点。

他们议论和指点的，是站在公告栏最中间的那个女生。女生很瘦小，背影看起来孤独又无望，让木棉心悸的是那个背影她仿佛很熟悉。

恐惧、无力和悲愤再次涌了上来，木棉在梦里握紧了拳头，浑身紧绷。

视线中，那个背影缓缓回头，赫然是徐静的脸。

刺耳的上课铃声响起，木棉从梦里惊醒，她急促地呼吸着，抬手摸了把额头，果不其然一手冷汗。

她连忙在喧闹的教室中寻找徐静的身影，午后阳光明亮的窗前，徐静笑得一脸温婉，不知在和旁边的同学聊着什么。

木棉长舒一口气，无力地趴回了桌上，须臾，立刻直起身子，看向角落里的那个人。

林慕安头枕在手臂中，睡得一脸安稳。

放学的时候，木棉看着林慕安背着他那个破旧的双肩包走出教室，她连忙收拾东西跟了上去，不远不近地跟在他身后，目光却未曾离开半分。

他走出教学楼，穿过操场，走到人烟稀少的小花坛里，斜方突然冲出来一个女生，低着头不知道在和他说什么，偶尔抬眼看他，满脸都是羞涩。

从木棉的角度只能看到她好像伸手递着什么东西，心猛地被揪紧。

果不其然，等那个女生离开之后，林慕安的手里出现了一封薄薄的信，粉色的。

她咬了咬唇。

犹豫不决中，他已经提步继续往前走去，木棉踟蹰几秒，终于开口叫住他："喂——"

前头那人顿住了身子。

木棉加快步伐跑了过去，在他面前站定，仰头，声音在安静的傍晚显得很清脆。

"可以把你手里的那封信给我吗？"

木棉睁着眼睛看着他，脸上很平静，比起先前那个目光闪躲又慌张的女孩，倒是让人舒服几分。或许是因为这段时间每天吃了她的早餐，又或许是想快点结束这场对峙，他无所谓地把指间的那封信递给了她。

木棉欣喜地接过，她的欣喜表现得不是很明显，面上还是那副清淡的样子，只是嘴角略弯，眼里闪过一丝亮光。

林慕安把手插进校服兜里，身子漠然地擦过她，往前走去。

身后传来细碎的脚步声，她依然跟在自己身后，说不上为什么，林慕安竟然不觉得反感。

木棉拿着那封信回去的时候，夜里不出意外地又做噩梦了。梦里那个向他告白的，怯弱羞涩的女生变成了徐静。

徐静紧张又满怀期待地把手里那个粉色信封递给了林慕安，出乎意料的是，他竟然接了过去。仿佛预知到了什么，在梦里，木棉感觉胸口仿佛被人揪住，闷得喘不过气。

接下来场景一换，变成了他一个人，白皙纤长的指间捏着那封薄薄的信，踩着轻巧的步伐穿过那个小花坛，来到公告栏前。

放学后的校园无比安静，周围空无一人，木棉看到，他的嘴角勾起一个嘲讽的笑容，然后漫不经心地把手里那封信展开，贴在了公告栏最中央的位置。

画面再次一变，厕所的角落里，徐静蜷缩着小小的身子，被一群女生围殴；坐在位置上的她，被班里同学嘲笑着；穿梭在校园中的她背着大书包，身形越发瘦弱，周围四面八方都是对她指指点点的人。

她的头越垂越低，仿佛要把自己藏进地底。

最后画面定格在空无一人的座位上，人来人往，属于她的那个位置，却永远是一片空荡。

梦醒。

木棉瞪着眼睛望着白色天花板，须臾，起身沐浴，把头发吹得半干之后熟门熟路地来到了林慕安家门口。

清晨雾气未散，街道安静得只听得见环保工人扫地的沙沙声，偶尔有一两个行人路过，看见抱着书包蹲在门口台阶上的木棉时，露出一个疑惑的眼神。

木棉淡定地回视过去。

林慕安出门时看到的就是这样一幕，少女穿着蓝白校服抱着书包盘腿坐在他家门口的台阶上，天边朝阳洒落淡淡金光，打在她的脸上，能看见上面细细的绒毛。

他收回视线，抬腿漠然地从她身边走过。

熟悉的脚步声在身后响起。

两人是踩着点到教室的，一前一后，木棉待他落座之后照常从书包里掏出了早餐，放到他桌上，他淡淡地觑了她一眼，不置一词。

上课铃声响起。

木棉跟了林慕安半个月，每次两人都是一前一后默不作声地走着，但是今天，他好像有点不太对劲，背脊有些微驼，眉头微不可察地蹙起，脚步也没有以往的沉稳。

木棉仔细地打量着他。

他眼里有些血丝，脸颊布着淡淡的红晕。联想到这几天气候变化，木棉猜想他应该是着凉了。她加快步伐，伸手拉住了他。

手下是柔软的校服布料，透出点点温热。

“松开。”

他一把挥开了她的手，面容冷漠不耐烦。

木棉也不恼，直接拿手心贴上了他的额头，果不其然一片滚烫。

她镇定地开口：“你发烧了。”

他眼里闪过一丝暗光，抿紧了嘴角加快脚步，身子擦过她走到了前头。

两人很快拉开距离。

木棉停住脚步，想了想，默不作声地往回走。

听着身后渐行渐远的脚步声，林慕安怔了一下，随后若无其事地继续向前走着。

拿出钥匙打开门，里头空荡荡的一片冷清，偌大的客厅里只有一张沙发，墙壁雪白，林慕安习以为常地关上门，走到房间把自己摔到床上。

脑袋昏昏沉沉，他手无力地搭在额头，拉扯着一旁的被子胡乱盖在身上，头很重，意识却轻飘飘的，眼底有些发热。

他想，自己就算这样死掉，也不会有人发现。

或许就这样死掉了，会比现在活着更加畅快。

不如死了算了。

他胡思乱想着，脑海里一片混乱。

不知道这样躺了多久，门口响起刺耳的铃声时，林慕安从梦里惊醒，睁开眼房间已经一片漆黑，外面路灯洒进来橘色的光，柔柔地照亮了大半个房间，林慕安不想动，门外的人却分外执拗。

门铃接连不断地响着，就如同每天早上出现在座位上的早餐一般，让人心烦不已却又拒绝不了，最后只能无可奈何地妥协。

林慕安深吸了一口气，挣扎起身。

他脚步虚浮地走到门口，打开门，果不其然，灯光下，那张白皙的脸上是一如既往沉静的表情，眉眼都是温和的，但他知道，里头住了个无比倔强的灵魂。

他目光沉沉地盯着她，眉宇间都是不耐烦。

“我买了退烧药和粥，你吃点。”

木棉仿佛全然没有看到他的不耐烦，说着把手里的东西递到他面前，依旧是一副温柔的模样。

林慕安一言不发地接过，然后立刻甩上了门。

对待她，顺从远远比反抗要来得便利。

他关上门之后，把手里的东西丢到桌上，随后立刻又往床上一躺，闭上眼却怎么也睡不着，头痛欲裂。他想了想，起身，翻开了那包被他扔在桌上的东西。

快速扫过说明书胡乱地拿出药片塞嘴里一咽，林慕安正欲躺回去，旁边还散发着热气的盒子传出丝丝诱人的香，柔柔地往鼻孔里钻，然后滑到胃里。

就像买它的人一般，轻柔缓慢无孔不入地侵蚀进他的生活。

犹豫片刻，他还是打开了它。

那股香味更加强烈，林慕安拿起旁边的勺子搅拌两下，瘦肉粥熬得黏稠软浓，他舀起一小勺试探地往嘴里送，咸淡适宜，出乎意料地好吃。

他加快了动作，慢慢地，一碗粥就见了底。

吃完之后胃里身体都舒服不少，林慕安决定去洗个澡。冲了个热水澡出来，他浑身舒畅，脑海里那些跳动的小人仿佛也安静下来，微沉却没有先前的刺痛。

眼皮有点沉重，林慕安重新躺回床上，却很快就睡去。

一夜无梦。

翌日，林慕安在门口看到木棉那抹纤细的身影时，莫名其妙地觉得顺眼许多。

“你好点了没？”她破天荒地走过来和他说话了。

林慕安眼里闪过一抹不知名的情绪，随后抿抿嘴，答道：“好多了。”

额头猝不及防地贴上来一只手，温热柔软，还没反应过来的时候，那抹触感已经消失了，林慕安垂下眸子，掩去那一丝异样。

“嗯，退烧了。”木棉说完，身子却没有动，盯着他不知在想什么。

林慕安等了几秒，正欲转身的时候，耳边再次传来了她的声音。

“林慕安，你下次不要这么糟蹋自己的身体。”

她眼睛乌黑透彻，看不出一丝其他情绪，仿佛就是很单纯地说出这句话。

林慕安低下头盯着脚尖，把手塞进了校服口袋，默不作声地往前走着。

木棉把这句话说出来，才觉得心头舒服几分。

他方才的那个模样，真是触目惊心。

苍白的脸，毫无血色的唇，乌黑的头发凌乱散在额间，脸颊仿佛又清瘦了几分，看起来越发精致小巧。病后初愈的模样，就像是被一夜雨水打过的玉兰，脆弱美丽，又让人生怜。

“你今天不要吃太油腻的食物，吃得清淡一点，尽量不要吹风，现在只是暂时退烧了，一不小心很容易复发的……”

木棉跟在他身旁喋喋不休，比起以往的寡言少语显得有些聒噪，但林慕安也没有打断她，就这样一路沉默地听着，直到踏进教室，她把手里捂了一路的豆花放到他桌上，低声嘱咐：“今天就先不要喝牛奶了，吃这个。”

他内心小小地挣扎了一下，随后声音轻不可闻地说：“谢谢。”

身旁的几人都听见了，他的前后同桌纷纷诧异地看了过来，眼里充满着不可置信。木棉微微地翘起了嘴角，看着那个垂眸注视着桌面的男孩，伸手揉了揉那头柔软乌黑的头发。

“不用谢。”

话音刚落，方才还温顺乖巧的人立刻猛然抬起了头，不满地皱眉盯着她，似乎是在控诉她的得寸进尺，眉宇里充斥着熟悉的冷漠。

木棉笑容扩大，转身回到了自己位置上。

晚上回去的时候，木棉跟在林慕安身侧，话出乎意料地多，从自己每天起床的鸡毛蒜皮小事说到放学与他回家。

开始的时候，林慕安面无表情只当她是空气，只是脚下加快了步伐把以往回家的时间缩短了一半，拿出钥匙打开门进去后立刻合上，背无力地倚靠在门板上时竟然有种解脱的快感。

林慕安看过《大话西游》，他觉得里面的那个唐僧都没有木棉可怕。

当天晚上他做了一个噩梦，梦见自己变成了里头那只猴子，木棉穿着袈裟在他面前一直喋喋不休，头上戴的那个箍子越来越紧，越来越紧，最后疼得他在地上打滚，却怎么也摆脱不了她的魔音穿脑。

林慕安最后被吓醒了。

木棉回家的时候有点激动，她今天太兴奋了。

就像一个跋山涉水的旅人，揣怀着一块冰冷而又珍贵的石头，在看不到终点的沙漠中行走。结果突然有天发现，那块石头原来是个蛋，里头的那个小东西，能带她走出沙漠。

情不自禁地，她想起了回来前和林慕安的唯一一次交谈。

那是一次激烈的争吵。

在徐静告白一周后，退学的第二天。

木棉把林慕安叫到了空无一人的拐角，安静的空气里，他的表情充斥着冷漠和不耐烦，她鼓起勇气才对他说出了两人认识以来的第一句话。

“徐静的情书是不是你贴到公告栏的？”未等他回答，她继续补充，语气坚定，“我看到了。”

她说得没错，她是看到了，但是她只是看到了林慕安拿着那封情书往公告栏走去的身影而已，那时候的喜欢爱慕，不足以打破她的骄傲，让她做出跟踪这种事情来。

后来木棉无数次地后悔，见鬼的骄傲。

她睁大眼睛，忐忑又期待地等着他的回答，心里无比矛盾却又透着隐秘的欣喜。

但他接下来的话打破了她所有的幻想和期待，那一丝的欣喜瞬间荡然无存。

“是我。”

那时候的他是什么样子呢？木棉时至今日都记得非常清楚，那张漂亮的脸上，是一副无所谓又理所当然的模样，丝毫都看不出有一丁点的愧疚和心虚。

她气炸了。

她没有办法想象自己这两年来小心翼翼又满怀欣喜暗恋的人会是这副样子，她为因此退学的徐静气愤不值，为自己满心赤诚地喜欢难过，她气得眼眶通红，鼻头酸涩。

“你为什么要这么做？”她激动地质问。

他没有回答，眼神冷漠地越过她，往教室走去。

“我会揭穿你的真面目的！我会让全校的人都知道！”

她在他身后失控地吼着，眼泪成串地掉了下来，他仿佛停顿了下，随后毫无留恋地离开。她气疯了，迈开步子追了上去，擦肩而过的瞬间狠狠撞了下他的身体。

肩膀生疼，却比不过心头的万分之一。

她一把推开教室门，站到了讲台上，此时刚打上课铃，班里坐满了人，老师还未来，她声嘶力竭地对着下面吼道：“徐静的情书是林慕安贴到公告栏的！他就是个人渣！”

霎时间，全班哗然，有爱慕林慕安的女生难以置信，如同她刚知道那般激动质问：“不可能，证据呢？”

“他刚刚亲口承认的！”她伸手，指向不知何时已经站在门口的林慕安，一字一顿地重复，“他刚刚亲口承认的！”

林慕安的脸上还是没有任何情绪，他漠然地走进教室，坐到了自己位置上。

全班悄无声息，须臾，四面八方涌起了窃窃私语，所有人的目光都在有意无意地打量着他。

林慕安向来是八卦中心点，爱慕他的女生众多，况且前几天徐静的事情闹得这么大，还未退的热度再次席卷而来，但这次人们厌恶和排斥的对象换成了林慕安。

以前有多爱他，现在就有多恨他。

没有人能接受自己这么喜欢的人，原来是这副样子的，整个一中都沸腾了，甚至有些人直接冲到他面前，满眼厌恶地骂道：

“恶心，真没想到你是这样的人。”

“你把我们对你的喜欢都当什么了……”

“像你这样的人根本就不配活在这个世上。”

……

他通通沉默以对，仿佛她们骂的人不是他一般，每日就如同往常一样，独来独往，上学下学，只是眼神一日日越发空洞，就连一直以来充斥着的冷漠，都慢慢变成了木然。

整个人仿佛没有了生息一般。

一周后，传来了他的死讯，听说是从学校天台掉落的，大家都传闻他是自杀。

木棉当时快疯了。

他为什么会自杀？他怎么能自杀？他就这样死了她怎么办？

脑中那一幕如电影般无数遍循环播放，鲜红的血和漂亮的脸在眼前来回交织，上课吃饭睡觉，总是情不自禁想起那个孤独而寂寞的少年，清瘦挺拔的身影。

还有曾经无数个日日夜夜的肖想。

她有罪。

她是罪魁祸首。

那个漂亮的男孩子，是因为她而自杀的。

她喜欢到骨头里的那个男孩子，被她自己给害死了。

自责、愧疚、悔恨如同一座大山压在她心头，她崩溃了，她觉得她的人生在这一刻已经变成了一片灰暗，她这辈子都不会得到救赎，她一生都会活在愧疚当中。

她完了。

然后事情并没有结束，这个时候关于他死亡的真相，如雨后春笋般冒了出来。

原来，他爸妈早就离婚了。

原来，他一直被患有精神病的母亲虐待。

原来，他妈妈在前段时间自杀了。

她听到这个消息时，泪水霎时间争先恐后地涌了出来，她蹲在地上泣不成声，眼泪大颗大颗地从指缝中滑落。

班里同学都诧异地望着她，他们不知道，她为什么会那么难过，她只不过是为了好朋友打抱不平而已，总而言之，事情变成这样，其实也并不是她的错。

但他们不知道的是，那个男孩，被她放在心里妥善收藏了多年，每日小心翼翼地注视着他，偷偷观察着他，关于他的一丝一毫都牢牢记在心上。

她知道他爱喝哪个牌子的纯牛奶；知道他喜欢下雨天，不爱撑伞，容易感冒，又不喜欢吃药；知道他不爱和别人说话，总是一个人安静地发呆，睁着漆黑的眼睛看着你时，仿佛能把人吸进去。

他只是一个孤独又寂寞的孩子而已。

木棉生了一场大病，烧得神志不清，躺在床上胡言乱语，一个劲地哭，眼睛都快哭肿了。有些事情坏到极点的时候，好像就会反弹。

譬如木棉，在烧得失去意识之后，她回到了三个多月前。

这个时候徐静还没有告白，林慕安也没有自杀，一切都还是风平浪静，仿佛她记忆中那些令人肝肠寸断的画面，都只是一场噩梦。

但木棉知道，她现在只想做一件事情，那就是找到活生生的林慕安，然后倾尽全力地对他好，把他从那暗不见底的深渊里拉出来。

……

再见到林慕安的时候，木棉笑容灿烂得过分，眉眼弯弯的模样，全然不复平日里的沉着安静。林慕安扫了她一眼，怀疑自己前段时间认识了一个假木棉。

她极其自然地跟在他身侧，又开始喋喋不休。

声音清脆软绵，十分悦耳，林慕安默不作声地听着，须臾，从口袋掏出一副白色耳机。

声音再好听，话多了也显得聒噪。

林慕安听着耳机里流泻出来的轻缓音乐声，眉头舒展几分。世界真美好。

木棉气鼓鼓地瞪着他，无可奈何，鼓起来的眼睛和腮帮子像一只圆滚滚的河豚。林慕安淡淡扫了她一眼，嘴角微不可察地翘上去一点。

白色的耳塞和耳机线，衬得那张脸越发清俊冷然，睫毛纤长，唇色粉嫩，浑身淡漠的少年，却漂亮得不像话，木棉心头的郁气霎时间就消失得无影无踪。

这样子的林慕安，只想让人把心挖出来送给他，又怎么生得气起来。

就这样能跟在他旁边走着，也觉得幸福得不得了呢。

在学校的时候，木棉开始经常和他说话，林慕安每次都是爱理不理的模样，但偶尔也会搭理她几句。仅仅如此，也让旁人大跌眼镜，让木棉兴奋不已。

于是，她每天最大的爱好就变成了逗他说话。

课间，林慕安撑着头正看着窗外发呆，木棉合起桌上的书就跑了过去，把他前面位置的那张椅子反转过来，双手托腮眨巴着眼睛盯着他漂亮的侧脸。

“林慕安，你在干什么呀？”

他脸上的神色毫无波动，连眸光都没有分给她。

“林慕安，你是在发呆吗？”木棉不依不饶，嘴角依旧荡着弯弯的弧度。

只是面前那人却还是满眼漠然，抿着嘴角仿若未闻。

木棉眼珠子转了转，嘴唇张合：“林慕安，我最近发现了一种很好喝的牛奶，明天带给你好不好？”

“不好。”

那个发着呆的人目光依旧望着窗外，神色未变，嘴里却立刻蹦出了两个字，嗓音清亮，如珠落玉盘，分外好听。木棉得逞地笑了。

“为什么呀？”她继续追问。

“不想换。”

“噢。”木棉点点头，“那好吧——”

上课铃声响起。

“我走啦……”

木棉起身，回到了自己座位上。须臾，林慕安收回看向窗外的目光，投射到前头不远处的那个女孩子身上，她正在雀跃地和身旁那人说些什么，从他这个角度，可以看到她上扬的嘴角。

林慕安收回视线，拿出这节课要用的书，翻开，眉眼淡漠。

放学的时候，木棉一如既往地跟着他回家，拣着班里有趣的事情和他说着。木棉最近都会一直和他讲话，他烦的时候就会戴上耳机，但有时候又好像是在听的模样。

就比如现在。

“下午上实验课的时候，方小明竟然用嘴去吹酒精灯，结果刚好涌来一阵风，把他唇上的汗毛都烧掉了，整个教室都能闻到烧焦味，哈哈哈，笑死我了——”

木棉见他在听，讲得越发来劲，眉飞色舞的，说完之后自己乐得不行，笑得前俯后仰。

林慕安淡淡扫了她一眼，没有开口。

“你不觉得很好笑吗？”木棉凑过去疑惑地问。

“没有。”他毫不犹豫，接着破天荒地补充，“而且很无聊。”随后，从口袋拿出那副熟悉的白色耳机，戴上。

木棉：“……”

真是一点都不可爱。

翌日，木棉自作主张地把林慕安常喝的那个牌子的牛奶换了，果不其然，面前那人立刻皱着眉头嫌弃地把面前那瓶奶推开，低声抗议：“我不要。”

“尝尝，绝对比你常喝的那种好喝……”木棉眉眼温和地哄着，她绝对不会说，自己只是想趁机和他多说几句话而已。

林慕安继续伸出一根手指，把已经处在桌子边缘的牛奶再次往外一推，无声地抗议。

木棉悻悻地摸了摸鼻子，从包里掏出他平日里常喝的那个牌子的牛奶，换回了那瓶在桌角边缘摇摇欲坠的牛奶，嘴里无奈地唠叨着：“好好好，不换不换，给你……”

中午木棉和徐静打完饭，目光立刻习惯性地在人群中搜索着那个身影，果不其然，在窗边角落那个位置看到了他。木棉立刻看着面前的徐静，还未开口，徐静已经无奈地冲她说：“走走走，我去找林丽她们吃。”

木棉嘿嘿一笑，充满歉意地眨了眨眼睛，随后端着盘子往那个方向走去，在他对面无比自然地坐下。这段时间，她已经轻车熟路了。

林慕安抬眼看到是她，眉头都没有皱一下，又立刻继续低头吃饭。

“我今天打了红烧肉！可好吃了！”木棉满脸兴致勃勃地给他推荐。

林慕安熟视无睹，下一秒，盘子里多出来一块肉。

酱汁浓郁，散发着丝丝诱人的肉香。

他继续吃着盘里的菜，却依旧没有动那块肉。

木棉撇撇嘴，没有说话。

两人就这样维持着不咸不淡又十分怪异的关系，时间一天天地过去，在日历翻到3月30号的时候，木棉有些心急了。

已经过去一个月了，而她和林慕安也只是比其他人多说了几句话而已。

冰冻三尺，非一日之寒。

他孤独得太久了，久到已经忘记了如何接受别人的温暖，把自己冻成了一块寒冰，或许连他自己都快忘了，里头的那颗心是否还在温热地跳动。

这样太慢了。

木棉没有这么多时间，她等不及了。

这天放学回家，木棉把林慕安拉到了他家附近那条无人的巷子里，此时霞光满天，这条巷子却是无比幽静，阴暗而逼仄，正好两人并肩走过的宽度，墙缝里隐约可以看见青苔。

木棉把林慕安压在了墙上。

她踮脚，凑近，轻声吐气："林慕安，我一直很好奇一件事情……"

他面容冷静，不动声色地回视她。

"你的身上，是不是也有一股奶味？"

木棉猝不及防地靠近，凑在他颈间轻嗅着。

林慕安愣怔两秒，立刻伸手推开她，拧眉："你干什么？"

木棉眼里荡出笑意，林慕安眼里没有一丝情绪，他伸出手指，整理着被她弄乱的衣服领口。

须臾，林慕安薄唇张合，面无表情，声音一如既往地清亮，隐约带着抹沙哑："木棉，你是不是喜欢我？"

木棉霎时间笑了，红唇潋滟，目光灼灼，一直以来的温顺柔和荡然无存。

"你猜？"

林慕安沉沉地盯着她没有开口。

对峙许久，木棉轻笑一声，语气平静："林慕安，你生气了？"

"离我远点。"他说，然后转身离开。

木棉这次破天荒地没有追上去，就这样看着林慕安的身影消失在巷口，她眨了眨眼睛，缓缓地蹲了下来，盯着脚尖笑得满脸荡漾。

翌日清晨，林慕安看到木棉时，脸色堪比初次见面般，极寒。

木棉试探地过去拉他的袖子，毫不意外地立刻被甩开，再拉，再甩。

不知道第几次拉上去的时候，林慕安拧眉不耐烦地看她，眼里都是厌烦："滚。"

木棉倒吸了一口冷气，随后没皮没脸地笑着，语气却很认真：“不行，留你一个人，我不放心。”

他不置一词，扭头继续往前走着。木棉默默地跟了上去，将早餐给他放到桌上的时候，听到了熟悉的“咚”的一声。

重物落入垃圾桶的声音。

木棉低低地叹了口气，功亏一篑。

第一节课下课的时候，林慕安没有去买早餐，趴在桌上好像在睡觉。木棉觉得他可能是被自己气到吃不下，所以非常负责任地去楼下又帮他买了一份。

被桌上轻微的响动惊醒，林慕安看着眼前熟悉的东西，眉头一挑，正欲动手时，耳边响起威胁的话语：“再丢我就捡起来塞你嘴里。”

胃里传来隐约的饥饿感，他垂眸暗忖片刻，有些不甘不愿地拿起桌上那瓶奶，拆开吸管，咬进了嘴里，熟悉的液体滑入口中，浓厚香醇，他却情不自禁地想起昨天那件事情。

他眉头一皱，把手里喝到一半的奶扔进了垃圾桶。

下午的时候下起了小雨，淅淅沥沥，一直到放学都没有停，阴沉潮湿的空气让林慕安心情莫名好了几分，他淋着细雨，漫步踩着水洼。

凉丝丝的雨水直往身体里钻，让人浑身发颤，自虐的快感一阵阵从心底传来，林慕安嘴角微不可察地翘起一个弧度。

久违的放纵。

今天木棉破天荒地没在，她放学后好像有什么事急匆匆地走了，要不然此刻头顶一定有一把伞，牢牢地遮住他。

她总是把手举得高高的，宽大的伞面遮得两人严严实实。

也不知道她哪里买来这么大的伞。

林慕安回家的时候才发现没有热水，应该是没有燃气了，他随意冲了个冷水澡，没吃饭就往床上一躺，附近的外卖都吃遍了，他提不起来任何胃口。

就这样沉沉睡去，半夜被饿醒，头很晕，身体滚烫。林慕安喝了杯冷水，又重新躺回了床上。

第二天醒来的时候头痛欲裂，林慕安给班主任打电话请了个假，随后继续昏昏沉沉地睡去，陷于昏迷和睡梦之间。

他脑海闪过很多画面，温婉的母亲总是柔柔地笑着，从来不轻易发火，他最喜欢在她怀里撒娇。忽地，那张脸和木棉重合了起来，她也总是一副温顺柔和的模样，看起来无害又乖巧。

接着画面一变，那张脸突然艳丽起来，面容变得极具侵略性，眼里像是有钩子似的……

唇上仿佛传来柔软温热的触感，林慕安皱起了眉头，睫毛颤抖，掀开了沉重的眼皮。

面前是一张熟悉的脸，有两根手指抵在他唇上，软、热。

林慕安脸色顿沉，一把打掉木棉的手，她掌心的药片骨碌碌地滚到了地上。

他愣了一下。

“你生病了。”木棉深吸一口气，尽量让自己心平气和地说，“需要吃药。”

林慕安撑着身子从床上坐起，眼前一阵阵发晕。他环顾着四周，确定还是在自己家没错，却多出来了一个木棉。

“你怎么进来的？”他拧着眉间，因为高烧导致的声音沙哑、声音虚弱，使得此刻的质问少了几分威慑力。

“你家门口右边的那个花盆底下不是有备用钥匙吗？”木棉平静地回道，丝毫不见心虚，更多的是生气。

她好好护了这么久的人，就一天没有看着，便把自己整成了这副鬼样子，任谁看到都冷静不起来。

昨天不过是例假来得突然，所以她放学直接赶回家了，没想到第二天就没见他人影，下课一问班主任才知道请病假了。联想到昨天的那场小雨，木棉瞬间明了，因此中午一放学，就立刻过来了。

大门紧闭，木棉曾经看他在花盆下拿过钥匙，因此轻车熟路。屋子里的模样却是让她有些心惊，尤其是在推开卧室门的那一刹那，酸涩感充盈了整个心间。

房间窗户紧闭，阴暗昏沉，他的身子紧紧裹在被子里，脸上苍白，唇色极淡，眉头在梦里时还是蹙起的，就算门口传来那么大的响动还是毫无知觉。

她走过去将手放在他的额头上，果不其然，滚烫一片。

当时她恨不得立刻把他叫起来骂一顿，可最后还是冷静下来，深吸了两口气出去买药，顺便买了些肉和米，结果回来一开火，才发现燃气也没有了。

当时她就猜到了，淋那点小雨也不至于病到这种程度，恐怕是加上昨晚洗了个冷水澡。江城四月天，夜里睡觉还是要盖棉被的气候。

她真不知道他是怎么活到现在的。

接触到他的生活之后，才发现他完全不是在生活，只是勉强地活着。

木棉忍着泪水，吸了吸鼻子，在客厅茶几上翻到了燃气公司的电话，缴完费之后熟练地淘米、切肉、烧水，然后拿出买来的药一起给他放在床头。

她在不甚明亮的光线中盯了他许久，不忍叫醒他。

那张脸即使此刻苍白无比，也依旧让人心驰神往，工整的眉，笔直的鼻梁，薄厚适宜的唇形状十分好看，小半边脸陷在枕头里，小而精致。

最重要的是，被子下轻微起伏，她面前躺着的，是一个活生生的林慕安。

木棉不知道自己痴痴地看了多久，直到鼻尖闻到肉和米炖烂的混合香味时，才反应过来，此刻床头柜上的那杯开水已经凉了。

她低低叹了口气，转身走了出去，拿勺子把锅里的粥搅拌均匀，继续小火熬着，再次倒了杯热水进去。

林慕安仍旧在昏睡，她和悦地叫了他好几声，依旧毫无反应。她按照上面的说明拿了药，正准备直接动手给他喂进去时，面前的人却醒了。

……

听到木棉的回答，林慕安越发恼怒，直接拿别人的备用钥匙进来，她不知道这种行为已经算是私闯民宅了吗？

“你知不知道……”他正准备质问，喉头却突然一痒，不受控制地咳起嗽来，并且越咳越剧烈，连同着他整个身体都在颤抖。

木棉立刻拍着他的背，连声安抚：“你先不要说话了，把药吃了。”

她俯身去拿药，结果面前的人立刻如临大敌，猛地往后退，结果看见她只不过是把放在床头柜上的水杯拿过来。

他似乎对她这种不请自来的行为十分不满，听完她的回答之后立刻恨恨扭过了头，一副生着闷气的模样。

木棉想，他要不是因为此刻这副身子，恐怕早就把自己拎出去了。

“听话好不好，吃了药你才有力气把我赶出去啊……”木棉轻笑，柔声哄着，把手里的东西再次放到了他唇边，像是对待不听话的小孩一般。

“滚开。”

林慕安冷冷地开口，伸手打开她，杯里的水洒出来不少，落在白色的被子上，分外惹眼。她盯着他，此刻他那双漂亮的眼里都是寒凉。

木棉收起了笑意，点点头：“你不吃是吧？好，那我喂你。”

她手握紧把药片合在掌心，迅速倾身过去捏着他的下巴，一用力，撬开他的唇，极快地把手中的药片送到他嘴里，最后轻轻一抬。

未等林慕安反应过来，木棉立刻端起那杯水往他嘴里灌。

一系列的动作行云流水，几乎发生在一瞬间，前后相差不过三秒，林慕安还愣愣地呆坐在那里，药片和水已经滑入了他的喉咙，进了胃中。

他毫无防备，他完全没有想到木棉会用这种方式喂他。

林慕安气得头更疼了。

看着林慕安呆愣的样子，木棉撇了撇嘴，端起杯子走了出去。

她的背影消失在门口之后，林慕安才反应过来，咬紧了牙，手发狠地绞着底下的被子。

在木棉端着一碗粥走进来时，他眼神还是恶狠狠的。

木棉做防备状，冲他开口："这个你可别给打翻了，滚烫的，到时候留疤了你得对我负责。"

他抿嘴不语。

木棉坐到床边，舀起一勺瘦肉粥放到唇边轻轻吹凉，方才送到他嘴边。香味一丝丝往鼻孔里钻，他眼底又出现了熟悉的挣扎，须臾，还是不甘不愿地张开了嘴。

他从昨晚就没有吃饭，现在饿得快胃抽筋了。

粥一入口，温度适宜，咸淡恰好，记忆中熟悉的味道，很好吃。

吃了两口，林慕安拿过碗，自己默不作声地吃着，不多时，一碗粥就见了底，他舔了舔唇，迟疑地开口："还有没有？"

木棉笑："你夸我一下就有。"

林慕安愕然，睁着那双被热气氤氲的眸子怔怔看着她，似是被她的无耻震惊到了。向来毫无表情的脸上乍然出现如此鲜活的神情，木棉乐了，忍不住揉了把他的头发，方才心满意足地拿着碗起身。

"好了，我去给你盛。"

林慕安盯着她的背影情不自禁地咬唇，瞬间又如触电般松开，暗自气恼。

为什么感觉到她面前，所有的东西都不管用了。

吃完两碗粥，胃里传来舒适的饱胀感，此刻药效上来了，眼皮越来越重，林慕安把自己裹在被子里，眼睛缓缓地眨着，却不肯睡去。

木棉此刻正坐在旁边低头发短信，见他这副样子不由得出声："我下午请假了，你放心睡吧。”

他小声嘟囔：“你在我才不放心。”说完，却是安然地闭上了眼睛，沉沉睡去。

木棉从手机屏幕中抬起头，看着那个口是心非的人，无奈地摇头。

一直到夜幕降临，林慕安才醒来，睁开眼时房间已经漆黑一片，窗帘拉得严丝密合，外头一丝光亮都透不进来。那种全世界只剩自己一个人的孤单感觉再次席卷而来，他盯着天花板，极其缓慢地眨了眨眼睛。

“骗子。”他暗骂道。

不知看着虚空发了多久呆，他再次疲倦地阖上眼，脑海却十分清醒，浑身都被汗湿透了，却是无比轻松。

那个人的药和粥，仿佛有奇效。

他暗自叹了口气，挣扎着起身，头还有些晕，是睡久了的后遗症。有点渴，他穿上鞋走到门口，拧开门把，一室光亮泄了进来，他忍不住眯了眯眼睛，视线里，餐桌旁坐着一个身影，正埋头奋笔疾书。

那颗沉到谷底的心，就这样瞬间飘了上来。

脚步声在身后响起，木棉停住笔，回头，莞尔：“你醒了？要不要先洗个澡，我炒菜。”

林慕安动作未停，她还在自顾自说着：“饭已经煮好了，在保温，菜也洗好了，就不知道你什么时候醒，所以一直还没做。对了，你烧退了吧……”

她抬眼，看向这个已经走到自己跟前的人。

“嗯。”

他低低应了一句，头微微向下垂，额上很快覆上一只柔软的手，他乖巧地站着，任由她的手放在上面，莫名有些贪恋她掌心的温暖。

“是不怎么烫了，你快去洗澡吧。”她说。

他点点头。

热水冲刷过全身的时候，他才感觉自己活了过来，同时冲掉了方才那一刻的软弱，他回忆起这两天发生的事情，面色微沉。

洗完澡出来时，客厅已经传来菜香味了，林慕安胡乱地擦着头发走了过去。厨房里，橘色的灯光下，木棉正在炒菜，校服袖子挽到了手肘，松松垮垮，头发胡乱地扎成了一个丸子，脸颊边散落着几缕发丝。

她低头认真翻炒的动作，熟练又自然，侧脸温柔得不像话。

林慕安倚在门边看着她的身影，垂眸深思。他不知道为什么经历过最近一连串事情之后，依旧会在木棉身上看到“温柔”这个词。

木棉把锅里的菜盛到盘子里，回身时才看到倚在门口的林慕安。他目光沉沉，不知道在那里站了多久，头发凌乱湿润，隐约还滴着水，脖间搭着一条毛巾，白色长袖灰色裤子，柔软宽松，越发显得身材挺拔高瘦，气质温和。

上衣领口很大，可以看到他白皙的脖颈和锁骨，精致纤细。

木棉眼里是毫不掩饰的赞叹，果然人长得好看，怎么穿都赏心悦目。

“看够了没有？”他蹙眉，不耐烦地开口。

“林慕安，我最喜欢现在这样的你。”木棉笑着说完，端着菜走了出去，放到餐桌上，然后折回水龙头边洗完手，擦干，看着那个还站在厨房门口的人，开口，“你把头发吹干再吃饭，不然又很容易烧起来的。”

他面色不豫，仿佛是唱反调般，一动不动。

木棉无奈，伸手去拉他，结果被一把挥开，他不耐烦地低喝：“你好烦。”

木棉无奈地叹气，得，又把他惹毛了。

她踮起脚，拿起他脖子上的毛巾，在他头发上轻轻擦拭着，仿佛在给闹脾气的宠物顺毛般，手里动作轻柔舒缓。她盯着他的眼睛小声道歉：“我错了，好不好？”

他不作声，推开了她，自己拿着毛巾往卧室走去，不多时，吹风机的轰隆声传来。

木棉站在原地，半垂着眸子，遮去眼里的那一片失落，许久，她深深地叹了口气。

木棉做了三菜一汤，酸辣土豆丝、胡萝卜炒肉、红烧鸡翅、海带排骨汤。

全是林慕安喜欢吃的。他看着这一桌菜，眸光复杂，须臾，拿起手边的筷子。

纵然已经做好了心理准备，菜一入口，他还是感受到了当初吃第一口粥的惊艳。

林慕安只有很小的时候吃过母亲安菱做的菜，后来她疯了之后，就再也没有尝过了。而如今，他再次感受到了这特别的、让人眷恋的味道。

那是家的味道。

他低垂着眸子，掩去眼眸深处的触动。

这天晚上，林慕安破天荒地吃了两碗白米饭，还喝了一大碗汤，胃里传来久违的饱胀感。

木棉正低头收拾着碗筷，模样恬静。

自刚才他发过脾气之后，她安静了许多，但不知为何，他莫名地有些不舒服。

他忍不住想说些什么。

“你什么时候回去？”

话一出口，他就后悔了。

果不其然，木棉的动作微不可察地僵了一下，随后平静地回答：“我洗完碗就回去了。”

他愣了一下，随后轻轻地点点头，就这样发呆似的看着她忙碌。

木棉动作很快，没过几分钟就收拾完了。她把碗筷整齐地归位，随后把没吃完的菜放到冰箱里，习惯性地嘱咐：“还剩了不少菜没吃完，我给你放在冰箱里了，你明天要是想吃就热一下，不吃记得要倒掉。”

她经常会嘱咐林慕安一大堆事情，但是他每次都不会搭理她，一离开她的视线之后，依旧我行我素，所以久而久之，她也习惯了对着他自说自话。

听多了，十句里也总有一句能听进去吧，她想。

“好。”

身后突然传来乖巧的应答声，木棉愣了一下，随后笑了，趁着他心情缓和的时候说道：“晚上还要吃一次药，我吃饭前烧了热水，应该凉得差不多了。”

说完，她起身拿了药过来，这次他没有反抗，温顺地接过吃了。

木棉忍不住揉了揉他的头发，刚洗过的发丝很细软，柔柔地贴在额头，黑得发亮，有一种毛茸茸的感觉。

掌心传来酥麻，痒得直往心里钻，让人怜爱不已。

木棉笑得无比温软。

“你晚上好好休息，我回去了。”她说完，转身去收拾自己的东西，整理好之后提起书包和他告别。

“明天见。”

她走出好几步，才听到身后轻不可闻的声音，低磁清亮，却清晰地传入了耳中。

“路上小心。”

木棉感冒了，病情来势汹汹，一觉醒来就头昏脑涨、全身无力。她闭着眼睛在被子里翻了个身，抬手摸上了自己的额头。

手背下的皮肤一片滚烫。

她忍不住懊恼地低叹一声，脑海里不由自主地回忆起了昨天滚烫的温度。

这次真是自作自受了。

果然林慕安在她心中，就是不受掌控的存在。色令智昏，活该被传染。

木棉恨恨地咬咬唇，瞳孔里闪过一丝倔强，她挣扎地爬起床，刷牙洗漱，神色萎靡地换鞋出门。

昨天下过雨，地面还是湿漉漉的，她今天起晚了，直接去学校，来到教室的时候，预备铃刚好响起，她从后门走进去，把早餐放到林慕安桌上。

他的脸色看起来还不错，没有像昨日那般惨白如雪。

美则美，但太让人心疼。

还是这样看起来舒心。

木棉扯了扯嘴角，对他笑了笑，殊不知，自己现在的这副鬼样子，就是惨白如雪。

并且还不美。

四目相对，林慕安愣了一下，眼里闪过一丝不悦，隐隐蹙眉，嘴唇嚅动两下，终究没有开口。

木棉走到了自己位置上。她放好书包，拿出这节课要用的课本，翻开，然后双手一叠，趴了上去。

头好昏，眼皮好烫，好想睡觉……

一整节课她都是强打着精神听着，眼睛半张半阖，仿若无骨般瘫软在桌上。

下课铃一响，木棉立刻如释重负般地闭上眼，意识昏昏沉沉，半梦半醒间，好像下堂课的老师进来了。

她倦怠地支起身子合上书，从课桌里拿出另外一本，翻开，伴随着讲台上老师洪亮的嗓音，她又陷入到了新一轮的抗争中。

一整节课不知所云，终于熬到了下课铃响，刚进入梦乡时，就被面前的来人敲醒了。她皱起眉头，面色不耐烦地抬头看了过去，待目光定格在那张脸上，霎时间笑成了一朵花儿。

“林慕安……”她傻傻地笑着，叫他的名字，像是被烧糊涂了，又像是睡蒙了，模样十分娇憨，原本温和清淡的脸庞瞬间变得生动起来。

林慕安眸光闪了闪，把手里的袋子递给了她。

木棉怔了下，没反应过来，愣愣地看着。林慕安见状手又往前伸了些许，有些不耐烦地解释：“你上次买给我的感冒药。”

“啊……”她呆呆地、无意识地应了一声，伸手接过。

林慕安转身欲走，木棉眼疾手快，立刻拽住了他的袖子，眼巴巴地仰头看他，眸子里雾气朦胧，声音带着病中的软绵无力，像个小可怜似的：“能不能帮我倒杯热水啊？头好疼，全身没有力气……昨天被你传染了……”

旁边座位正在暗中观察的几人闻言，目光立刻惊异地射了过来，瞪大的眼睛难以置信。

林慕安主动给人送药？

木棉竟然还要他帮忙倒水！

还拉了他的袖子？

还被他传染？什么鬼！短短两天他们之间到底发生了什么？

风中凌乱的几人，便看到他们心中那个无比冷傲的林慕安怔了几秒，然后拿起了木棉桌上那个浅蓝色水杯，走到了教室角落的饮水机旁。

弯腰，接水。

“……”

“谢谢！”木棉从他手里接过水杯，声音清脆地道谢。

她的掌心贴在温暖的杯壁上，一双眼笑成了弯月牙，林慕安不置一词，面色淡淡地回到了自己位置上。

身后木棉心满意足地抱着杯子，小口啜着里头的热水。须臾，她方才舍得放下，拆开面前那个熟悉的白色袋子，扫过说明书，从里头抠下几颗药，笑眯眯地服下，瞬间感觉自己的病已经好了一大半了呢。

放学的时候，木棉强打着精神跟在林慕安身后，只是脑袋耷拉着，没有了往日的生机勃勃，像蔫了的小白菜。

刚出校门，前面那人就停住了脚步，不耐烦地转身，眉头微微挑起，带着几分凌厉：“不要跟着我。”

语气漠然得仿佛能掉冰碴子。

木棉低头盯着鞋面，脚尖不自然地踝着地上的沙石，头顶传来灼灼视线，像是要把她烧出一个洞来。

林慕安破天荒地没有直接转身走人，目光执拗地定在她身上，像是在等她回答。

木棉受不了，撇撇嘴小声嘟囔：“我不要，上次就是让你一个人，然后就烧成了那副鬼样子。谁知道你今晚又会干出什么事来……”

虽然她很小声地絮叨，但林慕安还是一字不落地听到了。他深吸了一口气，双眸黝黑，仿佛化不开的浓墨。

他一字一顿地开口：“木棉，我不是小孩子。”

“可我觉得你就是个小孩。”木棉飞快地反驳，然后抬起头，眼神清亮。

在我心里，你就是一个孩子，所以我想给你全部。木棉默默地想。

少女的瞳孔乌黑，眼神倔强，林慕安眼里闪过一丝不耐烦，蹙着眉头转身，大步地往前走，衣角随风而动，对身后那人不管不顾。

木棉咬咬唇，迈开腿飞快地跟了上去。

两人一前一后走到他家门口，随着响亮的一声“啪”，大门在她面前重重地合上。

木棉眨了眨发烫的眼睛，拖着沉重的身子往回走。

直到她的背影消失在路口，林慕安才拉上窗帘，把自己摔到了床上。

木棉回到家，喝了点粥洗了个热水澡，吃完退烧药之后把自己裹进了被子里，一会儿便沉沉睡去，强撑了一天的身子已经透支到了极限，脑海混沌，像是一团糨糊。

翌日闹钟响起时，木棉才找回了几分力气。

她从被窝里挣扎着伸出手，按灭闹钟，整张脸陷在枕头里，脑海中却都是林慕安那张清冷的脸。

她飞快地坐起身，神志一片清明，下床穿衣洗漱出门。

赶到他家门口时，恰好离上课还有半个小时。

十分钟后，林慕安出门。

目光掠过一旁面色苍白的人，他自顾自往前走着。

木棉亦步亦趋地跟在他身后。

清晨雾气未散，街道整洁冷清，安静得只能听到两人的脚步声。

林慕安步伐很快，以往不觉得，但今日跟起来却是十分吃力，木棉微喘，脚步有些飘浮。

须臾，她忍不住叫住他：“林慕安……”

声音带着大病初愈的虚弱，软绵轻颤，像是羽毛轻轻撩拨过心间。

“你能不能牵牵我——我一点力气都没有……真的，不骗你……”

身后传来的声音，听起来可怜兮兮的，林慕安不可控制地想到了昨日那张白生生的小脸，乌黑的眸子里氤氲着水汽，眉头微微蹙着，唇色极淡。

没有了以往的从容平静，也没有了前几日的艳丽张扬。

像朵脆弱的小白花，让人想要捧在手心呵护。

他转头，目光讳莫如深，沉沉地盯着她许久，然后一言不发地继续往前走着。

木棉忐忑地看着他的背影，片刻，咬咬唇试探地伸出手，拉住了他的校服袖子。

第二章

想给你世上最温暖的

Piaoliang de Ta Bushuohua

纤长白皙的指间攥着一块浅蓝色的布料。

林慕安身子微不可察地僵了一下，脚步却情不自禁地放慢了。袖口处传来一丝微小的不属于他的力道，却莫名让人不反感，他抿了抿嘴角，没有挣开她。

木棉低着头，不受控制地扬起了唇。

两人就这样一路走到了学校。在临近校门口的时候，木棉主动放开了他，忽视掉心底那一丝的失落。

林慕安面色未变地继续往前走着。

恰好踩着上课铃声进入教室。

木棉刚坐下来，同桌方芸就忍不住凑过来小声问："木棉，这节课要讲数学试卷，你写了吗？"

"写了。"她面色未变，平静地从书包里掏出一张试卷，放到方芸桌上。

方芸满脸欣喜地接过，一边飞快地浏览，一边说："木棉你太厉害了，每天看你把心思都放在林慕安身上，竟然都还没落下学习……"她看着卷面上密密麻麻的解题步骤，忍不住摇头暗自感慨，真羡慕，成绩好的就是不一样，哪怕每天想着别的事情，做起题来依旧易如反掌。

木棉仿佛看出了方芸心中所想，无奈地笑道："小傻瓜，那是因为我上课都有在听讲啊，而且回家都会复习到很晚的。"

她不是真正的学霸，只是比旁人聪颖一点而已，听得懂老师在课堂上说的内容，回去再稍加巩固，便融会贯通了。

木棉的爸妈是科研人员，常年在外出差，家里经常只有她一个人。木棉很小的时候是被爷爷奶奶带大的，后来他们相继去世，木棉也已经能照顾好自己了。

所以从小她就比同龄人要成熟独立，学习生活上从来没有让爸妈操过心，永远是一副乖巧安静的模样，不会闹出什么事来，成绩也一直很优异。

木棉刚开始和父母生活的时候，他们出差时还会隔三岔五打个电话回来问问，后来时间久了，忙起来一个多月没联系她也都是常事。木棉知道他们是爱她的，只是因为工作和责任占据了他们的大部分生活。

她不觉得委屈，只是让自己变得更加省心，不给他们增添麻烦。

只是偶尔会有些寂寞而已。

方芸手下飞快地抄着卷子，闻言头也不抬地回道："反正我就觉得你很厉害。"看他们班里有几个人敢靠近林慕安，木棉竟然还能和他和平相处，简直神了。方芸从小到大没佩服过几个人，木棉就占了其中一席。

两人闲聊间，数学老师夹着课本走了进来，方芸飞快地在后面的大题中挑了两道步骤简单的答案抄上，然后立刻挺直背脊，看着讲台，满脸乖巧，手下却悄悄地把木棉的试卷推了过来。

木棉习以为常地拿回自己的试卷，无奈地摇了摇头。

中午吃饭的时候，木棉胃口不是很好，就连平日里最爱的红烧肉，她都提不起兴致来，她手里拿着筷子百无聊赖地戳着盘里的白米饭，目光情不自禁地瞟到坐在窗旁的那人身上。

他长得可真好看，吃饭的动作也不紧不慢的，眉目沉静，捏着筷子姿势优雅，夹着菜往嘴里送，那张漂亮的唇一张一合，随着咀嚼的动作上下动着。

她目光怔怔，忘记移开。

"棉棉！"

耳边传来一道不满的叫声，木棉顿时惊醒，眼神慌乱地看着面前的徐静。

"啊……"

"你干脆过去和他一起吃好了！身在曹营心在汉！看得我心烦。"徐静不满地指责着，好不容易中午能在一起吃顿饭，没想到好友满心满眼里还是那个人。

自从林慕安中午开始在食堂吃饭以来，木棉就抛弃了她，每次都端着饭盘过去和林慕安一起吃，她心里有些酸涩，不知道是因为林慕安，还是因为木棉。

"唉……"木棉闻言，撑着下巴长长地叹了一口气。

徐静本以为她会说几句好话来安慰自己，没想到她无比惆怅地看着前方，幽幽地说——

“可是我感冒了，不能再传染给他了。”

徐静：“……”

这个好朋友，看来是没法再当下去了。

她面色不满，木棉自知理亏，连忙撒娇讨饶，最后赔上了一周的早餐外加两支可爱多方才平息这场小风波。

晚上放学一起回家的时候，木棉不知道从哪里搞来一个大大的口罩，跟在林慕安的身后像一个不法分子。

两人一前一后默不作声地走着，刚走出学校的范围，街道上人烟稀少起来，木棉又故技重施，在后头叫着头疼，想去拉他的袖子。

谁知，刚一碰到，林慕安便一把挣脱了她，冷漠地吐出四个字：“离我远点。”

“为什么？”木棉十分委屈地叫着，明明早上还不是这样的。她脑海里飞快地回放今天白天发生的事情，好像没有哪里惹到了他啊……

“丑。”

他丢下一个单音节，加快了步伐。

木棉：“……”

她站在原地磨了磨牙，坚忍地跟了上去。

木棉回到家的时候又吃了一颗药，还煮了一壶姜茶红糖水，放在书桌上小口小口地啜着。

暖光的台灯下，铺着各种书本试卷，女孩端坐在书桌前，眉眼沉静。她手里拿着笔慢慢地做着题，时不时端起旁边的杯子，喝上两口热烫的糖水。

双管齐下，第二天一觉醒来的时候，感觉自己浑身舒畅，木棉吸了吸鼻子，翻身起床，看着镜子里的人比了个加油——新的一天，又是元气少女。

台阶上，木棉小口吃完手里的早餐，随后从包里掏出小镜子，仔细打量了一眼里头的人——眉眼秀丽，皮肤白皙，双唇因为刚吃完早餐，带着淡淡绯红。

很好，很漂亮。

她心满意足地收起了小镜子。

不多时，林慕安出门。

木棉立刻迎了上去，张开双手捧着脸，歪着头，笑容甜美，像一朵小花。

她娇俏地开口：“林慕安，我今天不丑了。”

他淡淡觑了她一眼，双手冷漠地插在兜里，漠然往前走着，不置一词。

木棉连忙跟上，去扯他的袖子，问："那是不是可以牵着你了？"

"不可以。"他神色未变，立即拒绝。

"为什么……"木棉委屈地嘟嘴。

林慕安没有回答她，一言不发地往前走着，只是任由那只手，挂在他衣袖上。

木棉在后头拉着他，悄悄地弯起了眸。

天气一天天暖了起来，厚重的棉衣换成了轻薄的外套，学校忽然大发善心，趁春天还未结束的时候，组织了一场踏青活动。

当然，高三除外。

班里的人都欣喜雀跃，被这个好消息刺激得无比亢奋。在班主任宣布消息之后，整个教室都是闹哄哄的，方芸从方才开始就在喋喋不休，说个不停。

木棉平静地看着书，纹丝不动。

"哎，木棉，你发表一下意见啊。"唱了半天的独角戏，姑娘不乐意了，伸出胳膊肘撞她一下，扬着下巴寻求互动。

木棉暗叹一口气，放下了手里的书："我无所谓啊……"

她心想：只要他去，我就开心；他不去，我就不开心。

"这怎么能无所谓呢！我们一中有史以来，除了组织补习之外，还组织过其他集体活动吗？简直就是太阳打西边出来了啊！"方芸口沫横飞，最后双手张开，仰面，深情感慨，"这是一件让人多么兴奋的事情啊！"

木棉微笑："你开心就好。"

方芸："……"

她无语地收起了表情，小声放自言自语："果然，不是一家人，不进一家门……木棉，你和林慕安真是绝配。"

木棉闻言，继续解着笔下的题，眉眼平静，头也不抬地回道："我谢谢您。"

最后是在班主任的怒吼中，众人才噤声，静下心来开始上课，木棉的耳根也终于清净了，她合起桌上的练习册，翻开了课本。

下课铃声一响，身旁的方芸转头，还未开口说些什么，便看到木棉的身影已经消失在座位上。

"林慕安！"木棉站在他桌位前面，神色雀跃，像是之前兴致勃勃的方芸，"一起去春游好不好？"

"不好。"他头也不抬地拒绝。

木棉不乐意，拽了拽他的袖子。

林慕安被迫抬头，面无表情。

“我们学校好不容易组织一次活动呢，多么难得的一件事情啊……”木棉低眉顺眼，小声说着，只是话还未说完，面前的人已经拂开了她的手，无声拒绝。

木棉失望地掩下眸，恹恹地转身，回到了座位上。

目睹了全过程的方芸：“……”

仿佛看到了另一个我。

两人回家的时候，木棉神色一直恹恹的，垂着头无精打采地走在后头，不絮叨，也不想着法子占便宜，林慕安竟还有些不习惯了。

一路沉默地走到家门口，林慕安打开门，进去的前一秒，身后伸出来一只手，紧紧拉着他的衣袖，嫩生生的白，隐约能看到手背上细小的青色血管。

他停住脚步，没有回头。

背后传来怯弱的声音，依旧是那般熟悉，软绵悦耳，尾音袅袅，带着一丝颤音，撩得人心头发麻。

林慕安最听不得她放软了的语调。

“再过几天就是我的生日了，你能不能去……就当……是给我的生日礼物了……”

拒绝的话哽在喉间就是说不出来，在心头盘桓几圈，最终无力地降落，林慕安蹙眉，挥开她的手，沉默地关上了门。

灰色大门在眼前合上，木棉顿时收起了方才那副可怜兮兮的表情，鼓起了腮帮子，抓着书包带子一蹦一跳地往回走，心情无比愉悦。

他方才没有拒绝，那就是答应了。

真开心。

翌日，班长李秦开始统计报名人数，经过林慕安座位时习惯性忽略，步伐未停却被叫住，他一惊，抬眼望了过去。

那张漂亮的脸上毫无表情，眼底都是漠然。

“我要报名。”

“啊……”李秦愣住，然后马上反应过来，连声应道，“哦哦哦，好好好，我记上……”他说完，立刻低头在本子上写上名字，随后又抬头，试探地开口，“那还有什么其他的事情吗？”

林慕安淡淡看了李秦一眼，没有作声。

李秦摸了摸鼻子，悻悻地开始统计后面的人数。

李秦回到座位上时还有些惊魂未定，他立即侧头和自己同桌八卦：“这次春游林慕安竟然报名了！”

“什么？”果不其然，那人立刻瞪大了眼睛，惊呼，“我的天！”

“真的，还是他主动叫住我的，起先我习惯性忽视了，好尴尬……”李秦皱着脸哭丧着。

“不怪你，秦秦，别忘了你之前被他无视的那些时候，加在一起都能绕学校三圈了。”那同桌拍拍他的肩膀，安慰道。

“也对哦。”李秦点点头，瞬间释然。

两人四目相对，下一秒，异口同声地发问：“那他这次为什么突然要去春游？”

“天知道……”

两人耸肩，自问自答。

他们都没有多话，但这个消息还是不胫而走，一中的女生都兴奋沸腾了，等了这么久，终于有能和男神近距离接触的机会了。

真不是她们不努力，而是一中的林慕安，比他那张脸更出名的是冷漠。

遇见搭讪从来不理，集体活动从来不参加，总是独来独往，大部分时间都是待在教室，安静得仿佛一个物件。

如果不是那张脸太过于出色，可能根本不会有人察觉到他的存在。

当初他刚入学的时候，一中贴吧就冒出来这样一个帖子。

标题：今天在一中偶遇到一位巨帅小哥哥，跪求知情人透露详细资料！楼楼感激不尽！

点开里头是一张偷拍照。

盛夏阳光，香樟树下，穿着白色T恤的男孩戴着耳机，双手插在裤兜，面无表情地看着远方。

光晕笼在他的头顶，把黑发染成了点点金色。

照片上只有一张侧脸，但依旧抵挡不住他的美貌。

这个帖子飞快地被顶了上来，底下一堆回复都是同求。

最后，终于出现了一位知情人士，在底下爆出了他的姓名、班级，还有详细资料。

当天，在教室里的林慕安就被围观了。

此后明里暗里追求他的人络绎不绝，只不过都铩羽而归。

着实太冷傲，近不了身。

只可远观而不可亵玩焉。

中午，林慕安在天台遇见了木棉。

她推门进来时，他指间刚好夹着一支黑色中性笔把玩，垂着眼，侧脸精致得如同日系动漫里的少年。

空旷的天台，寂静无声，头顶是广袤蔚蓝的天空，白云飘浮其中，微风阵阵吹拂，清凉舒适。空气中好像萦绕着淡淡的草籽香，藏在风里，是夏日才有的独特味道。

他睨了她一眼，面色不变。

木棉已经走到了他身前。

“嘿，林慕安。”她说，“你在这里做什么？”

“安静。”他低着头，只吐出两个字。

“啊？”

“这里安静。”

“哦。”木棉勉强弄懂他的意思，微微点头，说明自己的来意，“你报名参加春游了吗？”

他没有回答，自顾自沉默。

木棉等了一会儿，又耐心地追问：“都说你报名了，所以我来确认一下，你只要回答是或不是。”

“你好吵。”林慕安蓦地起身，抬腿越过她往外走去，她一把抓住了他的衣袖。

“我不吵你，我走。”

“不用了。”他挣脱她的手，声音淡淡传来，“这里已经被你破坏了。”

“……”

踏青的活动定了下来，地点就在不远处的佛陀山，时间是周五早上八点。虽然去的地方不远，但班里众人依旧是欢天喜地的。

不用上课出去玩，好开心的呢。

周四下午放学，校门口，木棉照例跟上林慕安，扯着他的书包带子仰头笑，声音绵软：“林慕安，明天要上山，一起去超市买点吃的好不好？”

“不好。”他一把挥掉了她的手，动作熟练流畅，这段时间不知道做了多少次。

“顺便买点菜，做你最爱吃的红烧鸡翅。”

林慕安没作声，眼眸半掩，仿佛在思考，木棉盯着他继续试探开口：“酸辣土豆丝？海带排骨汤？”

他闻言顿住，眨了眨眼睛踟蹰几秒，对她微一点头：“走。”

木棉霎时间忍不住露出了一个得逞的笑容，洁白的牙齿整整齐齐隐在唇间，绯红艳丽，真正的唇红齿白。

林慕安眸光闪了一下，忍不住多嘴一句：“真丑。”

木棉：“……”

前面路口就有个大超市，两人并肩走在洒满落日余晖的街道上，此时正值下班下课，街上许多穿着校服的学生、裹着衬衫套裙的白领。

来往行人匆忙，沿路都是叫卖的小贩，各种食物的香气在空中混杂，耳边充斥着嘈杂的声响。

置身其中，周围都是人间烟火的味道。

林慕安极少会有此刻的这种感受，他总是带着满身薄凉，漠然地穿梭在其中，仿佛自带一个无形防护罩，来往人群，和他并无半分干系。

但此时，可能是因为身旁多了一个人，他开始感知到了周遭的变化。

袖子被扯了扯。

林慕安侧头，木棉双眼澄亮地看着他，一只小手从他的袖口移到了手腕，然后钻进了他的校服口袋，温热柔软的指尖碰触到了他的。

木棉握住了他的手，浅浅地笑开了，秀气的眼睛轻轻弯起，白皙的脸上荡出两个小酒窝，红唇的弧度十分好看。

林慕安仿佛触电般甩开了她的手，面色微沉。

“牵一下又不会死……”木棉在后头小声嘟囔着，须臾，眼珠子转了转，又凑了过去，对他眨眨眼诱哄，“牵一下给你煮瘦肉粥……”

林慕安还是沉着一张俏脸没理她，脚下步伐生风。

啊……这次又惹恼他了。

木棉鼓起腮帮子，撇撇嘴叹了口气。

不多时，两人走到了超市大门内，木棉熟门熟路地去服务台拿推车，林慕安满脸不耐烦地站在入口处。

转眼的瞬间，她推着车子过来时，他身旁已经围了两三个女孩，那张漂亮的脸冷得吓人。

木棉走了过去，目光扫过那几个年轻的女孩，微笑地挽起了他的手臂，语气平静：“你们都围着我男朋友干什么？”

林慕安没有甩开她。

木棉笑得越发甜。

那几个女孩愣了一下，随后有些不好意思地开口：“姐姐，你男朋友长得真好看……”

“谢谢，我也觉得。”

木棉挽着他笑得一脸端庄。

待那几个女孩走后，木棉立刻识时务地放开他，盯着地面轻咳了两声：“挺招人的啊……”

林慕安睨了她一眼，没有任何表情，迈开步子往里头走去，她连忙跟上。

宽敞的超市，明亮的走道，琳琅满目的货架，里面人有些多，但好在不算嘈杂，大家都各自选购着需要的商品。

木棉站在一排零食前面，左手拿着一包榴梿饼，右手拿着一盒榴梿酥，问身旁的那人：“你觉得买哪个好一点？”

林慕安淡淡地扫了一眼，表情不是很好地开口：“哪个都不好。”

“哦，好吧，那就买这个好了。”木棉把左手的榴梿饼丢进了购物车。

林慕安：“……”

全程都是木棉在挑选着东西，林慕安默不作声地站在一旁，经过饮料区的时候，他突然拿起两瓶奶丢到了购物车里。

木棉挑眉，定睛一看，还是熟悉的牌子、熟悉的包装。

两人挑完零食，推着车来到了生鲜区，木棉挑选着食材，林慕安跟在她身旁，面上倒是有几分兴致。

木棉手上裹着透明塑料袋，低头无比认真地在一堆表皮坑洼不平的黄褐色土豆中挑选了半天，最后终于拿起一个平整光滑的大土豆，放进了车里。

身边沉默了一晚上的人却突然出声：“为什么要挑这个？”

木棉立刻惊喜地笑了，侧头看他，拉长着声音回答：“因为它长得好啊——”

林慕安脸色顿时沉了下来，眉眼阴霾。

木棉嬉笑着凑过去，在他面前小声解释：“因为这样子的土豆比较好削皮，而且好切丝。”

林慕安没有理她。

木棉眼珠子转了转，继续补充：“并不只是因为它长得好。就像我靠近你，也并不只是因为你长得好。”

林慕安终于正眼看她了，双眸漆黑，在灯光下忽明忽暗，仿佛一潭深不见底的寒池，他嘴唇张合，语调清冷："那是因为什么？"

大概是因为，你淡漠的性格、脆弱的灵魂、不堪一击的全部。

让人心疼得想把这个世界的美好全都送给你。

木棉定定地注视着他，瞳孔里盛着他的样子，她不自觉地弯起了嘴角，声音很轻："可能是……因为心疼你？"

林慕安没有回答，也没有任何回应，两人四目相对，一动不动。

耳边人声细碎嘈杂，鼻尖是蔬菜、肉类、海鲜混杂的气味，身旁还有推着车来回走动的陌生人。

此刻静谧得仿佛时间都停止了流动。

木棉在心里暗自叹了口气，须臾，拉过身旁的车，继续挑选着食材，时不时还会和身旁的人交谈两句。

"嗯……这个鸡翅怎么样？"

"拿这个还是那个？"

"排骨要瘦点还是肥点？"

林慕安从嘴里溢出一个个单音节，回应着她，目光却不由自主地打量起身侧那人来。

她正低头看着冷冻柜里的食材，几缕发丝散了下来贴在白皙的脸旁，松松扎在脑后的马尾柔软地垂落在肩头，轻声细语询问时整个人温柔得不像话。

她仿佛丝毫没有受方才那段对话的影响，依旧如同往日一般。

不知为何，林慕安突然觉得心里闷闷的，不舒服。

两人买完东西出门时已是华灯初上，夜幕低垂，上头点缀着几颗小星星，街上的人也多了起来，嘈杂热闹，有几分人声鼎沸的味道。

木棉提在右手上的袋子突然被身边的人接了过去。

她侧头，林慕安的面色如常，手里提着那个大袋子脚步未停，白皙而骨节分明的指间，交错着透明的塑料袋，手背上隐约能看见青筋。

木棉偷偷地笑了，跟在他身边，脚步都不由得轻快几分。

十来分钟的路程，她却感觉只过了短短几秒。

进门，木棉到厨房收拾着食材，林慕安倒了杯水，倚在门边一口口喝着，随意而自然。

她动作很利落，不一会儿就上了菜板，手里挥舞着菜刀，熟练干脆，那个浅黄色的胖土豆咚咚咚几下就变成了均匀的细丝，散落在菜板上。

她穿着淡蓝色的格子围裙，校服袖子随意堆在手肘处，松松扎在脑后的马尾用橡皮筋胡乱卷了起来，蓬松凌乱，碎发也被捋在了耳后。菜切到一半的时候，那缕发丝调皮地落了下来，遮住了她的眼角，她停下动作，抬起手臂把它蹭到了耳后，只是袖口又不听话地滑了下来。

她用另一只手腕又把它推了上去，然后继续方才未完的动作，只是没几下，那团袖口又松散地落了下来。

她仿佛无奈地叹了口气，然后准备放下手里的东西去洗手，林慕安心念一动，走了过去。

“我来吧。”

他把水杯放在了流理台上，低头细致地帮她卷袖子，浅蓝色布料从袖口处一层层往上折叠，微凉的指尖若有似无地擦过她的皮肤。

木棉愣愣地看着他精致的眉眼，一阵阵电流从袖口细微的触感中传来。

他微垂着头，头顶黑发散乱，额前几缕发丝覆住乌黑长眉，睫毛轻轻颤动，像蝴蝶的翅膀，脆弱而美好。

林慕安仔细地帮她固定好方才抬起头来，此刻她的脸却离得极近，鼻息间仿佛能感受到她湿热的呼吸，四目相对，林慕安在她眼里看到了熟悉的东西。

他僵了一下，立即直起身稍稍后退，拉开了两人的距离。木棉露出明显的失望之色，对他晃了晃袖口。

“谢谢。”

“不用谢。”林慕安抿了下唇，回答。

直到晚饭全部弄好，木棉都没有再看到过林慕安，她解开围裙把手擦干，端着菜走了出去。

客厅空无一人，窗帘在随风飘动，更显空寂。

她叫了几声他的名字，没人回应。

木棉疑惑地走到房门口，抬手轻敲了几下，半晌，里头才传来声响，被子翻动的声音，拖鞋在地面上摩擦的踢踏声。

门打开，林慕安睡眼惺忪，顶着一头乱糟糟的黑发看着她。

校服外套被脱掉了，他身上只穿着一件白色 T 恤，七歪八扭，精致的锁骨清晰可见。

木棉目光飞快闪开，微垂下眼，开口：“吃饭了。”

林慕安眼里还是一片蒙眬，他愣了一下，才无意识地应道：“嗯……”

他步伐缓慢地往客厅走去，坐在椅子上时还是一副呆愣的模样。木棉一边帮他盛着饭，一边忍不住打量着他。

刚睡醒的他皮肤白得好像会发光，嫩生生的，就像他每日喝的牛奶，丝滑瓷白，那双漆黑的眼睛无意识地看着前方，瞳孔涣散，没有聚焦。

呆呆的模样。

像个小孩。

好可爱！

木棉目不转睛地盯着他，舍不得移开视线。

平日里无比敏锐的人此刻却无所察觉，接过她递来的碗就开始吃饭，每夹一道菜脸上就会柔和几分，还伴随着微微点头。

比起他上次那副毫无波动面无表情的模样，倒是真实讨喜很多。

木棉忍不住莞尔。

他吃饭的动作很斯文，细嚼慢咽，嘴唇紧闭着，腮帮子微微鼓起，清冷的面容柔软不少。

木棉心满意足地嚼着嘴里的饭，嘴角高高翘起，心底充盈着不可名状的温暖。

林慕安放下筷子时，盘里的菜还剩三分之一。木棉起身收拾，看着桌上的菜有些头疼，正在倒掉和不倒掉之间纠结时，面前的人出声了：“放冰箱好了。”

“嗯？”

“我明天可以吃。”

木棉双眼骤然发亮，笑容粲然得耀眼。

“好的呀。”她连忙点头。

收拾到一半的时候，她突然想起什么，看着坐在椅子上的人开口：“以后你想吃的话，我可以随时给你做啊。”

林慕安正在发呆，神游天外，忽然意识到她说了什么之后，视线定在了她身上，少女笑容明艳，清亮的双眸映着满室灯光，细碎璀璨，莹莹生辉。

可能是刚睡醒不久后的倦怠，也可能是饭后的满足，林慕安只觉得此刻整个人都置身于前所未有的舒适中。

他望着她，轻轻地点了点头。

周五，清晨空气微凉，天边一抹灿烂的金色，淡薄的雾气萦绕着树木建筑。

一中校门口集合了无数学生，他们都褪去了往日清一色的校服，换上了五颜六色款式新颖的服装，一张张朝气蓬勃的脸上都是明媚笑意。

各班以班主任为首，按照座位顺序排列着，木棉和方芸站在一起，方芸一如既往地亢奋，在她耳边叽叽喳喳喋喋不休："木棉，你今天怎么还是穿着校服啊，你看看大家，都穿着自己的衣服呢！"

"校服穿着很舒服啊，尤其是爬山。"木棉笑着回答，目光却情不自禁地搜索着队伍中那个和她一样格格不入的人。

"林慕安今天也穿校服来了，你们俩是约好的吧？"方芸坏笑，伸手掐她的腰调侃，"情侣装哦！"

"巧合——"木棉连忙躲闪，解释道，却不敢承认自己的小心思。

那个人除了在家，从来都没有在公共场合穿过校服以外的衣服。

或许是深知自己的颜色艳丽，又或者是根本无心穿着。

久而久之，木棉也总是习惯穿一身蓝白校服。

那是她心目中最美好的颜色。

各班点完名之后，就开始出发，此刻天边的太阳已经露出了大半张脸，金色的阳光笼罩着大地。

几支队伍在班主任的带领下整齐地朝佛陀山出发，只是刚出校门不远，队形便开始散乱，关系好的同伴三两结群走在一起。

木棉开始在人潮中搜索着林慕安的身影。

他的身影很好辨认，一群便服中，就他独独穿着蓝白校服。

木棉眼睛一亮，撒开腿跑了过去。

方芸摇了摇头，十分无奈，目光和不远处的徐静对上，两人相视而笑，如同难兄难弟般，手挽手走到了一起。

"林慕安——"木棉唤他，声音雀跃，神色欢喜。

林慕安扫了她一眼，没有回应，面容冷淡。

他旁边有几个女孩手挽手走在一起，闻言倒是侧头仔细打量着木棉，眼神意味不明，木棉忍不住皱了皱眉头。

"你要不要喝牛奶？"木棉目光回到身旁的人身上，手里捏着背上双肩包的带子，仰头问他。

一副习以为常的模样。

"不要。"林慕安虽然没什么表情，但还是回答了她。

木棉眼角余光中，那几个女孩的脸色顿时变了，相互推搡几下，然后里头那个最为漂亮的女孩面色忸怩地开口了：“林……林慕安，那你要不要喝水……”

没有人回答，气氛一度很尴尬。

时间一分一秒地过去，女孩原本薄红的脸渐渐涨成了猪肝色。

木棉侧头看了眼身旁的人，他仿佛没有听到般，神色漠然，抿着嘴角眉目冷峭。

木棉面上没有表现出半分异样，好像刚才什么都没有发生，默不作声地跟在林慕安身旁走着，那几个女孩也沉默地走在一旁。

没过多久，山势渐渐陡峭起来，木棉背着一个大大的帆布包，走起路来微微有些喘。

在她步伐落后了些许后，背上的包被人提起，耳边是熟悉的声音，清冷悦耳：“给我。”

木棉愣住，还未反应过来时，书包已经顺着她的手臂滑落，被他稳稳地提在手上。

“不用了……没多少东西……”木棉弱弱地辩解。

林慕安恍若未闻，眉眼沉静地自顾自走着，木棉悻悻闭上嘴，垂眸盯着脚尖，心头冒出小小的喜悦。

沉浸其中的她，没有发现身旁那几张青白交织的脸庞。

程青绞紧了手指，面色惨白，盯着前头那两人咬紧了唇。

林慕安何时搭理过人，又何时主动帮人提过包。

身旁的人小心翼翼地推了推程青，小声叫道：“青青……”

“嗯？我没事……”程青笑了笑，松开了被咬出牙印的唇。

木棉看着身侧的那只手。

纤长白皙的手指轻巧地提着她的双肩包，墨绿色的书包上有只卡通猫咪，被他拎在手上有种违和的美感。

嗯，木棉从来没有哪一刻觉得自己的书包如此刻般养眼。

他们已经开始上山，陡峭的道路换成了一眼望不到尽头的台阶，从两旁茂密的树木中望出去，能看到外头连绵的山脉，萦绕着层层雾气。

格外好看。

木棉一心二用，有一搭没一搭地注意着脚下的路。

在脚下踏空的前一秒，身侧的人扶住了她，她惊慌地抬头，撞进了林慕安那双不满的眸子里。

“看路。”

他吐出两个字，欲收回手，在指尖脱离的前一秒，木棉眼疾手快，立刻抓住了他，握着那只骨节分明的手，收紧，牢牢捏在掌心，无辜地睁着眼睛。

“那你拉着我，不然等会儿又摔了怎么办。”

“不要。”他甩开她。

木棉又执拗地伸手拉住林慕安，林慕安继续甩开，如此来了三四个回合之后，木棉听到他好像轻轻地叹了口气，然后拉长了宽大的校服袖子，遮住了两人相握的手。

木棉：“？”

“眼不见为净。”他头也不回地答。

“……”

纵然手段不是很光彩，结果也不是很坦荡，但木棉还是达成了目的，她手指一根根收紧，在校服宽大袖子的掩盖下，攥紧了他的手。

两人就这样一路走到了半山腰，那里有个小凉亭，里头可供人休息，此刻已经坐满了班里的同学。木棉在踏入众人视线的前一秒，飞快地放开了他的手。

林慕安意味不明地扫了她一眼。

徐静很快就看到了木棉，立刻朝她招着手。

木棉看过去，徐静坐在凉亭一侧，身旁是方芸。木棉目光扫视了一圈，两人身旁已经没有空位了。

她对着两人摇摇头，和林慕安一起走到了另一处光滑的石面上休息。

吹了吹上面的灰尘，木棉毫不在意地坐了下来，大大咧咧地盘着腿，伸手去钩林慕安旁边的包，然后埋头翻着里面的零食。

林慕安不动声色地打量着她，记忆里，有两次她也是这样，无所顾忌地坐在他家门前的台阶上，懒洋洋的模样，随意又自然。

女孩子的矜持和忸怩在她身上看不见丝毫。

脑海里不由自主地想到了之前种种，他掩下眸，弯身在她旁边坐下。

“你的牛奶。”木棉从包里拿出一瓶牛奶递给他。

林慕安接过，剥开吸管插进去一口口吸着，眼角眉梢都是满足。

木棉喝着嘴里的椰汁，莫名有几分不知其味，于是，她松开了嘴里的吸管凑过去，饶有兴致地问：“好喝吗？”

林慕安闻言立刻警惕地望着她，身子微不可察地往后一退，眼里明晃晃的都是防备。

木棉悻悻地抿着唇嘟囔：“我就问问嘛……”

林慕安全神贯注，依旧没有丝毫松懈。

木棉眼珠子转了转，再次探身过去悄声开口：“给我尝一口试试好不好？”

林慕安睨了她一眼，无声拒绝。

木棉笑着威胁：“不给我就……”

果不其然，面前的人脸色一变，林慕安眉头紧皱，似从牙缝里挤出几个字：“木棉……”

“在呢。”她笑得如沐春风。

林慕安没理她，继续喝着手里的牛奶，只是喉结滚动得越发明显，他加快了动作。

木棉心情大好，看着远方青山白云，慢悠悠地吸着椰汁。

两人相安无事片刻。

忽地，一股奇怪又无法忽视的味道传来，林慕安皱起了眉，侧头，木棉正在拆着一盒榴梿饼。

“……”

“要吃吗？”木棉把手里拆开的那个榴梿饼往他面前送了送。

林慕安眼里闪过一丝惊恐，他极快地退开身子，摇头。

“很好吃的。真的，你试试。”

木棉还在满脸诚恳地向他推销。

林慕安推开她的手，低低呵斥：“离我远点。”

他快要吐了。

木棉见状撇撇嘴，抱着那盒榴梿饼往徐静那里奔去。

林慕安如释重负，悄悄松了一口气。

“静静……你的最爱。”

木棉走到了小亭子里，直接坐到徐静腿上，把手里的榴梿饼往她嘴边送去。

徐静张开嘴，满脸享受，“好吃……”她由衷地发出感慨。

木棉笑眯眯给她喂完，自己也吃了一个，两人就这样你一个我一个，分食完了那一整盒的榴梿饼。

一旁的方芸捏着鼻子看得目瞪口呆。

吃完了榴梿饼的后果就是，接下来林慕安手都不让木棉牵了。

木棉：“……”

佛陀山之所以出名，便是因为山顶上的那座寺庙，历史悠久，香火极其旺盛，听说佛祖格外灵验。

而且后院还专门开辟出一块地，供来往香客自行安排食宿。

刚好可以作为他们解决中饭的地点。

一行人抵达寺庙时，正值午后，勤奋的孩子开始烧火做饭，贪玩的孩子已经开始漫山遍野地乱窜。

木棉拽着林慕安，穿过层层庙宇，来往香客，带着满身的香火气息，来到了大雄宝殿。

“听说这里的签很灵验的，我们也来求一支吧。”木棉兴致勃勃。

林慕安被动地顺从了她。

“施主，求什么？”寺庙的僧人问。

木棉：“姻缘！”

林慕安：“？”

慈眉善目的菩萨面前，木棉抱着签筒，跪在蒲团上，满脸虔诚。

手里的竹签在摇晃，“啪嗒”一声，掉下来一支。

木棉兴奋地捡起，满眼期待。

浅褐色的竹签上，写着一行黑色蝇头小字：秋水正寒，寒潭下钓，难遂心愿。

纵然木棉不是很解其意，但最后那句难遂心愿还是通俗易懂的，她脸色顿时沉了下来，林慕安忍不住侧头看了一眼，随后也是有些发愣。

他嘴唇微动正欲说些什么，木棉已经飞快地起身走到一旁的僧人面前，楚楚可怜：“大师，你帮我看看这支签……”

眉眼祥和的僧人接过竹签，垂眸凝视片刻，抬头平静地叙述：“此签为中平，施主求的是姻缘，因而暗示目前机缘不对，不宜妄想妄动，否则事事落空，一无所成。”

木棉脸色立刻丧了起来。

林慕安终于把哽在喉间许久的那句话说了出来：“信则灵，不信则无。”

木棉闻言，立刻振奋起来，抬头双眼发亮可怜巴巴地看他：“所以你会遂了我心愿的是吗？”

林慕安：“……”

“走了。”他抬腿，转身往外走去。

木棉对着面前的僧人道了句谢，连忙跟上。

两人的背影渐渐消失在门口，隐约还能听到少女清脆的声音传来：“你等等我呀——”

殿中，慈眉善目的僧人看着两人消失的方向目光悠远，许久，缓缓摇了摇头。

木棉和林慕安回去的时候，后头的小院子里已经飘出了阵阵香气，红木四方桌上摆着几碗炒好的菜，冒着腾腾热气。

小小的院子中大家分工合作着，你洗菜我添柴，你掌勺，我打下手，一派其乐融融。

林慕安径直走到了桌前的那张红木长椅上，低头按着手机，一副生人勿近的模样。

木棉转了一圈，发现已经没了她的容身之地，于是百无聊赖地坐到他旁边，托腮发着呆。须臾，她眼珠子转了转，身子往旁边那人的方向挪了挪。

等了几秒，见他没有反应，她又往前移了几寸。

直到两人衣袖的布料摩擦在了一起，她方才心满意足地停下了动作。

鼻尖飘来丝丝菜香，面前几个白底青花瓷碗，其中一个上面搁着双筷子，木棉环顾了四周一圈，见没人注意，悄悄伸出了手。

身旁的林慕安从手机中抬起头，淡淡睨了她一眼。

木棉捏着筷子，伸向了碗里，夹起一块香干送入嘴中，立刻惊异地赞叹了一声：“好好吃！你要不要试试？”

木棉马上又夹了一块，推了推旁边的林慕安，送到他嘴边，满脸激动。

“真的好吃！”她神色雀跃得像分享惊喜的孩子。

此时已是下午两点的光景，距离上一次进食已经过去了大半天，林慕安中途就只喝了瓶牛奶，此刻看着面前筷间卖相十足的香干。

他……情不自禁地张开嘴咬入唇间。

香干特有的柔软裹上了生抽的浓郁味道，其中还沾染着淡淡的青椒味，霎时间在口腔内化开扩散。

林慕安点点头，暗赞，确实不错。

木棉歪头看他，捏着筷子哧哧地笑，眉眼弯弯十分喜人。

院子里，大多数人都在自顾自忙碌着，没有人注意这边的动静，只有一两个人不经意间看到了这一幕，目光愣住，随后又若无其事地转开眼，内心波涛汹涌。

大家忙忙碌碌，终于将饭菜全部端上桌，一群师生热热闹闹地吃过午饭之后，组织学生去了寺庙后山。

爬上几级台阶，沿着庙宇青色的墙壁转过一个弯，视野顿时开阔起来。

一大片青色草地，旁边几棵大树郁郁葱葱，午后细碎的阳光从枝缝中洒了下来，班主任带头找了片阴凉地，众人席地而坐。

木棉毫不在意地大大咧咧地盘腿坐下，环顾四周。

这就苦了那些穿裙子的女生了，一个个只能并膝斜坐在地上，宛如一条美人鱼。

并不是很美的那种。

众人围成了一个圈，班主任正站在中间宣布接下来玩个非常有趣的小游戏——

丢手绢。

被抓到的人要当众表演节目。

在一大片的嘘声中，他淡定地继续宣布着游戏规则。

木棉双手托腮，听得津津有味。

风轻轻吹起她鬓角的碎发，清秀的侧脸十分恬静。

林慕安收回了视线。

游戏热火朝天地玩起来了，虽然方才遭到了群嘲，但大家玩起来之后依旧一个个兴奋得像半大的孩子。

玩过几轮，木棉被迫欣赏了几首不美的音乐、诗歌朗诵，还有模仿动物叫声。

新一轮游戏又继续开始。

林慕安正看着前方发呆。

他的身后静静躺着一团花手绢。

众人屏息，那个丢下手绢的妹子神色紧张，加快了脚下的步伐，越来越近，她已经跑完了大半圈，即将要来到他身后抓住他了！

木棉飞快地撞了下林慕安。

林慕安警觉，立刻转身，拿起身后的手绢，跑了起来，然后随手一丢。那人立刻发现，起身，奔跑，林慕安落座。

木棉身旁变成了方才的那个妹子。

她还有些微喘，看木棉的眼神无比埋怨。

木棉笑了笑，看向了已经坐到她对面的那个人，恰巧他也在看她，黑亮的眸子清透水润，她嘴角的笑意加深。

他垂下了眸。

日暮西斜，大半个草坪都被树木的阴影笼罩，阳光已不复午后的火辣，微风阵阵吹拂，清凉怡人。

山上早晚温差很大，太阳一落下，便觉得有些凉意，木棉双手合拢，对着掌心哈了口气。

班主任在组织着大家下山。

一行人浩浩荡荡，借着夕阳的余晖，沿着石板小路往下走去，经过下午欢快的游戏，每个人脸上都带着雀跃的笑意，气氛轻松而愉快。

木棉和林慕安并肩走着，渐渐落后于人群。

天边烧红的晚霞，层层叠叠似云锦，远处的山川河流，缩小了无数倍堆积在脚下，无比壮丽，美不胜收。

微风袭来，通体舒畅。

木棉悄悄伸出手，试探地牵住身旁那人。

他没有回应，也没有拒绝。

木棉翘起嘴角，一根根收紧了手指。

一行人抵达山脚时，夕阳已经只剩下小半张脸了，红彤彤地藏在云朵中，像个害羞的小孩。

大家各自回家。

木棉跟着林慕安上了公交车。

佛陀山在江城最北面，属于郊区，从这里去到他家要穿越大半个城市。公交车上人很少，座位空了一大片。

林慕安坐到了中间那排靠窗的位置上，木棉在他身旁坐下。

车子摇摇晃晃，窗外风景快速变化，落日的余晖打在玻璃上，映下一道道橘色光影。

林慕安就坐在这片光影中，神色疏离，眉眼绮丽，面容精致得无可挑剔。

白皙的脸上映着一道道温暖的橘红光辉，明灭交错间，他眉宇间的清冷却挥之不散。

木棉把手中的白色耳机塞到他耳中，轻快舒服的音乐缓缓从里面流泻而出。

恍惚间，他的神色仿佛柔和了几分。

两人安静地听着歌，他看着窗外景色，她看着前方，时不时看向他。

公交站台在眼前飞速消失，又重新映入眼帘。在夕阳的最后一点光湮灭之后，车子终于抵达了他们的终点站。

木棉收起耳机，两人一前一后地下车。

街边路灯一盏盏亮起，来往行人匆匆。

天已经很黑了。

林慕安校服的外套是敞开的，露出了里头的白色 T 恤，他手插在裤兜里，神色漠然，步伐很慢，身姿带着几分漫不经心。

或者又是无所畏惧。

反正也没有人在等待。

木棉情不自禁地攥紧了肩头书包的带子，然后扯出了一个微笑，三步并作两步跳到了他身旁挽住他的手，仰头，面容纯净，眸里带着一抹天真。

“给你做饭吃好不好？”木棉温柔地笑着，企图让自己变得更加美好，美好到能驱逐他满身的孤寂。

林慕安深深地看着她，然后，轻轻地点了点头。

“那要跟我去买菜吗？”她又笑着问。

他微微颔首。

达成一致，两人在前方直接右拐，来到了上次那家超市。

这次林慕安一直安静地跟在她身边，帮她推着车，眉眼安静又温和。

偌大的超市，人头攒动，各种颜色交织穿梭。

男孩和女孩穿着蓝白色校服，并肩而立，在货架上慢慢挑选着，偶尔低声私语。

两张面孔年轻又漂亮，让人不由自主地联想到了一连串美好的事情。

两人买完菜直接回去。

破天荒地，这次林慕安竟然问她需不需要帮忙。

木棉说：“好呀，那你帮我洗菜吧。”

不大不小的厨房中，两人分工各自忙碌着，头顶是一盏橘色吊灯，照得满室昏黄，暖意横生。

水槽前面开了一扇小窗，从里头望出去，可以看到房子外面的黑色雕花围栏，上面缠绕着蔷薇花藤蔓。

在微弱灯光的照耀下，墨绿色枝丫缠绕而上，极尽妖娆。

木棉动作很快，饭菜不多时就上桌了，纵然这是非常难得的时刻，但现在天色已经很晚了。

她唯恐会饿着他一点点。

吃完饭，接近九点。

木棉起身收拾着碗筷，林慕安抬眸看了眼手机，随后声音浅淡地开口：“你先回去吧。”

“嗯？”木棉停下手里的动作。

他站起身子，接过她手里的碗筷，平静陈述：“很晚了。”

“担心我呀？”木棉调笑。

他没有回答，沉默地收拾着桌上的饭菜，木棉扁扁嘴，转身拿起书包跟他告别。

“那我走了啊……”

“嗯。”

“路上小心。”

木棉是踩着月光回家的，打开门不出意外的一室漆黑。

她按亮灯，嘴角带笑。

沐浴完坐在床上之后，她拨了一个号码，随后立刻拿来纸笔，唰唰地记下一串地址。

安菱所在的医院是木棉在网上查的，江城很小，小到只有这么一所治疗特殊病人的地方，稍作咨询，便得到了答案。

翌日周六，晴。

早上七点，闹钟就开始疯狂地叫嚣，柔软的被窝中伸出一只手，白皙纤长。闹钟被按灭。

木棉翻了个身坐起，跌跌撞撞地刷牙洗脸出门。

转了三趟公交车，步行了二十分钟之后，木棉看着眼前这扇略微老旧的大门，拿出昨晚的那张字条。

仔细核对上面的地址之后，她收起，提步走了进去。

这是条水泥路，路况不甚良好，有些水泥断开，露出了里头的泥土，布满蜘蛛网似的裂缝里还长出不少杂草。

“你好，请问这里有位叫安菱的病人吗？”她轻声询问着前台。

面前的小护士打量了她一眼，随后低头查了几秒，抬头打量着她：“有。”

“哦，好的。”木棉应道，“我想申请探视。”

“这边需要身份证登记一下，必须要满十八岁才能探视。”

木棉点点头，打开包拿出了身份证。

那个小护士细细检查核对，随后又打量了她几眼，方才把身份证还给她，拨了个电话。

没多久，一位穿着白大褂的医生就走了过来带着木棉进去，穿过几道走廊，最后停在一扇铁门前，上面刷着老旧的绿漆，光线不甚明亮，整个回廊都是阴森森的。

明明此刻外头还是阳光明媚，晴空万里。

木棉忽然有种身处在两个世界的感觉。

门打开，空荡的房间，雪白的墙壁，被钢筋封死的窗户，每一处都透着寒意，让人骨头发冷。

正中的铁架床上，坐着一位妇人，穿着蓝白条纹的病号服，眼神空洞。

她的容貌极其妍丽，即使已经年华老去，依旧是挡不住的风姿卓越。但木棉觉得，林慕安好像和她并不是很相似。

他的相貌应该是随了父亲。

听到门边的声响，妇人迟钝地转过头看了过来。

“安菱，有人探视。”

木棉连忙上前一步，微微弯腰轻声开口：“阿姨你好，我是林慕安的同学……”

呆滞的眼睛忽然动了一下，她目光隐隐带着抹激动，盯着木棉，颤声开口：“阿慕，他……他来看我了吗？”

“他这两天出去比赛了，不能来探视，所以叫我帮忙来看看你。”木棉笑道，把手里的水果和牛奶放到了她面前，“这是他最爱喝的牛奶，每天早上都会喝一瓶，他说希望你好好照顾自己，早日康复，能接他回家。”

安菱的眼里渐渐冒出了水光，她点点头，仿佛想到了什么，陷入了回忆中。

探视时间只有半个小时，两人聊了几句，全都是关于林慕安的。后半程安菱都在发呆，沉浸在自己的世界里，样子痴痴傻傻的，神色木然，看得出来，状态不是很好。

探视结束后，木棉和那个医生聊了很久。他说安菱的病是由于外界刺激导致的，而且没有及时得到治疗，平日里看起来和常人无异，但一受到外界固定的因素刺激时，便会出现暴力倾向，而且人格扭曲。

木棉从里面出来站在太阳底下时，恍如隔世。

外面天光大亮，花红柳绿。温暖的阳光洒在身上，驱散了那一身冷意，她抱紧了胳膊，低头前行。

这边很偏，木棉等了好久，才来了辆破破旧旧的公交车。她上去，投币，坐下，静静垂眸，脑海里全都是方才那个医生说的话。

“她那次差点杀了她儿子，幸好被孩子的爸爸及时发现了，这才瞒不住送到了医院。

“她这个病应该得了有十多年了，每次一发起病来，就虐待她儿子。

“她和她老公早就离婚了，孩子和她住，两个人相依为命，没人管也没人知道这个事……

“被发现的时候，她儿子都上初中了，听说瘦得不成样子，身上经常青一块紫一块，造孽。”

车子一路摇摇晃晃，外面的景色渐渐模糊。

到站时，司机不经意间从后视镜里看了一眼，随后愣住，坐在前排的那个女孩，不知何时，已是满脸泪水。

几经波折，木棉终于站到了林慕安的家门口。

她抬手，按响了门铃。

不多时，门从里面被打开，看到她，林慕安脸上有些惊愕。

他还没反应过来，下一秒，木棉已经扑了上来，紧紧地抱住了他，突如其来的巨大冲击力让他身子有些不稳。

林慕安踉跄几下，扶住了门。

“放开。”

他看着埋在他胸前的这个女孩，低声呵斥，然后去掰她的手。

木棉收紧了手臂，死死抱住他，在他怀里不停地摇头，脸贴在他温热的胸膛上，熟悉的气息袭来，眼泪又忍不住汹涌而至。

胸前的布料渐渐被打湿，林慕安情不自禁地停住动作，手在空中僵持了片刻，然后试探地、轻轻地拍了拍她的肩膀。

“好了……别哭了……”

他的声音很低，听不出太多情绪，但此刻木棉若是抬头，便会发现那张冷峻的脸上，是罕见的柔和。

木棉收紧了手臂，把自己往他怀里送得更深。

“你抱抱我……”她吸了吸鼻子，瓮声瓮气地说道。

林慕安皱了下眉头，眼里闪过一丝挣扎。他有些头疼地看着胸前这个黑色脑袋，须臾，还是伸出了手，缓缓搂住了她肩膀。

她的肩膀出乎意料地纤细，一只手便能环住。

破天荒地，她今天散着头发，一头乌黑柔顺的长发披在肩头，丝丝幽香直往他鼻孔里钻。

这是一种很陌生的感觉。

第三章

以后赚钱养你啊

Piaoliang de Ta Bushuohua

木棉在林慕安怀里赖了很久，久到全身开始发烫。

鼻息间萦绕的都是他的气息，清爽干净，夹杂着淡淡的馨香。

她忍不住用脸颊蹭了蹭，底下的布料柔软又舒适。

而隔着一层薄薄布料的，是他温热又宽厚的胸膛。

木棉暗自满足地喟叹一声。

微小却不容忽视的触感，让人心头发痒，酥酥麻麻，从那一处传到身体各个角落，林慕安眯了眯眸子，伸手把怀里的那张脸抬了起来。

四目相对，深邃的眸子像两颗黑曜石，高深莫测地打量着她。

“不哭了吧。那赶紧放开。”

林慕安端详了木棉几眼，目光掠过她微红的眼、濡湿的睫毛、布满泪痕的脸颊，最后眼神停在她身后虚空的某点上，淡漠地开口。

木棉咬咬唇，松开了环住他腰身的手，然后退开一步，低着头看着脚尖，像个犯错的小孩。

彼此沉默。

林慕安盯着她的头顶，目光沉沉，许久，才轻轻地叹了口气：“进来吧。”

他把门关上，转身。

木棉默默跟在他身后，走到客厅，站在中间。

林慕安打开冰箱，拿了一瓶纯净水递给她。

木棉拧开喝了两口后，才觉得有些尴尬。

他就这样看着她，双手插在兜里，宽松的白色T恤，浅灰色的棉质长裤，头发凌乱，像是刚从被窝里爬起来的样子。

自己就这样贸然地、没有缘由地，闯到了他的家中。

木棉又温暾地喝了两口水，须臾，清了清嗓子。

“你刚刚在干吗呀？”她声音小小的，尾音微微上扬，轻柔而软糯。

林慕安顿了一下，好似并不是很想回答她。

木棉偷偷地抬眸，看了他一眼，又飞快地垂了下去，眸中水光潋滟，莫名带着丝怯生生的意味，着实难得见上一回。

“睡觉。”

他面无表情地吐出两个字，还是回答了她。

木棉“哦”了一声，想了想，接着试探地开口：“今天太阳特别好，那个，要……出去走一下吗？”

“不要。”

林慕安毫不留情地拒绝。

木棉噎了下，随后抿抿唇，道：“那你要继续睡吗？”

“嗯。”

“哦。”她点点头，身子却一动不动的。

林慕安不禁有些头疼，再次看了她一眼之后自顾自转身回房，“哐”的一声带上了卧室的门，清脆的一道落锁声从门后传来。

木棉垂着脑袋，脖颈有些发酸。

客厅很大，空荡荡的，木棉踮起脚，在地上一遍遍画着圈。

不知道画到第几百个圈时，面前落下了一大片阴影，木棉抬头，霎时间绽开了笑容。

似春日里的百花齐放。

“林慕安——”

“闭嘴。”

他低斥，表情很差，明显一副没睡醒的样子，眼底有淡淡的青色，头发乱糟糟的，左右还各翘起一团，像顶着两只角的小兽。

配上那张好看的脸，可爱得不像话。尤其是现在这副貌似抓狂的模样。

木棉控制不住地牵起嘴角。

他没有再说话，仿佛在思考。

木棉满脸乖巧地站在那里，等待着他的下文。

沉默在两人之间蔓延，时间好像静止，不知过了多久，他的声音才复而在耳边响起：“你要去哪里？”

只要和你在一起，去哪里都可以。

木棉眸光雀跃，生生地把那句话咽了下去，小心翼翼地开口："要不……我们去看电影吧！"

话音落地，林慕安默不作声地转身回卧室，很快又再次出来，身上套了件黑色薄外套，下身换成了牛仔裤，手里还拿着一顶黑色的鸭舌帽。

他径直走到玄关处弯腰换鞋，然后起身开门，睨了眼还呆立在那里的木棉。

"走啊。"

"哦哦哦。"木棉忙不迭地点头，走到他身边。

一出门，林慕安就把手里的帽子戴到了头上，压低，遮住了大半张脸。

刘海覆了下来，盖住了眉，有几缕过长的发丝跑到了眼睛里，他不自然地眨了眨眼。

木棉立刻踮起脚，轻轻地帮他拂开，然后手自然地落了下来，顺着他肩膀的弧度，一路向下，轻轻拽住了他垂在身旁的手。

细白纤长的手指，攥在手心，根根温热，骨节分明，抵在她柔软的掌心。

从骨头里开始发软。

木棉忍不住收紧了力度。

在林慕安即将蹙眉前，她另一只手立刻竖起了三根手指在脸旁，信誓旦旦地解释："我就只是单纯地想拉着你，别想多了。不然两个人这样走在路上还怪尴尬的……"

木棉干笑两声，问："你觉得呢？"

林慕安闻言淡淡地看了她一眼，神色意味不明，但终究没有甩开她。

于是，一上午的压抑难过，在与他掌心相贴的这一刻，通通化为乌有。

电从这儿走到影院大概十多分钟，在路上的时候木棉就开始拿出手机订票，仗着有林慕安在旁边牵着她，眼睛肆无忌惮地黏在屏幕上面。

"哎，你看这个怎么样？好莱坞大片——"

"……"

"这个呢？文艺小清新，× 导监制的。"

"……"

"还有这个，当红小生主演……"

"随便。"

林慕安看着那个快要撞到路桩上的人，立刻拉了她一把，不耐烦地回答。

"那好吧。"

盯着手机的木棉踉跄两下，稳住身子，然后选了一部开场时间离现在最近的片子，接着又顺手买了个爆米花套餐。

把这一切都做完之后，她才收起手机，偷偷地打量着林慕安。

今天太阳很好，照在他身上，感觉往日里的阴郁晦暗被冲淡不少。

帽子遮住了他眉眼，唯有白皙的下巴暴露在明亮的日光中，红唇照例抿起，唇线拉得笔直，带着一丝薄寒。

那天的情景又不受控制地闯入脑中，木棉脑袋一热，就脱口而出："林慕安，你应该多笑笑，你笑起来特别好看。"

果不其然，话音刚落，他的脸就立刻沉了下来，再大的阳光都驱不散他满身阴霾。木棉小心翼翼地攥紧了他的手，唯恐被一把甩开。

他好像极其厌恶别人称赞他的外貌。

好在电影院就在不远处，一进门，林慕安就松开了她，径直走到了休息区。

木棉不自然地动了动手指，然后跑到柜台去取票。

周末人很多，前面排着老长的队，等木棉端着饮料抱着爆米花走过去时，林慕安已经阖上了双眼，双手抱在胸前低垂着头，帽子的阴影落了下来，挡住了旁人的视线。

他看起来很疲惫的模样。

木棉不忍心叫醒他，安静地坐到他对面，放下手里的东西，然后托着腮，静静地看着他。

旁边有一对母女也在等场，小女孩看着木棉的样子，疑惑地转头问她母亲："妈妈，妈妈，那位姐姐为什么要一直看着哥哥呢？"

"因为哥哥长得好看呀。"年轻的妈妈打量了一眼林慕安，调皮地回答。

"那姐姐是不是就是传说中的花痴？"

童言无忌，奶声奶气的声音叫人生不起气来，那位妈妈有些尴尬地笑了笑，忍不住看了眼木棉。

"姐姐不是花痴。"

木棉毫不在意，转头看着小女孩笑，眉眼温软，像是微风吹过湖面泛起的阵阵涟漪，细碎水光，柔柔荡入心间。

"有一种叫人情难自禁的东西——叫爱情。"

她神色莫测地盯着眼前的小女孩，语气幽深，一副"你小你不懂"的模样，那个小女孩果然惊恐地看着她，一脸蒙。

木棉暗爽。

沉迷于调戏小朋友的她，没有注意到对面那人悄悄睁开了眼睛。

林慕安看着木棉的侧脸。

白皙清秀，嘴角带着一抹笑意，让整张脸都变得柔和起来。

明明不是很出色的容貌，却莫名地耐看，叫人反感不起来。

如一汪清泉，悄无声息地蔓延。

一点一点，占据人的心间。

小女孩愣愣地看着木棉，随后目光移到了林慕安身上，天真地、单纯地、呆呆地问："哥哥，什么叫爱情？"

木棉顿时如遭雷击，缓缓转头，方才沉睡的人正盯着她，眸光深如墨。

他面色平静无波，但木棉总感觉，底下仿佛在汹涌沸腾着什么。

在三双眼睛的注视下，林慕安始终沉默。木棉不知道是他在陌生人面前习惯性地冷漠，还是他不愿意回答这个问题。

但木棉想，不管是哪一点，他都是不可能开口的。

好在电影马上就要开场了，木棉拉着他起身，往检票口走去，人很多，有些拥挤，队伍也排得很长。

人潮中，木棉松开了他的衣袖。

检票，进入放映厅，画面出现，灯光熄灭，一室漆黑，唯有前头的淡淡光芒，照亮了一小方天地。

两人并肩而坐，却寂静无声。

电影开始放映，画面在眼前翻滚，木棉抓了把怀里的爆米花，甜腻的奶油味在嘴里散开，她悄悄侧头，看了眼身旁的人。

他靠在椅子上，头抵着身后柔软的椅背，整个人都窝在里面。

周围很安静，只有演员的对白声，在耳边响起。

"林慕安……"木棉幽幽地叫他。

"嗯。"他眸光落到她身上，低低应了一声。

"我刚才说的话，你都听见了？"

木棉的声音有些哀怨，黑暗中看不太清楚她的表情，但林慕安想，那双清亮的眼里，肯定也是一片水雾蒙蒙。

"嗯……"他再次应道。

木棉看着那张没有任何表情的脸，眨了眨眼睛，做作地质问："你就是这样对待一颗少女心的吗？"

林慕安闻言，抬手拿起旁边的饮料喝了一口，面色淡定地继续看着电影，连余光都不曾分给她。

木棉注视了他一会儿，凑近，低声问：“好喝吗？你的是草莓味的，我的是柠檬味的。”

她自顾自说着，然后再次凑近。

“我想尝尝你的草莓味……”

林慕安指尖冰凉，杯身的水雾还沾在上头，他身子立刻往后仰，目光警惕。

耳边传来轻笑声，木棉已经端起他手边的饮料，咬住吸管，睇着他，笑得分外得意。

黑暗和寂静，总是容易勾出人最本质的劣根性。

他按捺住心底翻滚的陌生情愫，深吸了一口气盯着大屏幕。

木棉也安静了下来，两人默默地看着电影。

这是一部青春文艺片，画面清新浪漫，景色优美宜人，配音轻柔舒缓。

经过方才木棉的一闹腾，他们已经错过了一大半剧情。

电影放映到三分之一的时候，林慕安眼眸半敛，昏昏欲睡。

里面的温度很适宜，不冷不热，耳边的声音也很缓慢，他眼皮越来越重。

木棉目光再次移过去的时候，发现林慕安已经阖上了双眼，斑驳光影投射在他脸上，忽明忽暗。

他的皮肤很白，不是那种健康的象牙白，是毫无血色的苍白，木棉每次看到都有些心惊。

不知道他是不是在熟睡，还是如同先前一般假寐，但之后感觉肩头传来重量后，她才确定，这次他是真的睡着了。

眼前的电影仿佛变成了无声的默剧，耳边蔓延的只有他清浅的呼吸，木棉忍不住微微侧头。

两张脸隔得极近。

他的皮肤细腻得看不见一丝毛孔，长长的睫毛耷在上面，卷翘浓密。

木棉伸出手指，轻轻碰了碰，软软的，有点痒。

她轻笑出声，然后转过头，继续认真地看着电影。

放映结束，影院的灯光亮起，木棉有些不适地眯了眯眼睛，看向身旁那人，他依旧睡得一脸安然。

“醒醒……”木棉轻声叫他。

肩上的头动了动，然后在她脖颈间蹭了蹭，几秒后，动作忽然顿住。

林慕安睁开眼睛，水雾蒙眬地看着她，面色呆愣，眼里都是茫然。

他的起床气很重。经过上次，木棉发现，他每次醒来，都要很久才能缓过神。

两人四目相对，过了一会儿，他好像才察觉到自己身处何方，立刻直起了身子，揉揉眼睛，然后抓了下头发起身。

人已经走得差不多了，走廊空旷，木棉看着前头那个步伐有些轻飘飘的人，想了想上前小心翼翼地拉住了他的手。

林慕安毫无反应。

木棉心头颤了颤，微抿起唇，笑了。

出门，是一条宽敞的街道，两边种满了香樟树，郁郁葱葱，在阳光下投射出一大片阴影。

青红格子相间的方砖铺成了道路，细碎的阳光洒在上面，一眼望过去格外好看。

木棉就这样牵着林慕安慢慢走着，在微风吹拂下，他的睡意逐渐散去。

刚睡醒的林慕安格外乖巧，木棉问他什么，他都会低声应着，有时候不想回答了，便抿着嘴不说话，木棉接下来就换了别的话题。

“你昨晚没睡觉吗？怎么困成这样……”木棉轻声问。

“嗯。”他低着头应。

木棉摇了摇他的手，不依不饶地追问：“那你干吗去了？”

“睡不着……”他说，“做噩梦了。”

他面上没有太多表情，木棉却立刻联想到了早上的那些听闻，她眼里闪过一丝心疼，小心翼翼地试探：“你经常这样吗？”

“嗯……”

“那你每天能睡多久？”

“三四个小时，有时候整晚都睡不着。”他想了下，抿抿唇，毫不在意地答。

难怪……

难怪他白天上课的时候总是趴在位置上；难怪他脸色总是苍白得吓人，眼底一片青色；难怪每次在他家见到他的时候，都是在睡觉。

木棉感觉自己快哭了。

她收紧了手指，紧攥着他的手，仿佛只有这样，才能克制住心底的酸涩。

木棉听见了自己的声音，颤抖得不像话：“那你……梦里都有什么——”

他闻言，蹙起了眉头，像在回忆，又像在思考。

须臾，他垂下了眸子，没有说话。

木棉掩住了眼里的心疼：“没关系，以后每天晚上，我都努力去你梦里。”

轻柔的话语回荡在耳边，林慕安看着她，神色愣怔。

她还在温柔地笑着看他，细碎的阳光打在她清透的脸上，白生生的模样格外养眼。

一阵风吹过，她身后香樟树的叶子落了下来，在空中慢悠悠地飘着。

就像是方才电影里用了无数滤镜的画面。

清新浪漫，优美动人。

林慕安觉得这一刻对他微笑的木棉，美好得就像天使一样。

他忍不住挑起嘴角，却忘记了怎么微笑。

最终只能扯出一个似笑非笑的弧度，比哭还要难看。

等林慕安睡意散得差不多了，也过了饭点，木棉拉着他，走到了附近的美食街，各种香味袭来，勾得人唾液急速分泌。

午后人很多，熙熙攘攘，摩肩接踵，沿路各种叫卖声不绝于耳，林慕安微不可察地蹙了蹙眉头。

他不喜欢这种地方，也几乎没有来过这种地方。

而木棉，看着街边的章鱼小丸子、烧烤、关东煮、铁板鱿鱼等，深深地咽了咽口水。

她拉着身旁的人，快速地冲向了最近的那个摊位。

“老板，给我来十串鱿鱼！”

“好嘞。”老板应道，双手熟练地翻滚、煎炸、挤压烤串，最后撒上孜然、辣椒粉，缠上纸巾起锅。

木棉从老板手里接过一把鱿鱼串时，立刻放开了林慕安，左手抓着一把，右手拿着一根往嘴里送。

“好好吃！”她眯着眼睛无比满足地发出喟叹，然后兴致勃勃地把手里的鱿鱼串送到了他唇边，“你试一下！”

林慕安打量了眼前的东西片刻，方才迟疑地低头，试探地咬了一口。

劲道的鱿鱼裹上了孜然，散发着特有的香味，丝丝咸味在舌尖散开，他点点头，极其自然地拿过她手里抓着的那把鱿鱼串。

“还不错。”

木棉每买一样东西，总是要给林慕安先尝尝，有些林慕安会蹙眉嫌弃，有些会多吃两口，逛完整条街的时候，胃里已经被塞得没有余地了。

然而木棉在看到不远处的那个臭豆腐摊位时，顿时感觉自己还能再吃点。

看出了她的意图，林慕安立刻紧拉着她不放，脸色沉得吓人：“我不要。”

木棉：“我要，你可以不吃。”

“不。”

他站在原地，满脸拒绝。

木棉立刻放开了他的手，朝那个散发着异味的摊位走去。

待她端着一碗臭豆腐回来时，林慕安脸上已经冻得快要结冰了。

看着欲往他身边凑的木棉，他寒声道：“离我远点。”

“你试试，真的很好吃。闻起来臭，吃起来香！”木棉还在一个劲地推销着，满脸诚恳。

“不。”冷着脸的人毫不留情地拒绝，并且和她保持了一米远的安全距离。

木棉吃着碗里的东西，莫名有些食不知味，总觉得不如以往的好吃。她极快地解决完，又擦嘴漱口洗手后才跑回了他身边。她抓住他的手，踮脚把脸凑过去，在他眼前左右展示着。

“你看，就算吃了臭豆腐，我依旧是可爱的小仙女。”

林慕安伸出一根手指头，抵住她的额，一寸寸推开，面色带着一丝难以察觉的柔和。

“好了，这位小仙女——离我远点，你的嘴里都是臭豆腐的味道。”

木棉瞪大了眼睛，不知道是气的还是羞的，她大叫：“我不信！你胡说！”

猝不及防，她钩住了林慕安的脖子，把脸凑过去。

两人之间的距离顿时拉近，呼吸仿佛交融到了一起，浅浅的，一阵一阵地喷洒在他肌肤上。

林慕安睁着眼睛，就这样盯着她。

两人定定对视着，眼神都变得有些异样。

空气好像湖水般一圈圈荡漾开来，像是一滴水珠从高处坠落，砸在原本平静无波的水面。

两人猛地惊醒。

踮着的脚后跟快速落地，木棉松开手，两人的距离立即拉开，彼此神色隐约中带了几分怪异。

热闹的街头，旁边偏僻一角，没人注意到他们的动静。

四月春风温柔舒缓，吹起湖面嫩绿的垂柳，吹起少女翻飞的裙角，吹起心中悄然滋生的情愫。

一汪平静心湖，开始泛起涟漪。

林慕安轻轻闭了闭眼睛，又睁开，注视着木棉。

“走吧，回去了。”

两个身影一前一后，木棉低着头，林慕安步伐沉稳，不紧不慢，从这里走到他家十几分钟的距离。

进门，整个房子安静，林慕安一进去便到厨房倒了杯水，仰头喝下时，喉结翻滚。

木棉看着，突然不知道自己怎么就跟着他又回来了。

“你……待会儿要做什么？”她仰面，动了下唇，犹豫着问。

端着杯子的林慕安步伐顿住，眸光发散，似努力思索过后，垂眼看她，摇了摇头。

木棉沉默了一下，想起另一件重要的事情：“你作业写了没有？”

“我不写作业……”

“这次布置了三张卷子，趁现在有时间，我们一起把它们做了。”木棉像是没有听到他的话，自顾自搜索着他书包。

“我不会带那种东西回家的。”看出来她心中所想，林慕安出声打断。

木棉目光一顿，眨了下眼。

“没关系，我们可以做练习题。”

木棉最后在他房间角落翻出一本数学练习册，是班里发下来的课外资料，里面的题目都很经典，木棉来来回回都做了好几遍，而手上这本，崭新得没有一点人为痕迹。

她将书摊开放在桌面，准备好草稿纸和笔，盘腿坐在地板上，好整以暇地朝他招手：“过来。”

林慕安还僵在原地，看着她旁若无人地在屋子里打转，最后准备好这一系列的东西，坐在那里，神色平静地望着自己。

他脚步没动，木棉依旧不慌不忙地等待着，似乎做好了和他打长久战的准备，哪怕等到地老天荒也不会改变主意。

这一点，林慕安深信不疑。

木棉就是这样的人，不达目的不罢休，顺从她远比反抗来得更加简单。

他闷闷不乐地垂下脑袋，暗自咬了咬嘴角，不甘不愿地走过去。

“我不会。”他赌气地看着摊开在面前的练习册，就差伸手一把挥开了。

木棉气定神闲地冲他笑了笑：“没关系，我教你。”

事实证明，有些东西真的强求不来，木棉不过才讲了两道题目，旁边的人就已经支撑不住，手杵着脑袋，一点一点往下砸，最终，彻底趴在了桌上。

她和悦地放下笔，望着他漆黑的后脑勺叹了口气，合上面前的草稿纸。

“喂，醒醒，去房里睡。”

她伸出一根手指头，戳了戳某人的肩膀。

林慕安躲了几下，迷迷瞪瞪地醒了，抬头睡眼蒙眬地看着她。

“唔，你呢？”

“我也睡个午觉。”木棉伸了个懒腰，揉揉脖子。

“那你去床上睡吧。”他站了起来，彻底清醒了。

木棉思考了一下，点头，同意了。

“好。”

林慕安带木棉走到卧室，刚推开门还未开口，木棉就已经自来熟地来到他床边，立刻趴上去，脸颊满意地蹭了蹭被角。

她闭着眼躺了几秒，然后翻了个身，卷起被子，裹住全身，露出一双扑闪扑闪的大眼睛看着他。

“林慕安，你被子好香……就和你人一样香。”

她在床上滚来滚去，神情天真雀跃，顶着一头凌乱的头发朝他毫无形象地笑，像个小孩。

林慕安遮住了眼，不忍直视。

等他出去再次进来的时候，木棉已经陷在了棉被中呼吸平和，睡颜恬静。

林慕安站在那里盯了她半晌，须臾，轻手轻脚转身掩上了门。

木棉醒来时，夕阳恰好从窗户照进了房间，尘埃在空气中飘浮，空旷的房间笼罩了一层橘色。

她抱着被子，怔怔地看着，脑海中闪过无数的念头，最终缓缓归于平静。

她掀开被子起身，去洗手间洗了把脸，镜子里的人白里透红，五官秀丽。

她拿起旁边的天蓝色毛巾，打湿，拧干，擦掉了脸上的水珠。

那张面容清丽更甚。

木棉推开了房门，客厅的窗户开着，风吹动着窗帘，飘荡在空中，和房间一样，夕阳洒了进来，铺了一地的橘红。

林慕安窝在沙发上，睡得无比熟。

她盯着那张睡颜片刻，拿着钱包手机出门了。

去超市买完菜回来天色已经暗了下来，木棉提着两个大袋子艰难地打开门时，一室漆黑，她伸手摸到旁边的开关，按下，灯光亮起。

客厅中央坐着的那个人猝然抬起头。

他双手撑在膝头，弓着背，抬眼的瞬间，里面是明晃晃的脆弱。

木棉愣了一瞬，随后极其自然地关门，问道："醒了？怎么不开灯呢……"

她把手里的东西放到厨房，走了过去。

"嗯……"

他声音很轻缓，好像非常疲惫的模样，脸色依旧苍白，就连唇色都是极淡。宽大的白 T 恤穿在他身上，更显清瘦。

"你怎么啦？难道做噩梦了吗？"木棉轻笑，弯腰俯身摸了摸他的头。

他没有说话，眼里一片蒙眬，只是缓缓伸出手，抱住了她。

木棉愣住，随后小心翼翼地环住了他肩膀。

明亮空旷的客厅里，两人静静相偎。

不知过了多久，林慕安终于放开了她，神色恢复成以往的淡漠平静，他揉了揉头发，仿佛有些难为情。

"我去做饭。"木棉立刻知趣地开口，转身往厨房走去。

林慕安看着她的背影，目光复杂。

看了半晌，他默默起身，在浴室用冷水抹了把脸，拿起旁边的毛巾时却愣住了。

片刻，他抿了抿唇，把那条湿润的毛巾放到水龙头下，再次打湿拧干，覆在脸上时脑海里瞬间浮现出女孩白嫩的脸。

他快速擦掉脸上的水珠，然后揉了两把脸以驱逐此刻脑中的杂念。

吃完晚饭，木棉收拾干净厨房，同他道别。

"我回去啦。"

他坐在宽大的椅子中没有说话，紧抿着嘴角，目光沉沉，面无表情。

"嗯？"木棉俯身凑到他面前，疑惑地盯着他。

他移开视线，不与她对视，漂亮精致的脸上，写满了别扭。

木棉轻笑，拉长语调："难不成……你是想让我留下来陪你吗？"

"没有。"他有些恼羞成怒。

"不过也不是不可以……"木棉逗他，眼角余光打量着他。

林慕安依旧是那副面无表情的模样，木棉收起了心思，笑道："我爸妈常年不在家，但是这边没有换洗衣服啊……”

她像是在自言自语。

身旁的人却立刻接话，声音很轻，有些迟疑，却无比清晰：“那个……你可以穿我的。”

话音刚落，两人瞬间愣住。

林慕安骤然起身，声音低沉，面色带着一抹不自然：“你回去吧，我送你到门口。”

木棉：“……”

许久，她回：“好。”

林慕安看着木棉的背影消失在门口。

她走后，整个房子又恢复成了往日的寂静、空旷，没有丝毫人气。

孤独无孔不入地钻进他全身每个细胞。

就好像不久前刚醒来时，睁开眼满室漆黑，周围静得只能听见自己的心跳声，他躺在那里，就如同空气，无人发现，无人察觉。

只有自己知道，他还活着。

很熟悉的感觉，习以为常的生活。

他翻身坐起，放任自己沉沦，过一会儿，就好了。每次都是这样安慰自己。

灯光骤然亮起，满室通明，抬眼看见木棉的瞬间，他忽然有种被救赎的错觉。

她站在那里，眉眼温柔，笑着问：醒了？

那一刻，林慕安听到了心底细微的破裂声，仿佛有什么东西在破土而出，茁壮成长。

林慕安在木棉方才坐过的位置上坐了会儿，然后起身。洗完澡思绪平复下来，他躺在床上，枕头传来幽幽香气。

那是她头发的香味。

林慕安闭着眼睛翻了个身，把脸埋进了枕头中。

周日，清晨，难得的好梦。

林慕安睁开眼睛的时候想。

外面突然传来了声响，他蹙起眉，掀开被子走了出去。

明亮的厨房里，一抹纤细熟悉的背影穿着围裙在忙忙碌碌。

难得美好的一天，他再次想。

吃完早饭，木棉发现林慕安的生活真是乏善可陈，他没有朋友，没有来往的家人，每日做得最多的事情就是睡觉。

其次是玩手机，看电视。

他躺在沙发上，不知道拿着手机在看什么，木棉坐在一旁的茶几边上，面前是一片摊开的习题试卷。

空气很安静，天气很好，偶尔有微风吹来，舒服惬意。

两人就这样静静相处，各做各的，偶尔，木棉会和他聊两句。

比如：

“林慕安，你以后毕业了怎么办？”

既不听课，也不写作业，成绩一塌糊涂。

也没有业余爱好。

木棉叹了口气，随后把这些都抛之脑后，心想，这些都不重要，重要的是，他好好活着就行。

林慕安闻言，从手机屏幕里分出一抹余光，睨了她一眼，淡定地吐出两个字：“讨饭。”

木棉：“……”

好吧，大不了养他了。

她摇摇头，继续垂眸解着题目。

耳边却再次传来他的声音，他难得主动开口：“你呢？”

木棉抬头，看着他轻笑：“我呀……当然是努力赚钱养你啊。这么娇贵的人，可不能让你去讨饭了。”

林慕安噎住了，收回视线继续看着手机，眼神却始终飘忽游离，直到手里的屏幕黑掉，映出他整张脸。

那上面都是错愕和极力掩饰的喜悦。

周一。

木棉照例在林慕安家门口等他。

林慕安出来时，目光扫过她，眼里多了几分柔意。

两人并肩走着。

来到教室，正值上课铃声响起，这堂是班主任李元的数学课，木棉很快就收敛了心神，拿出课本认真地预习着。

她是数学课代表，同时也是学习委员。李元上课的时候，总喜欢叫她起来回答问题。

果不其然，中途被他叫到台上答题，后半节课又被叫起来一次。

下课的时候，方芸笑她：“不愧是李元的得意门生，‘爱徒’之称，做不了假。”

“爱徒”这个外号来自刚入学时，第一次期中考试木棉就拿了全年级数学最高分，此后李元就对她十分关照。

他教的班级有好几个，每逢上数学课的时候，总是要夸一下木棉。久而久之，大家都知道一班有个木棉，数学成绩特别好，深得李元喜爱。

那段时间还冒出来好几个仰慕者，吓得木棉平日里经过人多的地方，都不敢直起腰杆。

后来时间久了，大家也就习以为常了。

下午去李元办公室送作业的时候，他照例拉着木棉说了一通。

无非是什么好好学习天天向上之类的话，顺便打了通鸡血，最后指着角落里那堆批改完的练习册，叫她拿回教室去发。

木棉抱着那堆快到她下巴的练习册往教室走去，刚出门的时候就碰到了从旁边办公室出来的沈昊。

他看到木棉这副艰难的样子，立刻上前分了一半练习册过去，极其自然地笑道：“老李又把你当男人使唤了？”

木棉老成地叹了口气，幽幽开口：“可不是嘛，还顺带上了堂思想教育课。”

“毕竟是爱徒，当然要特殊对待了——”他开玩笑。

木棉扬起嘴角，瞪了他一眼。

沈昊是隔壁二班的班长，两人在某次数学竞赛的时候恰好被分到了一块，然后就这样熟了起来。

木棉是个比较慢热的人，表面看起来温温暾暾的，其实骨子里格外疏离，真正交好的朋友没有几个。

沈昊却是一个性格开朗的人，他们班的数学也是李元教的，三天两头听李元提起木棉，听多了也就熟悉了，因此一看到木棉时，倒是比旁人多了几分亲近。

两人一路说说笑笑，很快就到了教室门口，二班在前面，沈昊帮木棉把练习册搬到了讲台上，才转身回去。

走之前，他还拍了拍木棉的肩膀，不知道说了句什么，两人笑得格外灿烂。

“哎，这个沈昊和我们学委关系挺不错的啊。”坐在林慕安前桌的男生忍不住八卦。

“嗯，确实，还经常看到两人在一起讨论题目。”前桌男生的同桌接话。

“哎，你说他们会不会……”前桌男生压低声音凑近，神秘兮兮地揣测。

“怎么可能，人家的心可都放在我们‘高岭之花’身上呢……”

两人自以为很小声地讨论着，说完，还偷偷睨了眼身后面无表情的林慕安。

林慕安忽然抬眼看了过来，两人吓得一个激灵，瞬间安静如鸡。

“应该是没听到吧……”他们想。

“眼神冷得能冻死人……真不知道学委那个温温柔柔的小性子，是怎么忍下来的。”他们又想。

晚上回家的时候，林慕安脸色不是很好，多日来好不容易柔和一点的神色，又恢复成了以前冷冽的模样。

走出了学校很远，木棉才试探地去牵他的袖子。

结果被甩开了。

“你怎么了？”她探头过去试探地问。

林慕安没有回答她，加快了脚步往前走去。

木棉连忙跟上。

一进门，林慕安就扯掉了两人的书包，把她压在门板上，手握着她后颈，强迫她抬起脸。

面前的人气息逼近，两人直直对视，林慕安眼中暗潮翻滚，瞳孔如墨，浓郁深沉不见底。

“木棉，你对谁都是这么好吗？”

他手上的力气不自觉地加大，指腹摁在她的肌肤上，酸痛传来，皮肉下的骨骼都仿佛感受到了疼意。

木棉胸膛起伏两秒，盯着他，十分冷静地回答：“不是。从出生到现在，我只对你一个人这么好过。”

林慕安闻言神色稍缓和了点，但脸上的阴云依旧未散，许久，慢慢松开了她。

他手掌从她后颈抽离，木棉直起身子，揉着被他捏痛的地方。

林慕安见状神色僵了瞬，掩去眸中情绪，垂着眼，没有看她。

“对不起。”

“今晚要吃什么？”木棉像是刚才什么都没发生，神色如常地问。

安静几秒，林慕安低声回答：“都可以。”

晚上吃完饭，木棉拿出作业开始做。

林慕安洗完澡出来的时候，她还在那里咬笔头。
他疑惑地问：“你不回去吗？”
“啊……”木棉抬起头，笑道，“想多陪陪你啊。”

想多给你一些温暖，让你知道，这个世界，并不只有孤独和寂寥。
这样，你就会对这个世界，多一些留恋。
不会毅然决然地，消失在这里。

林慕安沉默地站在那里，木棉以为他不会开口了，又低头思考着题目，然而不多时，耳边却再次响起他的声音。
清冷、干净，如同冬日里的第一场雪，纯白，不染尘埃。
厚厚的雪压满枝头，风一吹，簌簌落下。
“我不需要陪伴。习惯陪伴之后的失去，更加让人绝望。木棉，你现在走还来得及。”
木棉睁着眼睛，有些恍然，这是她第一次听到林慕安语气平和地叫她的名字。
分外好听。
她想。
“林慕安，你可能不会相信，我活着，就是来拯救你的。”
“你以为你是观音菩萨啊。”他轻嗤。
木棉笑意盈盈，毫不畏惧地与他对视，眼里布满斑驳的光亮，璀璨得让人难以直视。
林慕安忍不住移开眼。
耳边响起她的声音，清柔、干净、掷地有声：
“我是你一个人的女观音。”
别怕——
荣辱浮沉，我来度你。

林慕安的目光再次回到木棉身上。
那张白净的脸上带着一抹笑意。
他沉默了许久，忽然，嘴角挑起一丝讥讽的笑容，眉眼中仿佛沉着阴云，暗沉得吓人。
“那你的意思是，我的任何要求你都可以满足吗？”
木棉思考了下，唇边依旧蕴藏着笑意，点头：“嗯，只要你开心。”

“我会拼尽全力来满足你的愿望。”最后一句话，她带了点认真和郑重，灯光下的眸子亮得惊人。

林慕安再次沉默，须臾，挑起眼看她：“那如果我要你今晚留下来呢？”

木棉闻言，眼眸干净透彻地盯了他一会儿，随后眨了眨，一把合起面前的练习册，起身。

她的声音干脆利落：“好呀。”

林慕安面色越发阴沉。

他转身回房，随后拿出一件衣服扔到木棉头上，冷声道：“去洗澡。”

木棉伸手，从头上把那件衣服扯下来，无辜地睁着眼睛。

林慕安强迫自己撇开头，坐在床上垂眸沉思片刻，去阳台吹了会儿冷风。

夜里温度有点低，湿冷的气息缓缓沉入肺中，跳动的思绪渐渐平复下来，他深吸了一口气，吐出，然后脚踬了下地面。

转身进房。

木棉穿着他的白 T 恤出来时，感觉到了房间里新鲜的冷空气，她看了眼开着的阳台门，凑过去问：“你刚刚出去了？”

林慕安不耐烦地瞥她，一言不发。

“你要不要去洗澡？”木棉见状又问。

林慕安心里越发烦躁，起身，拉起她的胳膊。

“客房，进去，都给你收拾好了。”

他径直打开了隔壁的房门，推搡着木棉进去，里头的景象顿时映入眼中。

雪白的墙壁，窗帘拉得很紧，空荡荡的房内只有一张大床和一个衣柜，床单像是新换上去的，皱巴巴，简单至极的灰色。

木棉已经脑补出他满脸不情愿在这里铺床的场景了。

不知为何，就很想笑。

她忍俊不禁，嘴角已经快要上扬，在瞥见林慕安抛过来的警告眼神时，极力忍住，手握拳抵唇轻咳了一声，把笑往回收。

“谢谢你，我很喜欢。”木棉无比诚恳地朝他道谢，只是配着眼里明晃晃的笑，显得格外具有讽刺性。

林慕安脸一沉，转身走了，临关上门前，还不忘用力甩了一把，在安静的房内留下一声闷重的“哐当”。

木棉彻底放松，肆无忌惮地笑了出来，甚至忍不住笑弯了腰。

真的好可爱。

经过这么一打岔，林慕安也没了其他复杂的心思，只剩下郁闷。

回房之后，他把灯一熄，就躺上了床。

这栋房子很大，两人就这样各自睡着，隔着一堵厚重的墙壁，没有任何的沟通交流。

但即使是这样，他心底依旧升腾起一股奇异的感觉。

漆黑的夜晚，有另外一个人和你待同一个空间里，即使不说话，不动，不打扰，依旧是和自己一个人待着是不一样的。

林慕安喜欢这种感觉。

他阖上眼，仿佛看到有什么在朝他招手。

阳光，鲜花，草地，蓝天白云。

很美好的世界。

他想。

他沉沉睡去。

清晨。

闹钟响起又被按掉的那一刻，木棉舒展眉头在枕头上蹭了蹭，她终于可以享受赖床的感觉了。

每天为了和他一起上下学，早上总是要提前半个小时起来，现在省了这一步骤，可以多睡好久了。

迷迷糊糊地想着，她再次陷入睡眠。

木棉最后是被林慕安叫醒的，肩膀被人摇晃，耳边传来熟悉的声音，带着一抹陌生的急躁。

“醒醒。起来，要迟到了。”

啊……迟到！木棉一个激灵就睁开了眼睛。

林慕安站在她床边，睡衣乱七八糟，头发凌乱，满脸不耐烦。

她飞快地拿起手机，看清上面的时间后立刻尖叫一声。

“啊！迟到了！”

木棉立刻坐起身，连滚带爬地奔向浴室。

林慕安看得目瞪口呆，还未反应过来，里面又探出了一个头，正对他大叫：“牙刷，牙刷！”

他摇了摇头，认命地抬腿，从床边柜子里给她翻出一把新牙刷，送了进去。

木棉连忙拆开往上面挤着牙膏，往嘴里一塞就开始动作，白色泡沫沾满唇边。

林慕安“啧”了一声，低头拿起另外一把牙刷。

“你在这儿干吗？”她含着一嘴泡沫，含混不清地说着。

“刷牙。”

两人并肩站在一起，各自刷着牙，木棉不经意间，就从镜子里看到了他们的模样。

年轻的面容，朝气蓬勃，带着刚睡醒的迷糊，木棉刚好及他肩膀，他们穿着一样的白T恤，重复着一样的动作。

嘴角的泡沫，凌乱的头发。

她忽然就轻笑出声。

身旁的林慕安诧异地看了她一眼。

木棉快速低头漱口，洗脸，轻车熟路地拿起他的毛巾，他还没来得及反应，耳边已经传来了催促声。

“快点，迟到了！”

一路飞奔到校门，两人气喘吁吁，方一坐稳，任课老师就夹着书本走了进来，木棉悄悄松了口气。

“你们怎么回事啊，竟然差点迟到？”方芸把书竖起来，挡在面前悄声地探了过来。

“睡过头了。”木棉连忙打开书包，拿出课本，头也不抬地回答。

“哦。”方芸点点头，了然。

须臾，她反应过来立刻惊呼：“什么？睡过头了！睡过头了，你们两个为什么会一起来上课？”

难道不是应该木棉一个人落单吗？

方芸有些魔幻了。

木棉动作怔住，一脸淡定地回：“嗯，恰巧他也睡过头了。”

方芸：“……”

上午最后一节课是数学，李元在临下课之际说了数学竞赛的事情，并且在宣布下课之后，把木棉叫到了他办公室。

高二年级挑选了六个人，木棉认识的就是他们班长李秦、二班班长沈昊，今天开始要上晚自习单独培训。

木棉听完，瞬间蔫了。

回到教室的时候，里面已经空荡一片，大家都去食堂吃饭了，木棉目光扫过那个角落，顿住。

她走过去，用手叩了叩桌子。

“你怎么不去吃饭？”

林慕安趴在桌上，脸枕着手臂，闻言侧头看她，卷翘的睫毛眨了眨，眼眸乌黑清亮，像个小孩。

“不饿。”他嘴唇张合，慢悠悠地说。

“去吃饭，我也没吃。”

木棉看着他这副模样，忍不住用手戳了戳他白嫩的脸颊。

好乖，好可爱。

林慕安蹙眉，一把拍掉了她的手，起身。

木棉笑着去拉他，攥着他的衣袖摇来摇去。

在走出教室门之后，她又很快放开。

林慕安不着痕迹地睨了她一眼。

“刚刚李元说要我参加数学竞赛，最近这段时间都要来上晚自习了。”木棉往嘴里塞了一口饭，朝对面的人说道。

他埋头挑着胡萝卜，没有应她。

“晚上不能给你做饭了啊……”

“嗯？”那人骤然抬头，面上写着浓浓的不满。

木棉还在继续说：“早上也要补习，不能和你一起上学了。再过半个多月就要出去比赛，好几天都见不到面了……”

“好了。”林慕安打断她，“闭嘴，吃饭。”

木棉扁扁嘴，无精打采地戳着碗里的饭菜。

好担心。

他又变成了一个人，费尽力气好不容易驱散的一些阴霾，不知道会不会又回到起点。

“唉……”木棉托着腮，长长地叹了口气。

吃完饭，林慕安又去买牛奶，木棉在外面等他，低头百无聊赖地踢着脚下的石子。

他很快就出来了，这次买的是罐装的，牛奶少了一点，明显是喝过。

“你怎么还没走？”他看到站在外面的木棉，蹙眉问道。

从食堂出来的时候，他明明叫她先回去的。

“我要看着你回教室，才放心。”木棉仿佛看出了他心中所想，咬着唇笑得无比得意。

林慕安没理她，直接往天台方向走去。

木棉立刻跟上，嘴里不停地阻拦：“哎哎哎，不要随随便便上天台啊，少年……祖国的花朵……要茁壮成长！不要去好不好……”

木棉动之以情，晓之以理，就差声泪俱下地跪下来求他了。

然而并没有什么用。

两人已经走上了顶楼的最后一个楼梯口，光线越发明亮，寂静空旷的楼梯间，只听得到木棉的喋喋不休。

在林慕安即将踏上最后一级台阶之际，她猛然拽住了他，扬起拳头：“不准去！再走一步，我揍你了！”

林慕安脚步忽而一顿：“……”

也就顿了那么几秒，林慕安居高临下地垂着眼，似看穿了她张牙舞爪的空架势，没对视多久，便推开她，径直越过她继续上楼。

谁料，身后突然传来一股大力，拽着他手臂往旁边一推。

力度来得猝不及防，林慕安一时未察，就被她按在了墙上，很熟悉的姿势，他立刻蹙起了眉头。

“木棉，放开。”

这是他第二次叫她的名字。

木棉嘴角翘起，弯起了眼眸：“不要！除非你答应我。”

“我最后一次警告你——”他沉下脸，周身气质变了，有点吓人，像刚开始那般，拒绝任何人的靠近。

木棉眼神瑟缩了两下，鼓起勇气，同他对视，却还是慢吞吞地收回手，低着脑袋，小声嘟囔：“那我错了嘛……”

林慕安一言不发，转身提步往上走。

木棉暗自焦急，眼中突然闪过一丝亮光。

她夸张地“啊”了一声，弯腰捂住了脚踝。

“我脚崴了，好疼……”似乎嫌刚才那句话有点虚假，木棉立即做痛苦状，低声哭号，“这个破楼梯，气死我了，呜呜呜……”

她哭得真情实感，纵然看起来八分像假的。

林慕安的步伐停住了，转身看向她，抿唇不语。

“疼……”见他看了半天，却没有任何动作，木棉不得已使出撒手锏，暗自掐了把大腿，流出两滴泪水。

她颤颤巍巍地抬头，可怜巴巴地望着他。

林慕安望着她眼角的那抹湿润，烦躁突如其来，他大步走过去，搀住了她手臂，把她从地上提起。

“行了，走。”

“回、回教室吗？”演戏要演全，木棉任由他扶着，身子靠在他身上，一瘸一拐地往下走，姿势十分逼真。

林慕安意味不明地睨了她脚踝一眼。

木棉微微心虚，脚微不可察地往后挪了挪，用身体掩盖住。

“你的脚不是受伤了？”林慕安语气平常地说，“送你去医务室处理一下。”

“不用了！”木棉一听，条件反射般开口。

“只是点小伤，我可以忍着。”此时两人已经走到了教学楼的走廊，木棉立刻松开了他的手，站直身体，怕他不信，还来回走了两遍，“看，我的脚没什么大问题。”

“是没什么大问题。”林慕安点头，“简直就和没受伤一模一样。”

“……”

木棉回到位置上的时候，方芸立刻睁开了眼睛，她小半张脸埋在臂弯里，目光如炬。

“干吗？”木棉轻手轻脚地收拾着桌上东西。

“你刚刚到天台干吗了？”方芸眯眸盯着她，语气充满怀疑。

“没干吗呀。”木棉把一堆书摞了起来，抬手趴了上去，轻轻地阖上了眼。

“呸！你看看你自己这浑身开心得冒泡的样子，没去干坏事我不信了！说吧，是不是刚才和林慕安一起？”

“你怎么突然这么聪明，平时还真没看出来。”木棉嘴角牵起一抹笑，脸枕在手臂上，闭着眼一脸闲适。

那道目光依旧灼热地停在脸上，木棉无奈地睁开眼，看着方芸：“你干吗呢？”

“木棉……”方芸一脸的高深莫测，“我是真的没想到，你们竟然发展得这么快。我也不知道是该恭喜你，还是阻拦你。不过肯定也没什么用，只有一句话，拿得起放得下，保护好自己不要受伤。”

她满脸严肃，语气不再活泼。

木棉愣怔片刻，含笑点头，认真地开口：“嗯，我知道，谢谢你。”

如此正式的对话明显让方芸有些不习惯，她眨了眨眼睛，扭头，用那乌黑的后脑勺对着木棉。

木棉笑了笑，再次闭上了眼睛。

下午放学，铃声刚刚响起，林慕安就收拾好东西往外走去，木棉连忙跟上。

班里大部分是住校生，这个时候大家几乎都还在座位上整理书本，门口走廊没有太多人。

“你晚上回去吃什么？”木棉去拉林慕安垂在身侧的手，钩住他校服袖口摇了摇。

林慕安任由她拉着，随口应了句：“外卖。”

“啊……”

“要不然你和我一起去食堂吃好了。”木棉皱着眉头，有些担心。

林慕安嘴唇微动，那句“不去”刚到嘴边，身后传来一道略带欣喜的声音。

“木棉！”

接着林慕安被拉住的衣袖很快落空。

“沈昊。”木棉看着来人，笑着招呼。

“你们是……一起去吃饭？”沈昊注视着两人，有些迟疑地问。

“啊……”木棉愣了下，刚要回答，身旁已经响起熟悉的声音，有些冷冽，仿佛带着一丝不悦——

“对。”

“哦……”沈昊有些不好意思地挠挠头，看了两人一眼，“本来还想叫你一起的，刚好待会儿要一起补习呢。”

木棉对沈昊充满歉意地笑了笑，身边那个人已经迈腿往前走去，她连忙跟上，对沈昊招了招手：“不好意思，下次啦。”

林慕安的步伐有点快，木棉跟得有些艰难，她连忙去拉他的手，结果又被甩开了。

很久都没有尝试过的待遇，木棉有些受伤。

“你干吗呀……你在生气吗？”

两人已经走出了教学楼，前面是一条小道，穿过这条路就是食堂，他们下来得很早，此刻路上空无一人。

一中的绿化做得很好，旁边都是树木，郁郁葱葱环绕四周，显得格外清幽。

木棉再次壮着胆子去拉他。

林慕安冷笑一声，抓住了她的手腕举在她面前。

他盯着那只手，眼神荫翳，声音沉得吓人：“木棉，我的手不是想牵就能牵，想放就能放的。”

木棉仰头看着他，目光澄澈，忽地，她笑出了声：“林慕安，你是在吃醋吗？”

从昨天开始就莫名其妙发脾气，到现在突然发难。

好像都是因为沈昊的出现。

林慕安的面色仿佛有些不自然，但声音依旧低沉，他说：“木棉，我只是在提醒你。”

“哦。我记住了。”木棉挣开他，“待会儿下课人多，被看见就不好了。”

林慕安睨了她一眼，神色有些讪讽，却还是什么也没说，抿着嘴角转身。

木棉愣了一下。

他已经走到前面去了，她皱着眉头站在原地想了想，连忙追了上去，抓着他的袖子仰起脸解释：“我只是为了避免不必要的麻烦。你不要生气。”

林慕安停下步伐看她，双眸幽深，额前发丝在微风中轻轻飘动。

“你这么怕我生气？”

“嗯，我想让你每天都开开心心的。”

傍晚的夕阳很美，风很舒服，空气安静，远方隐约传来嬉笑打闹声，鼻尖仿佛闻到了淡淡的栀子花香。

那道温软的声音一直在耳边回旋。

林慕安觉得，这一刻所有最平常的一切，都因为她方才那句话而变得美好起来。

两人一起吃过晚饭，已将近六点，天色有些微暗。木棉的补习时间是六点半，她和林慕安慢慢散着步，直至走到校门口。

“路上小心。”

“嗯。”

“回去早点睡。”

“好。”

“那……明天见。”

林慕安答应，冲她点了下头。

木棉看着他的背影消失在视线中，然后转身，慢慢地往教室走去。

全校参加数学竞赛的学生有将近二十人，单独放在一间教室由老师讲课，从傍晚六点半一直上到晚上九点半。

补习强度很大。

有几次白天上课的时候，木棉眼皮重得都抬不起来。

这次参赛人数最多的依然是高一年级，其次是高二，高三的学生基本都已经尘埃落定——不是放弃竞赛这条路全力奋战高考的，就是已经被直接保送。

木棉其实对竞赛没有太大兴趣，做数学题对她来说是一件比较好玩的事情，但如果把难度提高了一倍，她就觉得好玩不起来了。

只有累，大脑使用过度的那种疲惫。

但她生来就是个较真的人，一旦做什么事情必须要全力以赴，所以每天依然是一丝不苟地听课、做题、刷试卷。

桌上的试题卷子都是一摞一摞地放着，她身子伏在里头压根都看不出来。方芸每次都抱怨，她的桌位也都快被试卷攻占了。

谁叫两人的位置是并排贴着的。

木棉每天能和林慕安在一起的时间，也就只有吃饭的时候。

中午都是在食堂吃，晚上的时候木棉会带他去学校附近的小馆子。这些都是经过她多年实践出来的地点，干净卫生不说，味道也非常不错。

她父母常年不在家，她从初一开始就自己学做饭，但犯懒的时候，她也会在外面吃，久而久之，附近的美食，也都被挖掘出来。

林慕安看起来很喜欢和她一起出去吃饭。

至少每次他脸色都是接近柔和的，并且食欲不错。

这是一个很好的现象。

傍晚，木棉带着林慕安去附近的一家面馆。

这家店的面都是纯手工做出来的，口感劲道，而且汤底是用香料和牛肉熬出来的。

一进门，浓郁的香味就扑面而来，两人食指大动，连汤都喝了大半碗。

回去的时候经过一家药店，门口立着自动测量身高和体重的那种仪器，木棉心念一动，拉着他站了上去。

“你测一下，看看最近是不是长高了！”木棉兴致勃勃地从兜里掏出来一个硬币，投了进去。

现在正是长身体的时候，木棉觉得以前好像能到他肩膀上面一点，现在只能恰恰及他肩头了。

林慕安抿抿唇，听话地站在上面，看着顶上缓缓降下来的那根仪器，忍不住仰头。

侧脸白净俊秀，目光单纯又好奇。

他很难得露出这种似孩子般天真的神情。

木棉的心顿时变得软软的。

她补习快一周了，好久都没有看见过这样的他了。

怪异清脆的机器声响起，然后底下那条小缝缓缓吐出一张字条，木棉手疾眼快，立刻将其拿了出来。

178cm，60kg。

林慕安探过头来看，随后轻呼一声："啊……"

"怎么了？"

"我胖了……"

"你不胖，你这是偏瘦！"木棉纠正他。

"我入学体检的时候才56kg，我胖了八斤……"

林慕安的表情看起来有些瞠目结舌，眼睛睁大，粉嫩的唇微微张开。木棉极少见他露出如此生动的表情，忍不住踮脚去摸了摸他的脑袋。

头发毛茸茸的，手感挺好。

"看来我把你养得很好，不错，非常好，再接再厉。"她歪着头看着面前的人，笑得满脸得意。

对木棉的这种行为，林慕安已经被迫习以为常，他眼里闪过一丝无奈，不自然地动了下头。

仿佛还能感觉到上面残留的柔软触感。

木棉还在盯着他笑，刚被面条热气蒸腾过的唇红得不可思议，露出两排洁白整齐的贝齿。

像清晨升起的太阳，明媚动人。

又似得意的小狐狸，狡黠窃喜。

林慕安眸光一暗，突然伸出手，捏着她的马尾就往下扯了扯。

松开，退回，调整好表情，整个过程大概十秒。

猝不及防的力道使得木棉整个人往后仰，她不明所以，茫然过后站直，然后愣愣地睁着眼睛看着他。

手捂在后脑勺处，有些没反应过来。

她觉得面前这个林慕安不像是会做那些幼稚事情的小男生。

两人对视了片刻，谁也没有先开口，终是木棉按捺不住，先试探地问他："刚才……你看到有人扯我头发了吗？”

她真情实感地迷惑，还摸了摸自己的马尾，这副样子，让林慕安不自觉地憋笑，他手抵唇轻咳了一声，摇头，认真地回答：“没看见。”

“是吗？”如果他没有这么认真，或许木棉还真的信了，她面无表情地盯了他几秒，吐出两个字，“幼稚。”

“……”

木棉说完便只留给他一个背影。

林慕安在原地摸了摸鼻子，接着跟了上去。

“刚才那是一个意外。”

傍晚夕阳下，两人身影渐渐拉长，一道试图“挽尊”的解释声从那处隐约传来，女孩对他扯了扯嘴角，没搭理。

他们慢慢走远了。

沈昊发现今天木棉的心情格外好，一反往日的冷静严肃，嘴角自始至终都扬着淡淡的弧度。

他忍不住凑过去小声八卦：“嘿，哥们，有什么好的事情一起分享一下啊！”

“吾之蜜糖，彼之白开水。”木棉头也不抬地甩给他一句话。

“哟，不错啊，还会改编词了。真不愧是爱徒。”沈昊难得贫嘴。

木棉把手里的笔一放，抬头瞪他，憋笑：“沈昊，你够了啊！还让不让人好好做题了！”

“哎，说真的，你今晚怎么心情这么好呢？”沈昊靠近，满脸认真。

下午下课的时候看到她，还是一副生无可恋的姿态，吃了个晚饭回来，就变成了这副模样。

木棉摇摇头，没有回答，自顾自低头做题，侧脸认真，只是那翘起的嘴角，泄露了一丝少女心事。

沈昊看了会儿，收回了视线，小心翼翼地掩去了那一抹黯然。

结束补习之后，几人结伴一同往校门走去，此时周围都是刚下晚自习的同学，灯火通明，嘈杂喧嚣，十分热闹。

木棉怀里抱着一本参考书，走在沈昊和李秦之间。

他们仨算是这个临时凑成的补习班里比较熟悉的，去年一起参加过比赛，比起旁人，多了几分默契亲近。

不知是谁起的话头，三人突然聊起了将来。

“欸，你们以后想考什么大学啊？”李秦问。

“我想考 Q 大，学电子信息专业，然后把我脑海里的东西，化为实物。”沈昊望着天上的星星，有些惆怅，又带着一丝少年志气和向往。

“我没想这么多，重本就 ok。”李秦非常实际，也代表了大多数人的想法。

木棉想了想，有些迟疑，有些不确定，她最后还是说了出来，声音很轻，却透着一抹坚定：“我呀，我没有特别想要做的，只希望考个好大学，毕业有一份不错的工作，能给喜欢的人安稳的生活。”

话刚出，那两人纷纷诧异地侧头看她，目光灼热。

木棉有些无奈：“干吗呢？”

“学委，你也太没志气了吧！”李秦惊呼。他们是理科班，成绩好的女孩子没几个，木棉便是里头最厉害的那个。

她的思维逻辑非常清晰，很多时候有些题目的解题思路连他都没有想到，所以对于她，他一直以来都是青眼相加的。

他觉得，她应该是那种对自己未来规划特别清晰明了的人。

比起其他的人，要活得更加优秀才对。

而不是把谋生看得那么重。

“木棉……”沈昊欲言又止。

“我觉得你应该可以有更好的未来。”许久，他说。

木棉笑了笑，没有再开口。

几人在校门口分别。

夜晚很安静，天空很黑，星星一颗一颗缀在上面，闪闪发光。木棉抱着书本慢慢走着，路灯把她的影子拉得很长。

心底有个声音，轻轻说道。

——我能想到的，最好的未来，就是和他在一起，安稳、平常地生活。

竞赛的时间定在周日上午，地点在 B 市，周六早上从学校统一出发，周日晚上回来。

出发那天天气很好，四个多小时的车程，抵达 B 市时已经接近中午。

住宿安排在考试的学校，整理好个人物品之后，李元带着他们一起去熟悉环境。

大概逛了一圈，吃过午饭稍作休息，又开始进行考前冲刺，一直到晚上九点多，才各自回去休息。

木棉拿出手机，看了眼自己中午给林慕安发的信息，他已经回了，就简单的一个字。

“我到啦 ~\\(≧▽≦)/~ 学校很漂亮，天气也很好，你在家要记得出去走走呀！”

“嗯。”

木棉手指在屏幕上缓缓摩挲着，莫名有些欣慰。

有进步，比以前多了一个符号了。

木棉是在考完试的那个下午，才得知自己爸妈恰巧在 B 市某地考察的。

走出考场，饶是稳重如她，也难免有些心绪难平。在给林慕安打了个电话没人接之后，她想了想，还是试探地拨出了那个熟记于心的号码。

几声嘟嘟响起，然后电话蓦然被接通了。

“喂？喂？”木棉有些不确定地叫道。

“听得到……”

“妈妈！你们的电话终于能打通了。”木棉拿着手机，声音有些激动。

他们经常不知道在那个山区里调研，收不到信号那是常事，木棉每次给他们打电话，就如同买彩票般。

现在明显是中奖了。

“棉棉，最近还好吗？对不起，爸妈太忙了。”一道柔美的女声从话筒里传来，带着淡淡的歉意。

“我很好呀，今天数学竞赛，到 B 市来考试了。”

“B 市？我们也在这里啊，你在哪个位置！”

“啊！我在 A 中，刚走出考场，待会儿要和老师同学一起回去了。”

“那你和你们老师请个假，我和你爸爸过来接你一起聚一下，我们都快三个月没见了。”

“好呀！好呀！”

木棉雀跃地回答。

挂了电话，她立刻找到了李元，说明情况之后，李元还是有点不放心，但好在她爸妈很快就开车过来了，相互打过招呼，木棉和他们告别上车。

在路上不出意外的又是一阵嘘寒问暖，木棉乖巧地一一回答，然后跟着她爸妈逛商场，买买买，吃吃吃。

每次都是这样，离别相聚之后，他们总会在物质需求上格外大方。

——为了弥补生活上未曾给予的陪伴。

明亮的商场，木棉站在两人中间，左手挽着父亲木铭，右手挽着母亲赵萱，笑得灿烂无比。

两人手上都提满了袋子，那是买给她的衣物、零食和生活用品。

只要是木棉想要的、喜欢的，他们都会毫不犹豫地买下了。

木棉是个知足懂事的小姑娘，但这种形式的购物，还是让她格外兴奋，褪去了往日的稳重老成，眼角眉梢夹带着喜意雀跃，像个真正十几岁的小女孩。

一直逛到下午，仍有些意犹未尽，吃过饭木棉去了他们这次调研的地方。木铭和赵萱分的宿舍是个套间，木棉洗完澡，穿着妈妈的睡衣，盘腿坐在床上给林慕安发短信。

“我今天不回来了，我爸妈刚好在B市，和老师请了两天假，我不在的日子，你也要好好吃饭，好好睡觉。”

这个点他应该是在玩手机，木棉想。

但是，一直等到她抱着手机睡着，都没有收到他的回复。

林慕安趴在桌上，眉头紧锁。这段时间他睡得不太好，脑袋昏沉，连带着早餐也不想去吃。

自从习惯木棉给他带早餐之后，他已经很久都没有自己去买过了。

但是今天她没有来。

林慕安其实昨晚看到了她发的信息。

但是他一点都不想回她。

就像她突然决定不回来了一样。

耳边突然传来了一道声音，女孩子的娇软，带着一抹怯意。

“给你。”

林慕安不耐烦地睁开眼睛，蹙眉看了过去，目光在那张脸上定格一秒，随后拿起桌上的东西，扔进了垃圾桶。

那个女孩立刻红了眼睛，柔美的脸上写满委屈。

林慕安的前桌男生和同桌恰好目睹这一幕，对视一眼纷纷在心里暗骂——多么恶劣的行径。

“为什么？”程青有些不甘地质问，“我和木棉买给你的，明明是一样的！”

“因为你不是她。”林慕安冷冷地看着她吐出一句话，说完，立刻拉开椅子走了出去。

程青站在原地，狠狠地咬住了唇，泪水成线似的落了下来，她双手紧握，指甲几乎陷进肉里。

细看身子好似还在微微颤抖。

那两个旁观了整件事情的人有些看不过去了。

前桌男生忍不住开口安慰：“他就是这副死样子，我们坐在一起这么久都没有说过一句话的。”

同桌也不由得出言劝道：“是呀，也只有木棉，能接近得了这块冰山了。”

不说还好，一说程青哭得更凶了，她红着眼睛瞪着两人，恶狠狠地吼：“关你们什么事！”说完，立刻转身捂着嘴跑了出去。

两个人张大了嘴，面面相觑，随后摇头，默默腹诽——

啧啧，这战斗力，比木棉可差多了。

难怪比不上人家。

哼。

木铭和赵萱一大早就带着木棉去B市著名的景点游玩，木棉刚坐下来喝口水，手机就提示进来了短信。

她连忙拿出手机来，唯恐错过林慕安的信息。

“家乡人民发来贺电：祝贺木棉小仙女无形之中打败竞争对手，捍卫了领土主权。”

——来自方芸。

木棉满头雾水，慢慢地敲着键盘，回复了三个问号：“？？？”

“事情是这样的……今天有人给你家宝贝买了早餐，结果他看都不看一眼就给丢垃圾桶里了。啧啧啧，我的天，程青当场哭得那是眼泪汪汪啊……”

“他今天没吃早餐？”

木棉立刻皱起了眉头，翻出那个通讯录最前面的号码，马上拨了出去，嘟嘟声传了出来，一直到快挂断前，才被人接起。

那头很安静，没有人说话，但隐约仿佛听到了呼吸声。

“喂？”木棉试探地叫，“林慕安？”

很久，才听到那头传来的回应：“嗯。”

“你是不是没吃早餐？”

“嗯。”

木棉抬手看了眼时间，冷声警告：“还有五分钟上课，你现在去买。如果被我发现还是没有吃的话，以后你就别想吃我做的饭了。”

“嘟嘟嘟……”

那边挂了电话。

木棉气得瞪大了眼睛，还未顺平气息，就看到手机上有一大串未读信息。

“更加劲爆的是什么，你知道吗？”

“程青哭着说：我和木棉买给你的，明明是一样的！”

“你家林慕安冷着脸说：因为你不是她。”

“惊不惊喜？意不意外？刺不刺激？”

“哈哈哈，老子都快笑死了！”

一腔怒火瞬间化为满腹柔情，木棉盯着屏幕，控制不住地翘起了嘴角，弧度渐渐扩大，直至露出那八颗明晃晃的贝齿。

她咽了咽喉咙，默默伸出双手捂住了脸。

木铭和赵萱悄悄对视了一眼，忽然感觉女儿长大了。

“棉棉啊……”赵萱轻唤。

“嗯？”木棉立刻抬起头来。

“最近是不是认识了新朋友啊……”

“啊？认识的都是班里的同学啊。”木棉理所当然地回答。

“呃……”赵萱顿住。

木铭见状立刻补充：“你妈妈的意思是有没有那种特别要好的异性朋友之类……”

他刚说完，就被赵萱横了一眼。

这不就等于直接在问有没有交男朋友了吗？

真是榆木脑袋！

木棉愣住，随后极其自然地笑了笑：“也有几个，不过都是普通朋友，爸妈，你们放心，我有分寸的。”

她的目光清澈而澄亮，白净的面容恬淡柔和，看不出一丝异样。

两人有些尴尬地笑了笑，随后招呼着去下一个景点参观。

木棉低头，敲着手机，给方芸发了一条信息：“你帮我看一下，他有没有去买早餐了？”

方芸的信息很快就回过来了。

“他刚刚又去买了份一模一样的早餐回来！哈哈哈，程青才勉强止住的泪水又哗哗哗地流了下来，现在正趴在桌上哭着呢！”

木棉看着这一大段话，都能想象出方芸在那边笑得不能自持的模样。

她无奈地摇摇头，回复："好了，别幸灾乐祸了，他吃了就好，之后你帮我注意一下。不说了，我要陪我爸妈了。"

方芸几乎是秒回。

"我不！我就要嘲笑那个小贱人！哼！"

木棉也是无可奈何了，她收起了手机，再次摇头。

方芸和程青的梁子，是在一个月前结下的。

据方芸自述是因为她暗恋的那个学长对程青有好感，程青明明喜欢林慕安，却十分有心机地吊着学长。

所以，她才看程青格外不顺眼。

但木棉觉得，方芸就是嫉妒。

嫉妒那个学长每次在走廊上看到程青都会变得十分热情，早上出去的时候会给程青带早餐，晚自习时还经常特地跑过来和程青坐一块。

但是，木棉觉得嫉妒的方芸很可爱。

如果她喜欢的人，喜欢上了别人的话，她应该是连他的名字都不敢提及的。

因为一说出来，心就止不住地疼。

被那几个字牵出来的情愫，拉扯得人心里丝丝泛疼。

木棉在 B 市玩了两天，很开心。

她很少能有和爸妈这么长时间待在一起的机会，一年最多的也就春节那几天。

来 B 市的时候两手空空，回去时拖了个大箱子。

买的东西太多，实在拿不回了。

木铭太忙，木棉不好意思叫他送自己回去，来回大概要一整天的车程，对他们来说，时间几乎比生命还要宝贵。

他们能抽出两天来陪她玩，她已经非常满足了。

他们在车站分别，对木棉嘱咐了几句之后，赵萱的眼眶有些湿润，木棉顿时鼻头发酸，上前一步大力地抱住她。

"妈妈，你们一定要保重身体，不用担心我，我很懂事很乖的。"

木棉总是竭尽所能地让他们放心。

车子缓缓启动，父母的身影慢慢消失在视线中，木棉在原地站了站，拿出手机，拨通了林慕安的电话。

“喂……”他的声音很沙哑，带着浓浓的倦意，仿佛刚从梦里醒来一般。

木棉再次看了眼时间。

下午两点。

“在睡觉？”她试探地问。

“嗯……”

“昨晚做噩梦了吗？”

“嗯。”

“我今晚回来，大概六点多到，你想……见见我吗？”

许久，里头传来一声很轻的回答——

“好。”

夜里，不出意外地堵车了。

晚上七点，木棉拖着箱子下车时，天已经黑透了，仰头便能看到繁星点点。

她跟着人流往前走了几步，便看到前面的灯柱旁倚着一个非常熟悉的人影。

她拉着箱子飞快地往前奔，双肩包打在后背啪嗒作响。

林慕安抬起头。

不甚明亮的灯光下，她脸上的笑容耀眼得发光。

“林慕安！”

她把手里的箱子一放，冲到他跟前。

“我可想你了。”木棉仰起脸，软软地对他说，“你是不是等好久了，我给你发了信息说堵车了……”

“嗯……”林慕安淡淡地应，那个时候他已经在路上了。

她还在喋喋不休，但林慕安已经听不太清她在说什么了，面前的这张脸同往日一般，白皙清秀，没有太出彩的地方。

可越看，就越难以移开视线。

也不知道是哪里，吸引人了。

那双唇在眼前开开合合，不如那日的绯艳，或许是经过长途跋涉，而变得浅淡。

像是清晨沾满露水的粉色玫瑰花瓣。

他温柔地注视着她，聆听着，安静地伫立着。

林慕安拉过她身侧的行李箱，往前走去，有脚步声费力地跟上来，牵住他衣袖，他不自觉地放慢了步子。

上了出租车，木棉报了个地址，随后在后座抓着他的手腕把玩。

“你的手比我长好多。”

木棉小心翼翼地贴上来比了比，一只修长，一只短小，她的手躺在他掌心，完全被盖住，像小孩和大人一般。

林慕安垂眸，任由她拨弄。

“不去弹钢琴真是可惜了……”木棉自顾自嘟囔。

林慕安眼里闪过一抹沉思。

车子在小区门口停下，林慕安打开后备厢，把她的箱子提了出来，夜里很安静，只听得见轮子在地面滚动的声音。

木棉拿出钥匙打开门，按下墙上的开关，整个客厅瞬间映入眼中。

里面摆放的都是米黄色原木家具，沙发是淡雅的碎花，上面有几个五颜六色的方形抱枕。

前面是张四角木茶几，上面插着干花，底下铺着白色地毯。

一室清香。

木棉弯腰从旁边的柜子里拿出一双拖鞋，放在他脚下。

林慕安低头，拖鞋也是米黄色的棉麻条纹，看上去柔软舒适，格外居家。

“我爸的。”她笑着解释。

林慕安点点头，沉默地换上鞋。

木棉立刻拉着他来到自己房里。

雪白的墙壁，原木家具，床上铺的是浅色格子四件套。书桌有些杂乱拥挤，放着许多练习册和书籍。

卧室也是一样的装修风格，简洁清新，只是多了些小女孩喜欢的玩偶小物件，增添了几分少女感。

很像她。

“你坐这里，我收拾一下行李，很快！”木棉按着他的肩膀让他在床上坐下，然后立刻放倒箱子蹲在地上把东西一样样拿出来。

都是新衣服新鞋子，上面的 logo 林慕安在商场见到。

她爸妈应该很爱她。

“这是我特地从 B 市带回来的特产！”木棉献宝似的将东西放到他面前晃了晃，“烤鸭！待会儿热一下就可以吃了！”

“嗯。”他点点头，目光有些复杂。

木棉煮了两碗面，上面铺着黄澄澄的煎蛋，还有一大团红通通的肉酱，桌上摆着一盘烤鸭，香气浓郁。

林慕安用筷子搅拌了两下，夹起一口送入嘴中。

随即，微愣。

和记忆中熟悉的味道一模一样。

他眨了眨眼睛，又低头夹了一口。

仿佛回到了记忆中很久远的岁月。

傍晚时分，寂静的小院中，安菱笑得无比温柔，她穿着淡蓝色的围裙，从厨房出来，手里端着一碗面。

年幼的林慕安坐在桌子旁，翘首以盼，面刚放置于面前，便迫不及待地夹起面送入口中，然后眯着眼睛欢呼。

“妈妈，面条真好吃。”

那个时候，安菱的精神还没有出现问题。

那也是他记忆中为数不多的，美好的画面。

他听见自己的声音有些干涩：“这个面……你怎么做出来的？”

“啊……”木棉歪着头笑，眉眼弯弯，“网上有教程，这个酱是不是超好吃？我研究了好久才成功的呢！”

一颗心顿时平静了下来。

林慕安嘴角出现一个浅浅的弧度，他的声音很轻，几不可闻：“嗯，很好吃……”

木棉顿住了动作，盯着那一丝难以得见的笑容，忽然觉得，自己多日来的努力都是值得的。

她笑道：“那你多吃点！来，试试这个烤鸭……”

翌日。

木棉再次在清晨时分出现在他家门口时，林慕安蓦然有种恍如隔世的错觉。

他推开门看到那抹纤细的蓝色身影，怔忪了片刻，然后才缓缓地走过去，接过她手里的早餐。

两人一边咬着吸管喝牛奶，一边啃着面包。

林慕安扫了眼她手里的包装盒子，不经意间开口：“你不是嫌它难喝吗？”

“对呀，可是你身上的味道，我非常喜欢。所以突然爱上它了。”

林慕安默默止住了话头。

两人一同来到教室，木棉刚坐下，便看到身旁那人双眼发亮地盯着自己。

“又抽什么风？”

“棉棉，你真是我的女神！”方芸激动地叫。

声音颇大，四面八方投射过来不少视线。

木棉有些尴尬地看向某人，果不其然，他扫了眼这边，又飞快地收回了目光。

“小声点！”她皱眉轻喝。

“这几天程青都是一副要死不活的样子，齐铭每次过来找她的时候都是摆着一张晚娘脸，结果没说几句话就聊不下去了……棉棉，你不知道我有多开心！”方芸一合掌，欢呼。

齐铭就是方芸暗恋的那个学长。

木棉暗暗在心里翻了个白眼。

“你开心就好。”

她捏了捏方芸那张得意兴奋的脸，挑眉回答。

今天下午最后一节是体育课。

班里的人都很兴奋，难得还有享受体育课的待遇，难得今天没有别的老师过来占课。

还有难得的好天气，艳阳高照，温度适宜。

外面是蓝天白云，青青草地，红白跑道，宽大的篮球场，怎么看都比这死气沉沉的教室要好。

一群关在教室许久的学生仿佛出笼的小鸟，叽叽喳喳，十分雀跃。

木棉挽着徐静，慢悠悠地往操场走去。

两人与对方分享着近日来的琐事，聊着八卦，谈论着热播的电视剧，偶尔轻笑，仿佛有说不完的话。

上课铃声响起不久，体育老师就过来了，列完队伍让他们跑了个八百米之后，便宣布自由活动，班里同学顿时一哄而散。

三三两两结伴打着羽毛球、乒乓球、篮球，或者坐在草坪上聊天，在跑道上散步，也有极少数人选择回到教室。

木棉则立刻在人群中搜索着林慕安。

他独自一人坐在篮球场高高的台阶上，漠然地看着底下。

那种熟悉的感觉又来了，仿佛是游离在世间之外，冷眼瞧着这些芸芸众生。

木棉心头一跳，立刻走了过去。

她盘着腿坐到他身边，也不说话，就这样陪着他安静地看着底下各自活动的同学。空气中飘着安宁和熨帖的气息，让人无比舒适。

“哎，静静，你看他们两个，是不是感觉越来越像一对了？”

有女生停下了挥拍的手，看着对面的徐静扬了扬下巴示意，徐静回头。

高高的台阶上，两人并肩坐在上面，穿着同色的蓝白校服，背后是蓝天白云。

有种说不出来的感觉。

她微涩一笑：“是呀，挺像的。”

“我们继续。”

徐静转回头，脸上的笑容扩大，对着女生扬起了手里的球拍，把刚才那个小插曲抛之脑后。

木棉的勇气是她们永远都不可能拥有的，所以她能得到别人所渴望的，也是理所当然。

不知过了多久，木棉才轻轻开口：“林慕安。”

她视线依然注视着前方，侧脸温和，仿佛刚才那一声轻唤只是他的幻觉。

林慕安没有开口，却把注意力放到了旁边的人身上。

“你会不会打篮球？”她终于侧头，眼睛黑亮地盯着他，白皙的脸上没有一丝情绪，语气十分平静。

“不会。”他淡淡地吐出两个字。

木棉却瞬间笑得无比烂漫，犹如三月漫山遍野盛开的杜鹃花。

她轻轻抓住了他撑在身侧的无名指，握着那根白皙纤长的手指微微摇晃，语气带着一丝撒娇：“我教你好不好呀？”

原本就软绵的声音此刻柔得不像话，丝丝往耳朵里钻，指间传来温热的触感，是她柔软的指腹贴着他的皮肤。

林慕安想，自己他应该甩开她，然后冷眼不耐烦地瞥她。但脑海中就仿佛是搭错了一根线，鬼使神差地，他说：“好。”

周围正在打篮球的人都愣住了，他们眨了眨眼睛，难以想象那个在投篮的人是林慕安，但目光一触及旁边的木棉时，瞬间了然。

是了，也就只有她，能让林慕安变得和常人一样。

他们看了几眼，随即收回了视线，继续着方才手上未完的动作。

现在不论林慕安做出了什么对他来说不正常的事情，只要有木棉在，那都是正常的。

这是一种旁人难以体会的感情。

微妙而又奇特。

除了彼此，无人能插足。

第四章

他们让我离你远一点

Piaoliang de Ta Bushuohua

傍晚，下课铃响之前，木棉已经开始低头收拾着东西，一旁方芸见状，忍不住调侃。

“多日来难得下个早课是吧？”

“嗯哼。”木棉应完，下课铃声恰好响起，“我走了，明天见。”

她提着书包往教室后面走去。

她转身之际，林慕安恰好也站了起来，抬手把包斜斜挂在一边肩膀上，姿势潇洒而利落。

两人目光在空中遥遥相接，木棉对着他笑了一下，并肩往外走去。

“晚上吃什么？”

“想吃面。”

木棉刚要作声，林慕安补充：“你做的。”

“好呀，那去我家？”她声音不由得带上了几分雀跃。

“嗯。”林慕安点点头。

他很喜欢她家，很好，很温暖。

木棉家离学校也很近，穿过两条马路就是。昨天夜里下过雨，空气很清冽，一阵风吹来，带起阵阵凉意。

她侧头看了眼林慕安被汗湿的头发，目光有些忧虑。

“冷吗？”她问。

“不冷。”

“可是你刚才出了一身汗，现在又吹风……”要是感冒了，木棉应该会自责死，都是自己拉着他去打篮球的。

“没关系。”林慕安面上没有太多表情，嗓音清淡地回答。

他没有这么娇弱。

木棉没有再开口。

回去的时候经过楼下的生活超市，想起空荡荡的冰箱，她侧头问道：“你饿吗？”

“还行。”

“那去买点东西？”

“好。”

买了一堆的蔬菜、零食、干粮，木棉推着车，慢慢转到了生活区。她抬手，从架子上抽出一条天蓝色的毛巾。

“好看吗？”她笑意盈盈地注视着林慕安。

“好看。”他喜欢天蓝色。

木棉点点头，把那条毛巾放到了购物车里。

随后是牙刷、杯子、拖鞋，最后……是睡衣。

林慕安终于察觉到不对了。

“你买这些东西干什么？”

木棉正在认真比较着手上拿着的浅蓝格子睡衣和红色格子睡衣哪个好看，闻言头也不抬地回答：“用啊。”

“给谁用？”他锲而不舍地追问。

木棉闻言，立刻抬头，脸上的笑容灿烂得过分。

“当然是给你用啦！”

林慕安顿时沉默，神色无比复杂，眼底涌动着晦暗不明的光。

须臾，他说：“买那个浅蓝色格子的。”

到家，木棉一打开门就把林慕安推进了浴室，然后把刚买的东西全部塞到他怀里，给他讲解着洗浴开关。

“这个热水在这里，毛巾挂这边，沐浴露用我的就好了……”

“好了！”林慕安忍不住低声赶人，“我知道了，出去。”

“我再说最后一句——”木棉手扒着门框，探出头来，“水温记得调高一点，别感冒了。我煮面去了！”

她说完，极快闪人。

因为那个少年的耳根，已经爬上了一抹薄红。

真是难得一见。

木棉翘起了嘴角。

烧水，下面条，烫青菜，最后起锅将煎蛋铺至上面。

木棉端详几眼，打开冰箱拿出酱料。

红通通的肉酱放上去被热气一蒸，立刻浓香扑鼻，让人食指大动。

木棉满意地点点头。

这当然不是什么木棉在网上找的教程，而是她按照安菱给的配料和配方，一次次实践终于做出来的，和安菱做的一模一样的味道。

木棉自那天探视过后，又去见过安菱很多次，安菱除了面色比常人憔悴几分外，看起来与旁人无异，一点都看不出来像是会突然自杀。

只是不知道为什么，木棉心里总觉得隐隐有些异样。

可木棉能做的，只有多陪陪她，陪她聊聊天，晒晒太阳，安静地听她讲述着那个未曾知道过的林慕安。

在孩童时期，乖巧、活泼又可爱的林慕安。

浴室里的水声停了。

木棉恰好把面端出去。

一阵窸窣声响起，不多时，门被拉开，仿佛能感觉到一阵水汽扑来，他穿着那身浅蓝色格子睡衣，手里拿着条白色毛巾，边擦着头发，边走出来。

对上木棉的视线时，他动作微微一顿，随后走了过来，拉开桌前的椅子坐下。

“吹干头发再吃。”木棉从客厅茶几下拿出一个吹风机，握在手里朝他摇了摇。

林慕安有些不甘愿地走了过来，木棉按着他的肩膀让他在沙发上坐下。

吹风机的轰隆声响起，温暖的热风一阵阵吹来。木棉轻轻拨弄着他濡湿的黑发，用指尖一根根顺开，吹干。

柔软的指腹擦过头皮，舒服得让人浑身发软，林慕安眯了眯眼睛，乖顺地由她拨弄着。

木棉把他的头发吹了个半干，方才放他去吃面。

仿佛是饿了，他动作有些急促，很快就消灭了大半碗，鼻尖隐隐冒出汗珠。

“慢点吃，等会儿出了一身汗，澡又白洗了。”木棉伸出筷子，敲了敲他的碗。

清脆的敲击声，打断了他的动作。

林慕安有些不满地皱起眉头，不耐烦地开口：“木棉，你是我妈吗？”

话音刚落，木棉顿时“扑哧”一声笑出声，语气轻柔，尾音上扬，带着一抹调笑:

“乖宝宝，听话。”

“……”

林慕安习惯性地止住了话头。

一碗面他吃得十分餍足，吃完躺在沙发上懒洋洋的，不想动。

刚洗过澡整个人都很舒服，身上柔软的睡衣也很舒服，这个房子也很舒服。

厨房里忙碌的那个身影更加让人觉得舒服。

林慕安突然一点都不想再回到那个冷冰冰的、空旷的、寂静的房子里。

温暖这种东西，没得到之前，总觉得自己无法触及，而一旦拥有过之后，就再也不想放开。

只想得到多一点，更多一点。

木棉擦干手出来时，林慕安正在看着某个点发呆，他躺在沙发上，枕着一个大红色方形抱枕，显得他的脸特别白。

他双手还抱着一个米黄色的抱枕放置在胸前。

明明是很简单的动作，但在他身上出现，莫名让人觉得可爱和孩子气。

可能是他平日里总是冷漠地双手插兜，面无表情的形象太深入人心了。

她迈开腿走了过来，林慕安的视线停在了她身上，一直追随着她，直到她来到自己身前。

木棉俯身，和他面对面，四目相对，她开口：“今晚在这儿睡好不好？家里还空了一间客房。昨天我把整个房间都收拾了一遍，很干净。被单也都换过了，是你最爱的蓝色。”

林慕安盯着那张白净的脸。

她满脸温柔，声音轻软，在灯光下，容貌清丽得让人移不开眼。

猝不及防，林慕安抓住了她的手用力往下一拉，然后抱住了她。

木棉整个人被他的力道紧紧束缚，快要喘不过气。

林慕安没有说话，缓慢呼吸，仿佛在克制些什么，许久，才慢慢出声:“好……”

木棉爬了起来，穿上拖鞋，一把拉住他往她隔壁的房间走去。

推门，开灯，一气呵成。

淡黄色原木家具，蓝色格子四件套，窗户半开，夜风夹杂着莫名的香气袭来，白色纱窗随风轻轻飘舞。

耳边响起了她含笑的声音，温柔、恬静，就像夜里的微风一般，让人熨帖而舒适。

“我给你一个家。”

林慕安在这一刻感受到了安宁。

他有些认床，每次到陌生的环境，总是很难入睡，所以在那个如空城般的房子里，他最留念的东西就是那张床。

但出乎意料的是，躺下不久，他就陷入了睡眠。

梦里平和又安详。

有个女孩，在对他温柔地笑。

早晨七点半的时候，林慕安就被敲门声吵醒了。他皱着眉头翻了个身，扯高被子蒙住了头。

那个敲门的人却依旧锲而不舍。

一声声如同魔音穿脑。

往日无比悦耳的女声，此刻听来却是十分聒噪。

林慕安烦躁地揉了把头发，掀开被子走了过去。

“干什么？”他单手握着门把，满脸不耐烦地盯着面前这人。

“起来刷牙洗脸吃早餐上学。”木棉淡定地凝视着他，平静地答。

“几点了？”他问。

“七点半。”

“你知道我以前几点起床吗？”他又问。

“七点五十分。”木棉对答如流。

每天七点五十分起床，八点出门，八点十分到学校，直接跳过早读赶上第一节课铃响。

林慕安点点头，一脸“你懂”的表情，欲关上门。

“不听话，今天就回你自己家去睡。”木棉嘴角挑起一丝笑意，慢条斯理地威胁，语气强势。

林慕安的脸色瞬间变了，眼里阴云密布，在汹涌地沸腾翻滚，他立刻甩上了门。

“哐当”一声巨响，那扇门在木棉面前合上，她摸了摸鼻子，神色悻悻。

真是个吃硬不吃软的小孩。

她转身，来到厨房，把热好的牛奶装在玻璃杯里端出来放到桌上，旁边还放着一个现做的三明治。

鸡蛋、火腿、蔬菜，红黄绿颜色搭配得十分好看。

尤其是在底下淡黄色格子桌布的衬托下。

木棉前天回来特地换的。

不到十分钟，他就出来了，依旧是臭着一张脸，在看到桌上早餐的那一瞬间，貌似缓和了几分。

他拉开椅子，坐到了木棉对面，然后默不作声地开始吃着桌上的东西。

“好吃吗？”木棉看着他柔柔地笑。

对面的人却头也不抬，也不理她。

他腮帮子微鼓，含着口三明治上下咀嚼着。

木棉慢慢咬着手里的东西，单手托腮撑在桌子上，好整以暇地开口：“不说话就是不好吃了，那明天还是给你买面包吧——”

就是他每天吃的那种，小超市里出售的，看起来非常油的、甜甜的干面包。

果然，下一秒对面的人的脸上就闪过一丝挣扎，随后声音飚飚地传出来，带着一丝心不甘情不愿。

“好吃。”

“嗯，那就好。”

木棉心满意足地点点头，端起桌上的牛奶，喝了一口。

两人一同出门，木棉看了眼腕表，七点五十分，走到学校刚好还能赶上早读课。

她已经缺席一个多月了。

吃过早餐，林慕安神色柔和了不少，虽然还是面无表情，但至少没有先前那股低气压了。整个人阴郁得像是刚从地狱里爬出来的一般，还是蛮吓人的。

木棉想，得亏自己心理承受能力强。

两人同样是踩着铃声进教室，这次却引来了不少注视，木棉放下书包，方芸立刻凑了过来。

“我的学委，你竟然来上早读课了，天哪！我简直不敢相信自己的眼睛。”她表情夸张地叫。

木棉习以为常地扬起了嘴角，从包里拿出了英语课本。

方芸还在喋喋不休：“不是，我说，你是使了什么法子让林慕安在第一节课铃声响之前来到教室的？”她都要震惊了，和林慕安同班快两年，第一次见到他这么早来教室。

木棉脸上都是狡黠的笑意，她摇摇头，高深莫测：“山人自有妙计。”

方芸翻了个白眼，还欲说些什么，木棉已经开始跟着讲台上的李秦朗诵起了英语，神色专注而认真。

她悻悻地闭上嘴，对木棉的崇敬之情更深了。

“静静，我今天做了三明治！”木棉一下课，就雀跃地跑到了徐静桌前，把手里的袋子放到她桌上。

“你亲手做的吗？好棒！”徐静拆开袋子，看到里头堪比外面商店出售的三明治，惊喜地开口。

“嗯哼。”木棉得意而又骄矜地点了点头。

“我们家棉棉真是个厉害的小姑娘呢……”徐静笑着捏了捏她的脸。

木棉有些不好意思地笑了。

和徐静聊完之后，木棉拿着杯子去打水，饮水机在教室最后面，走过去的时候要经过林慕安的座位。

他的目光一直停留在她脸上。

“怎么了？”木棉有些奇怪地摸了摸脸。

“红了。”他淡声开口。

“嗯？”

“脸红了。”他说完，便不再出声。

木棉满头雾水。

打完水，木棉还特地问旁边的方芸借了面小镜子，认真打量了好几眼，才发现脸颊被徐静捏出了一抹红印。

淡得几乎看不见。

但她皮肤白皙细嫩，所以看上去有些微红。

木棉有些奇异地收起了镜子。

他怎么突然……注意到这些小细节了？

中午一起吃完饭后回教室，便看到林慕安的目光总是若有似无地停在自己脸上，木棉干脆停下脚步，双眼发亮地盯着他。

“干吗老是偷偷看我？”

林慕安眸光微闪，正欲开口，耳边已经再次响起了她的声音：“我非常乐意你光明正大地看着我。”

“……”

他习以为常地止住了话头。

但旁边那人却开始不依不饶：“你说呀，快说！我要听！”

林慕安自顾自往前走着，脚步不停。

身后传来她气愤的叫声："林慕安，你要气死我是不是！"

他无奈地停住步伐，侧头，木棉鼓着腮帮子站在原地瞪着他。

他暗叹一口气："我只是觉得奇怪……怎么轻轻一捏，脸就红了？"

嗯？

木棉眨了眨眼睛，然后咧开嘴笑了，露出几颗细白的小米牙，歪头，十分可爱。

"你来试试不就知道了——"

林慕安："……"

他一言不发地转身继续往前走。

她得意的笑声接踵而至，声音雀跃又欢乐。

"林慕安，林慕安！你好可爱啊！"

他忍不住微微翘起了嘴角。

下午放学的时候，林慕安回了趟家，熟悉的格局再次映入眼帘时，只觉得浑身不适，他快步走了进去。

用了半个小时收拾好常用的东西，他拉着箱子出门的时候，忍不住回头看了眼这个熟悉又陌生的地方。

然后，毫不留恋地大步向前。

到木棉家的时候，木棉已经做好了饭。明亮的灯光下，她正在弯腰布置着碗筷，温馨的餐桌上，放着热气腾腾的两菜一汤。

听到声响，她抬起了头，眉眼温柔："你回来啦！"

"嗯，我回来了。"

林慕安朝她缓缓地绽开了一个笑容。

过了这么多年，他终于再次体会到了，有家的感觉。

木棉吃饭完开始做作业，而林慕安早早就洗好了澡，抱着枕头躺在沙发上玩着手机，时不时还翻个身。

"你要不要写下作业？我教你。"

片刻，在他不知道第几次翻来翻去的时候，木棉终于忍不住开口了。

他动作立刻停顿了，仿佛思考了三秒，然后慢吞吞地从沙发上爬了起来，低着头，声音轻不可闻："好吧……"

他抱着一堆练习册和试卷坐到了木棉身边，沙发前面那张白色小茶几充当了两人的书桌，他们盘腿坐在雪白的地毯上。

“这道题呢，是这样的……”

木棉低头给他讲解，同时在草稿纸上写写画画着，侧脸清秀恬静，耳侧发丝滑落，她伸出手轻轻把它钩起，再次绾在耳后。

白生生的手指纤细，简单的动作让人觉得满是温柔。

他莫名移不开视线。

“林慕安你看哪儿呢？”木棉停下手里的笔，挑眉冷斥。

他瞬间收回了视线，目光闪烁，抿抿唇，神色悻悻。

仿佛做了坏事被人抓包一般。

木棉缓了神色，探身过去揉了揉他的头发，语气温柔又宠溺：“听话，写完让你看个够。”

林慕安瞬间恢复成了以往的面无表情。

夜里很静，女孩轻声细语的讲解听起来格外悦耳，伴随着笔尖摩擦过纸面的唰唰声。

她的耐心好得出奇，对于林慕安的一窍不通也不恼，从最基本的知识点给他讲起，三个小时下来，竟也让他有些隐隐得窥门径。

临睡前，木棉热了杯牛奶给他端了进来。

林慕安躺在床上，看着她穿着白色睡裙的身影，突然有些恍惚。

年幼时的他，也是这般躺在床上，看着安菱端着杯牛奶含笑朝他走来。

那个时候，安菱面容还是温和的，会披散着一头黑色长发，穿着睡裙，对他温柔地笑。

他眨了眨眼睛，掩去那一丝晦暗复杂。

“喝完睡觉，晚安。”木棉把手里的杯子放在他旁边的床头柜上，嘴角的笑意温暖。

“晚安。”林慕安轻声开口。

木棉帮他掩上门，回房，看着书桌上那一堆未做完的作业，无奈地摇了摇头，然后坐下，认命地开始做题。

不知过了多久，那端坐了许久的身影才开始动了起来。

木棉伸了个懒腰，看了眼旁边的钟表，十二点整。

她起身，去厨房倒了一杯水。

刚喝两口准备回去，经过林慕安门口时突然听到声响，很大，像是痛苦到极致发出来的呜咽声。

她心头一跳，立刻放下手里的杯子推开了门。

房里没有开灯，窗帘只拉上了一半，皎洁明亮的月光洒满一室，让人无比清晰地看清了里面的景象。

床上被子凌乱，一片空荡，林慕安缩在墙角，紧紧地环抱住自己。

他在哭，撕心裂肺地哭。

那具身子还在不住颤抖，像一只孤立无援身陷囹圄的小兽。

木棉咬紧了牙，眼眶酸涩，极力控制住泪水不掉下来，她吸了吸鼻子，缓慢而温柔地靠近他。

她走到他面前，半跪在地上直起身，然后伸出双手牢牢地环抱住他，轻轻拍着他的后背，贴着他的耳朵柔声安慰：

“林慕安，没事了，有我在呢。

“别哭。

“好了，好了……”

木棉一直在他耳边低声说着话，时不时碰碰他的耳朵，双手缓慢轻柔地抚摸着他的背脊，还有那颗深深埋在臂弯中的头。

不知道过了多久，他才渐渐缓了过来，身子不再颤抖，只偶尔发出极小的抽泣声。

木棉暗舒了一口气，侧头挨了挨他脸，仿若呢喃般在他耳边开口：“好了吗？要不要开灯？”

他无声地摇了摇头。

没有人愿意把自己这一面暴露在空气中。

两人又静静相拥了许久，木棉方才问道：“要不要去床上？”

他又摇了摇头。

木棉动了动发酸的双腿，轻哄着：“别怕，我在这儿陪你好不好？”

他没有声音了，木棉强硬地把他的头从臂弯里掰了出来，入目的是一张白净漂亮的脸上布满泪水，双眼红得像只兔子，额前的刘海全部被汗湿了。

看起来狼狈极了。

木棉轻轻叹了口气，心中无比酸涩。

偏生又可怜得紧。

他有些恼，马上挥开她的手想继续往臂弯里钻。

木棉眼疾手快，立刻伸手越过他的身子从后头的床头柜上抽出两张纸巾，然后捏着他的下巴帮他细细地擦着脸。

林慕安象征性地挣脱了两下无果后，便乖巧地任由她摆弄着，偶尔眨一下那双濡湿浓密的睫毛。

木棉手里拿着纸巾，缓慢细致地把他的脸擦干净，接着起身把他从地上拉了起来。

长时间蹲在地上的腿已经麻痹，他踉跄两下，整个人不受控制地往前栽，扑在了木棉身上。

温热的气息袭来，木棉立刻揽住了他的腰接住他，往后退了两步站稳。

他抱着她，久久未动，仿佛在缓解脚下麻痹的神经。

木棉把头靠在他肩头，静静地等待着。

他的怀抱很温暖，环抱着木棉的姿势就像是溺水的人抱着仅有的一根浮木，极力地把她往怀里压，腰上的手臂箍得她有些酸痛。

胸腔里的心跳声怦怦怦，紧紧相贴的身子能清晰地感受到对方心脏的跳动。

仿佛是长在自己身体里的一般。

寂静的夜里没有一点声音，夜风透过未完全闭合的窗子一阵阵吹了进来，带着丝丝凉意。

“去床上睡觉了好不好？”她有些担忧地开口。

他仅仅穿了一件白色T恤，木棉摸了摸他的手臂，有些微凉。

“好。”他终于说了一句话，声音沙哑得不像样。

林慕安放开了她，站到床边，沉默几秒，侧头，声音有些奇特地开口：“你说要陪我的。”

像是极力掩饰的自然，又像是孩童似的撒娇。

别扭的孩子气。

木棉轻笑出声：“嗯，我陪你，别怕。”

林慕安没有作声，只是沉默地钻进了被子，然后一下滚到了床的那边，空出一大片位置。

他伸出手把被子拉到肩头，紧紧裹住自己，只露出那双眼睛，一动不动地看着她。

木棉嘴角弧度温柔，慢吞吞地坐在床畔，静静注视着他，露出一个安抚的笑。

林慕安轻轻抿唇，弯出小小的弧度。

“睡吧。”她摸摸他的头。

林慕安大眼黑亮，点了点下巴，乖乖闭上眼。

不知过了多久，黑夜静谧，林慕安忽地醒来，一眨不眨地看着木棉。

她趴在床边睡着了，脸贴着被子，眉眼舒展。

林慕安睁着眼，里头是毫不掩饰的空洞和脆弱，他侧着身子，脸上都是惶恐。

桌上的钟表在嘀嘀嗒嗒地转着，秒针的走动声在夜里十分明显，这是木棉今天特意给他买的。

她神色看起来十分安然，面容恬静，月光勾勒出她的轮廓，线条起伏十分优美。

她的侧脸，也很好看。

林慕安不知道从何时开始，已经在心里把她划分为好看的人了。

他其实对旁人的外貌没有多大印象，在他眼里都是差不多的。

因为从小对着镜子里自己的这张脸，他对外貌这种东西，早已经免疫了。

脑海里一片杂乱，林慕安发愣地看着她，也不知道自己在想些什么，突然，她动了动，睁开了眼睛。

未经掩盖的情绪就这样暴露在她面前。

林慕安怔然。

木棉睁开眼的那一瞬间，猝不及防，就撞进了那双黑眸里，呼吸骤然停住。

她难过得连最基本的动作都维持不了。

那双眼里不是往日里的漠然，也不是常见的沉静如水，而是那种明晃晃的脆弱和空洞。

仿佛对生活失去了希望的那种空洞。

孤立无援的脆弱。

许久，她才开始清浅而缓慢地呼吸，像是害怕惊扰到他的那般。

“你睡不着吗？”她盯着他，轻声开口问。

“嗯。”他低低应道。

两人安静地对视了一会儿，木棉突然张开双手，对他敞开怀抱。

林慕安愣怔了片刻，随即慢慢地、轻轻地挪了过去，几厘米的距离，却仿佛隔了一条长河。

终于靠近了那股温暖。

他抱住了她。

他忍不住阖上了眼，大脑神经一松懈，倦意便铺天盖地地涌来。

他沉沉地、疲倦地睡去。

天昏地暗不知何时。

木棉蓦然从睡梦中惊醒，她惊恐地伸出手拿起旁边的闹钟，上面的时针明晃晃地指向八点。

她瞬间一个鲤鱼打挺就坐了起来。

“醒醒。快起来，要迟到了。”

非常熟悉的一幕。恍惚间，木棉想起了在他家入睡的那次，他就是这样站在床边，推搡着叫醒她。

只是场景转换，人物对换。

接下来就是匆忙地刷牙洗漱换衣服，等两人出门时，已经接近八点二十分了。

一路狂奔到教室，李元正在讲台上写着公式。

两人喊了句报告，李元闻声，立刻一个冷眼就扫了过来，尤其是瞟过木棉身上时，凛冽得仿佛冬日里的刺骨寒风，让人心头瞬间一紧。

她抿了抿唇，把头低了下来，专注地盯着脚尖。

“进来吧。”

李元转头，继续在黑板上写着，沉声吩咐。

木棉悄悄松了口气，和林慕安快步走了进去。

方芸竖起了面前的课本，探身过来，轻呼：“我的学委，敢情你们昨天是回光返照啊！”

木棉没理她，埋头拿出课本翻开。

“你们今天是怎么了？又睡过头了啊？”方芸一脸八卦。

一截粉笔蓦然袭来，砸在了方芸的头上，李元一脸怒色：“要讲话就给我去外面说！”

方芸瞬间如同受惊的兔子般抖了一下，随后乖乖地放下书，双手交叠在桌上，满脸认真专注地盯着黑板。

下课的时候，李元收拾好东西目光停在了木棉身上，他看着那个在位置上低头整理着书本的女孩，沉声开口：“木棉，来我办公室一趟。”

木棉顿时停住了手里的动作，一旁的方芸给了她一个自求多福的眼神。

几道目光都纷纷投在了木棉的身上。

“好的。”木棉应道，起身连忙跟在他身后。

下楼，穿过走廊，就是教师办公室，李元把手里的课本放在那张暗红实木桌上，拿起旁边的不锈钢水杯仰头喝了口热水。

“木棉，你最近是怎么回事？这一个月来你的注意力完全没有放在学习上，整天就知道跟着那个林慕安！现在可是高二！你知道你自己在做什么吗？”

他声音很沉，但不妨碍其他人听见。

教师办公室是开放式的，四五个人共用一间。木棉站在李元的办公桌前，低着头，双手乖巧地放在身前，承受着他的怒火。

她没有说话，脸上也没有太多情绪，完全看不出在想什么。

李元深吸了一口气，眼里一片暗沉：“如果你还是这样，那我只好通知你家长了。实在不行，你就住校吧。”

话音刚落，木棉骤然抬起了头，先前无比沉静的眸子此时仿佛亮起了两簇小火苗，目光炯炯地盯着他。

她说：“不行。”

李元猛地拍了下桌子，怒喝：“木棉，你是老师还是我是老师！”

“对不起，李老师，我真的有一定要坚持下去的理由，而且我会保证一定不影响学习的！”

木棉神色有些焦急，朝李元深深地鞠了一躬，绑在脑后的马尾垂了下来，乌黑的发尾凌乱地披散在肩头。

李元盯着她，暗叹着气，一中没有强制学生寄宿的先例，但木棉向来成绩好，是个好苗子，他对她是寄予厚望的。

可是她最近这段时间整天都跟着那个林慕安，又经常迟到，让人难免担忧。

对老师来说，最怕的就是学生在错的时间，遇到了自以为是对的爱情。

退一万步来说，可能那是对的，但既然是对的，为什么不能再等等？等到了对的时间，真正无所顾忌地在一起。

青春，谁没有过情窦初开。

让李元更加耿耿于怀的是，那个人是林慕安。

全身上下看不出一丝生气的林慕安。

从骨子里透出死寂的林慕安。

就像是一潭深不见底散发着恶臭的沼泽，表面却长满了美丽的鲜花，散发着迷人的香味，用漂亮的表象诱惑着那些无知的人。

让人泥足深陷，伴随着他沉入地底。

“木棉……”李元语重心长，“你现在这个年纪，还缺乏明辨是非的能力。

那些自以为美好的感情，可能几年后回头一看，你会发现它是那么幼稚。但你失去的，可能是你的未来，甚至于是你的整个人生。林慕安，他只会影响你，给你带来负面的作用，因为在他身上，我看不到一丝阳光。”

“李老师，我知道，非常感谢您的教诲。”木棉再次对他深深鞠了一躬，接着十分坚定地开口，“可是，我想要的，就是让他站在阳光下，充满希望地活着。我保证，我会全力完成我的学业，一定不辜负您的期望。”她声音清脆，掷地有声，面容平静而坚毅，眼里是斩钉截铁不容更改。

李元一瞬间失了言语。他深深地叹了口气，无可奈何地坐在那张黑色皮椅上，须臾，嘴唇动了动：“我还是希望你好好想清楚。”

木棉点了点头。

李元朝她挥了挥手，示意可以走了。

她再次朝他弯了弯腰，轻声开口：“那我先走了，谢谢李老师。”

木棉转身，一走出那扇门便感觉全身力气像是被抽干了般，她有些无力地挪动着脚步往前走着。

方才听到李元让她住校的那一瞬间，她整个人都蒙了，那个不字几乎是脱口而出，说完才反应过来。

想到这里，她忍不住摇摇头，暗笑起来，还真是吃了熊心豹子胆了。

“木棉！”身后突然传来叫声。

木棉回头，看到沈昊气喘吁吁地追了上来。

“你还好吧……”他目光复杂地盯着她，眼里是欲言又止。

“嗯，还好。”木棉点点头，回答。

两人并肩往教室走去，一直走到走廊尽头时，他的声音才有些犹豫地响起：“木棉……那个，我……刚刚听到了……”

“啊？”木棉轻呼一声，随即笑了笑，点点头，“哦。”

他闻言又沉默了，一脸深沉。

两人上了楼梯，在提步上了两级台阶后，他终于再次开口：“木棉！”

她停下脚步，站在台阶上看他，白皙秀气的脸上神色清淡，眼眸微微下垂。

“你和……那个林慕安……是什么关系啊……”

沈昊说完，长松了一口气。郁结在心中许久的问题终于问出了口，他盯着面前的人，眼里闪烁着期待。

木棉浅浅地勾起嘴角：“就是我刚才说的那种关系啊。”

话音刚落，她提步，继续拾阶而上，步伐沉稳，背脊挺直，透着难以言喻的坚定。

沈昊在这一刻，突然就明白了她的回答。

“我想要的，就是让他站在阳光下，充满希望地活着。”

“我呀，我没有特别想要做的，只希望考个好大学，毕业有一份不错的工作，能给喜欢的人安稳的生活。”

脑海里不停回放着她说过的话。

沈昊站在原地，低着头，突然扯唇自嘲一笑。

木棉回教室的时候，平静得仿佛什么事都没发生，如往常一般上课吃饭，放学回家。

木棉没有问林慕安梦里有什么，因为她想，总不会是什么美好的记忆，何必逼着他再回忆一遍。只是夜里的时候，她会悄悄打开他的房门，看到他安稳睡颜时，方才放心睡去。

两人的生活很平静，他也在一天天地改变着。

或许只是对她改变着。

因为对于旁人，他依旧如同以往那般，漠然无视。

但即使这样，她也已经无比满足。

至少，洒进了一丝阳光。

他会主动和她说话，会渐渐地把喜怒哀乐表现出来，会偶尔露出孩子气的一面。

也会……主动来她房间。

因为他，还是会做噩梦。

有时半个月一次，有时一个星期，一旦触及和记忆中重合的那个点时，他在夜里便会无可控制地发梦。

年幼时经历过的虐待来来回回重复上演，挥之不去，真实得仿佛此刻正在上演，让人恍惚得分不清现实和梦境。

木棉只能尽力避免让他接触到往日的场景和画面。

在他不知道第几次黑发汗湿满脸惊恐地抱着枕头出现在她房门口时，木棉终于做了决定。

她没有办法再看着他紧紧不安地抱着自己，那张漂亮的脸苍白得吓人，黑亮的瞳孔写满了脆弱。

每当这个时候，她总是心疼得睡不着觉。

该是什么样的回忆，才会把一个人折磨成这样。

临近4月底的时候，木棉再次去探望了安菱，她小心翼翼试探地问出了那个深埋在心底许久的问题。

“阿姨……阿慕小的时候，是不是很调皮啊？”

“是啊，他可皮了，精力十足到处跑，像只小猴子一样。”安菱微笑着，满脸柔意，仿佛沉浸在了回忆中。

但看得出来，她心情还不错，每次木棉和她聊林慕安的时候，她心情都会很好。

于是木棉极其自然地抛出了下一句。

“那他调皮的时候，你会不会打他啊？”

话音刚落，安菱脸上的笑意瞬间消失得无影无踪，眼神晦暗，整个人阴沉得有些可怕。

木棉垂眸，看到安菱放在膝头的手指蓦然收紧，蓝白条纹病号服的布料从指缝间透了出来。

安菱呼吸放缓，提起了心神。

“打他……我怎么会打他……我怎么舍得打他呢……”她木然地侧过头来，盯着木棉，眼里空洞得像是失去了生气的玩具木偶。

怪异得吓人。

安菱还在继续喃喃自语：“我没有打他，我不会打他的……”

“不！”安菱骤然发出一声尖叫，双手用力地抓住了自己的头发，不停地拉扯，一缕缕的发丝随着她的动作慢慢落了下来，在瓷白的地板上格外明显。

木棉有些惊慌失措地站了起来。

安菱看起来很痛苦，她还在不停地说着：

“我打了他，我经常打他，我控制不住自己。他那么小，那具小小的身子就蜷缩在地上，一动也不动，像是死了一样……”

她又开始笑了起来。

“他特别乖，每次睡觉前都安安静静的，躺在床上等着我给他端牛奶进去，可是那张脸……那张脸和他爸爸长得一模一样！我好生气！气得整个人都要疯掉了。我又进去，他睡得真香，和他爸爸睡着的模样真像。嘿嘿嘿……”她笑着做了个抓住东西往前盖的动作，“我就用被子蒙住了他，然后他就醒了，开始挣扎。我死死地按住他……”

她的脸色顿时又变得十分狰狞，她抬头目光凶狠地盯着木棉，还欲说些什么，医生冲了进来，按着她的肩膀制伏了她。

她还在歇斯底里地挣扎，模样暴躁，像是失去了理智的野兽。

这是木棉从未见过的一幕，她站在一旁，愣住了。

安菱打了镇静剂之后，温顺地睡着了。医生说她不常发病，但每次一发起病来，就非常难以控制，而且还会伤人。

所以最好不要刺激她。

木棉点点头，神色有些恍惚。

回去的路上，她脑海盘旋的全部是方才安菱那个模样，狰狞的，歇斯底里的，疯狂的。

木棉不敢想象年幼时的林慕安，看到熟悉温柔的母亲变成这样，会是什么感受。

尤其是，被母亲用那种厌恶至极的眼神看着，仿佛恨不得他去死的样子。

木棉回去的时候，林慕安好像刚起床不久，抱着枕头盘腿坐在沙发上，表情呆呆的。

正值中午，外头阳光大好，客厅里一片明亮。

他穿着浅蓝色格子长袖睡衣，面孔白皙而柔软，头发乱糟糟地覆在额头，底下那双大眼睛蒙眬又迷离。

这么可爱漂亮的人，真不知道安菱是怎么下得去手的。

木棉轻叹了一口气，心头酸痛不已。

他闻声看了过来，眼睛一眨也不眨地盯着她。

木棉自顾自走到厨房，倒了杯水，喝下，心情平复不少。

她踩着拖鞋走了过去。

“刚起来？”木棉手里端着杯子，边仰头喝水边问。

“嗯。”他乖巧地点了点头。

“吃饭了吗？”木棉已经走到了他跟前，揉了揉他的头发。

他睁着那双大眼睛盯着她，立刻把头摇成了拨浪鼓。

“那我去做饭，刚好中午了。”

他点点头，然后开口：“我想喝水。”

木棉正想说“那我给你倒一杯”，林慕安已经抓住了她的手腕，低头就着她的手开始喝她手里的那杯水。

他喉结滚动两下，心满意足地喝了好几口，方才抬起头来，神色如常。

见他唇上泛着丝丝水光，木棉伸出手指，在他嘴角擦过。

林慕安愣住了，仰头怔怔望着她。

木棉压低身子，靠近。

两人的脸挨得极近，她盯着他的眼睛看了会儿，她眼里翻滚的都是他看不懂的情绪。

看了几秒，她笑了笑，然后轻轻环抱住了他。

与此同时，他耳畔传来了她仿佛呓语般的声音，轻柔缓慢，却又无比清晰。

她说：

“林慕安，以后我会对你很好很好。

“让你知道，什么是真正的爱。

“所以你千万啊……不要过早地对这个世界失望。

“你还有我。”

说完，她再次用力抱了下他，很快分开。

木棉直起身子，弯了弯嘴角，转身进了厨房。

林慕安看着她的背影，有些发愣，随后又很快反应过来，不自然地抿了抿唇。

他偷偷地看了她一眼。

见她没有注意这边后，他伸出手，揉了揉自己的胸口。

此刻底下跳动的那颗心脏，过分热烈。

吃过饭，木棉在客厅茶几上写着作业，地毯很软很舒服。昨日太阳正好，她把先前旧的洗了，刚换上的干净毯子。

林慕安依旧待在沙发上，只是这次从端坐变成了斜躺，抱着枕头正在专心致志地打游戏。

他极其喜欢这张沙发，甚至已经超过了那张床，一天有大半的时间，都是赖在上面。

两人静静地待着，不知过了多久，他好像有些玩累了，开始在沙发上翻来覆去，时不时用余光偷偷打量她。

须臾，他慢慢挪了下来。

木棉一脸专心地在草稿纸上写画着，装作什么都没看到。

那个人缓缓挪到了她脚边，然后悄悄躺在她腿上，小心翼翼地闭上眼睛。

他最近越来越喜欢赖着她，尤其是夜晚临睡前，恨不得对她寸步不离。

——自从她陪他一起度过无数次的噩梦之后。

他兴许是发现了有旁人在身边，是不会做噩梦的，所以很喜欢在她房里睡觉。

木棉感受着腿上那颗脑袋的重量，无奈地开口叫他："林慕安！"

他故意转了个身，把脸埋在底下。

木棉放下笔，伸出手指拨开遮住他眼睛的头发，语气充满耐心："只准睡一个小时，嗯？"

否则到了晚上又是萎靡不振的。

他闭着眼睛胡乱地点着头。

木棉笑了笑收回手，摇摇头又继续做着题。

太阳开始西斜，阳光透过窗户斜斜照到地板上，光柱中飘浮着粒粒尘埃。

木棉歪着脑袋，转了转指尖的笔，看了眼墙上的挂钟。

距离他入睡已经过了一个半小时了。

他睡颜安稳，让木棉有些不忍心叫醒他。

林慕安深知这一点，所以每次对她的警告都是置若罔闻，自顾自安然酣睡。

安静的客厅里，女孩一声悠悠长叹。

在夕阳的余晖越来越低斜的时候，木棉动了动发酸的双腿，轻捏着他的脸颊，柔声叫道："林慕安，起来了……快点，都睡了两个小时了，你今天还没去公园跑步的。"

他被吵醒，十分不耐烦地蹙着眉头一把拍掉了她的手，翻了个身调整了个姿势继续睡。

木棉害怕他再次入睡，连忙在他耳边轻声开口："起来，带你下去散步。"

她特意把跑步改成了"散步"。

谁知他却不上当。

可能是这个套路用过太多次了。

"骗人……"他声音醇厚得过分，带着刚睡醒的沙哑，一阵酥麻感瞬间从她心里升腾而起。

"明明是去跑步的。"他又低声说道，这次语气里带着丝抱怨和委屈。

木棉忍不住翘起了嘴角："躺也让你躺了，睡也睡了，你还想怎么样？让你去跑个步怎么了？嗯？"

他顿时没了声音，像是被扎破漏了气的气球。

木棉拍拍他的背，示意他起身。

林慕安垂死挣扎了几秒后，还是不甘不愿地站了起来。

木棉简单地收拾了下桌上东西，拿了钥匙手机牵着他出门。

此时外面还是亮的，远处的建筑、草地、树木、湖泊上笼罩着一片橘色光辉，微风凉凉袭来，令人无比舒畅。

木棉牵着他在人工湖旁的小路上慢慢走着，两边有很多树木，遮住了部分阳光，底下一片阴凉。

公园里的人三三两两，有老人在牵着小孩散步，有并肩而行的单身男女，还有形单影只的路人。

两人绕着湖边走了一圈，木棉拉着他来到了一条较为宽阔的石板路上，然后松开了他的手，侧头，报数。

“一，二，三，跑！”

两人飞奔了出去。

这个公园不大不小，绕着跑一圈大概十分钟的样子。

沿途风景秀丽。

假山、湖泊、建筑，还有各种青翠郁葱的树木、被修剪成各式各样的绿植、无数叫不出名字来的花草。

傍晚的风不冷不热，在慢跑的途中轻轻拂面，一整天的郁气仿佛都被吹散消失不见，整个人神清气爽。

两人围着小公园跑了三圈，然后气喘吁吁地相携踱步回家。

回去后瘫在沙发上缓了几分钟，木棉方才挣扎着起身做饭，起来时顺便踢了两脚身边的人。

“快去洗澡，别等会儿又感冒了。”

他体力极差，刚开始带着他跑步的时候没跑两圈他就开始气息不匀嘴唇泛白，回来时躺在沙发上一副要死不活的样子。

浑身被汗湿又不愿意去洗澡，起初他感冒了好几次，后来跑久了，身体倒是强健了几分，每次跑完步回来，只是有些疲惫。

但他依旧是躺在沙发上不愿意动弹，每每都要木棉三番五次地催促方才肯动身。

见他还是没有动作，木棉“啧”了一声，伸手去拉他，威胁道：“再不起来今晚吃泡面！”

“你好烦……”他心不甘情不愿地起身，嘴里小声地嘟嘟囔囔，神色十分委屈，“骗子，还说要对我很好的……”

木棉顿时被气笑了，也不和他计较。

倒是林慕安自己说完面露心虚，一溜烟跑进了卧室。

晚上的时候，他很自觉地拿出了作业，盘腿坐在她旁边一脸乖巧。

不知道为什么，明明他是个学渣，却对写作业这种事情，没有产生过抗拒。

她侧着头耐心细致地给他讲着题。

林慕安认真地听着，简单的题目，他现在都会做，但有些稍难一点的，就十分让人头疼了，他忍不住蹙起眉头。

其实他并不喜欢写作业，这比玩游戏要无聊多了，而且又费脑子。

不过，他喜欢木棉给他讲题的样子，温柔又包容，让他觉得非常开心。

就好像是，自己在她心中，占据了一个重要的地位。

所以她愿意无条件地包容他，宠爱他。

林慕安喜欢被她宠着。

“喂，听懂了没有！”

头上突然被敲了一下，木棉捏着笔，不满地瞪着他。

林慕安愣怔，眼里一片慌乱，他极快地垂下眸子。

见他这副心虚的模样，木棉无奈地叹了口气，把刚才说过的话又重复了一遍，这次他听得还算认真。

木棉有些欣慰。

入睡前，林慕安又抱着枕头过来了，也不说话，就这样站在门口，睁着那双湿润黑亮的眸子看着她。

眼里透出的全是渴望。

最近他黏人得越发厉害，每次一到晚上，就自发钻到了她房里，被她赶回去几次后，倒是没有以前那么放肆了。

只是一到临睡前他便来到她房门口，抱着枕头，盯着她看，也不说话。就这样站一会儿，如果木棉不理他，又自己委屈巴巴地回去。

按照木棉以往的脾气，是不会理他的，但是今天——在直观过他的世界之后，木棉舍不得让他再受一丝委屈。

她方才正跪坐在床上整理着被子，看到他，动作停了下来，此时她面对着门口，脸上神情复杂。

她盯着他，眼睛浓黑似墨，深不见底。

林慕安有些忐忑。

他垂下眸子，不自然地捏了捏怀里的枕头。

他想，今晚怕是又要一个人睡了。

耳边却突然传来了她的声音，温和舒缓，音调没有太大的起伏：“今晚想睡我房间？”

林慕安立刻看了过去，忙不迭地点头。

眼底都是欣喜，毫不掩饰的兴奋。

“过来。”

她弯起嘴角朝他招了招手。

林慕安立刻抱着枕头颠颠地跑了过去，正准备一鼓作气爬上去之际，木棉伸出一根手指抵住了他额头。

他动作顿住，努力地睁着眼睛看着她。

“忘了吗？”她指了指地板。

林慕安泄气，熟门熟路地从一旁柜子里抱出两床被子，铺好后，把自己枕头放上去摆整齐，还拍了两下。

动作显得格外乖巧。

木棉满意地点点头。

他掀开被子钻了进去，整个人躺好，只剩下一双黑亮的眼睛，注视着她。

木棉抿了抿唇，慢吞吞地爬下床熄灯。

房间瞬间变成了一片黑暗，她小心翼翼地走回来，盖着被子调整好睡姿之后，轻声道。

“早点睡，晚安。”

“晚安。”底下的人悄声回。

清晨闹钟响起时，木棉很快就从梦里惊醒。林慕安还在地上睡得无比香甜，沐浴在晨曦中的脸美好得像是加上了一层柔光滤镜。

她没叫他，进了盥洗室，洗漱完出来后才轻轻推了他两下，面前的人抗拒地拉高被子，把自己整个蒙了进去。

木棉摇摇头，到厨房准备早餐，刚打上火煎蛋，房间里就再次传出熟悉吵闹的铃声。

她弯了弯嘴角，认真地将锅里的蛋翻了个面。

两面煎得微焦，装盘，接着煎火腿，然后放进吐司里，还有肉松、生菜，最后将吐司压好从对角线切开。

与此同时，微波炉传来一声清脆的“嘀”。

不远处，脚步声响起，林慕安懒倦地从房间里走了出来，额前头发微湿，面容干净清爽，白净得像刚剥壳的鸡蛋。

他拉开椅子，坐到了桌前，仰头看着端着盘子出来的木棉，一副嗷嗷待哺的模样。

木棉把三明治和牛奶放到了他面前。

吃完早餐，两人出门，准时赶上了学校的早读。

林慕安懒懒地靠在椅子上开始玩手机，木棉拿出书端正地放在桌上，默读朗诵。

这便是两人的清晨日常。

木棉自那次被李元叫去谈话之后，就再也没有迟到过。

铃声响起，任课老师抱着一堆试卷走了进来。

上周四周五举行了期中考试，周一一上课，各科老师就开始下发批改好的试卷。

底下学生纷纷伸长了脖子，迫不及待地想知道自己的分数。

“李秦，138 分。”

“方芸，110 分。”

“木棉……”台上的英语老师推了推眼镜，目光扫了底下一圈，最后定格在前排的木棉身上，“148 分。”

英语老师点点头，笑着夸赞：“这次考得不错，继续保持。”

木棉起身，微笑地接过试卷。

从木棉平时的成绩来看，英语是仅次于数学的科目，但平日里也不会考到如此接近满分的分数，可见这次真的是进步了。

木棉盯着卷面那鲜红的数字，暗自感慨。

也不枉她每日挑灯夜读了。

讲台上，英语老师还在继续发试卷，念到那个熟悉的名字时，木棉瞬间集中了注意力。

“林慕安，48 分。”

木棉“扑哧”一声忍不住轻笑，纵然知道他的成绩烂得不行，但真正听到分数的时候，还是有些忍俊不禁。

身后响起了脚步声，木棉仰头，正好对上了那张毫无表情的脸，她嘴角笑意扩大。

林慕安神色不明地瞥了她一眼，然后从老师手里接过试卷，漠然地回到了位置上。

木棉收起了笑脸，但嘴角仍是微微向上翘起。

各科的成绩陆陆续续地出来，木棉考得都比较不错，数学也拿了接近满分的分数。

李元脸色稍缓，见到他也没有往日的严肃，木棉隐约感觉自己的爱徒身份，好像又回来了一点。

晚上回去的路上，林慕安一直保持着沉默，眼睑半垂，专注地看着脚下的路。

想起白天的事情，木棉忍不住去逗他。

“林慕安——”

她拉长了声音叫他。

他没有理她。

看来真的是心情不好了，因为平日里他就算是不想说话，木棉叫他的时候，也总会低低应一句。

“好巧哦！恰好我们的英语分数里头都有个‘48’呢！”木棉故意哪壶不开提哪壶。

果不其然，他的脸色更差了，嘴唇都抿成了一条直线。

木棉笑得更加灿烂，仰着头凑到了他面前，眼睛眯成了两道月牙。

“你看，就像你名字有两个‘木’，我的名字里也有两个‘木’……所以我们真是天生一对！”

木棉说完，他脸色顿时有些绷不住了，嘴角抽了抽，最后还是忍不住微微翘起一点。

冷冽的面容瞬间如冰雪融化，只残留着点点碎片，昭示着之前的寒冬。

不知不觉，已是 4 月中旬。

木棉最近有些提心吊胆。

距离 6 月 18 号越来越近，她唯恐再生出一丝变故。

下午体育课自由活动时间，木棉去李元办公室送完作业，上楼时刚好遇上那一群从操场打球回来的男生。

林慕安也在里面。

上次木棉教他打过一次篮球弄懂基本规则之后，便叫李秦带着他和班里的那些男生一起玩。

打了几场球下来，他也算勉强融入进去，每次他们去打球的时候，都会象征性地叫下林慕安，久而久之，也都熟悉起来。

他走在那群人的最后面，见到木棉时，刻意放缓了脚步，走到了她身旁，两人并肩在后头走着。

李秦他们和木棉打过招呼之后便没有注意，继续往前走拐上了第二层楼梯，身影渐渐消失在楼梯间。

只是其中有几个人忍不住打量了他们几眼。

但木棉和林慕安向来关系好，他们也没觉得有什么异样。

此时正值上课时间，其他班的学生都在上课，整个楼道空无一人，旁边的教室隐约传来整齐的朗诵声。

林慕安蓦然拉住了木棉的手，然后一扯，她不受控制地跌入他怀里。

木棉仿佛触电般立即推开他，身子后退一步，和他保持着正常距离，然后目光慌张地看了眼周围，恼怒地瞪着他。

林慕安懒懒地倚在楼梯扶手上，咬着唇笑，眸子乌黑晶亮，一眼望进去，里头仿佛闪烁着星星碎片。

面对这样子的他，木棉是一句责备的话都说不出来。

她张张嘴，最后还是归于沉默，抿了抿嘴角，自顾自地往教室走去。

林慕安把手插在口袋里，跟在她身后慢悠悠地走着，一副心情大好的模样。

当天放学，木棉低头收拾着桌上东西，面前突然来了一位不速之客。她抬头，程青正面无表情地看着她。

“木棉，我们谈谈。”程青说。

“我跟你没什么好谈的。”木棉轻笑，平静地开口。

程青脸色顿时有些难堪，咬了咬唇，眼里闪过一丝狠意：“今天下午我都看到了，在楼梯口……”

木棉顿时停下了动作，盯着程青，目光沉下去一点。

“那你要和我谈什么呢？”

“出来。”

程青说完，率先转身往教室外面走去。

木棉把桌上的书胡乱地往包里一塞，立刻跟了上去。

两人一前一后，穿过人来人往的走廊，走出教学楼，一直到小树林深处偏僻的围墙边，程青才停住脚步，转身。

木棉正低头按着手机。

程青见状，眼里闪过一丝恼怒，直接开门见山地问：“你和林慕安是在谈恋爱吗？”

木棉闻言蓦然愣住，随后笑了笑，摇头：“不是。”

程青脸色似缓和了几分，又很快追问：“那你们是什么关系？”

木棉不动声色地反诘：“这和你有关系吗？”

“你就不怕我把这件事情告诉老师？”程青扬着下巴，威胁道，“你们两个下午的样子，可一点都不像是普通同学。”

木棉心头“咯噔”一下。

虽然他们并没有做什么过分的事情，但如果被程青这样添油加醋一传播，必定会造成许多不必要的麻烦。

很好，完美地击破了她的防卫。

木棉面上却依旧保持着微笑：“你想怎么样？”

“离他远点。”

木棉走到校门口的时候，发现林慕安站在不远处等她，双手插在兜里，书包斜斜地挎在肩头。

距离放学已经很久了，太阳西斜，来往学生不多，但经过的女孩依旧还是把目光有意无意地停留在他身上，然后娇笑侧头与同伴窃窃私语。

林慕安头垂得很低，一脸认真地盯着脚尖。

他不喜欢被人这样注视。

木棉捏了捏肩上的书包带子，深吸了口气，缓缓露出了一个笑容，提步走了过去。

“不是发信息叫你先回去了吗？”她神色如常。

“一个人在家也无聊。”他踢了踢脚下的石子，小声嘟囔。

“你都一个人无聊这么多年了，还没习惯呢……”木棉笑着调侃他。

林慕安不满地看了她一眼，两人一前一后慢慢往家里走去。

没走几步，他就不满地转身。

“你离这么远干什么？”他看了眼两人之间相隔差不多一米远的距离，面色不豫地开口。

“想仔细看一下你的背影啊。”木棉不动声色地回答，笑容一如既往地温柔恬静。

林慕安似是被这个答案堵住了，他转过头继续走着，一直到回到家关上门才转身，好整以暇地盯着她。

“今天那个人和你说什么了？”

“哪个啊？”

“放学找你的那个女的。”他不耐烦地重复了一遍。

“哦。”

“她说下午看到你在楼梯口对我举止十分亲密，说要告诉老师。”木棉神色如常，淡淡地说。

闻言，林慕安脸上难得出现了一种类似于暴躁恼怒的情绪，他皱着眉头思考几秒，从牙缝里挤出了几个字。

“她是不是有病？”

饶是此刻的木棉，也忍不住轻笑出声。

她看着林慕安那张越来越黑的脸，努力憋笑，点点头，回答：“嗯，我也觉得。大概是得了一种叫林慕安的病。”

他沉默了，整个人阴郁下来，嘴唇抿得紧紧的，眉心快皱成了一个疙瘩。

木棉伸出手，指尖轻轻掠过他眉头，帮他抚平。

林慕安站在那里未动。

须臾，他冷冽地开口：“所以这就是你刚才和我保持距离的原因？”

“嗯，她叫我离你远点。”

“那你怎么回答她的呢？”

“我说——这在一个班抬头不见低头见的，总不能老死不相往来吧。况且你今天也看见了，是他先拉我的，要是冷不丁躲着他，说不定他会更加执着。这样吧，我答应你，除了必要的接触，我不会主动找他，然后尽量开始疏远他，直到两人老死不相往来。”

“嗯？然后呢？”林慕安语调低沉地追问，刻意压低的声音听起来有几分荫翳。

他面上没有太多情绪，只是攥着她手腕的力道勒得她有些酸痛。

“然后，她就答应了。”木棉理所当然地说。

“所以呢？”林慕安的声音越发危险。

“所以我们在学校要开始保持距离了。”木棉慢条斯理地说出最关键的一句。

林慕安今晚破天荒地没有和木棉说一句话。

临睡前，木棉去他房间里看了眼，床上的人呼吸很平稳，但她觉得他肯定没有睡着。

应该会气得睡不着觉。

她想。

木棉帮他掩上门，方才回到自己房间，她闭上了眼，放松了身子缓缓入梦。昏昏沉沉间，好像听到了细碎声响，她顿时惊醒。

她睁开了眼。

阳台门是打开的，没有开灯，昏暗光影里，林慕安坐在那里，眺望着远处。

树影摇曳，黑暗中的建筑沉默巍峨，四周静寂。

木棉走过去站在他身后，突然出声：“睡不着？”

他动了动，转过头，侧脸有一半隐在阴影中。

“出来透透气。”

“因为今天的事情不开心啊。”木棉在他旁边的那张椅子上坐下，仰着脸看他。

林慕安垂眸，没有回答。

“我也挺不开心的。”她自说自话，深夜里，轻柔的声音像是收音机里的抒情慢歌。

“可是没有更好的办法，况且我觉得，这件事情并不是不能忍受，我们都是成年人了，都应该有最基本的自控能力对不对。”

她开玩笑：“说不定还能顺便把成绩提上去呢。”

林慕安没有反应，脸色却不自觉地柔和了一点，抿紧嘴角不说话，摆出一副明明道理都懂，但就是不想去做的样子。

木棉在心里无声叹息，安抚似的揉了揉他头发，温声轻哄：“明天还要早起，快点去睡觉了。”

面前的人僵持了几分钟，终是动了，低着头跟在她身后进去。

到房间门口时，木棉看着他不甘不愿的模样，伸出手指，抵着他嘴角两边往上提，笑道：“开心一点好不好啊。”

还是被她逗笑了，林慕安敛起嘴角上扬的一点弧度，打掉她的手，嗓音哑哑的：“你快走，我要睡了。”

“喔，那晚安了。”

“嗯。”过了几秒，他还是说，“晚安。”

翌日去学校时，林慕安仍旧冷着一张脸，刚到校门附近就与木棉拉开了距离。木棉在后头鼓了鼓腮帮子，默默跟了上去。

两人一前一后相隔了好几分钟才进的教室。

木棉余光瞥向了程青，果不其然，后者露出了几分满意的神色。

她掩去眼里的情绪，平静地走到了位置上。

方芸很快凑了过来：“哎，昨天放学那个小贱人找你干吗呢？”

放在以往方芸这么称呼程青，木棉一定会皱着眉头一脸认真地教育她。

比如：方芸，你不能这样叫一个女孩子，这样太不尊重她了。

现在，木棉一边放下书包，一边平静地开口：“那个小贱人叫我离林慕安远点。”

“什么！她哪来的这么大脸！”方芸顿时怒了，那副模样就差拍桌子了。

等她反应过来，立刻兴奋地问：“那你是怎么拒绝并且狠狠羞辱她的？”

木棉：“我答应了啊。”

方芸：“……”

她喃喃自语：“这个小贱人，真是太阴险了。仙女棉，没想到你这次，竟然阴沟里翻了船！”

木棉扯了扯嘴角，翻开课本。

第五章

别哭，你还有我

Piaoliang de Ta Bushuohua

中午，木棉、徐静、方芸三人难得一起去吃饭，她们端着盘子在食堂窗口排着队。

正值吃饭高峰期，人头攒动，无比嘈杂。

徐静、方芸两人在叽叽喳喳，木棉则伸长了脖子在人群中搜索着林慕安的身影。

看到他旁边站着李秦几人时，她才勉强放下心来。

木棉不想再看到他一个人吃饭，那一幕总会让她心疼。

三人打好菜，找到位置。木棉看到不远处李秦和林慕安还有班里四个男生坐在一起。

她眼里泛起点点笑意，然后低头安心地吃着饭。

“来来来，欢迎我们棉棉今日回归，干杯！”方芸端起一碗紫菜蛋花汤，欢呼一声。

徐静和木棉默默对视一眼，然后自顾自夹菜吃饭。

“静静，这个鸡肉不错，试试。”

“嗯，好吃，我这个鱼香肉丝也可以，给你尝尝。”

“好吃！”

方芸不满道：“喂！”

另外两人相视一眼后哈哈大笑。

三人吃完饭，端起盘子往餐具回收的窗口走去，木棉的目光落到李秦那一桌，恰好林慕安抬起头来。

还未看清那双黑眸里的光芒，她已经飞快地移开了视线。

回到教室，她们三人在走廊上站着聊了会儿天后，才进教室准备午睡。

此时吃完饭的学生都陆陆续续地回来了，李秦他们也都在教室，只有林慕安的位置，依旧是空着的。

木棉把头枕在手臂上，垂眸沉思。

桌子里的手机突然振动一下，她点开，简单的两个字：

“上来。”

木棉收起手机，环顾了教室一圈。此时还早，没有几个人在睡觉，大家都在闲聊、做题或者玩手机。

“我去一下洗手间。”木棉侧头对一旁的方芸说。

“啊，我也去。”方芸连忙坐直身子。

木棉：“……”

“我要去隔壁那栋，中午吃多了，消消食。”木棉十分淡定地说。

他们学校有两栋教学楼，一栋主楼用来做教室，另一栋矮一点的副楼是图书馆、实验室之类的。

而副楼那边基本没什么人，林慕安经常去的天台，就是那栋楼的楼顶。

“啊……那好吧，我找静静……”方芸失望地说。

“快去，我们还可以一起走到楼梯口。”木棉微笑着开口。

三个女生手挽手地走出了教室。

她们的身影刚一消失，程青旁边的那个女生就忍不住开口了，语气阴阳怪气：“哎，我说那个木棉，今天怎么不黏着林慕安了，以前不是恨不得每天都贴在他身上吗？”

“对呀，一个女孩子家家的，也真够不要脸面的。”坐在程青后面的一个女生附和。

“就算林慕安烦她，但被黏得久了难免也会生出几分动容，说不定哪天就会被她得逞了！”又有人立刻补充。

“青青，我说你就该主动点，像林慕安那样的男生，只能慢慢感化，他可和外头的那些‘妖艳贱货’不一样……”程青旁边的那个女生意有所指。

齐铭追程青这件事情基本上整个班的同学都知道，但程青一直保持着一副高冷女神的模样，偶尔给点甜头，就这么不远不近地吊着他。

漂亮的女孩子难免有些心高气傲，叫她跟木棉做一样的事情肯定是不可能的，但没办法呀，人家就吃这一套。

林慕安的转变，她们也是看在眼里的——对木棉从一开始的冷漠不耐烦，慢慢变成了现在的柔和，偶尔还会和木棉有说有笑。

讲真的，她们认识了林慕安这么久，还从来没见过他这样子。

要知道，以前的林慕安，可是谁都不理的，别说笑了，那张漂亮的脸上，连一丝表情都没有，就像墙上的壁画一般。

只能远观。

还是色彩特别浓郁，魅惑诱人夹带着丝丝阴暗的那种。

一眼看上去夺人心神，美则美矣，却不敢轻易靠近。

但木棉却靠近了，不仅靠近了，她还成功地让那幅画变得柔软起来，让他看起来更加诱人可口，让人心荡神驰。

真是让人羡慕嫉妒恨。

所以她们这群人早就看木棉不爽了。

但人家也没做什么出格的事，一直安安静静的，除了黏着林慕安外，实在挑不出什么错处，让她们连发难，都找不到借口。

况且木棉成绩又好，李元很喜欢她，所以她们也不敢轻举妄动，只能偶尔冷嘲热讽几句，发泄一下过个瘾。

她们叽叽喳喳地说完，程青却没有太大反应，她只是笑，是那种胜券在握暗自得意的笑容。

她环顾了几人一圈，终于开口："放心，她以后再也不敢接近林慕安了。至于我的事情，你们就别太操心了，我有分寸。"

木棉走到天台，看着那个倚在栏杆上熟悉的身影。

她悄悄地掩上了门，走过去。

"叫我上来干吗呀？"她语气轻软地问。

林慕安神情冷漠，眼里却很违和地藏着一抹哀怨，说出来的话也让人心头一紧。

"你不和我一起吃饭，还假装没看到我。从早上到现在一句话都没和我说，和她们却有说有笑的特别开心。"

指责抱怨一句接着一句，砸得木棉头晕眼花，她小声叹了口气，上前拉了拉他的袖口。

"你昨晚才答应了我的啊。别忘了，我上次才被李老师叫到办公室的……"

"我不开心。"他闷闷地说。

"嗯。"木棉点头，神色如常，"那我住校了，你会更难过。"

他立刻蔫了，低着脑袋，一副垂死挣扎的模样。

木棉无奈地拍了拍他肩膀，软了眉眼。

“好了，下去午睡。”

“再等一会儿……”林慕安僵持着不肯动。

“还有几个小时就放学了！”

“哦。”他应了声，丝毫没有动作。

木棉又耐着性子安静地陪他待了会儿，天台很安静，风很大，可这个地方让她感觉莫名地不安。

木棉终于忍不住，下了最后通牒：“好了，走了。”

林慕安跟在她身后，慢吞吞地挪动着脚步。

终于把他哄下去了，木棉也不计较这么多了。两人一直走到教学楼底下，木棉才开口：“前面人多，我们分开回教室。你别和我闹脾气，晚上给你做好吃的，嗯？”

林慕安神色稍缓，撇撇嘴，这才不情不愿地点了点头。

木棉回去的时候，方芸原本闭着的眼立即睁开，目光如炬地盯着她：“你去上个厕所怎么这么久？”

“便秘。”木棉面不改色地回答。

方芸：“……”

一班的人很快发现，木棉和林慕安好像已经很久都没有“同框”过了，无论是上学放学，还是中午课间。

两人都是各做各的。

木棉又恢复了每天和徐静一起上课吃饭的日子，只是这次还多了一个方芸。

很奇怪的事情。

以前木棉和方芸的关系并不是特别亲近，那个时候她的所有心思都放在了徐静和林慕安身上。

虽然说现在也是，但总感觉有些不一样的变化。

方芸性格豁达开朗、不拘小节。

木棉则更为内敛，看起来温柔文静，其实很难接近，总是把自己保护得严严实实，很难真心地来接纳一个人。

但是自从和林慕安在一起后，她好像柔软了很多，软化了表面的那一层防备，对待旁人多了一份真心。

和方芸，也多了几分气性相投。

或许，当你用尽了力气去对一个人好之后，自然而然地，就会变得温暖许多。

没过多久，一班的人又发现，程青好像在重复着木棉以前做的事情，给林慕安带早餐，找他说话，跟着他放学回家。

只是——

早餐被他转送给了同桌。

一和他说话的时候，他就立刻起身离开。

跟着他回家的时候——

他直接打电话报警了。

是的，没错，他报警了。

程青当时恨不得挖个地洞钻进去，又羞又恼，气得她整整三天都没有理林慕安。

然而每次见到那张冷漠俊俏的脸时，她脑海便立刻不受控制地涌现出那天在楼梯间看到的那一幕。

他眼底流动着的光，几近温柔的神情。

程青看到那一幕时气得浑身发抖，心底翻滚的是嫉妒、不甘、憎恨，还有她不肯承认的羡慕。

是的，她羡慕死了。

羡慕得想要变成木棉，被他如此亲密地对待。

他松开木棉后，咬着唇倚在栏杆上笑着。

那是程青第一次见到他笑。

他笑起来好看极了，眼尾微翘，嘴角轻扬，漂亮的眸子里仿佛荡着水光，整张脸都生动了起来。

像是美好不似凡人的神仙，突然从画里头飘了出来。

她屏住了呼吸，被那一幕惊艳得说不出话来。

一想到那个画面，程青就瞬间觉得，受过的所有冷落，都不算什么。

比起这些，能拥有他的诱惑更加让人难以抵挡。

所以没过几天，一班的同学们再次发现，程青依旧十分执着、固执、坚定不移地继续给林慕安送早餐，找他说话——

却没敢再跟着他一起回家。

毕竟因为跟踪一个男生而进了公安局这种事情，也太丢人了。

木棉打开门的时候，林慕安已经躺在沙发上玩手机了。

听到动静，他头也不抬一下，自顾自地点着屏幕。

“我回来啦。”

木棉依旧同他打着招呼。

意料之中的，没人回应她。

她习以为常地换好鞋，然后去厨房做饭。

吃完饭洗完澡，两人照例在客厅做作业。林慕安看起来心情不是特别好，面无表情、神色淡漠。

自从木棉在学校开始疏远他之后，他最近一直都是这样。

“这道题是这样做的……”

“这里加条辅助线，对，真棒……”

木棉就像什么都没发现一样，一如往常般上课、做饭、教他写作业，只是上下学的时候，会和他一前一后分开。

现在将近 5 月中旬。

时间一点点地在逼近，哪怕理智告诉自己，这次肯定不会再走到那一步了，但木棉还是有些心惊胆战。

那一幕的记忆太深刻了，牢牢地印在了脑子里，挥之不去。

夜深人静时便会偷偷跑出来，搅得她心神难安。

不能再出一丝差错。

维持现状就好。

木棉想。

林慕安睡着了，睡得十分安稳。

木棉却难得地失眠了，眼前不受控制地出现林慕安近来的举动，让她有些心神不宁。

须臾，她还是掀开被子下床，来到林慕安的房间。

今天天气很好，白天阳光明媚，夜里的月光也无比明亮，银色的光辉铺满了一地，借着那一片皎洁的月光，木棉细细地打量着他。

他最近被养得很好，脸颊仿佛圆润了几分，皮肤白皙吹弹可破，眼下也没有了明显的青色。

木棉趴在床边，轻轻地阖上了眼，有些疲惫。

现在的每一天对她来说，都仿佛是在钢丝上跳舞，提心吊胆地享受着。

她脑袋昏昏沉沉、胡思乱想间，意识越来越模糊。

林慕安是被热醒的，他从梦里睁开眼时，便看到木棉那张近在咫尺的脸。

她睡得很沉，不知怎的跑到了他房间里，趴在了他旁边。

难以言喻的安宁和幸福在胸腔中涌起，林慕安注视着她的睡颜，整个人陷入一种混沌又舒适的状态中，此刻仿佛在梦境，他不敢发出一丝响动，怕惊醒这场美梦。

不知过了多久，眼皮越来越重，林慕安再次坠入睡梦，嘴角却无意识地弯起。

第二天起床，木棉发现林慕安的心情好像很好，与他近日来的沉郁寡欢大相径庭。

许久未见的柔和暖意，让木棉的心情也变得好了起来。

两人一同出门，他破天荒地主动帮她提了书包。

要知道，自从程青对他主动献殷勤，木棉没有太大反应之后，他一直都是一副冷着脸的模样。

如同单方面地和她冷战。

这种状况已经持续半个月了。

她也很无奈。

“你今天怎么啦，心情这么好？”她拉着林慕安的衣袖摇了摇，盯着他侧脸轻声问，笑容和煦又温柔。

对着这样一张脸，满腹怨气都烟消云散，更何况——

林慕安情不自禁地又想起了昨晚的事情。

早晨在床上睁开眼时，旁边已经没有人了，他大脑有几分空白，随后半梦半醒时的记忆突然涌了上来。

带着馥郁的香气，在全身上下流动。

他忍不住弯起了嘴角，多日来的烦闷在这一刻化为虚无。

“去了学校心情就不好了。”他克制地、满脸冷漠地回答。

木棉顿时怂了，拉着他的校服袖口，安静如鸡。

快到校门口的时候，木棉就已经自觉地和他拉开了距离，默默走在后面，两人相隔五六分钟进的学校。

中午吃完饭，三个女生都吃撑了，木棉和徐静特意绕路散步消食，方芸丧着一张脸，不甘不愿地跟在后头。

从食堂到教学楼，她们慢悠悠地差不多绕了学校一圈。经过副楼的拐角处时，方芸忽然惊呼：“哎哎哎，你们看，前面那两个人不是林慕安和程青吗？”

木棉抬眼望去——长满爬山虎的墙下，站着两个人影，穿着一样的蓝白校服，在翠绿色藤蔓的衬托下，格外养眼。

她忍不住轻轻眯起了眸子。

“程青竟然去拉林慕安的袖子！”方芸骂了一句。

那边，林慕安甩开了程青。

他声音冷冷地说：“别再缠着我了。很烦。”

木棉忍不住蹙起眉头，插在校服口袋里的手，悄悄收紧。

“最开始木棉缠着你的时候，你也是像现在这样烦。”程青不甘示弱地仰头回道。

“你……”林慕安一副不耐烦的样子。

程青立刻打断了他的话：“我知道你想说我不是她，但是我可以成为第二个她。”

木棉闻言，在心里无声冷笑。

她转身，一言不发地离开。

徐静和方芸连忙跟在木棉身后。

走出很远，直到听不见那两人的声音，木棉才放慢步伐。

“棉棉……”徐静有些担忧地叫着。

方芸也在一旁满脸沉重地看着她。

木棉“扑哧”一声笑了，睁着眼注视两人：“干吗呢，都这副表情……别脑补太多，走走走，回去睡觉！”

她伸手推搡着，两人被迫往前走去。

方芸还是在不死心地回头，木棉立刻把她的脸推了回去：“好啦，真没事，走了走了。”

回到教室，木棉仿佛什么事都没发生过一样，午睡上课，一直到放学回家，都一如往常。

放学临走前，方芸欲言又止。

她和徐静不一样，她知道木棉和林慕安已经发展到哪种程度了，所以这段时间木棉和林慕安之间的淡漠疏离，在她看来，是极其不正常的。

再加上今天中午的这一幕。

林慕安在她心中，已经隐隐和玩弄感情的渣男挂上钩了。

木棉仿佛知道方芸心中所想，出言安慰："我和他不是你想象的那样，你别想多了。"

方芸一脸懵懂地眨了眨眼睛。

木棉拍拍她的头，提着书包起身回家。

打开门的时候，林慕安正躺在沙发上玩手机，木棉放下书包在门后挂好，径直走了过去，然后俯身，一把抽掉了他掌心的手机。

林慕安立即不满地瞪着她。

"听说……程青要变成第二个我？"木棉勾起嘴角，轻巧地开口，眉眼温和一脸平静。

"你看到了？生气了？"他面无表情地反问。

木棉沉默了，对峙许久，她才再次开口，淡淡陈述："你和她说话了。"

林慕安不语，盯着她，眼底像是蕴着浓墨，黝黑深不见底。

他伸出手，拽住了木棉，然后缓缓地把她往下拉。

两张脸一寸寸地接近，他仰躺在枕头上，脸色平静。

林慕安语气如常："我再也不和她说话了。"

事实证明，林慕安是真的不再搭理程青了。任凭程青再怎么作妖，他都毫无反应。

一看到程青过来，他便立刻离开，出门必定跟着李秦他们在一起，避免和程青单独碰面，两人几乎没有接触的机会。

这样勉强平静了一个星期后，程青有些急了，放学后带着自己的姐妹直接把林慕安堵在了教室门口。

被四五个女生团团围住，林慕安只能站在原地。

程青慢慢靠近林慕安，在碰到他衣角的前一秒，他猛地伸手推开她。

猝不及防，程青摔倒在地。

"林慕安，你是不是个男人！竟然对女孩子动手！"有女生在一旁叫道，一副难以置信的样子。

另外两个女生立刻上前去扶程青，然后狠狠地瞪林慕安，嘴里不住骂着：

"就是！怎么能推人呢！"

"你太过分了！"

林慕安听完，一言不发地越过她们走了，脸上是一派冷漠，仿佛冬日里凛冽的寒风。

程青死死地咬住唇，眼眶绯红，里头闪烁着点点水光。

“林慕安！”她悲愤地叫着。

随着话音落地，一颗颗晶莹剔透的泪水也滑了下来，在她那张姣好的脸上留下两道泪痕。

偏生她还在努力地睁大眼睛看他，鼻尖殷红、梨花带雨的模样我见犹怜。

林慕安停住脚步，微微侧了一下头，冷冷地瞥了她一眼，随后毫不留恋地离开了。

林慕安回去的时候，厨房已经飘来菜香，木棉穿着围裙在里面忙碌着。

林慕安扔掉书包，倚在门上看她。

怎么看都看不够。

林慕安放缓了呼吸，忍不住上前，弯下腰，把头抵在了她背上。

木棉身上的味道很好闻，淡淡的皂角香，其中还夹杂着不知名的香气。

比起方才程青靠近那一瞬间飘来的浓密刺鼻香味，要好闻舒服得多。

他在她背上蹭了蹭，无比满足。

“怎么啦？”木棉停下了手里的动作，侧头问道。

“没什么。”林慕安懒洋洋地开口，身形未动，十分眷恋。

木棉轻笑，过了几秒，开始赶人：“好了，出去，待会儿菜煳了。”

他不情不愿地趿拉着拖鞋走开，鞋子摩擦地面发出重重声响，那个声音一直蔓延到浴室，然后水声响起。

木棉是第二天去学校的时候，才知道那件事的。

一进教室，她就感觉气氛有些异样，某种熟悉的感觉席卷而来。

木棉看向那个坐在角落里的人，目光染上了几分深思。

她到座位上放下书包，果不其然，方芸立刻凑了过来：“棉棉，棉棉，出事了，出事了！”

“说。”

“听说昨天放学的时候，林慕安打了程青！”

“？”

“今天一大早，她们那一群人就在教室里说了，现在全班都知道了！那个齐铭还说要来找林慕安的麻烦呢！”

“有病吧！”木棉忍不住骂。

饶是她这样的好脾气，现在都觉得有些上头。

真是让人火大。

林慕安会主动打人？

木棉第一个不相信。

当初她把他压在墙上，他也只是用力地把她推开。

而这次，不用脑子想，她都能猜出来——

估计是某人想强撩不成，反被羞辱，然后恼羞成怒，决定先发制人，颠倒黑白。

木棉气得连课都听不进去了。

下课铃声一响，她立刻给林慕安发了条短信。

“出来。”

木棉在教学楼后面那个偏僻的小花园里等林慕安。

这里离教室有点远，来回要七八分钟的样子，所以通常课间的时候，这个小花园里空无一人。

林慕安的身影很快就出现了。

他手插在校服口袋里慢悠悠地走过来，一副无所畏惧的模样，犹如闲庭散步般散漫而慵懒。

木棉立刻伸手把他拽到身前，然后把他的手从校服口袋里掏了出来，抓着他骨节分明的手指来回翻看。

“听说你昨晚打人啦？厉害了，让我看看用了哪只手，受伤了没有？”

头顶传来闷笑声，林慕安任由她翻看着，不置一词。

“程青对你做什么了？”木棉挑眉，仰头质问。

“放心，她没你的胆子大。”林慕安还有心情开玩笑。

“嗯？”

“就是把我堵在教室门口，然后被我推了一把。我稍稍用了点力，不小心把她推到地上去了。”

“娇弱。”木棉忍不住骂道。不仅娇弱还做作，作天作地公主病。

“嗯，确实比不上你。”林慕安点头附和。毕竟当初他推木棉的那一把，似乎也是同样的力度……

木棉没有埋他，低头沉思。

须臾，她开口：“我知道了，回去吧。”

两人到教室的时候，预备铃恰好响起，全班人整整齐齐地坐在下面。

木棉拉着林慕安，站到了讲台上。

她拍了拍讲台，喧闹的教室顿时安静下来。

她清了清嗓子，一本正经地开了口：“今天，我要在这里澄清一下，林慕安同学并未主动攻击过我们班的程青同学，他只是正当防卫，情急之下不小心推了她一把而已。

“而正好我们的程青同学，身子娇弱，一不小心就摔到了地上，然后有些目击者就开始夸大其辞，以讹传讹。

“同学们，你们知道有种东西叫名誉权吗？这要放在法庭上，你们可是都要坐牢的！”

木棉一副语重心长、痛心疾首的样子。

话音刚落，底下就传来了李秦他们的起哄声：

“学委，你可别胡说八道了，我们都是有文化的人！”

“就是，政治老师听了想打人。”

“安静！安静！”木棉皱眉满脸严肃地喝止，然后环顾底下一圈，掠过某些人做贼心虚的脸，自顾自地继续说下去。

“至于为什么会正当防卫，这个就要问问我们的程青同学了，毕竟，有些人，有时候，总会情难自禁。”

底下的同学哄堂大笑。

程青坐在下面，脸色青紫一片，她咬着唇难堪地承受着众人的视线，然后猛地趴在了桌上，把头深深地埋在臂弯里，肩膀仿佛还在微微颤抖。

虽然方式有些简单粗暴，但效果却是极好，一节课结束，风头便开始逆转。

“程青追林慕安”这件事情在这段时间里传得沸沸扬扬的，全班人都看在眼里，比起程青说的，那个让人难以置信的打人事件，木棉的解释则更为符合常理。

一场风波，总算有惊无险地结束了。

不知不觉，又是半个月过去。

5月底的时候，木棉见到了林慕安的爸爸。

那是一个傍晚，接近初夏，阳光明艳得过分，天边一片红彤彤的火烧云，格外瑰丽壮观。

两人刚出校门，就看到前头林慕安的身影僵住了，木棉随着他的目光望去。

马路边停着辆黑色车子，一个穿着衬衫西裤的男人，倚在门边。

男人面容清俊白净，头发浓密乌黑，没有刘海，露出饱满光洁的额头，长眉黑直，眼若桃花。

只是那双眼中却带着难以言喻的沧桑，眼角细纹暴露了他的年龄。

平心而论，还是很帅。

和林慕安有七成像。

不得不感慨一句，基因的强大。

木棉已经想象出，未来林慕安到了这个年纪的模样。

男人好似等候许久，一眼看到林慕安出来时，立刻走了过来，面容欣喜，眼里却是浓浓的愧疚。

几种情绪交织在一起，让他的神情看起来无比复杂。

他伸手，想去拉林慕安的手，却被林慕安极快地躲开了。

林慕安面无表情，嘴唇抿成了一条直线。

这是他情绪十分不好时的模样。

木棉已经许久未见过他这个样子了。

“你……现在住在哪里，我去了好几次，都没有见到你，家里不像有人住的样子。打你电话也不接……我很担心你……”男人脸色焦急，语气中混杂着心疼。

林慕安越发冷漠：“有人照顾我，我过得很好，你不用担心了。”

木棉已经很久都没有听过他用这种语气说话了。刚认识他的时候，他就是这般面无表情、不耐烦地冲她说话。

他说完，就往前走。

男人却立刻抓住了他的手臂，恐慌而担忧：“是什么人……能让爸爸见一见吗？”

“不能。”

林慕安不耐烦地一把甩开了男人的手，回头，看到了不远处的木棉。

他眸光闪了一下，随后抓紧了书包带子，疾步往前走了。

男人一直望着他的背影，直到他消失在路的尽头。

男人沉默地站在原地，夕阳把他的影子拉得很长，他的背脊不复方才那般挺直，微微有几分佝偻，看起来孤寂又落寞。

木棉忍不住走了上去。

"您好……"

身后传来一道试探的声音，柔软清亮，嗓音有几分稚嫩。

林慕安的父亲林深回头，一个面容白净秀气的女孩站在那里打量着他，目光冷静得不像一个十几岁的女孩。

她双手插在校服口袋里，站在那里淡定地回视着他。

"有什么事吗？"他疑惑地问。

"我是林慕安的同学，他现在住在我家。您放心，他过得很好，比他之前一个人要好一百倍。看您刚才好像非常着急担心的模样，我想了想，还是决定告诉您一声。"

木棉平静地说完，越过林深往前走。

走了几步，不知想到了什么，她回头看向愣在原地的林深，再次开口："我不知道是因为什么原因，让您放弃了他，可能您还是爱他的，但在我遇见他之前，他过得非常不好。

"如果，我是说如果，您的出现，只能给他带来不快乐的话，希望您以后，还是尽量不要出现在他面前了。

"我好不容易，才让他变得开心一点。"

木棉说完，也不去看林深的表情，加快了步伐，去追赶前头的那个人。最后，她干脆跑了起来。

在离家不远处的那个斜坡前，木棉终于看到了那个熟悉的人影，她加快速度，冲过去一把抓住了他的手，然后弯腰，掌心撑在膝头大口大口地喘气。

"你怎么了，跑这么快干什么……"

林慕安看着她脸颊潮红，气息急促的模样，忍不住蹙眉，扶着她的腰把她拉了起来。

木棉在原地缓了一会儿，平复呼吸后，拽着他往前走。

"好了，回去做饭。"

饭桌上，两人却是各怀心思。饭后，两人各做各的。

木棉洗完澡出来，林慕安也刚好洗完碗在擦手。

四目相对，他慢慢走了过来，然后弯腰，把头埋在她肩头，蹭了蹭。

简单的动作里满是依恋和温柔。

"好了，我要去写作业了。"她轻轻拍了拍他的背。

林慕安温顺地站直。

两人相对而坐。

夜一点点加深，墙上的钟表嘀嗒转动，木棉辅导他做完了今天的作业，合上书本，开口：“好了，你去睡吧。”

林慕安踟蹰了几下，才慢吞吞地起身回房。木棉揉了揉酸涩的眼睛，继续做未做完的题目。

夜深人静，万籁俱寂，只有窗外偶尔传来一两道汽车鸣笛声。

木棉喜欢这种感觉，会让她的思路变得无比清晰。

不久，房里突然传来了脚步声。

林慕安抓着头发走了出来，仿佛不经意间打量了她几眼，随后去厨房倒了一杯水，又趿拉着拖鞋走回房间。

木棉动作未停，似满脸专注地解着笔下的题目。

刚写完两道题的解题步骤，脚步声再次响起。

他这次走到了冰箱前，从里面拿出了一瓶牛奶，然后在转身时，偷偷看了她一眼。

在林慕安第三次走出来的时候，木棉停住了笔。

“你干吗呢？”她挑眉问。

“没干吗呀……”林慕安站在那里，垂着头，又抓了抓头发，眼神躲闪。他心虚或者不自然的时候，总会不自觉地伸手去抓头发。

“那你怎么跟个热锅上的蚂蚁似的，在这里团团转——”

“我没转……”他小声嘟囔。

木棉看着他，不动声色地开口：“过来。”

林慕安眨了眨眼睛，然后慢吞吞地走到她旁边，端坐在那里宛如乖巧的小猫咪。

“是因为今天见到了你爸爸吗？”木棉平静地问。

“你听到我们的对话了？”他抬眸看她。

“嗯。”木棉点了点头。

他沉默下来，眼睑微垂，盖住了眸子，白皙的面容在灯光下，像是蒙上了一层灰，神色晦暗不明。

许久，林慕安才再次开口，声音钝涩干哑，犹如长满了铁锈的钢管，经过无数风雨岁月的侵蚀，斑驳陆离。

“我有个同父异母的弟弟，仅仅小我三个月。

“我妈就是因为我爸出轨，才得了产后抑郁症。

“后来他们离婚了，我妈的精神就开始出现问题，越来越严重……”

他抬头，那双乌黑的大眼睛眼神透彻又空洞，即使盛着满室灯光，却依旧暗沉得可怕，仿佛所有的光亮全部湮灭。

“他有了另外一个家，而我没有了家。”

难以言喻的钝痛如潮水般涌了上来。有些事情即使早就知道，但听到他亲口说出来的这一刻，木棉还是难过得想落泪。

“你现在有我了。”她轻轻握紧手，面色却平静而坚定，像是要望到他眼底深处。

我会倾尽全部，来护你一世周全。

黑暗给了无数人勇气，在这个夜晚，林慕安第一次对人倾诉了积压在心头，经过累积发酵几乎长成了一颗毒瘤的回忆。

木棉安静地听着，面容看不出一丝异样，只是呼吸放得极轻，生怕惊扰到他。

对木棉来说，这一刻弥足珍贵。

那是他的世界。

他第一次主动向别人打开了心门。

庆幸那个“别人”是她。

第二天，木棉做好了早餐，林慕安方才洗漱完出来，四目相对的那一刻，好像和平常一样，又好像多了些什么别的东西。

如果真要说出个所以然来，那可能就是亲密吧。

那种坦诚相待之后的默契和信任。

让两人变得更加亲密。

木棉好几次回家的时候，都觉得有人在跟踪她，但是回头一看，又什么人都没有。

直到有一次她突然想起家里没有生抽了，然后走进路口拐角处的那个小超市，不经意间从超市巨大的玻璃窗后看到了那个男孩。

他穿着蓝白校服，单肩背着一个黑色书包，站在路边神色焦急地四处张望。

木棉眯着眼睛不动声色地打量他。

对方面容稚嫩，十六七岁的模样，五官白皙秀气，高高瘦瘦，看起来斯文而无害。

木棉收回目光，从身旁的架子上拿下一瓶生抽，走到柜台结账，然后装作什么都没发现的样子，提着手里的东西走了出去。

余光中，那个男孩仿佛松了一口气。夕阳把他的影子拉得很长，投射在旁边的墙上，细长且扭曲。

木棉回家，关上了门，林慕安正盘腿坐在沙发上打游戏。

他的黑发软软地覆在额头上，脸上的神情专注又认真，眼睛一眨不眨地盯着屏幕，唇轻轻抿起。

偶尔眉头微蹙，满脸不豫，又偶尔眉目舒展，嘴角荡起一抹孩童般的欣喜。

这样子的林慕安，她觉得很好。

"我回来了……"她强迫自己移开视线，低头换鞋。

那个打游戏的人沉浸其中，理都没理她，只从鼻中溢出了一个单音节，但由于太过于漫不经心，可能只有他自己听到了。

木棉走过去，不满地抬起他的脸，然后定定地注视着那双黑亮的眸子。

林慕安顿时怔住，望进她瞳孔里，好半天才回神。

待放开他时，果不其然，他游戏里的人物已经死掉了。

林慕安低着头操作，嘴里嘟嘟囔囔："我正在开黑呢，你看都死了……"

"游戏重要，还是我重要？嗯？"木棉又抬起他下巴，眯着眼睛问。

他五官生得极好，尤其是下巴，形状精巧，皮肤细腻，捏在指间小小的一团，手感格外舒服。

自从发现了这个秘密之后，木棉便总喜欢这样逗他。

而不知道从什么时候开始，林慕安变得十分温顺，对她几乎是无条件服从。

每当木棉挑起他下巴时，他便睁大眼睛，乖乖地看着她。

不反抗，也不生气。

"你重要……"他眨了眨纤长浓密的睫毛，慢吞吞地回答。

木棉心满意足地点点头，起身去厨房做饭。

餐桌上，木棉端着碗，看着对面的人，须臾，忍不住小声试探地开口："林慕安……你那个便宜弟弟，是不是和你一样白白净净、高高瘦瘦的呀？"

他好一会儿才反应过来，从碗里抬起头来，极其缓慢地眨了下眼睛，目光复杂地盯着她。

"你为什么突然问起他？"

"突然好奇……"木棉回答，若无其事地低头夹了一口菜，然后抬头认真地补充，"万一哪天在街上看到了，好躲远一点。"

林慕安怔住，随后面色恢复了正常，想了想，点点头：“差不多……”

“哦。”木棉好似只是随口一问，应了声之后便低头专心地吃饭，神色无一丝异样。

林慕安顿了一下，缓缓地夹着菜往嘴里送。

第二天，木棉又发现了那个男孩，她依旧装作什么都不知道的样子，像往常一样买菜，回家。

如此一个星期之后，他自己先按捺不住了。

“木棉，我是林珩。”

小区大门的花坛旁，他伸出手拦住了木棉，自报家门，神色自然而平静。

看不出一丝跟踪别人的心虚和贸然挡在陌生人面前的失礼。

木棉仰头，从这个角度刚好可以看到她家阳台。

她笑了笑，开口：“对不起，我没有兴趣认识你。”说完，毫不犹豫地越过他往前走去。

身后传来脚步声，木棉三步并作两步，飞快地刷卡跨进小区，然后把小区门“哐当”一声锁上。

她转头对门里的保安说：“不好意思，我不认识那个人，请不要让他进来，谢谢！”

门被锁上，林珩平静的脸上出现了裂缝，带着丝丝恼怒。

木棉收回视线，看着保安，语气带着一丝请求的意味：“保安大叔，麻烦和你交接的同事也说一下，千万不要放他进来，他跟踪我半个月了，好可怕。”

“真看不出来啊，那男孩长得斯文白净的。姑娘，要不要帮你报警啊？”保安热情地建议。

木棉连忙拒绝：“不用了，谢谢大叔，别放他进来就好了。”她提醒，“对了，你最好拍个照，给上夜班的那个大叔看一下……”

“对对对。”保安连忙点头，然后掏出手机，对着还站在外头的林珩狂拍。

林珩大惊失色，连忙伸手捂脸，慌乱地跑远，似落荒而逃。

木棉站在原地，捏着书包带子，轻轻地勾起嘴角。

林……珩吗？

直到回家打开门换鞋时，木棉脑海里还是刚才那张脸。

前几次都只是远远看到了大概轮廓，方才四目相对的一刻，她完完全全看清了他。

与林深有六分相像，和林慕安有三分相似。

放在人群中，也是惹眼的男孩。

但和林慕安相比，还是少了几分精致。

在木棉心中，更像是赝品与原装的区别。

即使林珩看起来要阳光开朗招人喜欢得多，可她喜欢的，还是那个冷漠寡言、脆弱阴郁，会对着她撒娇的男孩。

木棉轻视了林珩的毅力，也低估了他不要脸的程度。

“我们谈谈。”

林珩再一次挡住了木棉的去路。

人来人往的大街上，路过的行人时不时地侧头看他们俩一眼。

木棉蹙眉，点头：“好。”

餐厅里，灯光暖黄，装修别致，座位被绿植隔开，环境清幽，是一个谈话的好去处。

木棉看着对面的林珩，冲他点了点下巴。

“说吧。”

“林慕安是我同父异母的哥哥。”他说出这句话的时候，神情很复杂，眼睛盯着木棉，眸子黑得发沉。

“嗯。”她颔首，面色平静，看不出一丝情绪。

他观察了一下木棉的情绪，面色无比诚恳：“我爸爸……很爱他，我们一家人，其实都希望他能回来……”

他有些苦涩地笑了笑：“说起来——爸爸应该更爱他一些，每年他过生日的时候，不管有多忙，爸爸都会过来跟他庆祝。

“每次他一生病，全家人都紧张得要命，爸妈都彻夜不眠地守着他，唯恐有一丝疏忽……”

他絮絮叨叨地说了好多，木棉认真地听着，时不时地点点头，却仍然不置一词。

“我妈妈对他也很好，好到有时候我都怀疑自己不是她亲生的了……”

林珩说了将近半个小时，在木棉第三次抬手看时间的时候，他终于止住了话头，接着试探地开口：“他……好像很在意你。”

“所以？”木棉毫无波动地反问。

“你能帮我劝劝他吗？”

“不能。”木棉毫不犹豫地拒绝了。

林珩愣住，不知该如何反应，从容淡定的脸上闪过一丝尴尬。

他眨了眨眼睛，随后又无比自然地组织着语言：“你来说的话，肯定比我们说的效果要好很多，旁侧敲击两句就可以了，不用太……”

“时间不早了，我先走了。”

木棉打断他，然后拎起书包起身，提步之际仿佛又想到了什么，她停住动作，转头盯着他，神色郑重：“以后不要再来找我了，我很忙，没有空听故事。”

她说完，毫不犹豫地转身离开，没去看身后林珩的表情，步伐很快地走到门口，推开大门，身影融入了人群中。

林珩坐在那里，脸色不复之前的阳光俊朗。他眼神阴鸷地盯着对面木棉用过的那个水杯，须臾，嘴角牵起一抹冷笑。

木棉回去的时候，果不其然，那个人快炸了。

见她一打开门，他便冲了过来，立即不满地质问：“你去哪里了？怎么不接电话？”

“临时和静静、方芸她们去了趟北街，太吵了没有听到手机铃声，你给我打电话了吗？”

木棉作势拿出手机翻了翻，看到上面鲜红的数字“11”时，有些心虚地抬眼瞥他。

林慕安腮帮子微鼓，像只河豚般自顾自生气。

木棉伸手去拉他，轻哄着：“好了，我下次临时有事，一定先告诉你好不好……别生气，我去做饭了。”她说完，小心翼翼地打量着他的神情。

许久，他才垂眸闷闷地开口：“别做了，这么晚了，叫外卖吧。”

木棉顿时翘起了嘴角，踮脚摸了摸他的头，柔声道：“没事，今晚煮面，超快的！”

他没有作声，却默默跟着她去了厨房，帮她系好围裙挽好袖子，然后自觉地在一旁洗青菜。等弄好之后，他方才去浴室洗澡。

木棉在阳台上给她爸妈打电话。

林慕安闷闷不乐地坐在客厅里。

夜风中，她的声音清浅地飘了过来，隐约能听得个大概。

“嗯，我知道的，妈妈。”

“我会注意的，您别担心了，还有静静在呢。”

“我喜欢人多一点，这样比较热闹，之前一个人也挺好的呀，但是有朋友一起，那就更好了……”

“那你们注意身体，我先去写作业了，再见。”

木棉打完电话，林慕安正坐在沙发上盯着她，怀里抱着个枕头，脸压在上面，半个下巴都陷进去了。

眸子湿漉漉的，像是某种小动物干净的眼睛。

木棉走过去坐到他旁边。

“你和你爸妈说什么了？”林慕安明知故问。

“你不都听到了嘛。”木棉闭着眼睛慵懒地说。

“我是徐静的远房表弟？”

“嗯哼。我说你暂时借住在这边，还有徐静，我们三个人住在一起……”木棉平静地解释。

林慕安没有开口，自顾自低头玩着她的头发。

他的力道不重不轻，触感极好。

木棉轻轻眯起了眼睛。

两人享受着这难得的悠闲安静。

不知过了多久，在木棉昏昏沉沉想入睡的时刻，耳边突然响起了他的声音。

他的声音低低的，像是在自言自语，又像是不满地抱怨，带着软绵的鼻音，有点含糊。

“我想光明正大地和你住在一起。”

沉默许久，木棉方才抓紧他袖子，轻叹：“会有那么一天的……”

木棉之后总是会偶遇林珩，有时是在大街上，有时是在便利店，有时是在路边的小摊旁。

每次他都会非常热情地和她打招呼，顺便寒暄两句，一脸自来熟的笑容十分灿烂。

木棉只能尴尬地笑笑，点点头，然后结束这一场并不偶然的遇见。

林慕安说过，他以前是在江城私立学校读书的，离这里很远，但是离他家非常近。

所以不管是去学校还是回家，林珩都不可能出现在这边。

唯一的理由，就是为了遇见她。

木棉想，林珩大概是没有想到，林慕安会把所有的事情都和她说吧。毕竟林慕安曾经差点被医生判定为自闭症患者，像林慕安这样子的人，又怎么会对她敞开心扉。

况且，他们也只仅仅在一起了两个月而已。

林慕安当初到外面来住，不是搬出来的，而是被赶出来的。

林深很忙，诚如林珩所说，他是爱林慕安的，但是那种是用金钱和物质堆砌起来的爱。

林深在家的时候非常少，大部分的时间，是林慕安和林珩他们母子在一起。

林慕安和林珩两人年岁相当，林珩因为从小被照顾得很好，反而比林慕安更加强壮几分，他平日里最爱做的事情，就是找各种方法欺负林慕安。

林珩很聪明，做得很隐晦，就算不小心被他妈妈发现了，也只是被责备两句，然后帮他瞒下来。

林深对林慕安越好，林珩就越嫉妒，之后就一定会变本加厉地欺负林慕安。

直到有一次，林慕安爆发了，两人打了起来，林慕安失手，把林珩从台阶上推了下去。

最后的结果，就是林珩住了半个月的院，林慕安在十五岁这年，开始了独居生活。

林慕安在那个家生活了将近一年，没有一天真正开心过。

如果可以选择，他宁愿继续和母亲安萎住在一起，至少她不发病的时候，很好很温柔。

所以林珩说什么很希望林慕安回去住，木棉是非常想笑的。

林慕安对于那一段记忆，是三言两语带过的，对他来说，比起安萎发病时候的模样，林珩所做的一切，不外乎是小打小闹。

他没有告诉林深，只不过是因为不在乎。

如果可以，他愿意一辈子都待在自己的世界里，隔绝一切干扰。

那天他之所以与林珩动了手，是因为林珩侮辱了安萎，他的愤怒瞬间高涨。

难得见他动了情绪，林珩越发兴奋地挑衅，后来他就把林珩从台阶上推了下去……

被林深放弃，是意料之中的事情，除了解脱和轻松外，林慕安还有一丝难以言喻的复杂情绪。

似是压倒骆驼的最后一根稻草，隔绝了他与这个世界最后的联系。

心底深处的那一团小小火苗，终于摇摆两下，熄灭，变成一片黑暗。从此他站在深渊，茕茕孑立，看不到一丝光明。

已是6月初，还有一个月就是期末考试。

林珩的出现让木棉感觉有些棘手。

她改变了回家的路线，虽然绕了一圈，但效果不错，至少没有再“偶遇”过林珩。

林慕安发现，木棉最近减少了出门次数，他当然是求之不得的，每日拉着她在家打游戏看电影，但到点还是会乖乖地写作业。

如此过去了一周的时间。

6月8号，周五，小雨。

下午，还有最后一节课就放假了，整个教室充斥着躁动和兴奋，木棉垂眸解着数学题，一排排整齐的公式落于纸上。

木棉的成绩好，书写也很整洁，方芸每每捧着她作业抄之前，都会感慨几句。

突然，有人在教室门口叫了一声：

“木棉，校门口有人找！”

木棉从习题中抬起头来。

那是一张陌生的脸，她放下笔走了过去。

那个陌生的女生说：“你是木棉吗？”

木棉点头。

那个陌生的女生解释：“有个男生找你，我刚好路过校门口，就把我叫住了。”

木棉点点头，拿了伞，有些疑惑地往校门口走去。

路上有些积水，她穿过林荫道，雨水打在伞面，发出叮咚声响。

久违而又熟悉的场景。

江城已经很久没有下过雨了。

穿过这条路不远处就是校门，银色的自动铁闸门出现在眼前，雨雾朦胧中，隐约可见几道人影。

天色有些暗，木棉睁大了眼睛打量着，一抹熟悉的身影闯入视线，随着距离拉近，他的脸渐渐清晰。

“林珩？”木棉看着不远处树下的那个人，皱起眉。

他朝她招了招手。

木棉和门卫说了两句，推开侧边小门走了过去，在他面前站定，平静地问：“这个时候找我有什么事吗？”

林珩面色复杂地看着她，须臾，才缓缓开口：“林慕安的妈妈……自杀了。”

犹如一道晴天霹雳。

木棉愣在那里，须臾，才找回理智：“他知道了吗？”

“他手机一直打不通，请你帮我转告一下，他不是很愿意见我。”林珩神色无奈，有些为难地解释。

木棉点点头，立刻转身往校内走去。

她微垂着眸，心事重重，伞面遮住了一小半视线，没走几步，一道尖锐的汽车鸣笛声响起。

猝不及防，她被拉入到一个陌生的怀抱，伞落到了地上。

她愣住，抬头，是林珩拉住了她，不然她可能会被车子蹭到。

只是她刚想道谢，就看到林珩看着某处，表情怪怪的。

于是，她顺着林珩的视线望了过去，正前方，林慕安正面无表情地看着两人。

细雨朦胧，林慕安没有撑伞，站在雨幕中，雨打湿了他的黑发，他眼底一片氤氲，让人看不清眸里的色彩。

此刻，林珩的双手正握着她肩头，她整个人像是被他环在胸前。

那辆车子未停，擦过两人径直往前驶去。

木棉立刻挣脱那个怀抱，侧头朝林珩低声道了句谢，再次看过去时，林慕安已经收回了视线，走到了马路边伸手拦车。

木棉立刻跑了过去。

在林慕安打开车门的那一刻，她紧随着他坐了上去。

林慕安直接跟司机报了地址，随后双手放在膝头，端坐着看向前方，双眼黯淡无神，神色漠然。

雨刷来回擦过车玻璃，水珠刚一覆上又立刻消失。

木棉轻轻地抓住他的手，语调平缓地解释：

“林珩是来和我说你母亲的事情，我和他只是在回家的路上碰到过几次，除此之外没有其他的接触。

“他说你手机打不通，也不想见他，所以让我帮忙转告一声。

“刚刚我急着回去找你，没有看到前面有车，他顺手拉了我一把。”

木棉说完，顿了顿，看着那张没有情绪的脸，俯身凑了过去，睁着眼睛打量着他，声音放软轻哄：

“你不要和我生气，我不喜欢他的。我很讨厌他。”

林慕安终于有了反应，他依旧盯着那片玻璃，极其缓慢地眨了眨眼睛，面容沉静，声音涩哑：“你为什么讨厌他？”

“因为你不喜欢他啊。”

他神色似缓和了几分，却依旧还是沉郁。

木棉从口袋里拿出一包纸巾，给他擦着沾了雨水的脸、微湿的发。

纸巾一点点被浸湿，木棉打算换一张新的，刚欲撤回，林慕安蓦然抓住了她的手，紧握着放在膝头。

他坐在那里，背脊挺得笔直，肩膀透过薄薄的布料，显得格外清瘦。

木棉轻轻叹了一口气，倾身环住了他。

“一切都会过去的。”

他们赶到医院的时候，安菱已经被蒙上白布，林深站在门边，满脸沉痛。

医生走了出来，拍了拍林深的肩膀，道了句：“节哀。”

木棉担忧地看了眼身旁的林慕安。

他步伐僵硬地走了过去，死死地盯着床上的人，眼眶泛红。

须臾，他伸出手，指尖颤抖。

那层白布被他掀开，安菱的面容露了出来。

惨白干净，像是浑身的血液被抽干了一般，散发着沉沉死气。

这一刻，林慕安终于控制不住情绪了。

他死死咬住唇，没有发出一丝声音，只是那泪水大颗大颗地从脸上滑落，比外面的倾盆大雨，还要汹涌几分。

空旷而洁白的房间，少年站在床头，神色倔强，满脸泪痕。

眼泪源源不断地往下流，滑过白皙的脸颊，然后一路落到地上。

他的肩头在不住地颤抖，看起来弱小又可怜，偶尔传出一两声隐忍的抽泣，又很快止住。

无声的恸哭像是一部默剧，上演着只有自己能体会的悲欢离合。

木棉上前抱住了他。

仿佛被打开了某个开关，林慕安伏在她的肩头放声大哭，泪水很快浸湿了她的校服，粘在皮肤上让人极为不舒服。

木棉却毫无察觉，耳旁伤心到极致的呜咽，让她心疼得想落泪。

眼眶一寸寸发酸，她咬住了唇，抱紧了身旁的人。

不知过了多久，哭声才渐渐止住，木棉拿出纸巾，把他的头从颈间抬了起来，看着那张哭花的脸，暗叹了一口气。

她细细擦着他脸上的泪水，纸巾很快被打湿，泪水却还是不停地从那双微红的眼里渗出来。

木棉一边擦一边哄着：

“别哭了，眼睛都肿了。

“你再哭，我就要陪着你一起哭了……”

木棉声音放得极柔，给林慕安擦完脸之后，拉着他在椅子上坐下。

走廊角落里放着一台饮水机，木棉倒了一杯温水给他。

林慕安捧着一次性纸杯小口小口地喝着，长而濡湿的睫毛微垂，遮住那双通红的眼，热气氤氲。

初时那股铺天盖地的悲痛渐渐消失，从全身四肢抽离，只余酸涩的眼眶提示着方才的激烈。

只是心里空落落的，丝丝抽痛，难以缓解。

林慕安的情绪渐渐稳定下来。

“你妈妈是割腕自杀的，不知道是从哪里得来的铁片，被她磨得锋利，看起来应该是预谋很久了……被发现的时候已经流了满地的血，刚送到医院就不行了……”

林深站在他面前，低声解释，语气沉重带着一抹悲痛，英俊的面容仿佛一瞬间苍老了好几岁。

林慕安没有理他，表情漠然地盯着面前雪白的墙壁。

空气安静无声，林深把视线投向一旁的木棉。

四目相对，她摇了摇头。

外面的雨很大，林慕安却执意打车回去，林深在一旁低声劝道，语气几近哀求：“爸爸送你们回去吧，雨那么大，你身子弱，很容易感冒的。顺便带你去吃点东西好不好，这么晚了肯定饿了。北街那家的海鲜粥你不是最爱吃吗，我们去那里怎么样？”

他眉头轻蹙，眼神恳切，看起来很可怜，像是一个被儿子抛弃的父亲，正在极力讨好。

正是应了那句可怜之人必有可恨之处。

林慕安只淡漠地扫了他一眼，不置一词，越过他直接往门外走去，背影利落决然。

木棉连忙跟上，在车门合上之际，她忍不住回头看了一眼。

林深依旧站在原地，目光停在林慕安身上，眼神复杂，欲言又止，似有千言万语，却不知该从何说起。

一路上，林慕安都没有说话，沉默蔓延在两人之间。

一回到家，木棉就把他推去浴室洗澡，待他换好衣服出来时，整个人看起来才正常几分。

他穿着宽松的 T 恤长裤，带着刚沐浴完的湿气，眉目干净工整，露在外的肌肤白皙，头发还在往下滴水，很快打湿了肩头白色的布料。

木棉拿着干毛巾上前，踮脚帮他轻轻擦着。

头发不再滴水之后，木棉把他拉到了沙发上坐下，吹风机的轰隆声响起，指尖濡湿的发丝慢慢变干，柔顺而细软。

自进门到现在，林慕安没有说过一句话，任由她摆弄着，他嘴唇紧抿，眉眼安静，眼底却是无比暗淡，沉郁得看不见一丝生气。

厨房熬着粥，木棉打开了电视，换到他平日里最爱的综艺节目，主持人和嘉宾的声音传了出来，安静的客厅瞬间变得无比热闹。

“我去洗个澡，你在这里看电视？”木棉轻声嘱咐，有些不放心。

她的衣服方才也被淋湿了，贴在身上很不舒服。

林慕安盯着电视屏幕，缓缓地点了点头。

木棉速度极快地冲了一个“战斗澡”，待出来时，客厅沙发上空荡一片，已经不见了他的踪影。

呼吸骤然一窒，心头慌乱无比，木棉视线立即在四周搜索着，无果后推开了他的房门，没有！

她像无头苍蝇一般差点失控，好在最后在她房间的床上看到了那个蜷缩着的人。

心头那股滞涩感瞬间消失，木棉放缓了呼吸，慢慢走了过去。

他的头埋在被子里，只露出几丛黑发，整个身子一动不动。木棉轻轻扯了扯他头顶的被子，柔声开口：“怎么跑到我这儿来睡啦……我煮了粥，你要不要起来吃点？”

他依旧一动不动，就这样蒙着被子，把自己整个人包裹了起来，像一只蝉蛹，与外界隔绝，在黑暗中，静静度过时光。

木棉轻叹一口气，把被子扯开一角。

她还来不及做些什么，林慕安已经背过身子，继续用被子紧紧蒙住了自己。

他的背脊弯起，看起来有些瘦骨嶙峋，木棉身子往前挪了挪，伸手隔着被子轻拍着他的肩膀。

两人无声相伴。

不知过了多久，在木棉快要睡着的时候，被子里的人动了，他转过身，把自己从牢牢的束缚中释放出来……

第六章

不要走可以吗

Piaoliang de Ta Bushuohua

房间里的窗帘没拉上，有薄光透了进来，外面的雨小了很多，水珠轻不可闻地敲打着叶子。

两个人静静地待在一起，空气里飘荡着精疲力竭之后的安宁。

先前的悲痛和绝望，好像瞬间都荡然无存，心间被填满的都是暖意，密密麻麻，充实地挤压着。

很奇怪，有些事情明明是让人痛不欲生的，但有着另一个人的陪伴，便觉得这也不是什么天大的事。

或许感情就是这么神奇，能让人生，也能让人死。

没有什么事情，是通过睡觉解决不了的。

睡一觉起来就没事了的这种话，也是非常有依据的。

至少第二天林慕安看着安菱遗体被火化的那一刻，没有再流下一滴泪。

也或许是因为，前一天流得太多了。

安菱的葬礼非常简单。墓地只能临时选，林深动用了不少人脉和金钱，给她挑了江城很有名的一处陵园，风景秀丽，环境静谧。

木棉莫名觉得好笑，人活着的时候，对她薄情寡义，人死了反倒是露出了几分真心。

他这么做，也不知是愧疚，还是想让林慕安心里舒服几分。

一切尘埃落定。

从墓地回来，林慕安就把自己关在了房里，躺在床上睁着眼睛发呆。

木棉煮好粥端了进去，一口口喂着他。

勉强吃下去半碗，他就扭开了头，一声不吭的模样，让人莫名揪心。

周日，他也不愿意起床，不仅自己不肯起，也不让木棉起。

这几天阴雨连绵，雨水滴答作响。

房里不甚明亮，倒是个睡觉的好天气。

木棉依着他，两人这就样赖到了日上三竿，最后还是肚子饿得开始叫嚣，木棉才起来，把昨日的粥热了，配上一个青菜凑合。

吃过早午饭，木棉特意挑了一部喜剧，拉着他在沙发上看着。

剧情很搞笑，木棉抱着枕头，乐得前俯后仰，笑倒在他身上。

她不经意一仰头，却看见他木着一张脸，盯着电视，神色毫无波动。

她收起唇边的笑容，乖乖地坐在那里。

林慕安睨了她一眼，淡声道："不好笑吗？"

"好笑……"她睁大了眼睛，微微咬唇。

"那怎么不笑了？"他轻轻转动眸子，神色无波地问。

"你不笑，我也笑不出来……"木棉有些委屈地看着他。

"那不看了。"林慕安起身，一把关掉了电视。

他转身，看着木棉，神色如常。

"比起看电影，我更想和你安静地待在一起。"

客厅里没有任何声音了，正如他所说，周遭很安静。

两人并肩坐在沙发上。

须臾，木棉望向他："你在想什么？"

久久没有回应，屋里静得能听到针落到地上的声音。

她以为他不会回答了，他却突然说了一句："我在想我的妈妈。"

木棉睁大了眼睛，看着他。

"小时候，她总是很温柔地叫我阿慕。将我抱在怀里，亲我的脸，会唱歌哄我睡觉，给我讲故事。"

林慕安声音低低地诉说着，语调温柔。

他盯着地板，木棉看不见他的神情。

但是她想，那双眼中，也必然是平和而温情的。

"木棉，以后再也没有人会像她一样对我了。"

他嗓音低沉，气息绵长，数不尽的遗憾失落难过，密密麻麻地渗了出来。

木棉眼眶发涩，握紧他垂放在一旁的手，用了些力气。

“你还有我。”

她注视着他，眸中潮湿，学着每次安菱叫他的语调：“阿慕，我会给你做饭，教你写作业，哄你睡觉……只要你想要的，我都可以给你。”

她的目光真挚而坚定，眼底闪烁着的光，像是打碎了星星。

温暖席卷而来，林慕安情不自禁地低头，抵住了她的额，轻声呢喃：“嗯，我还有你。”

所以，木棉，你可千万不要离开我，否则在这个世上，我不知道还有什么值得留恋。

在家待了一整天，周一去上课的时候，林慕安已经看不出有一丝异样，但木棉还是放心不下，破天荒地陪着他一起去上学。

两人已经很久没有一起去学校了。

看得出他很开心，清冷的眉眼暖意柔和。

临近校门口时，一道不算陌生的身影闯入视线。

木棉步伐顿住，有些忐忑地看了看身旁的人。

果不其然，他脸上方才的柔意已经消失得无影无踪，取而代之的，是如黑云压境般的暗沉。

木棉咽了咽口水，叫出了那个人的名字：“林珩……”

清晨，街道上来往人流不多，三三两两，或骑车或赶路，没有人发现这边怪异的气氛。

林珩面容沉静，淡定地走到了两人面前，余光不自然地看了林慕安一眼，随即对着木棉微笑。

“上次你们走得太匆忙，我有些担心，所以就想过来看看……”他语调平和，看不出一丝异样，仿佛是对好友进行简单的问候。

没有人回应他，沉默蔓延。

林慕安站在那里，紧抿着唇一言不发，脸色却越发阴沉。

看着好不容易哄好的人又变成了这样，木棉不由得有几分恼怒。

她开口，语气已失了平日里的和气：“只要你不出现，我们就很好。”

林珩闻言愣住，眼里闪过一丝错愕，随后飞快地平复下来。他笑了笑，继续泰然处之，脸上看不出一丝恼怒。

“抱歉，我没有想到你们这么不欢迎我，毕竟……”他话语顿住，抬眼盯着林慕安，嘴角缓缓地荡起了一抹笑容，声音慢条斯理，柔缓而平和，“哥哥在这个世界上的亲人，也只有我和爸爸了呢。”

他的语气就和往日一样，甚至更为轻柔几分，但木棉只感觉身子一凉，仿佛面前站着的是一条毒蛇。

而他们，是他眼中的猎物。

僵持几秒。

木棉在林慕安动作之前，抓紧了他的手自己往前走了半步，呈一种保护的姿态，挡在了他的身前。

她仰头，无所畏惧地看着林珩：“你错了，他还有我。中国有句古话，叫远亲不如近邻，像你们这样的亲人，不要也罢。”

平静的音调中带着不容忽视的坚定，白皙清秀的脸莫名让人移不开眼。

林珩饶有趣味地盯着她，打量着。

林慕安垂眸，看着挡在身前的人，他手上用力，默默拉回了她，然后上前，挡住了她。

他抬眼，盯着那张与自己有几分相似的脸，语气森寒：“林珩，别惹我。有些事情可以失手一次，也可以有第二次。”

说完，他不再看林珩一眼，拉着木棉往学校走去，步伐急促，面色阴沉。

直到进入校门，他才放慢脚步，手却没有放开。

此时已经打过预备铃，学生们大多数已经到了教室，只依稀可见远处有几道匆忙奔跑的身影。

林荫路上空无一人，木棉任由林慕安拉着。

“你还好吧？”

“以后不准见他。”

两道声音同时响起。

木棉顿住步子，有些错愕地看着林慕安。

林慕安掩下神色，再次平静地开口：“以后不准见他。”那双黝黑的眸子深不见底。

木棉垂下眼，小声说道：“又不是我见他，是他要来见我……”

“所以，以后不准离开我半步！”林慕安一字一顿道，说完，紧盯着她问，“知道了吗？”

他的脸色、语气都沉得吓人，木棉从来没见过他这个样子。

木棉垂下了眸，小声地答应：“好。”

就算他不说，这段时间，她也不敢离开他半步。

两人又恢复了一起上学放学，一起回家吃饭的相处模式。

只是林慕安变得越来越依赖木棉，哪怕是在学校，有旁人在场时，他也丝毫不加以掩饰。

“这个胡萝卜好难吃……”

食堂里人声鼎沸，林慕安嚼着胡萝卜丝，嘟嘟囔囔地抱怨。

木棉安静地夹着菜，不置一词。

“没你做的一半好吃。”

“闭嘴。”木棉轻斥，余光打量了下周围。

见大家都在各吃各的，她悄悄松了一口气。

回过头时，她的目光猝不及防对上了他的黑眸，只见他一副委屈的样子，连咀嚼的动作都停了下来。

“张嘴。”木棉夹了一块排骨，送到他唇边。

林慕安顺从地张开嘴吃掉排骨，腮帮子微鼓，眼睛瞪圆，面容顿时柔和了起来，嘴角轻翘。

爱发小脾气，喜欢闹别扭，偏生又好哄得不行。木棉无奈地摇头，嘴角却是扬起的。

安菱去世这段时间，林慕安越发没有安全感。

一个人睡的时候总是蜷成团用被子把自己紧紧包裹起来，而且浅眠，稍微有点声响马上就会醒来，只有待在木棉身边时，他才会安稳几分。

木棉舍不得他这样，只能加倍对他好。

这段日子里，木棉几乎把他宠上了天，变着花样做他喜欢吃的菜，陪他打游戏，教他写作业，哄他睡觉。

在学校她对他也是言听计从，只要不是太过分的要求，她都依着他，就连上课也都和他同桌换了位置。

当然，李元的课除外，她可没这么大的胆子。

时间一天天地过着，来到 6 月 18 号这一天。

清晨，金色朝阳透过薄雾，给这个世界笼罩了一层朦胧光辉，所有的一切都如同往常一样。

木棉做好早餐，看着林慕安走出来。他额前黑发微湿，皮肤白皙干净，大眼睛里带着蒙胧睡意。

“早。”木棉对他笑得格外温柔。

林慕安愣了一下，随后呆呆地回了一句：“早。”

早饭过后，两人一起出门去学校。

走到教室，木棉直接坐到了林慕安的旁边。

铃声响，林慕安的同桌艾嘉背着书包进来后，熟门熟路地直接去了木棉的位置。

艾嘉才坐下，便和方芸的目光对上，后者满脸不爽地把桌上的书拍得啪啪作响：“你怎么又来了？”

“这就要问我们学委了——”艾嘉拉长了音调，一脸欠揍的模样。

方芸直气得牙痒痒。

自木棉第一天和艾嘉换位置开始，方芸便和他不对盘，不是争这个，就是抢那个，反正是谁看谁都不顺眼。

方芸哼了一声，伸手拉开座位，原本并排密不可分的两张桌子，瞬间留出来一条沟壑。

艾嘉见状哼了一声，不满地扭头盯着黑板。

第一节课是语文。

作为理科班，这堂课开小差的人很多，有睡觉的，有做其他科目作业的，有看课外书的。

讲台上的老师习以为常地翻开课本，自顾自地写着板书，丝毫不受底下学生的干扰。平心而论，他讲得确实不错，木棉很喜欢听语文课。

看着自己书上密密麻麻的笔记，她侧了侧头，看了一眼林慕安干净崭新的课本，默默叹了口气。

等目光落到那张安静的睡颜上时，她已经彻底没了脾气。

她拿出备用外套，轻轻搭在了他的肩头，然后伸手帮他仔细地掖了掖衣角。

也不知道他为什么这么嗜睡，明明夜里已经睡得够久，白天还是总趴在位置上。

放学回家，木棉做了一大桌子林慕安爱吃的菜。

林慕安受宠若惊，挠挠头，不自然地坐了下来。

吃完饭，破天荒地，木棉没有开始写作业，反而让他早早睡觉。

夜里很安静，窗帘未拉，皎洁的月光洒了进来，一室明亮。林慕安躺在地上，有些奇异地打量着木棉的脸。

察觉到那道灼热的视线，木棉眼睛未睁开，懒懒地开口：“别看我，睡觉。”

“太早了，睡不着。”他有些委屈。

床上的人半晌没有动静。

沉默许久，木棉终于睁开眼睛，在月色中静静注视着他，声音柔和：“那陪你聊聊天？”

两人絮絮叨叨地说了很久的话，从童年趣事说到如今的生活，聊人生聊理想，说到了深夜，后来，两人都困糊涂了，开始天马行空地胡言乱语。

两人不知道是什么时候睡去的，一夜无梦，醒来又是新的一天。

6 月 19 号。

太阳升起，阳光明媚得过分。

鸟儿依然在清早就放声歌唱，学生穿着校服迎着晨光赶往学校，环保工人十年如一日地勤恳打扫，街道上的各种小贩摆出摊位。

这些极其普通微小的一幕幕，在这样的日子里，美好得过分。

这是特别的一天，也是无比平常的一天，是她的救赎，也是他的重新开始。毕竟那样恐怖的 6 月 18 号已经过去了，永远过去了！

日子缓慢地过着。

林慕安明显地发现，这几天木棉对他的纵容溺宠消失得无影无踪，不仅会时不时地瞪他，还逼着他写作业，不准玩游戏。

就连上课睡觉都不被允许了。

林慕安气死了，对着木棉发了好大一通脾气，而以往那个总是立刻心疼地上前哄他的人，现在也只是淡定地坐在沙发上嗑瓜子，专注地盯着面前的电视，余光都不分给他半点。

林慕安恨恨地咬紧了唇。

他快要被气炸了。

眼前投下了一片阴影，木棉把手里的瓜子壳投进了垃圾桶，仰头，眼神无声地询问。

林慕安不满地瞪着她。

“你变了！”他恨恨地开口，颇有一丝咬牙切齿的意味，白皙的俊脸隐隐带着怒色。

木棉淡淡地睇了他一眼，一边继续看着电视，一边驱赶道："让一让，别挡着屏幕了。"

林慕安拧眉，"啪嗒"一下，按了开关，电视屏幕顿时一片漆黑。

他站在那里，瞪着木棉，眼睛睁得老大。

偏生又一点威力都没有。

木棉忍不住笑出了声，对他招手："过来。"

"我不。"他梗着脖子，倔强地站在原地。

木棉也不恼，脸上挂着懒散的笑意，就这样静静地看着他。

须臾，林慕安又自己慢慢挪了过来，别扭地站到她面前。

木棉伸出手去拉他，力度很大，他猝不及防地顺势跌坐了下去。

柔软的沙发陷进去一团，他蹙眉欲起身，木棉按住了他。

"生气啦？"她凑到他面前，笑嘻嘻地问。

这副模样，好像他是个无理取闹的小孩。

林慕安移开眼，闷声说："没有。"

"真没有？"

"嗯。"他梗着脖子嘴硬到底。

"没有就好。"木棉走过去打开电视机，又好整以暇地坐了回去，目光重新放在电视机屏幕上，随口对他说，"那你走吧，我要继续看电视了。"

林慕安瞬间变了脸色，眼睛一瞪，就从沙发上站了起来，然后气冲冲地回房，一把甩上了门。

"哐当"一声巨响，昭示着主人的怒气。

木棉转过头望着那个方向，眨了眨眼，没两秒，又忍不住笑了起来。

高二下学期即将走向尾声，林慕安也以肉眼可见的速度变化着。

他开始搭理旁人，会和李秦他们去操场打篮球，会笑会生气。

虽然他还是很少主动开口说话，但已经慢慢地融入集体，至少在班上看起来，并不像一个异类了。

原因大家都心知肚明。

有时候真的是这样，一点点的善意，就可以改变一个人。

虽然他们并不知道，木棉在背后做了多少努力。

期末考试过后，迎来了暑假。

江城临海，周边的几个城市都是有名的旅游胜地。

难得有这么长的假期，木棉很想带着林慕安出去散散心。

查路线、订票、订酒店，假期第三天木棉就开始筹备，两人头抵头地坐在地毯上，看着手里的平板电脑研究得津津有味。

“这个不错，海景房，还有沙滩。”

林慕安盯着里头的宣传图片，眼睛发亮，手指在上面点来点去。

木棉瞄了眼后面的价格，直接 PASS：“太贵了，住不起。”

“我有钱。”

木棉微愣，抬起头。

林慕安正睁着那双黑亮的眸子盯着她，再次无比认真地重复了一遍：“我有钱。”

“噢，对了，你有钱。”

木棉反应过来，养了他这么久，确实忘记了这件事情。

林深给他的生活费，可是她平日里的两倍。

毕竟林深能给他的，也只有钱了。

于是，奢侈的旅行生活，就这样拉开了帷幕。

日光，沙滩，海风凉爽。

巨大的太阳伞下，木棉和林慕安懒懒地躺在沙滩椅上，两人脸上都戴着一副硕大的墨镜，头上戴着一顶大草帽。

木棉拿起手边的椰子，惬意地喝了一口，继续欣赏蓝天、白云、大海、美男。

下一秒，美男突然动了，凑过来就着她的吸管喝了一口椰汁，复而又满足地躺了回去。

“林慕安，你自己没有啊——”木棉不满地质问。

“你的更甜。”他翘着唇，脸上都是孩子气的得意。

木棉哼唧两声，没理他。

傍晚，阳光不复中午的火辣，天边一片橘色。

走出房间的阳台，就是一个巨大清澈的泳池，木棉穿着薄纱吊带泳衣，在水里玩得不亦乐乎。

酒店的位置相对较高，视野开阔，能看到广阔而蔚蓝的大海，沙滩上密密麻麻的人影。

微风徐徐吹来，凉爽又舒畅。

木棉仰头，看着在泳池边坐着的那个人，眼珠子一转，偷偷潜了过去。

林慕安正在发呆，泡在水里的脚突然被一股大力拉拽，他还没反应过来，整个人已经跌到了泳池里。

冰凉的水瞬间涌来，全身尽湿。

“木棉！”他咬牙切齿地低吼，瞪着面前这个笑得无比明艳的人，眼底写满无奈。

“来啊，教你游泳啊——”

她双手扬起一片水花，得意又骄傲，秀气清丽的脸被夕阳镀上一层金光，柔和而温暖。

白皙的肌肤上还沾着未干的水珠，此刻闪烁着点点光芒，是让人移不开眼的灿烂。

林慕安站在那里，浅浅地弯起嘴角。

在水里折腾了一个多小时，最后还是没有学会游泳，因为林慕安的注意力全部集中在了木棉的身上。

洗完澡换好衣服，两人一起出门。

华灯初上，天色微沉，大片大片的云朵堆积在空中，远处天边暗蓝，街道上车水马龙。

木棉穿着白T恤深蓝色棉布短裤，露出一双白皙笔直的腿，身旁的林慕安同样穿着简单宽松的白T恤、牛仔裤、板鞋。

两人走在一起，气质独特又契合。

木棉发现林慕安有一个习惯，就是只要出门，不管天气多热，都会穿得整整齐齐的。

绝对不会像街上随处可见的那些大热天直接穿着大裤衩、拖鞋就出门的男生一样。

“你热吗？”她有些迟疑地问。

“还好，习惯了。”林慕安回答，面容平静。

“小时候每次出门，妈妈总是喜欢把我打扮得整整齐齐。”这样走出去，就可以收获无数羡慕的目光。安菱是一个虚荣的人，所以在婚姻失败之后，才会脆弱到承受不住。

林慕安从小就生得好，五官精致，唇红齿白，像个洋娃娃一样。旁人一见到他，总是一脸兴奋，亲亲他捏捏他，嘴里还不住夸赞。

每每此刻，安菱都笑得十分开心，然后怂恿着他叫人，逼着他对那些陌生人乖巧地笑。

他每次都顺从，哪怕笑得嘴角僵硬。

因为只有这样，回去之后安菱才会对他特别好。

所以，后来他就再也不想笑了。

“那你小时候肯定长得很好看！”木棉含笑点头，又像想到什么似的，有些遗憾地叹了口气。

“怎么了？”林慕安看着她突然黯淡下来的神情，疑惑地蹙眉。

“好想能在小的时候就遇见你呀，这样就可以陪着你一起长大了。”木棉笑得满脸温柔。

仿佛眼前出现了一个漂亮的小男孩，总是一个人坐在一边，托腮看着天空发呆，那双黑亮的大眼睛眨呀眨的，剔透又干净。

方才心间一刹那的失落瞬间被温暖填满。

林慕安望着她，软下了眉眼，他情不自禁地泛出柔和的笑意，那笑意自嘴角一点点扩散，变得无比开怀。

林慕安声音温暾地开口：“不能陪我一起长大，那就陪我慢慢变老好了。”

“好呀。”木棉仰头，注视着他，笑意盈盈地答应。

即使未来有这么多的不确定，即使我们年少而轻狂，但至少在这一刻，我们真诚又坚定。

两人疯玩了一个星期后，打道回府。

下学期就是高三，学校早早安排了补课，算起来整个暑假也就二十天。

提着行李，木棉把手里大包小包的特产都丢给了身后的林慕安，掏出钥匙打开门。

两人原本还在说着话，待看清室内的那一刻，话音戛然而止，木棉瞬间僵在了原地。

“怎么了？”见她身子未动，林慕安疑惑地进门，在看到客厅里坐着的两人时也愣住了。

他收回视线，不由自主地看向了木棉。

“爸……妈……”木棉迟疑地叫道，随后掩去脸上的惊慌，淡定地吩咐林慕安把东西拿进去，然后叫他回房。

木棉站到父母面前，双手垂放在身前，低着头，呈认错状。

她率先打破沉默，开口解释：“徐静家里有事，先回去了。刚好我们两个有时间，就顺便去玩了两天。”

木铭和赵萱相互对视了一眼，眼底情绪复杂。

他们对木棉向来放心，有男孩子一起住这件事情，也是向他们报备过的。

但是一想到今天接到的那个电话，两人不免有些怀疑。

“棉棉，你告诉妈妈，真的是你们三个人一起住的吗？”赵萱温柔地开口，话语里带着一丝质问和怀疑。

木棉看着她，点了点头。

“那你当着爸妈的面，给徐静家里打个电话。”赵萱的声音依旧温柔，只是那一抹强势，和木棉不经意间露出来的气场一模一样。

木棉垂眸，拿出手机，找出一个号码熟练地拨了过去。

嘟嘟声响起，电话很快就被接起。

木棉按下扩音键。

“喂，棉棉……”

徐静轻缓柔美的声音从手机里传了出来，赵萱依稀有点印象，她接过手机，寒暄几句，然后直接切入主题。

那边也换了徐静妈妈来接电话，赵萱的声音顿时变得热情而谨慎。

“嗯嗯，好的，不麻烦，那先这样，打扰了静静妈妈……”不多时，赵萱结束了通话，把手机还给了木棉，脸色的神情却是丝毫没有缓解。

“你去把那个男孩子叫出来。”她吩咐。

木棉起身走过去，推开那扇房门，眼神复杂，还有一些担忧：“我妈……叫你出去。”

林慕安正坐在床上发呆，闻言立刻爬了起来，脸上没有表情，经过木棉身边的时候，她蓦然拉住了他的手。

停顿几秒，她又颓然放下。

四人在餐桌前面对面地坐着，赵萱率先打破沉默，她脸上扬起笑意，柔声问道：“在这里住得还习惯吗？”

“嗯。”林慕安点点头，眉眼安静。

赵萱细细地打量着他。

这个男孩可以说是生得极为好看，至少在她活的这么多年里，是第一次见到相貌如此出色的人。

他看起来不太爱说话，安静内向，放在这个年纪，也是十分难得的。

他和木棉并肩坐在一起，莫名地让人觉得亲密。

这样子的男孩，完全让人抵挡不了，尤其是在情窦初开的年纪里。

如此想着，赵萱心里已经有了决断。

她组织了一下措辞，看向木棉，语调平缓温和：“是这样的，棉棉，下学期高三了，课业紧张学习压力大。

“我就和你姑妈商量了一下，叫她帮忙照顾你的日常起居，刚好你表姐去年高考了，你姑妈比较有经验会照顾人。

“这样我和你爸爸，也就能安心工作了。

“对了，还有，你表姐昨天毕业旅行去了，等回来就直接去学校报到，她的房间已经空了出来，你看明天就搬过去吧。”

赵萱含笑说完，目光停在了林慕安身上，声音一如之前的和缓：“那这边家里就空了，还要麻烦你帮忙照看一下了。”

一席话说得无可挑剔，软硬兼施，把成年人的情商和智慧发挥得淋漓尽致。

木棉和林慕安两人坐在那里相顾无言。

木棉放在桌下的手，悄悄挪了过去，握了握林慕安的。

“好。”她听见了自己的声音，平静无波，没有一丝情绪。

手指骤然被捏得发疼。

对面的赵萱和木铭都露出了满意的神色。

对木棉和林慕安来说，这是一个不眠之夜。

天边开始露出鱼肚白时，客厅传来一些动静，木棉立刻从床上爬了起来，走出去。

“爸，妈。”

木铭和赵萱两人提着行李箱刚打开大门，闻声回头。

赵萱皱起眉头轻斥：“怎么这么早就醒了，快回去睡。”

“你们要走了吗？”木棉撇撇嘴，明知故问，有些委屈。

“嗯。”木铭点点头，解释，“这次是刚好路过，我们同事昨天已经先走了，爸爸待会儿要抓紧时间追上他们。”

确实是这样的，要不是突然接到那个自称是木棉的同学的电话，他们也不会在家逗留耽误一天。

对于科研人员来说，时间比金钱还要宝贵。

木棉不舍地看着他们，看起来莫名地有几分落寞。

木铭和赵萱对视了一眼，轻叹了一口气，最后还是离开了。

木棉眨了眨眼睛，垂着头，情绪低落。

昨晚睡之前，赵萱过来和木棉聊了很多，绝口不提林慕安的事情，和她谈的都是关于未来、梦想，还有人生。

赵萱第一次提及了自己的工作，语气里是满满的自豪与骄傲。

能奉献自己的力量为祖国的强大做贡献，即使不为人所知，但生命的意义，也因此变得珍贵起来。

木棉好像感受到了一些不一样的东西。

这东西超出了她目前的认知，打破了她的理所当然。

木棉揉了揉眼睛，推开隔壁的那扇房门，走到床边，看着睡在那里的人。

“你爸妈走了……”林慕安睁开眼，声音略带沙哑。

木棉咬着唇，闷闷地点点头。

“那你什么时候走？”他又问，语气和方才的相差无几，听不出一丝异样。

木棉蓦然眼眶一酸，站在那里直摇头。

“我不想走。”她的声音带上了一丝哭腔。

“哭什么，又不是见不到面了，在一个班里，抬头不见低头见的。”林慕安撑着身子坐了起来，指腹从她眼角揩过，微微湿润。

他忍不住扯了扯嘴角。

明明该哭的人是他，怎么反过来，要他来哄她了。

“可是我不放心你……我不在，你肯定不会好好吃饭，好好睡觉。不会照顾自己，又容易生病，而且你一个人住，该有多孤单……”木棉说着说着，忍不住放声大哭，伤心得不能自已。

只要一想到他之前的生活，她的心就像被一只无形的大手捏住了一般，绞痛又难受。

“好了，你别哭了。我又不是小孩，我会照顾好自己的……”林慕安无奈地开口，伸出手从床头柜上抽出纸巾，抬起她的脸细细擦着泪水。

白净秀气的脸一点点恢复干净，他满意地收回手，放柔了声音带着哄意：“我保证，一定把自己养得好好的，行不行？”

“那我每天要验货，去学校门口的那个电子秤上去称，要是瘦了，我就哭给你看。”木棉抽抽噎噎，一边吸着发红的鼻子，一边恶狠狠地威胁，一点威慑力都没有。

“好好好。”林慕安连连答应，脸上都是无可奈何，只是眼里失去了往日的神采。

木棉当天就搬了出去，行李收拾得很简单，仅仅只有几件衣服和日用品。

她来来回回地忙碌着，林慕安站在一旁，看着洗手台架子上那个孤零零的蓝色杯子，垂眸掩下了眼底的落寞。

木棉的姑妈好似得到了指示一般，每天变着花样给她做吃的补身体，并且禁止她外出。

所以在后来的十天假期里，木棉每次要出门，都是借口和同学写暑假作业，才溜出来。

她回到自己的家和林慕安一起坐在客厅的地毯上，闻着阳光的味道，赶暑假作业。

只是每到饭点，催促的电话就立刻来了。

如此反复，终于到了上学的日子，两人穿着校服相遇的瞬间，突然有种如释重负的轻松感。

学校要求每个高三学生都要上早晚自习，木棉和李元申请换了座位，名曰辅导林慕安同学功课。

李元犹豫了许久，最后在木棉再三保证不会影响学习的情况之下，才勉强同意。

林慕安和木棉两人又整天腻在了一起，只是这次是从家里变成了学校。

所有的一切，好像都在慢慢走上正轨。

正式开学那天，风和日丽，万里无云。

暑气还未消散，窗外樟树茂盛青翠，偶尔传来一两声蝉鸣，教室里的同学们或谈天说地，或看书做题。

木棉侧着头，细细地给林慕安讲解着题目，语气温柔，细致又耐心。

李元推门走了进来，跟在他身后的，还有一道人影。

教室安静了下来。

“这学期我们班转来了一位新同学，我给大家介绍一下。”

木棉从面前的习题中抬起了头，不经意地望了过去，目光瞬间顿住，变得冷凝。

她立刻看向了身旁的人，果不其然，方才的春风拂面已经消失得无影无踪，整张脸阴沉得吓人。

木棉在桌子底下偷偷抓住了他的手。

林慕安收回视线，看着她担忧的样子，扯了扯嘴角，无声安慰。

“大家好，我叫林珩，王字旁加个行的那个珩，意为稀少而珍贵……”新同学说完顿了顿，眼神意味不明地看向了后排那两人，充满趣味地扫过林慕安，最后定格在了木棉身上，“希望在以后的日子里，能和大家相处愉快。”

他的笑容灿烂而耀眼，比外头的太阳都要明艳几分。

唇红齿白的少年，轻易地就唤醒了一片少女心。

台下响起一阵热烈的掌声，伴随着叽叽喳喳的议论声：

“天哪，他好帅啊！”

“对对对，阳光男孩我喜欢！”

“你们没有发现，他和林慕安长得有点像吗？”

“是哎，不过我喜欢这种，林慕安太高冷了，都不敢和他说话！”

……

“好了！”李元拧眉扫视了一遍台下的学生，随后指着后排的一个空位，对林珩开口，“你先坐那边吧。”

林珩点点头，脸上挂着得体的笑容，单肩背着书包往下走，经过林慕安和木棉两人的座位时略为停顿，然后就直直地朝自己的位置走去。

木棉小心翼翼地看着林慕安，翻开课本看了几眼。

须臾，她侧头试探地开口：“你这个便宜弟弟，是不是有点毛病啊？”

林慕安看着她无声地询问。

“比如见不得你好啊什么的……”她期期艾艾。

“嗯。”林慕安低低应了一声，随后沉默。

两人相顾无言。

下课的时候，林珩走过来，兴致勃勃地同他们打招呼。

旁人忍不住看向这边。

木棉敛下神情，一脸正色：“林珩，我们和你不熟。”

“我以为我们已经是朋友了。”林珩似乎有些失落。

木棉知道他肯定不会像表面这般无害，果然，下一秒，他再次开口：“毕竟也是一起吃过饭的人。”

她都不敢去看林慕安的表情。

她深吸了一口气：“不是你拦住我说要找我谈一谈的吗？在我记忆里，好像全程都是你在讲故事，有……吃饭吗？”

听见她的反问，林珩也不恼，脸上依旧带笑，他深深地看了她一眼，随后回到了自己的位置上。

林慕安全程沉默，低着头，认真地做着题。

木棉看了看他的练习册，上面写得一团糟。

林珩的出现，像是给两人的生活添上了一片阴云，木棉只能尽量去忽视他，但林慕安的情绪却是越来越低沉。

时间就这样并不美好地流逝着。

期中考试，林慕安的成绩提高了不少，但分数依旧连二本线都达不到。

林珩却是杀出来的一匹黑马，直接超了李秦，占据了年级第一的宝座。

最近，木棉依稀在林慕安的身上，看到了往日的影子——沉默寡言，不爱说话，不爱笑。

只有木棉对他撒娇哄他的时候，他才会露出几分孩子气，驱散周身萦绕着的阴郁。

对此，木棉很是担忧。

木棉是在体育课休息的时候，见到林慕安和林珩争吵的。

她从来没有见过林慕安这副模样。

“林珩，你想死吗？”走廊的角落里，林珩被林慕安压在墙上，脖子被卡住，脸涨得通红。林慕安眼神凶狠，几乎咬牙切齿地质问。

林珩依旧是那副欠扁的模样，咧着嘴笑，毫不示弱地盯着林慕安，一脸无所畏惧。

“怎么，不就是申请和你换个位置嘛，成绩好的就应该和成绩好的坐在一起啊。和你这种人待久了，只会越来越差吧。”林珩眉头轻挑，眼里都是讥讽。

木棉心头一跳。

果不其然，只见林慕安握紧了拳头，正欲挥到林珩的脸上。

木棉立刻冲了出去，喝止：“林慕安！”

她拉住林慕安的手，轻轻安抚他：“别为了这种人生气，不值得。”

说完，她拉着林慕安往外走，全程目光都不曾在林珩身上停留。

随着两人的离开，林珩脸上的笑意消失得无影无踪，他垂着眸，脑海里久久回荡着方才的那句话。

林慕安和木棉两人一直走到了教学楼最左侧的小天台上，这里平时极少有人来。

再加上现在是上课时间，这里现在只有他们俩。

林慕安倚在围栏上，垂着头，嘴唇抿成了一条直线，整个人是阴郁的。

木棉上前一步，伸出手指抵住他两边嘴角往上扬。
过了许久，林慕安仍旧一动不动，只静静地望着她。
脸上的指腹柔软温热，让他贪恋。
木棉已经很久没有和他如此亲近过了。
“你开心一点……”她声音温柔。
林慕安垂眸，低低地“嗯”了一声。
两人安静地站在一块，气氛温情。
半晌，木棉抬起头来，开口：“你最近情绪这么糟糕，就是因为他？”
林慕安目光躲闪，抿了抿唇没有作声。
见状，木棉伸手在他手臂上掐了一把。
“嘶……”他身子动了一下，叫了声。
“回答。”木棉不容他逃避。
“他老是想接近你。”林慕安蹙眉，脸上是孩子气的不满，“好烦。”
“你别烦，再过两个月就放假了，不要因为不相干的人影响到自己的情绪，知道吗？”木棉轻声叮嘱，语气里是满满的担忧。
“嗯。”他点点头，面容平静，也不知道听没听进去。

经过那次之后，林珩却是越发过分起来，以前只是背地里耍些小动作，现在则是明目张胆地针对林慕安。
班里人都能看出来两人不对盘，一旦两人“同框”，他们便纷纷避而远之。木棉也是尽可能地和林慕安待在一起，避免两人发生直接冲突。
生活如同暴风雨来临前的平静，一颗隐藏的炸弹随时都可能被点燃引线，那种熟悉的无力感又涌了上来。
木棉惶恐不安。
但是，事情终究还是爆发了。

“不好了，不好了！出事了！”
自习课上，教室门被一把推开，李秦冲了进来，气喘吁吁，他的目光四处搜索着，最后定格在木棉身上。
“林慕安把林珩从楼梯上推了下去。”
脑海里瞬间炸开了一道惊雷，木棉立即丢开手里的笔，起身冲了出去。
“在哪儿？”她看向李秦，急促地追问。
“小天台那边。”李秦气息不稳地回答。

木棉冲出去，马尾在肩头散开，黑发凌乱，一如她脸上慌乱的神情。

李秦咬咬牙，跟了上去。

往日寂静空旷的楼梯口此时无比热闹，地上一大摊暗红色的血。

那里围着一圈人，脸上神情各异，对着中间站着的那个少年指指点点。

他孤独地站在人群中，身形单薄，垂着头看不清神情，双手放在身侧握成了拳，过长的刘海微微遮住了眼睛。

头发有点长该剪了，木棉想。

她提步走过去，轻轻掰开了他紧握着的拳头，抓住他的手指一根根地放在掌心轻揉，熟悉的动作仿佛做过无数遍。

林慕安抬眸，眼里像蕴着一摊浓墨，深不见底，黑得让人心惊。

看清是木棉之后，眼里的浓墨瞬间淡了下来，一点点恢复成以往的清亮。

“送医院了吗？”她轻声问。

林慕安有些缓慢地点点头。

木棉放下心来，牵着他一步步往教室走去。迎着各种异样的目光，她背脊挺直，坚定而无所畏惧。

带着林慕安回去收拾好东西，两人打车前往医院。

林深焦急地站在手术室门口，他的身旁还站着一个美貌的妇人。

妇人一看到林慕安，眼里闪过浓浓的怨恨，却立刻被掩盖了。

谁都没有先开口说话。

还是木棉率先打破沉默，轻声询问林深：“林珩怎么样了？”

“医生说脑震荡，正在缝合，这是第二次了，所以情况可能严重一点。”他皱着眉头满脸疲惫，语气沉缓无力，十分萎靡的样子。

比起上一次，他仿佛又苍老了很多。他深深地看了林慕安一眼，嘴唇翕动，最终还是归于沉默。

伫立许久，林深叹了一口气，坐到了旁边的椅子上，双手撑在膝头上，捂住了眼睛。

林慕安一直站在原地，面上没有一丝表情，眼神倔强又暗沉。

木棉紧紧牵着他的手，站在一旁，陪着他无声地等待着。

没多久，手术室的门被打开，医生面容沉静地走了出来。

林深和那个妇人立刻迎了上去，确定林珩无碍之后，两人长松了一口气。

“阿慕……”林深站到林慕安的面前，神色复杂。

林慕安抬眸静静地看着他。

“你这次，怎么又和阿珩起冲突啦？”林深的语气不像质问，反而温和得不像话，里头充满着浓浓的疲惫和无奈。

全然不似一位父亲对儿子的态度。

林慕安不置一词，木棉连忙上前替他解释：“叔叔，是这样的，我不知道林珩为什么在高三这年突然要转学过来，但是在学校的时候他一直针对林慕安，班里同学都知道。

“我觉得这件事情您不应该来问他，您应该等林珩醒了，问问他自己做了什么。毕竟当年，也是因为他主动提及了……嗯，您的前妻，所以两人才会发生冲突。”

话音刚落，面前的两个大人瞬间脸色一变。

那个妇人立刻激动地反驳：“胡说！我们珩珩性子向来温和，怎么可能会像你说的那样？”

“可是林慕安平时也很听话啊，从来不会主动去挑衅别人。”木棉满脸的天真无辜。谁还不会演了。

妇人张嘴，还欲争辩什么，林深沉声打断了她：“好了，等阿珩醒来再说。”

空气又恢复了安静。

须臾，木棉再次开口：“那既然没什么大碍，我们就先回去了。”

她脸上的笑容得体又温和，让人生不出一丝反感。

林深再次看了眼一直没有开过口的林慕安，缓缓对他们点了点头。

“好，路上小心。”

木棉拉着身旁的人，慢慢地走出医院，外面的空气很凉爽。

“你今天为什么要把林珩推下去？”木棉看着林慕安，平静地质问，瞳孔里清晰地映出他的脸。

林慕安移开视线，低着头盯着脚尖不说话。

木棉深吸了一口气，拿出手机低头按着号码。

响了两声，电话接通。

“姑妈，今天徐静过生日，我下了晚自习要去为她庆祝一下，今晚可以不回来睡吗？”木棉边讲电话，边看着林慕安，“嗯，好，都是女孩子，别担心，姑妈再见。”

幸亏这几个月木棉表现良好，从来没有出现过夜不归宿的情况，所以姑妈很快就同意了。

木棉松了一口气，然后看着身旁的林慕安，挑眉：“回家？”

“好。”他终于忍不住浅浅地笑了起来。

“还笑！”木棉蓦地蹙眉，伸手拍向他的肩膀，不停地捶打着，“要是他残了死了怎么办！你可是要坐牢的！为了这么个不相干的人，值得吗？嗯？”

她气得直咬牙：“你想过我怎么办吗？”她瞪着林慕安，眼里一片水光，“我在你心中，是不是一点都不重要？”

木棉气冲冲地往前走，林慕安顿时慌了，连忙去拉她，脸色焦急地解释：“不是这样的，那个楼梯不高，摔不死的，而且我控制了力道……”

“你还有经验了是吧！”木棉停住步子，脸色越发难看。

林慕安睁大眼睛，咽了咽口水，眸里一片慌乱。

“对不起……”须臾，他低低地道歉。

“你对不起的不是我，是你自己。”

两人直接回了家。

出了那么大的事，李秦已经帮他们请了假。

天色微暗，房间里一片沉默。

木棉直到洗完澡出来脸色才稍缓，她看着那个穿着白色短袖盘腿坐在床上发呆的人，终究还是心疼。

“进来，着凉了怎么办。”木棉掀开被子，朝他开口。11 月份的天气，江城早就降了温。

林慕安怯怯地看了她一眼，乖乖地钻了进来。他全身裹在被子里，露出一张白净的脸。

他睁着乌润的眸子，长长的睫毛一眨一眨的，好看得不得了。

木棉许久没有见过他这样了。

他在学校总是淡漠的、沉静的，穿着一身蓝白校服，唯有每次回到家的时候，才会像个孩子一样，撒娇又黏人。

“你知道错了吗？”木棉板着脸，坐在一旁问他。

林慕安眨了下眼，手捏着被子，点了点头。

“如果下次再见到林珩，你能不能控制住自己了？”

林慕安又点头，眸子在灯光下漆黑，仿佛刚才浴室里的水汽还浸在里头，眼神湿漉漉的，乖巧无害。

木棉面色稍缓，语气柔和了一点：“无论他说什么、做了什么，都是故意挑衅你的，狗咬你一口你不能也去咬狗一口……”

她试图和他讲道理。

林慕安静静地听着，压在被子边缘的手指却越攥越紧。

木棉还在继续：“如果他真的越界了，让你无法忍受下去的话，你来找我——”她郑重地盯着林慕安，嘴角微抿，无比严肃。

“我们一起去揍他。”木棉握紧拳头认真地对他说，神色坚毅笃定，“我一定会揍到他满地找牙！”

指尖一下松了，原本沉沉压在身上的东西顿时消失得无影无踪，林慕安忍住唇边的笑意，整个人往被子里缩了缩，眉目舒展，颔首点头：“嗯！我一定来找你，我们一起揍得他满地找牙！”

林慕安笑得很开心，双眼弯弯的，就像是受尽委屈的孩子终于找到了能帮他撑腰的人，这份简单至极的开心看得木棉有些心疼。

她伸手过去揉了揉他的头发，奖励似的夸赞：“真乖。”

林慕安皱了下脸，似乎有些不乐意了。

木棉忍不住笑了。

温暖的灯光静静笼罩着，房间里，两个人相视微笑，平常的一刻好像又很美好。

两人第二天去学校的时候，不出意外地，收获了无数异样的眼光。木棉担忧地望了眼身旁的人，林慕安却是一脸淡然。

刚到教室，李元就把林慕安叫进了办公室，不知道谈了什么，最后林慕安出来时，脸色十分阴郁。

木棉盯着他，无声询问。

林慕安垂眸避开了她的视线。

时间一天天地过去，好像有什么东西在发生着变化，又好像什么也没变。

林慕安比以往更安静了，木棉以为他还没从之前那件事情里走出来，于是对他更加关怀了。

林珩是在半个月后回来上课的，他没有再挑事，只是每次看着林慕安的眼神，都阴沉得可怕。

就像是原本隐藏在黑暗中的东西，毫不掩饰地暴露了出来，赤裸裸地散发着恶毒的气息。

木棉是从林珩的口中，得知林慕安要出国的事情的。

临近期末，考试越发多了起来，木棉抱着一大堆试卷，从李元的办公室出来，在走廊的拐角处遇到了林珩。

狭路相逢。

她目不斜视，与林珩擦肩而过的瞬间，他的声音却蓦然响起，熟悉的轻笑，清浅的语调："你家林慕安就要走了，你知不知道？"

木棉停住脚步，侧头看着他，黑润的眸子里一片沉静，看不出多余的情绪。

林珩凑近，附在她耳边，如同情人间的低声呢喃，音调怪异得让人头皮发麻："他要走了，彻底地消失在我的生活里。真开心，终于可以不用再看到那张脸了。"

他的话语里，是难掩的得意。

木棉背脊挺直，面容冷静地淡声嘲讽："是吗，那祝您长命百岁。"

话音落地，她提步往前，背影干净而利落，仿佛全副武装的战士，不容泄出一丝弱点。

林珩眯了眯眼睛，须臾，轻轻地嗤笑一声。

木棉回到教室，林慕安正端坐在位置上写作业，神色无比认真，就如同往常一般。

她把试卷一张张发完，然后回到座位，拉开椅子坐下。

听到细微的响动，林慕安抬眸，淡淡地扫了她一眼，随后指着一处空白，低声开口："这一道题我不会。"

"哦。"木棉双手环胸，冷冷地挑眉，"反正你都要出国了，还学它干什么。"

"啪嗒"一声，林慕安手里的笔掉到了桌上，他垂下眸子，长长的睫毛耷在脸上，遮住眼底的神色。

须臾，他缓慢而又小心翼翼地抬眸，盯着木棉，嘴唇微微翕动，声音涩然得像是从喉咙里挤出来的一般。

"木棉……"

老师还没来上课，教室吵闹得不行，木棉静静地看着林慕安，两人无声地对峙着。

仿佛隔绝了外界的纷扰，两人漆黑的眸子里，清晰地倒映出对方的脸。

"对不起。"他突然开口。

变故好似发生在不经意间，可所有的一切又都有迹可循——

木铭和赵萱的突然出现。

林珩的转学。

林珩的挑衅针对。

林慕安再次把林珩推下楼梯。

还有最近林慕安越来越安静。

……

“为什么？”木棉看着他，冷静地质问。

林慕安垂下眼眸，睫毛遮了下来，如同蝶翼般轻轻扇动，他脸上的神情，乖巧又安静。

“反正我也……不能和你考上同一所大学。”

“就是因为这个微不足道的原因吗？”木棉难以置信，她咬紧了牙，气得眼眶酸涩。

林慕安看着脚下，一直没说话。

“那你什么时候走？”木棉平复了下来，强行逼退了眼里的泪意。

“月底。”他缓慢地回答，温润黑亮的眸子，仿佛藏着一片雾霭浓密的森林，晦涩不明。

“你真行，林慕安。”木棉恨恨地丢下一句话，扭过头盯着黑板，眼角微红。

讲台上的老师在卖力授课，声音洪亮饱满，穿透力十足。

林慕安呆呆地看着，脑海中却不断交织着几张脸庞。

男的女的，熟悉的陌生的。

林深说：

“爸爸已经帮你联系好了学校，分开对你和林珩都好。

“反正原本也是打算高中毕业之后就送你出国的，现在不过是提前了而已。

“我可以无底线地放任纵容你，但是这件事情，事关你的前途，绝对不容商量。”

赵萱说：

“棉棉从小就说想要当一名科学家，可是现在，她只想和你在一起，哪怕……一辈子待在江城。

“孩子，你不能这么自私，她应该有更好的未来。”

李元说：

“林慕安，我不知道木棉为什么突然就鬼迷心窍了，但你看看你……这次要不是林珩的家长不追究，你可是要进公安局的！

“她以后所接触的人、事物，还有知识层面，和你这个连大学都考不上的人是完全不一样的。

“你以为现在年少无知浅薄的喜欢，能战胜得了时间和现实吗？”

仿佛全世界都在对林慕安说，你不能和木棉在一起，你们在一起是没有未来的。

下课铃声响起，林慕安极其缓慢地眨了眨眼睛，眼眶一阵酸涩，他看着近在咫尺的木棉，拉开椅子走了出去。

木棉十分平静地接受了这件事情，每天一如往常般上课下课做题吃饭，除了极少和他说话以外。

离开的时间一点点逼近。

周五放学，教室里的人稀稀拉拉地走光了，并肩坐在后面位置上的两人，不约而同地，谁都没有先走。

木棉率先开口：“你英语这么烂，过去怎么办？”

“会先上语言学校。”

“一个人生活吗？”

“嗯，我这段时间，也都是一个人。”

“会过得开心吗？”

林慕安沉默了，低头慢吞吞地收拾着书包，许久，才轻不可闻地回答：“会尽量的。”

“不走不行吗？”木棉的语调依旧平静，只是里头却隐隐带着哀求和示弱。

那个“好”字差点脱口而出，林慕安抬眸盯着她，抿着唇沉默着，手里的书包带子被他攥得发紧，勒得手心作痛。

“不走好吗？”木棉再次开口，往日的淡定消失得无影无踪，她眉心蹙紧，眼里含着薄薄的泪雾，“我们可以一起上大学，不、不在一个学校也没事的，我们可以在一个城市里，然后在外面租个小房子。我给你做饭，陪你打游戏，教你写作业……就像以前一样……”她的声音带上了哭腔，眼里水光泛滥，让人不敢直视。

此时连呼吸都带上了丝丝抽痛，林慕安深吸了一口气，开口：“木棉……”

话音刚落，她已泪流满面。

“你别哭了……”他伸出手，慌乱地用袖子帮她擦脸，只是那泪水越擦越多，最后沾湿了他整个衣袖。

“你别哭了……”他反反复复地说着这句话。

天色渐渐暗了下来，低低的啜泣声在安静的教室里格外清晰。

林慕安终于控制不住地把木棉揽入了怀中，紧紧地抱着她。

两人无声地相拥着，不知过了多久，木棉的哭声才渐渐停下来，林慕安的肩头已经完全湿透。

他伸出手帮木棉擦着脸上残留的泪水，然后轻柔地整理着她脸颊边凌乱的发丝。

木棉还在一声声地抽泣，看起来可怜又无助。

在这一瞬间，林慕安开始怀疑自己的这个决定——自己离开，真的会让她过得更好吗？

天色已经完全黑了下来，即使两人隔得极近，却依然难以看清对方的神情。

“回去吧……”

木棉听见耳边传来一声低叹，然后一阵窸窣声响起，他拿起书包起身，站在那里无声地等候。

木棉缓缓地收拾好东西，跟在他身后。

学校很空，看不到一个人影。周五放学后，学生们都归心似箭，没有人愿意在这里逗留。

两人一前一后地走着。

穿过林荫道，走出校门，最后来到了分岔路口。

“我走了。”林慕安转身，向木棉道别。

木棉低头看着脚尖，没有作声。

林慕安低低地叹息一声，接着提起脚步，渐行渐远。

车水马龙，霓虹灯明亮又绚丽，穿着校服的女孩马尾凌乱，站在那里，像是被抛弃了。

最后那几天，木棉的话格外多，她整理了一本小册子，上面密密麻麻写着生活小技巧。

她不放心地对林慕安重复叮嘱着：

“这上面有一些常用的单词，我都教过你的，下了飞机之后首先……中间几页是你房子附近的生活超市和公交车、地铁，我都帮你画好了路线……”

林慕安静静地听着，垂眸看着那个本子，她的字迹清秀大方，一笔一画格外清晰，看起来舒服又简洁。

上面各种注意事项写得十分详细，不知道是她查了多少的资料整理出来的。

耳边还是她细细的唠叨声，他的鼻头开始隐隐发酸。

“木棉。”他打断她。

“嗯？”

“我还会回来的。”他语气郑重。

“嗯。”木棉轻轻应了一声。

“你以后……还会像对我这样对别人好吗？”

“不会了，再也没有了。”

他的眼底是试探和迟疑，木棉摇摇头，眸光微凉如水。

以后再也没有一个人，能够像你一样，让我使尽全身力气去对他好了。

这实在是太疼了。

林慕安离开的那天，木棉没有去送他。

深冬悄然来临，前两天又降了一次温，外头下着小雨，隐隐夹杂着稀薄的雪花。

木棉坐在沙发上，和姑妈一起看着电视剧。

很狗血的一部片子，男女主角爱得死去活来，一副山无陵天地合，乃敢与君绝的架势。结果一毕业，男主角家里就要送他出国，男女主角在大雨滂沱的夜里告别，女主角埋在男主角的怀里哭得撕心裂肺。

一旁的姑妈吐了口瓜子壳，不满地抱怨：“这拍的什么，十部电视剧里有八部男主角都出国了，能不能来点有新意的东西？真是太假了，棉棉你说是不是……”

她侧了侧头，企图寻找着共鸣，却发现木棉坐在那里，已经泪流满面。

一道道泪痕在白皙的脸上格外醒目，哭声隐隐有扩大的趋势，一点点地爆发，最后变成了号啕大哭。

木棉哭得如同电视剧里的女主角一般撕心裂肺。

姑妈疑惑地转回了视线，再次停留在电视屏幕上，许久，摇了摇头，暗自感慨：

真是人老了，看不懂年轻人的世界了。

这么难看的电视，也能伤心成这样。

木棉哭完之后，心头的滞涩感才消散几分。

她吸了吸鼻子，无视一旁姑妈怪异的眼神，闷闷地回到了房间，把自己蒙在了被子里。

她感觉胸间一点点地窒息，然后猛地掀开被子大口呼吸着新鲜空气，说不出来的轻松畅快。

木棉盯着虚空发呆，感觉自己又是一条好汉。

没有了林慕安的日子，照样如往常般过着，想一想，他们也就在一起了短短半年而已。

高三的生活日复一日，在这种每天时间如流水般的重复中，离别仿佛也变成了不痛不痒的事情。

林慕安刚过去的时候给木棉报了个平安，后来联系渐渐少了，从开始的两天一个电话变成了一周、半个月、一个月。

两人之间相隔着十二个小时的时差，距离着几万多公里和整个太平洋。

寒假结束后，高三最后一个学期正式开学，姑妈没收了木棉的手机，两人的联系就这样中断了。

班里的同学仿佛都变成了关在匣子里的昆虫，在暗无天日的封闭空间中，重复做着同样的动作。

脑海全部被习题考试重点占据，每天机械式的三点一线生活，所有的感知一点点变得麻痹起来。

没有人会再去想什么风花雪月伤春悲秋，每个人都在认真地做题，进行最后的冲刺。

二班班长沈昊上学期就转到了一班，木棉、李秦和他慢慢形成了“铁三角”，三人除了吃饭上课之外都在疯狂地做题，遇到难点的题目，你一言我一语，最后都能迎刃而解。

唯有林珩傲然挺立，一副独孤求败的姿态。

铁三角的测试成绩一次次地进步着，后来，方芸和徐静也参与了进来，教室中见得最多的，就是五个人埋头刷题的身影。

棉衣换成了春衫，树木抽出了新芽，枝叶慢慢绿了起来，热空气伴随着窗外的蝉鸣声来临。

高考近在咫尺。

第七章

三年后，我们站在阳光下

Piaoliang de Ta Bushuohua

十年磨一剑，寒窗苦读，只为这一刻的到来。

木棉在闹钟响起时便清醒地睁开了眼睛，如往日般刷牙洗脸，吃过早餐出门。

雾气弥漫，朝阳初升，一切都是熟悉的模样，不同的是，今天的街道格外安静，少了汽车尖躁的鸣笛声，莫名还有些不习惯。

抵达高考考场，见到了不少熟悉的面孔，大家相互点头微笑加油，各自找到了自己的座位。

木棉把手里的文具放到桌上，然后静静地等待着。

监考老师走了进来，铃声响起，阅卷，审题，解答，一道道工序有条不紊地进行，木棉眉目沉静，手里的笔飞快地动着。

两天的考试转眼即逝，结束最后一门考试走出考场的那一刻，心底涌起的不仅仅是如释重负，还有滚滚而来的怅然所失。

就像是整个人瞬间空了下来，有种说不出来的空虚，于四肢百骸中流淌。

木棉看着眼前的花红柳绿，静静地放空，突然一个念头就这样闯入脑中，来势汹汹难以阻挡。

她目光搜索着周围，终于在不远处看到一台公用电话。

硬币被投进去的清脆声响起，木棉一个键一个键地按下那个烂熟于心的号码。

嘟嘟的等待声从听筒里传来。

电话很快被接起，那头的声音无比清晰悦耳，全然没有睡意中的沙哑慵懒。

木棉看了眼腕上的手表。

半晌没有人说话，林慕安试探地开口：“棉棉？”
“你怎么知道是我啊……”木棉抠着电话线，闷闷地说。
他没有回答，声音轻柔地问：“考完了吗？”
“嗯……”
“考得怎么样？”
“还行。”
“那就好。”
两人骤然沉默了下来，电流微弱的吱吱声在耳边响着，伴随着一道道轻浅的呼吸。
许久，木棉才轻轻地问：“你最近……睡得好吗？”
“嗯。”
“那吃得还习惯吗？过得……怎么样呢？”
“都很好，棉棉，我过得很好。”他轻轻地开口。
千言万语都堵在了喉咙里，木棉动了动唇，声音涩得不像话：“那就好。”
只要你过得好，哪怕没有我，也没关系。

高考后的整个假期，木棉都待在了姑妈家，期间和方芸和徐静她们出去旅游了一周，除此以外一直在家看书。
她口味很杂，古文现代名著、悬疑青春疼痛言情小说，每一种都能吃得下，除了最初放假的那几天不适感外，现在已经调整得同往常一样。
甚至比起上学时更为惬意舒适。

高考成绩出来，没有多大意外，木棉考上了第一志愿的大学，离江城有些远。学校在靠海的一个城市里，那里风景优美，建筑复古而有特色，被誉为中国最美高校之一。
木铭和赵萱十分高兴，在电话里叮嘱了木棉许多事情，对于她填报的这个专业也是非常赞同。
至少比起她之前所决定报考的志愿，这已经是最好的结果了。

假期过完大半的时候，木棉表姐的实习就结束了。她回来之后，木棉就必须要搬回家。
之前心心念念的事情，在这一刻却让人无比惶恐。
那里的每一处，每个角落，甚至所有存在的事物，都布满了他的痕迹。

这叫人该如何自处。

木棉最终还是回去了。

夜里洗完澡站在客厅，她看着这个熟悉而空旷的房子，眼眶开始一寸寸发酸。

中间的沙发依旧温馨而舒适，地毯干净柔软，房间明亮整洁，而那个漂亮稚嫩的少年，却已经消失不见。

直到这一刻，木棉才真正地意识到，林慕安是真的离开她了。

开学报到的那天，木棉提着行李箱在车站告别了表姐和姑妈，将近十个小时的火车，让人精神倦怠却又不至于困乏。

下车后被风一吹，整个人瞬间清醒。

S大很有名，外面站台就有直达的公交车，她拖着箱子一路到学校门口倒也顺畅。

办完入学手续找到宿舍，木棉开始整理床铺购买生活用品，一切有条不紊地进行着。

S大的宿舍是四人间，环境很好，外头是红砖青瓦，在葱郁的树木衬托下，复古文艺，分外好看。

傍晚的时候，宿舍里的人都来齐了。

海洋科学专业的女孩子不算多，但宿舍都是分在一块的，只有一两个落了单，被调剂到了其他专业的宿舍。

幸运的是，她们宿舍都是同专业的，并且还是同班。

老大李君，北方姑娘，明艳大方，性格爽朗，报这个专业，纯属是因为对大海十分好奇。作为一个活了将近二十年都没有见过海的人，当初选专业的时候，一眼就相中了海洋科学。

用她的话来说，就是高端大气上档次。

老二苏茗，本地人，娇小玲珑，果断沉稳。她选这个专业，完全是因为S大格调高。

老三就是木棉。

老四……有些一言难尽。

毕竟她刚推开门进来的时候，木棉差点尖叫——女生宿舍怎么有男人闯了进来！

没错，老四宋棠，是一个帅得让人误会性别的女人。

干净利落的短发，白皙精致的瓜子脸，长腿平胸，破铜牛仔裤、黑色夹克、机车鞋，就连嗓音都是低沉偏男性。

酷帅得简直犯规，从进门的那一刻起就被封为她们 1004 宿舍的颜值担当。
几人各自做完自我介绍，气氛十分融洽。
为了日后四年的和睦相处，她们决定一同去食堂共进晚餐。

S 大的食堂是出了名的物美价廉，听说里头的海鲜也是种类繁多极其鲜美。四人饥肠辘辘地进去，扶着墙走了出来。
实在是撑得不行。
大学生活就这样拉开了序幕，每一天对木棉来说都平淡又寻常，所有的喜怒哀乐仿佛都消失在了那个夏天。
随着另一个人的离去，一点点从体内剥开。
她们总说，木棉看起来不像十几岁的小姑娘，倒像是经历过红尘起伏的老女人，浑身上下带着看破世事的沧桑。
但依旧阻挡不了她们对她的喜欢。
木棉是 1004 的大宝贝。
每天准时叫她们起床，宿舍永远干净整洁，笔记总是做得漂漂亮亮的，脾气好到仿佛没有底限。
就像一汪温和的湖水，能包容她们所有的一切。
木棉和林慕安彻底地失去了联系，不知道从什么时候开始的。
只记得那段时间她特别忙，临近期末考试，加上年关，各种事情接踵而至，每天连吃饭都是急匆匆扒上两口。
等终于闲下来之后，她才发现两人已经很久都没有联系过了。
再次拨打那个熟悉的号码时，冰冷的女声提示，您拨打的是空号。
在所有通信软件上给他发的信息都如同石沉大海。

刚入学的时候，木棉给林慕安打过几次电话，两人不远不近地联系着。
后来她买了电脑，宿舍里也有网线，晚上睡之前还会和他开一下视频。
她这边一片昏暗，宿舍天花板上亮着灯，头顶的光打在身上，照得整张脸白得吓人，画质模糊不清。
而林慕安那边却是阳光明媚，一室明亮，他头发凌乱，穿着宽松 T 恤坐在电脑前，一脸睡眼惺忪的模样。
如同电影里的画面般清晰又美好。
木棉每次只有在拉上床帘，独自一人的时候，才敢和他开视频。
有些藏在心底最深处的事情，并不是很轻易地就能说出口，从而也并不想让旁人窥见一丝一毫。

当初因为分离而产生的隔阂好像在一点点消散，曾经朝夕相处的两人很快就找回了往日的亲近。

木棉原以为可以这样一直等到他回来。

好像也并不是一件很难的事情。

却忽视了距离这种坚不可摧的东西，一不留神，就把她费尽心思维系着的感情摧毁得一丝不剩。

人不见了，日子还是要过的。

只是生活中原本那些让人欣喜雀跃的小美好彻底消失不见，变成了一潭死水，暮气沉沉。

所以在后来的日子里，1004 的美少女们总会产生错觉，仿佛木棉在下一刻就会直接换上素衣遁入空门。

大学两年，宿舍的其他三人不知道换了几任男朋友，但她们的大宝贝依旧清心寡欲，于是大家开始急了。

利用无数借口骗她出去联谊，找机会带她一起和男孩子约会，各种各样的手段用了个遍，她还是无动于衷。

几人终于死心。

大三那年，娱乐圈小生如雨后春笋般踊跃冒出，其中有几位相貌特色极为醒目的艺人，呈四足鼎立的架势占据半边江山。

就在此时，一位名为林慕安的男演员凭空出现在众人视线中，他漂亮得难以用语言来表达，眉宇间充斥着的冷漠更加让人着迷。

一出道就担任名导电影的男主角，票房口碑双丰收，立刻一炮而红，电视上、路边广告随处可见他的身影。

与其他明星不一样的是，他很少说话，即使面对媒体采访也是一副漠然的模样，仿佛冻到了骨子里。

却依旧抵挡不住他火起来的速度，仿佛干枯平原上的一点火苗，被风一吹，熊熊燃烧。

映红了半边天。

1004 的美少女们开始发现，她们宿舍的大宝贝变了，从不追星的一个人竟然不放过林慕安的一丝动态。

影视新闻八卦，哪怕是一张模糊不清的照片，她都能盯着看上半个小时。

她们震惊了。

“宝贝，咱们不看他了成不，走，宋哥带你去撩汉，活生生的有温度的帅哥哥……”宋棠揽着木棉的肩膀，痛心疾首地开口。

木棉盯着电脑屏幕上的采访视频，看得眼睛都不眨一下。

“这有什么好看的！”宋棠气愤不已，随着她的视线停在了屏幕上，须臾，改了口，“长得还真是好看啊……”她双眼放光，看得津津有味，“这眼睛，这鼻子，还有这嘴巴，啧啧……”

木棉侧头怒目而视，伸手捂住了屏幕：“他是我的！不准你看！”

“哟——不得了了，我们清心寡欲的小仙女还会吃醋了！”宋棠笑得一脸揶揄，看着她调笑，顷刻反应了过来，惊呼，“原来你喜欢这样子的！那完了，棉棉，‘注孤生’了。”

大三的国庆节，木棉回了趟家，姑妈身体微恙，所以趁这七天假期回来看看。

因为木铭和赵萱常年不在家的原因，木棉即使是放寒暑假也是在外实习打工，基本很少回江城。

因为每次一个人待在那个房子里，总会难受得喘不过气来。

假期前一天，高中班级群无比热闹，一班以李秦为首欲组织一场同学聚会，大家你一言我一语十分积极活跃，事情很快就敲定了下来。

木棉看着上面的那个“@全部人”，想了想，最终还是在对话框里敲下一个字：“来。”

她一冒泡，李秦激动地连发了几条消息：

“嘿，我们学委终于出现了，还以为您老在海上失联了呢！”

“是不是风浪太大，听不见我们这群老同学的呼唤啊！”

“这次见面可得要和你好好喝上两杯！”

“还有我，还有我！棉棉你可真不够意思，前两次同学聚会都没来！”方芸立刻冒了出来。

“对呀，大家都好久没见到你了。”徐静也开始发话。

木棉忍不住勾起了嘴角，慢慢敲着键盘：“对不起啊，前两次我都没有回家，这次一定奉陪到底。”

她发完，目光又忍不住在群成员那一栏里搜索着那个熟悉的头像，果不其然还是一片灰暗。

她伸出手指缓缓摩挲着那个图标，然后按灭了屏幕。

同学聚会当天，阴雨绵绵，但大家依旧十分激动热情，就像未曾分开过一样，亲近而自然，回忆过往，聊着现在，畅谈未来。

木棉在班里一直人缘不错，一进门就听到了几道吆喝声，然后手里就被塞进一个装满了啤酒的杯子。

“来来来，前两次都缺席，这次先自罚三杯。”

其中以李秦最为积极，连声高呼。

木棉无奈地摇头，沈昊在一旁安静地笑。

方芸和徐静连忙上来劝阻，木棉已经端着杯子一饮而尽：“好了，赔罪。”

“好！”

包厢里响起了一阵掌声和叫好声。

席间笑笑闹闹，不知不觉已经华灯初上。

几杯薄酒下肚，大家的话匣子完全被打开，不出意外地，木棉听到了那个熟悉的名字。

“没想到林慕安竟然去拍戏了……”

“是呀，不过他长得这么好——”

“就是明明可以靠脸吃饭，为什么要用才华！”

……

大家都忍不住笑了起来。

提起这个话头的那个同学端起桌上的酒杯轻呷一口，随后目光和不远处的木棉对上。

他脸色顿时有些尴尬，不自然地抿抿唇，眼神朝面前的几人示意着。

与此同时，木棉轻轻地开口：“不好意思，我去一下洗手间。”

待木棉的身影消失，那几人才反应过来，面面相觑几秒，随后小声议论着：

“当初他们是真的好啊……”

“对呀，真是一点点看着林慕安变化的。”

“没想到最后会是这样……”

他们连连摇头叹息。

忽地，其中一个人露出八卦的神态，一脸神秘地俯下身子，悄声道：“说起来，我还想起一件事情……”

“什么事情？”

“说啊！”

另外几人连连催促。

那人故作神秘：“那次林慕安把林珩推下去的时候，我刚好在现场，听到了他们吵架的原因……”

另外几人惊呼：

“天哪！这简直是我们学校十大未解之谜之一，这么大的消息你竟然瞒了这么多年！”

“行啊，隐藏够深的——”

“不是。”爆料的那人一脸焦急地解释，“这件事情不能随便说出来的，况且当初我也答应林慕安了……”

“赶紧说原因！”那几人语气焦灼。

“其实高二的时候林慕安和木棉一起住过一段时间。”

“真的假的？”

“这么劲爆！”

“看不出来啊，他们那时候才多少岁啊！”

……

爆料的那人一脸“我就知道”的表情：“你看看，就知道你们会是这个反应，这都过了这么多年了，要是当时在学校的时候，这事被传出去了的话，那还指不定会变成什么样子。林珩就是拿这件事情威胁林慕安的。后来没过多久，他就出国了。你们不知道，我从来没见过林慕安低声下气求一个人的样子。”他回忆了一下，有些感慨，“当时他站在我面前叫我别把这件事情说出去时，我都恨不得指天发誓以表忠心！”

“嘁——”

“那现在还不是说了……”

爆料的那人瞪了瞪眼：“这不是都过去这么多年了！”又接着说，“话说我是不是应该告诉木棉啊，她应该是不知道这件事吧……毕竟后来两人好像闹得挺僵的。”

其他人一脸深沉七嘴八舌地出谋划策：

“我觉得还是算了吧，你看看现在，都不是一个世界的人了……”

“就是，说不定人家已经放下了，你一说心里又堵住了。”

“嗯，我也觉得，不要说了。”

爆料的那人点点头：“好吧……”又交代几人，“对了！这件事你们不要乱传啊！”

那几人纷纷应道：

“好了好了，知道了。”

吃过饭，一大帮子人依旧情绪高涨，于是又到楼上KTV开了个包厢续摊。木棉坐在角落里，看着他们表情夸张地鬼哭狼嚎。

她弯了弯嘴角，端起桌上的酒杯轻抿一口。

另一边方芸和徐静头抵着头兴奋地点歌。

旁边空了的沙发突然陷了下去，木棉侧头，明灭的灯光下，李秦的脸色看起来竟然无比复杂。

她忍不住轻笑出声，调侃：“怎么啦，没抢到话筒寂寞伤心冷？”

他破天荒地没有搭腔，盯着木棉看了半晌，方才轻声开口：“我早上……在清园遇见林慕安了。”

木棉愣怔，随后立刻反应了过来，蹙眉迟疑：“他妈妈是葬在那里，不过今天好像……不是她的忌日。”

“是他爸爸的。”

“什么？”木棉难以置信。

她此刻的心情无法言喻，只是鼻头瞬间发酸。

她无法想象，这些日子里他是怎么度过的。

“什么时候的事？”强忍着眼眶的酸涩，木棉镇定地问。

“好像就是去年国庆吧。我们也就随口聊了几句，不过……他看起来变了很多，第一眼的时候，我都不敢叫他。”李秦实话实说，脑海不受控制地浮现出了清晨的那一幕……

天气阴沉，细雨蒙蒙，安静空无一人的墓园，林慕安穿着一身黑衣，身影清瘦，缓缓地从台阶上下来。

巨大的黑色雨伞遮住了他大半张脸，浑身上下散发着生人勿近的气场，仿佛能和这阴沉晦暗的天气融为一体。

若不是那下半张脸太过精致熟悉，李秦都不敢轻易地开口叫住他。

那样子的林慕安，就像回到了过去的时候，不，比起那个时候还要阴冷几分。

“他爸爸去世的时候，他回来了吗？”木棉立刻想到了大二刚开学的时候，就是那段时间过后没多久，开始忙得天昏地暗，以至于没有发现他的异样。

现在想想，好像就是从那个时候开始，两人失去了联系。

“应该回来了吧，毕竟这么大的事情。”李秦蹙眉，迟疑地回答。

木棉沉默了下来，情不自禁地陷入了深思。

如果他回来了，为什么没有来见她？

这中间到底发生了什么？

还有，这么长时间，他到底是怎么过来的？明明是这么一个厌恶别人议论自己外貌的人，为什么……会进入演艺圈？

聚会回来，木棉一直都没有从那个消息中缓过神来，她试着不断地拨打着那个烂熟于心的号码，依旧是无法接通。

发出去的消息也是石沉大海。

木棉疯狂地在网上搜索着林慕安的行程，不知道辗转了几个网站和追星软件，才看到了他的消息。

下个月 10 号，他有一个广告在 S 市拍摄，早上八点抵达机场。

于此刻开始，时间仿佛变得无比漫长而又迟缓。

既害怕见不到他，又害怕见到他，哪怕只是远远地望上一眼，便觉得满心都是欢喜。

木棉没有其他企图，她只想站在他面前，亲口问上一句：

为什么一声不吭，就消失不见？

11 月 10 号，天气晴朗。

南方的冬天来得晚，即使已近初冬，阳光依旧明媚得动人，树叶翠绿，在蓝天的衬托下，画面清新养眼。

木棉早早就起了床，洗漱完之后直接打车前往机场。

此时才七点，外面空地上已经聚集了一大片人，少女们穿着统一的服装，各自手里拿着标牌、横幅、小卡片，有些脸上还贴着小图标，神色都是雀跃兴奋激动的。

木棉看着自己身上的牛仔裤、卫衣、板鞋，莫名觉得有些格格不入。

临近八点，人已经多得吓人，木棉夹杂在里头，被挤得有些站不稳，她奋力地往出口处挪动着，低头注意着脚下。

突然，耳边传来一阵阵激动的、声嘶力竭的喊叫，人群全部疯了般往一个方向拥去。

木棉抬头，看到了那个被簇拥着的少年。

他穿着黑色外套，戴着墨镜、帽子，帽檐依旧被压得极低，挡住了大半张脸，下巴的弧度极为冷峭。

木棉仿佛已经看到了他面无表情的模样。

耳边是狂热的呼唤，无数人在大声叫着他的名字，一声一声，激动而兴奋，让人战栗不已。

脑海几乎是控制不住地闪现出一个念头。

“林慕安！”伴随着这个名字脱口而出的，是汹涌而至的泪水。

模糊不清的视线中，那个少年，好像侧过了头。

人群瞬间失了控，尖叫声快要刺破耳膜，木棉还未看清他脸上的神情，一股重力骤然从身后传来，她立即身体一歪，脚下不受控制，在下一秒，狠狠地摔到了地上。

后面的人仿佛没有察觉到异样，依旧前赴后继地往前挤着，她身体各处被踢撞得几近麻木，痛到没有知觉。

她整个人蜷缩起来，护住了重要部位，耳边是尖叫连连，甚至越来越高涨，几乎到了疯狂的程度。

突然，人群好似不再拥挤了，周围的声音也渐渐小了。

木棉勉强睁开眼，只看到模糊的影子，隐隐朝她而来。

身体蓦然被人抱起，她没来得及反应，头顶立刻被盖上了一件外套。

视线变得无比黑暗，熟悉而陌生的气息涌来。

赵迪愣在了那里，还没回神，就看到他家林慕安抱着个女孩子走了出来，黑色外套遮得严严实实，看不清他怀里的那个人长什么样。

旁边的粉丝已经尖叫得快要晕过去了，赵迪连忙指挥着身旁的助理保镖过去，护着林慕安从人群中脱身。

一路疾走上车。

直至车门严丝合缝地关上，把那些媒体粉丝都挡在外面，林慕安才拿开木棉身上的外套，瞬间对上了一双水雾弥漫的眼睛。

他立刻扯起衣服袖子，慌乱地帮她擦泪水。

木棉扭开了头。

车里一片沉默，发动机发出细微的轰隆声，窗外景色飞快而过。

林慕安盯着木棉，抿着唇面无表情。

副驾驶的赵迪一脸专心地看着前面路况，耳朵却极力竖了起来。

从林慕安帮那个女孩擦眼泪的那一刻起，他就察觉到了不对，原本以为只是一位女粉丝不小心摔倒了被林慕安救了出来，但现在看两人的气氛，明显不是这样的。

这就对了，林慕安哪像是这么热心体贴的人。

他的世界，只有他自己。

赵迪和林慕安朝夕相处了一年，非常了解林慕安是一个什么样的人。

冷漠、偏执、抑郁、阴沉，简直就是个小变态。

他偷偷地从后视镜里打量着林慕安。

难以置信的是，林慕安竟然软和了神情，再次凑了上去帮那个女孩擦眼泪，嘴里还在轻哄着："别哭了……"

那副低声下气的模样，前所未见。

紧接着，只听到清脆的一声响，在安静的车里十分突兀。

木棉一把拍掉了林慕安的手。

赵迪心头一跳，准备迎接着小变态的怒火。

只见林慕安垂下眼，目光落到了木棉的手上，随后立刻抓了起来，脸上是显而易见的心疼，当即蹙眉开口："刚刚被踩伤的？我带你去医院——"

"不必了。"木棉冷冷地打断他，"我今天来只想问一句，当初为什么一声不吭地消失了。问完我就走。"

林慕安放下手，又恢复成一脸阴冷的模样，嘴角绷得紧紧的，仿佛是从喉咙里挤出几个字："我不想打扰你。"

木棉扯了扯唇："既然这样，那好，就当我今天没有来过好了，以后老死不相往来。"

她拍了拍前头司机的座位，开口："麻烦路边停一下。"

司机看了赵迪一眼，后者又看向林慕安。林慕安没有表情，只是死死地盯着木棉。

见几人没有反应，司机把车子缓缓地停到了路边。

木棉推开车门，欲起身的那一刻，手腕蓦然被紧紧抓住，她侧头，林慕安眸光深沉，两人四目相对，沉默几秒，木棉伸手去掰他的手指。

一根一根，渐渐掰开。

车门被合上，林慕安垂头看向自己发红的手指，脑海里却浮现了方才那白皙手背上的伤痕，他立刻抬头出声："赵迪，去买点外伤药送给S大女生宿舍1004的木棉——"马上又否定，"对了，你别去，她刚刚见到你了。找个她不认识的人现在帮我送过去！一定要亲眼看到她收下！"

他坐直了身子，眼里布满慌乱，咬紧牙，面露担忧，全然不复往日里的沉静漠然。

"好好好……"赵迪连声答应，拿出手机按着号码，"我现在就吩咐人去买，你别急……"

林慕安如失力般靠在了椅背上，面色落寞地看着窗外，眼神呆愣。

赵迪打完电话回眸，看到这一幕时蓦然怔住。

怎么突然觉得，这个小变态有点可怜？

广告取景一半在海边，一半在S大的校内，拍摄过程中需要下水，11月份的天气还是有些凉，于是导演决定先拍校内的那一部分。

S大作为中国最美的高校之一，经常有剧组过来取景，学生们也都是司空见惯，只是这次来的是林慕安，最近风头最劲的男明星，课间的时候，便里里外外地围了一大群人。

木棉刚回到宿舍，就被人叫了下去。

看着眼前面生的人，她疑惑地蹙眉，在看清袋子里面的药之后立刻反应过来，把手里的东西塞了回去。

“我不需要。”

“美女，你就收下吧，不然我这一趟就白跑了，钱也没了……我们干这个的，挣点钱不容易啊。”那位小哥苦苦哀求。

木棉思考几秒收下，问道：“可以了吗？能拿到钱了？”

他忙不迭地点头，满脸激动和兴奋。

木棉点点头，转身，下一秒，手上的袋子呈完美的抛物线落入了不远处的垃圾桶，然后，干净利落地提步上楼。

那位小哥在后头目瞪口呆，须臾，咽了咽口水，立刻拿出手机给自己的老板汇报。

这边赵迪收到信息，脸色微变，看了眼正在拍摄中的某人，想了想，果断长按删除。

木棉回到宿舍，在门口时已经听到了里头的惊呼声，她推开门，还未站稳，那三人已经扑了上来。

“宝贝！你知道你家男神现在在哪儿吗？”宋棠一脸高深莫测，眼角却是掩不住的兴奋激动和迫不及待。

“不知道，也不想知道。”木棉推开她，直接走了进去，无力般躺到了床上，双眼呆滞地盯着头顶天花板。

留下三人在原地面面相觑。

“真不想知道？”李君试探地问。

“嗯。”木棉低低地应了一声，脸上没有一丝情绪。

“他在教学楼那边拍广告呢……好多人都在看。”苏茗期期艾艾地开口。

木棉依旧面无表情，完全没有波动。

三人终于察觉出不对了。

宋棠走了过来，轻声问道：“你怎么啦？”

“我没事，你们去吧，我想一个人待会儿。”木棉转过身子背对着她们。

宋棠询问地看向其他两人，李君无声地摇了摇头。

三人走了出去，轻手轻脚地关上了门。

心里的酸涩几乎要溢出来了，整整一年的委屈、不甘、不解、思念，在那一瞬间，全部消散。

在他说出“不想打扰你”的那一瞬间。

浑身无力，所有支撑着她出现在林慕安面前的勇气消失殆尽，感觉有什么东西悄悄不见了。

木棉睡了一整个下午，放在床头的手机疯狂叫嚣时，她蓦然从梦里惊醒，迷迷糊糊地睁开眼睛，屏幕上显示的是一个陌生号码。

“喂，你好。”

“是木棉小姐吗？”

“我是。”

“是这样的，我们今天见过，我是林慕安的经纪人赵迪。他今天下午拍摄广告的时候一直泡在海水里，晚上回来就发烧了，现在温度一直降不下去。他又不肯去医院，不肯吃药，我真怕他出事啊……”

“关我什么事。”木棉立刻挂了电话，原本被别人从睡梦中吵醒就很火大，还是关于那个人的消息。

木棉现在是一点都不想听到那个名字。

她把手机塞进了枕头下，翻了个身，恨恨地闭上眼。

这边赵迪被挂了电话，有些瞠目结舌，对这个姑娘是万分佩服，还是第一次有女孩子拒绝林慕安。

毕竟从他认识林慕安开始，身边的异性对林慕安重复循环做的事就是：献好——拒绝，表白——拒绝，接近——拒绝，讨好——拒绝，威逼利诱——直接翻脸。

要不是当初何导钦定要林慕安，且林慕安凭借这一部电影红遍大江南北，公司也不会如此无底线地纵容和迁就林慕安。

他都不知道给林慕安收拾了多少烂摊子了，要换作是别的艺人，早就被冷藏雪冻了。

“她不来？”林慕安蒙着被子，闷闷地开口，鼻音浓重，一听就知道感冒得很严重。

赵迪看着他那副模样，头顿时又疼了，连忙走过去央求：“我的小祖宗，你就去医院吧，要是烧坏了，我可担不起这个责任啊！”

“你把电话给我。”林慕安朝赵迪伸出手，脸上带着异样的潮红，眼睛半睁半阖，表情倔强，看起来可怜又令人心疼。

赵迪叹了一口气，拨通了木棉的电话放在他耳边，然后抓起他的手塞进被子里。

嘟嘟几声响起，电话很快被接起。

木棉盯着熟悉的号码，十分不耐烦地叫：“别再给我打电话了！我不想听到他的任何消息！”

“是我……我错了，棉棉，你别不理我……”林慕安吸了吸鼻子，眼眶通红，浓浓的鼻音，像是带着哭腔一般。

木棉霎时间心就软了。

他还在低低地哀求，熟悉的嗓音低沉沙哑，浸着浓密的哀伤：“我的头好痛，浑身都疼，你来看看我好不好？”

仿佛烧糊涂了般，他自顾自地说着话，反反复复，让人听得无比心酸。

“别不理我……我真的错了，你别生气，求你了……”

一滴灼热的泪水顺着眼角滑落，林慕安不停地对手机那头的人道歉，脑海浮现的全是早上见到的那一幕。

如果愧疚悔恨可以杀人的话，他想，他现在估计已经死了无数遍。

林深去世的时候，林慕安回国了一趟，这件事情来得很突然，他来不及和木棉说就回了国。

林深是因车祸去世的，并没有留下遗嘱。

林慕安只记得，那段时间很混乱，各种各样的生面孔来来往往，嘈杂又喧哗。

等处理完财产分配的问题之后，他一刻都不想在那个地方待下去，于是径直去了木棉的学校。

她对他说过，她的学校很美，有红色的房子、洁白的沙滩、蔚蓝的大海。

傍晚坐在上弦场的台阶上看夕阳很浪漫，沿着芙蓉湖散步很舒服，食堂的海鲜很美味。

更重要的是，那里有他最爱的人。

林慕安迫不及待地想见到她。

他满怀欣喜地来到她宿舍楼下。

正如木棉所说，S 大确实很美，沿路的复古建筑，红色墙面，绿树成荫。

他多日来的阴郁低落都仿佛被驱散了几分。

他抬手看了眼腕表，这个时候应该是刚下课。

他站在树下，静静地等待着她回来。

因为木棉说过，她下午下课后都是直接回宿舍的。

心里像是怀揣着某种小东西，上蹿下跳，欣喜期待激动都不足以表达他此刻的心情。

他已经快两年没有见到她了。

他想起刚过去的时候，每次给她打电话都会控制不住地红了眼圈，后来木棉要准备高考，手机被没收，他也被迫适应了那边的生活，只是又开始整夜整夜地失眠。

他不敢接触任何有关于木棉的东西，因为害怕一不小心就会前功尽弃，会不顾一切地想要回来，回到她身边。

直到木棉上了大学，两人才开始恢复联络。

那段时间，他整个人都变了，变得阳光开朗许多，周身缠绕着的雾霾像是被驱散开了几分。

身旁的同学都很奇怪，从来都是独来独往不与人说话的他，怎么会突然和他们一同打起了篮球？

他刚过去的时候语言不通，也不爱搭理人，大家都以为那个漂亮的中国男孩，是个哑巴。

直到有一次，班里有个女孩一直缠着他，他烦了，冷冷地吐出了一句："Get out！"

他们才知道，噢，原来这个男孩不是哑巴，他只是不爱说话而已。

但他们依旧不敢主动和他说话，因为他看起来实在太冷了。

他一点都不喜欢国外的生活，那里陌生又冰冷，每一天都对他来说都像是煎熬。

他要告诉木棉，他在那边过得一点都不好，他不想再回去了。

他想和她一起租个小房子，一起上课，一起吃饭，一起写作业，就像高中时候的那样。

等待中，林慕安低着头，微微翘起了嘴角。

耳边突然传来了熟悉的声音，温暖柔软，尾音上扬带着特有的软绵。

他惊喜地抬头望了过去，然后笑意瞬间僵住。

他的木棉，被别的“男孩子”揽在怀里，她笑得真美，美得让他不敢直视，他愣怔着，把目光停留在她旁边的那人身上。

对方有着极为出色的外貌，就算比起他也不见得会逊色几分，和木棉脸上如出一辙的笑容，明晃晃的，无比刺眼。

那人亲密地揽着木棉，低头窃窃私语，两人之间熟稔而亲近的氛围，一眼便能看出。

像是被一只无形的手扼住了喉咙，林慕安突然喘不过气来，他睁着眼睛用力地呼吸着，却强忍住不敢发出一丝声音。

他把身子往阴影处藏得更深，目光死死地追随着那对身影，脑海空白一片。

直到两人消失在门口，林慕安才如蒙大赦，浑身失力，脚步茫然地游荡在这片校园里。

傍晚的操场夕阳很美，“他们”肯定经常坐在台阶上面看落日余晖，沿着芙蓉湖散步很舒服，林慕安脑海已经浮现出木棉和那个人携手散步的模样。

木棉对他说过的每一句话都和方才的那一幕联系了起来，林慕安呆呆地走过她所描述过的每个地方，胸口的悲痛几乎要炸开。

比得知林深去世时的那一刻更为汹涌，近日来的压抑一层层叠加，让他终于克制不住。

他蹲了下来，掩面崩溃大哭。

来往的学生们纷纷看过去，道路中间，一个漂亮的男孩，悲伤得像是失去了全世界。

接下来的一年里，林慕安的生活都是灰色的，没有阳光，没有色彩，他曾经无数次想过结束，心底却有个声音在隐隐叫嚣，对他说，舍不得。

因为还有个人，让他舍不得，就这样消失在这个世界中。

一次偶然的机会，何导找到了林慕安，让他参演一部电影。林慕安毫不犹豫地拒绝了，何导却紧追不舍，三番五次地在校门口堵他。

林慕安视若无睹，越过何导继续往前走，身后却传来了一个声音，带着蛊惑引诱：“你不想红吗？”

“不想。”

“到时候全世界的人都会看见你，你的身影会出现在城市各个角落，无数人为你而疯狂。难道你真的不想站到高处，闪闪发光吗？”

林慕安顿住了步伐。

全世界的人，也包括木棉吗？

站到了高处，她就会看到我了吧。

那个人看起来很好很阳光，比起自己的一味索取和自私，她和那个人在一起肯定会更加幸福快乐。

我不敢再去打扰你，但也不甘心让你忘记我，既然这样，那就让我以另外一种方式，再次出现在你的世界里。

他转身，眉眼沉静，面容像是经历过风暴洗礼之后安定下来的死寂。

他低低地开口，声音涩哑，仿佛从喉咙里挤出来的一般——

“我答应你。”

木棉最终还是过来了，林慕安眼眶红红地看着她，身子在被窝中缩成了一团，额头滚烫。

她不耐烦地皱眉，冷冷说了声：“去医院。”

他立刻顺从地从被子里爬了出来，穿鞋，然后身子不稳地站在她面前，睫毛濡湿纤长，耷在苍白的脸上微微颤抖，眼底藏着期盼。

木棉扫了他一眼，迈步往外走去。

林慕安手指动了动，想去拉她，又不敢伸手，最后咬咬唇，默默地跟在她的身后。

赵迪在一旁看得目瞪口呆，直到两人出门才反应过来，咽了咽口水拿起了车钥匙连声招呼：“哎，等等我，送你们过去！”

夜里，道路上的车辆丝毫不减，霓虹灯闪烁，从车窗外飞快掠过，林慕安偷偷地看了眼身旁的木棉，怯弱地开口：“棉棉……我的头好疼——”

“待会儿就到医院了。”木棉硬着心肠冷声回答。

林慕安失望地垂下了眸子，随后悄悄地去拉她放在身侧的手，刚一碰到，她立刻如触电般收回。

林慕安快哭了。

方才还未平复的情绪滚滚袭来，加上病中的脆弱和难受，眼眶再度湿润，他忍不住吸了吸鼻子，控制住心头酸涩。

车里很安静，细微的抽泣声也显得无比清晰，木棉诧异地侧目，只看到林慕安低垂着头，鼻尖通红，紧抿的嘴角带着一丝倔强。

木棉蹙眉，伸出手抬起了他的下巴。

林慕安被迫仰头看她，面容完全暴露在她的视线之中，那双微红泛着水光的眼再也掩饰不住。

“哭什么？”木棉有些莫名其妙。一声不吭消失了这么久的是他，说不打扰的也是他，按理来说，该哭的应该是她吧。

林慕安赌气般扭过头，挣脱了她的手，泪珠子却成颗成颗地往下掉。他咬着唇，身子微微颤抖，喉咙里含着模糊不清的声响，被极力压制。

隐忍的哽咽在车里响起，一声声让人心头发麻。赵迪偷偷地从后视镜里打量着，那个脾气差到极点向来我行我素的林慕安正在咬牙流泪，眼角通红湿润，两行泪水顺着脸颊滑落，在下颌处汇聚。

他呼吸一窒，呆滞地移开视线盯着前面路况，脑海只闪过一个念头——

完了。

木棉头疼地看着林慕安，终究还是于心不忍：“你别哭了。”

她抽出纸巾细细地帮他擦着脸，面容是难得的柔和。

林慕安坐在那里任由她摆弄着，视线一动不动地落在她的脸上。

即使过了将近三年，她的样子还是一点都没变，五官白皙秀气，恬静又安然，眉宇间始终带着一抹温柔。

林慕安控制不住地伸出手，把她揽入怀中，头埋在她肩头轻轻蹭了蹭，满是眷恋和依赖。

鼻尖传来熟悉的馨香，眼睛缓缓阖上，触感滚烫，大脑昏沉得不像话，他收紧力道，轻喃：“我就抱一下，一下就好……”

木棉怔住，过了片刻，还是没有推开他。

车子平缓地行驶在路上，窗外明灭交错。

她抬眼，对面的玻璃上映出了两人的模样，相拥着的身体缱绻亲密。

她的眼底，平静而温和。

说好的一下，却直接抱到了医院门口，车子停稳时，他才不甘不愿地松开木棉。

下车那一瞬间，他踉跄了两下，木棉连忙扶着他，然后就再也没松开。

一直到挂了号打上点滴，他都紧紧攥着她的手不放。

此时夜深，大厅人不多，林慕安肆无忌惮地摘下帽子和口罩，靠在她的肩头浅寐。

赵迪缴完费回来看到这一幕，连忙呼天喊地，惊慌失措。

木棉莫名觉得好笑，伸手把林慕安的头轻轻转了一个方向。

高挺的鼻梁滑过她皮肤，带起阵阵酥麻。林慕安大半张脸埋在了她的脖颈间，被遮挡住。

木棉看着赵迪，无声地询问，后者翻了个白眼，不甘地闭上了嘴。

打完点滴，林慕安的体温终于降了下来。木棉看了眼墙上的挂钟，已经将近十二点了，她欲动身回去。

林慕安立刻攥住了她的手，眼底一片惊慌："你要去哪儿？"

"回宿舍啊。"木棉理所当然地答。

林慕安固执地抓着她的手不放，水雾弥漫的眸子就这样看着她，也不说话。

像是一个小孩用最无赖的方式，想要得到自己心爱的东西。

木棉轻扯起嘴角笑道："放开。"

"我明天就要走了……"他委屈地开口。

"和我有什么关系。"木棉甩开了他的手。

"棉棉——"他眼底闪过一丝受伤，轻声叫着她的名字欲言又止。

"回去好好休息。"木棉淡淡地嘱咐，朝旁边的赵迪点了点头，就离开了。

她的身影消失在视线中，毫不留恋，林慕安颓然地垂下头，刘海遮住了眼睛，神色不明，赵迪观察了他几秒，谨慎上前。

"我们回去吧……"

林慕安沉默不语，赵迪只好陪他站着，半晌，又忍不住出声劝道："你坐在这里也没用啊——"

人也回不来了。

"闭嘴！"林慕安蹙起眉头冷冷地瞥了他一眼，脸色冷漠又不耐烦，全然不复方才在木棉面前的模样。

赵迪悻悻地闭上嘴，不敢再开口。

木棉回到宿舍，难得的是几人还没睡，她刚一推开门，窝在床上的三人立刻蹦跶了起来，惊呼："你回来啦！"

"嗯？"木棉疑惑地看了过去。

三人骨碌碌地下床，把她团团围住。

宋棠凑了过来，一脸高深莫测："你猜你的前任男神今天和我说了什么？"

"啊……"木棉愣了一下，随后想明白，微微皱起了眉头，"他为什么会和你说话？"

"对呀！我也奇怪呢，第一次和明星说话好激动呢！"宋棠双手握拳眼里冒出了小星星。

“稳住稳住，宋哥，人设不能崩。”李君连忙去顺她胸口。

宋棠深吸了一口气冷静了下来，张嘴：“他说——你不是已经有女朋友了吗？为什么还在这里和别的女孩拉拉扯扯？噗哈哈哈哈哈！”

宋棠笑得前俯后仰，上气不接下气地问：“你知道我怎么回他的吗？”

木棉一脸冷漠：“不知道。”

“我说：‘哈哈哈，我是女的呀！’”

“哦。”

“咦，你怎么这个表情？”宋棠笑够了，才发现木棉的不对劲。

灯光下，木棉面无表情地站在那里，紧绷着脸，神色晦暗。

三人对视一眼。

李君忍不住解释：“就是他们在学校取景那会儿，宋棠揽着我们两个在一边看热闹，林慕安不知怎么着突然走了过来，我们都震惊了——”

“对呀对呀，后来宋哥还追问女朋友是谁，他就一言不发地走了，那脸色差得，感觉下一刻就会晕过去。”苏茗开口补充。

“棉棉，棉棉？”

三人担忧地看着她轻唤。

木棉站在那里，和下午林慕安的表情如出一辙，仿佛下一刻也要晕过去。

“我没事，睡吧。”木棉低低开口，神色愣怔，有些木然地拿了衣服进了浴室。

门一关上，淅淅沥沥的水声响起，把所有的声音都掩在里面。

木棉靠在墙上掩着嘴小声呜咽，脑海不住闪过林慕安不久前的模样。

他缩着身子在车里哭得伤心欲绝，当时她不理解，只以为是病中身体的折磨，现在想想，只觉得心中酸涩发痛。

如果她没猜错的话，林慕安去年回国的时候，一定是看到了宋棠和她在一起，而那个笨蛋以为宋棠是她的男朋友。

木棉看着镜子里的人又哭又笑。

脚边弥漫着一大片水迹，打湿了她的鞋面，花洒还在淅淅沥沥地浇着水，她蹲下了身子，紧紧地环抱住自己。

翌日醒来的时候，木棉眼睛有些刺痛，但心情已经平复得差不多了。她如同往日般起床上课，神色看不出一丝异样。

像是涨潮之后的平静，除了些许残留的痕迹之外，先前的汹涌已经无迹可循。

不一样的是，木棉不再去关注林慕安的任何消息，有时候就算是不小心看到了，也是漠然忽视。

林慕安经常会给她打电话，她每次接了，也是淡淡地应着，听他在那头说着些细小的琐事。

仿佛察觉到了她的冷淡，林慕安有几次在电话里都是欲言又止，她静静地等候片刻，然后在沉默中，挂了电话。

两人仿佛成了一场拉锯战，你不说，我也不说，就这样在时间的消磨中，一点点走向灭亡。

11月底，天气骤然降温，棉被还来不及换上，夜里被冻醒了几次，早上起来，木棉头昏脑涨。

洗漱完出门，外头也是凉风萧瑟，木棉裹紧了身上的风衣，顶着凛冽的空气往教室走去。

傍晚下课时，“大姨妈”突然造访，没过多久身体就开始抗议，可能是体内残留的寒气作祟，这一次痛得比之前的每一次都要剧烈。

木棉捂着肚子在床上痛得死去活来。

林慕安的电话就是在这个时候打来的。

“喂，棉棉……”

“嗯。”

“你下课了吗？”他试探地问。

“嗯。”木棉蹙着眉头，低低地应着，比起以往的冷淡更为漠然几分。

“那你……现在在做什么？”他的语气带着丝小心翼翼，怯弱又谨慎。

烦躁感瞬间涌起，来势汹汹冲垮了多日来的理智。恶从心起，她冷声道：“林慕安，你不要再给我打电话了。”

说完，立刻“啪”的一声结束了通话，她恨恨地闭上眼睛，手机还被紧紧地捏在手里，却许久都没有再响起。

木棉自嘲地勾了勾嘴角，松开了手，背过身去。

房间一点点地黑了下来，李君、宋棠她们三个今天有社团活动，应该要很晚才能回来。

木棉昏昏沉沉地睡着，不知过了多久，手里的热水袋早已没有了热气。

阵痛感依旧不知疲倦地从小腹处传来，折磨得她心神涣散，紧抿着的唇边忍不住溢出一丝呻吟。

木棉僵直了身子一动都不敢动。

手机铃声乍然响起，在安静的房间里格外刺耳，木棉闭着眼胡乱摸索着，终于在床边角落的枕头下，翻出了手机。

屏幕散发的荧荧白光照亮了一小片空间，木棉半阖着眼还未看清来电显示，手里就已经自发地接通了电话。

她把手机放到耳边，疲倦地应了一声。

“喂……”

“棉棉——”

熟悉的声音闯入她耳朵，心底倏然冒出来一簇簇隐秘而激动的欣喜，此刻仿佛连身体的疼痛都缓解了几分。

“我在你宿舍楼下。”

脑中绷着的一根线瞬间断裂，木棉蓦然睁开眼睛：“什么？”

“我在楼下，你能……下来一下吗？”

拒绝的话语在嘴里萦绕两圈，最后还是化成了一个轻不可闻的“好”字，木棉挂了电话飞快地坐起跳下了床。

蹙眉强忍着小腹传来的阵阵闷痛，木棉微微佝着身子往楼下走去，宿舍前的空地上有三两学生经过。

不远处的树下，站立着一个熟悉的人影，光线昏暗，看不清他的脸，凭着直觉，木棉一步步挪了过去。

随着距离拉近，他的面容渐渐清晰，一身黑衣几乎要与夜色融为一体，鸭舌帽压得极低，遮住了大半眉眼。

他低垂着头盯着脚尖，似有所感，在木棉靠近时蓦然抬首，然后蹙眉。

林慕安上前扶住了她的腰。

“你不舒服吗？”他担忧地上下打量着她。

“放开。”木棉低训，盯着腰上的那只手，面色不豫。

林慕安听话地松开。

“你是不是不舒服？”他再次问道。

“你过来干什么？”木棉没理，径直质问。

他沉默了，片刻，方才低低地开口：“你不理我了，我有些害怕。”

风吹过来，头顶树叶簌簌作响，不甚明亮的月光从枝叶缝隙中透了下来，林慕安低着头站在她面前，像是在认错。

清瘦的肩膀微垂，露出一截雪白的脖颈，下颌线条精致又完美。

木棉静静地看着，许久，才缓缓出声：“那你要我怎么做？”

“你别不理我。”他抬起头，乌黑的眼里都是惶恐。

“好。”木棉轻轻点头。

“你从哪里过来的？”她复而问道。

“北京。”

“你的经纪人知道吗？”

“知道。”

他抬眼偷偷地打量了她一眼，补充：“他有点生气。”

“嗯。”是我也生气。

长时间的站立让疼痛变得更加明显，木棉无意再和他纠缠下去，她微微蹙起眉头问：“那你待会儿可以回去吗？”

林慕安的脸上瞬间又出现了那种神情，像是受伤，又带着丝丝脆弱，长长的睫毛轻轻颤抖着，眼里的光芒一点点暗下。

他嘴唇翕动，声音轻不可闻，如同嗫嚅般：“那我……看看有没有票。”

林慕安拿出手机给赵迪打电话。

木棉在一旁等候着，须臾，他结束通话，盯着她开口：“还有一趟十点四十五的飞机，我现在打车过去……可能还来得及。”

他说完，身子却一动未动，大大的眼睛盯着她，里面闪烁着细小的期盼。

整张面容都因为那双眸子而生动起来。

木棉点点头：“好，那我送你。”

林慕安脸上的神情瞬间暗淡了下来，他咬了咬唇，低声道：“不用了，你上去吧，我自己去机场就好了。”

“嗯，好，那你路上小心。”木棉点点头，转身，慢慢地往回走。

回到宿舍掩上门，她把桌上冰凉的热水袋充上电，然后慢慢走到了窗前。

那抹身影还站在树下，隐约仿佛看到他抬起头望了过来，木棉连忙拉上窗帘，拿上换洗衣服去了浴室。

热气蒸腾，身上的不适缓解几分，换上棉质柔软的衣裤，整个人像是重新活了过来。

木棉拿出已经充好电的热水袋焐在肚子上，钻进了被子里。

却怎么也睡不着。

辗转反侧半晌，方才勉强睡了会儿，梦里终究是不安稳，木棉忍不住拿起手机，按亮，十点三十分，距离方才已经快过去一个小时了。

木棉找出那个熟悉的号码，编辑短信发送：“赶上飞机了吗？”

那头很快就回了过来：“没有，来不及了。”

木棉蹙起了眉头：“那你现在在哪儿？”

“你宿舍楼下。”

“你根本没去吧？”

“棉棉，我站了一晚上腿好疼。下面风也好大，吹得我头晕，浑身都凉……”

木棉看着屏幕上的信息，气得连呼吸都有些不顺畅，她恨恨地点着键盘，咬牙切齿地发过去两个字：“滚蛋！”

发完，她立刻拉起被子蒙住了头，半晌，再度拉开，鼓着眼睛瞪着天花板，然后认命地起床下楼。

“你到底想怎么样？”木棉有些抓狂地看着面前的人。

林慕安沉默不语地低着头，和她无声地对峙。

木棉深吸了一口气，无奈地开口：“这样吧，你去附近酒店住一晚好不好，明天回去。”

“那你和我一起去。”他立刻欣喜地抬头，眼底冒出两簇光芒。

木棉再度深吸了一口气，平复着心情。

“我身体不方便。”她缓缓地说。

林慕安又低下了头，小声嘟囔：“我一个人去，还不如待在这里，至少离你更近一点……”

木棉绝望了。

半晌，她开口：“走，我带你过去。”

夜里，气温比白天降了不少，风吹来丝丝凉意仿佛要渗到骨子里，木棉裹紧了身上厚重的毛衣外套，把露在外的手往袖口缩了缩。

从这里走到校门有一段距离，两人无声沉默，风吹过头顶树叶沙沙作响，林慕安正欲开口：“棉……”

“闭嘴。”木棉立刻面色不豫地打断他，强忍着不适加快了步伐。

林慕安掩下眼底的失落，默默跟在她身侧。

出了学校大门就是一条马路，周围有无数家民宿酒店，木棉记得上次李君她同学来的时候推荐过一家，就在不远处，环境特别好。

她循着记忆找了过去。

不多时，就看到了李君描述的酒店，文艺小清新的装修风格，柜台上还懒懒地趴着一只肥猫，推门进去，风铃声叮咚响起。

“一间大床房，谢谢。”

“好的，我们目前有温馨大床房、宫廷浴缸圆床房，还有地中海情侣浪漫大床房，请问你们要哪种房型呢？”前台小姐询问。

身后传来一道细小的扑哧声，木棉保持微笑：“哪种最便宜就要哪种。”

“好的，那就地中海情侣浪漫大床房了。”

“……”

木棉拿了房卡往电梯处走去，门关上，眼前光亮的黑色面板上映出了身后那人勾起的嘴角。

“很开心吗，独自一人住一间地中海情侣浪漫大床房。”木棉语气平静地开口，面上看不出一丝情绪。

林慕安悻悻地摸了摸鼻子，敛起了笑意。

房门打开，两人瞬间愣住。

全粉的墙壁，映着星星点点的灯光，正中一张巨大的席梦思床，四件套全是粉色，中间还有一颗巨大粉色玫瑰围成的心形。

很好，很美很浪漫。

木棉不自觉地点点头，看了眼身旁的林慕安，他站在那里，一脸蒙。

“咳咳，那你先睡吧，我回去了。”她强忍住笑意，平静地转身，还未迈开步子，手腕就已经被人拽住。

身子被迫转了一个方向，跌进了一个熟悉的怀抱。

耳边传来柔软而温热的触感。

木棉愣住，还未反应过来，林慕安已经松开了她。

他嘴角是得意的笑，指尖在她面前扬起，中间夹着她的钱包还有手机。

“你还给我！”木棉气得跳脚，伸手去抢，奈何身高有限，怎么样都够不到他抬起来的手，反而把身子往他怀里送，他轻轻松松地揽住她，轻哄。

“别闹。”

然后他趁她一个不注意，连人带东西闪进了浴室。

清脆的落锁声响起，水声传来。

木棉瞪大眼睛站在原地，气得肚子更疼了。

她环顾房间一圈，只觉得满目的粉红色无比刺眼，避难般远离中间那张大床，她不甘不愿地在角落小沙发坐下。

没待多久，门铃声却骤然响起。

“谁呀？”

“外卖！”

她将信将疑地打开门，外面站着一个外卖小哥，见状把手里的东西递了过来，白色的袋子散发着熟悉的香气。

木棉接过打开，里面是一小碗粥和……一杯热气腾腾的红糖姜茶。

她慢吞吞地吃完，胃里小腹都涌起一股暖意，疼痛缓解几分，疲惫感渐渐袭来，她把脚搭在沙发上，下巴搁在膝头盯着虚空发呆。

不多时，里面的水声停住，林慕安围着条浴巾走了出来，木棉愣愣地看过去，随即忘记移开视线。

当初的男孩已经蜕变为成熟的男人，身姿颀长，肩膀平直宽阔，褪去少年时的单薄，锁骨却依旧纤细精致。

往下是肌肉明显的胸膛，上面还带着一丝水珠，慢慢往下滑，目光顺着水珠滑落的方向移动，木棉立刻如触电般收回视线，情不自禁地吞咽了咽口水。

六块腹肌。

“你怎么回事？”她忍不住质问，“我记得你以前身材没这么好啊，现在怎么还有肌肉了！”

林慕安以前是清瘦而纤细的，浑身上下没有一丝赘肉，少年特有的白皙柔韧，抱起来格外舒服。

“公司安排了健身教练。”林慕安似是被她问住了，愣愣地回答。

“你不穿衣服不冷啊。”她又开口，只是目光却始终不敢直视。

“还好，刚洗完澡。”

林慕安回答，却是依言钻进了被子里。

少了那具白晃晃的肉体在眼前打转，木棉自然许多，面色平静地开口：“那你睡觉，我回去了。”

“你不是不舒服吗？过来，我帮你揉揉。”他闻言立刻起身，乌润的眸子清澈地盯着她。

“你怎么知道？”木棉有些羞恼，想起方才的红糖姜茶，感觉脸上未退的热度即将再次涌上来。

“你每次不都是这样吗……一到这几天就开始疼。”林慕安垂下了眸子，小声嘟囔。

木棉愣住，记忆忽然就回到了那个夏天，两人朝夕相处的那段时间。

她每次只要一着凉，到这几天总是会痛得死去活来，偏生又极爱冷饮，尤其是对冰激凌难以割舍。

最初时她还藏着掖着，到后来实在忍不住痛呼出声的时候，把林慕安吓得半死，不由分说地要送她去医院。

最后，她还是纠结着吐出了“痛经”两个字，少年呆呆地愣在了那里，反应过来之后脸轰地涨红。

记得她那个时候无奈地闭眼睡去，但不多时，鼻尖却问到了红糖姜茶的香味，然后冰凉的被子中被塞进了一个暖宝宝。

都说回忆这种东西只能藏在角落，让它尘封生灰，否则一冒出来，就是来势汹汹。

木棉盯着那双依旧单纯的眸子，沉默许久。

她垂下了眼，摇头。

“你把钱包手机还给我。”她死死地盯着地板，不敢再去看那张脸，浑身的自制力在说出这句话之后遗失殆尽。

细碎的声音在耳边响起，一片阴影投在眼前，木棉还没来得及抬头，身子已经腾空而起。

外套被脱掉，后背覆上熟悉温热的胸膛，散发着余温的被子紧紧裹住两人，腰间横来一双手，在她柔软的小腹上轻揉着。

熨帖的温度，不轻不重的力道，舒服得让她想喟叹出声。

什么愤懑、骨气、坚持在这一刻通通烟消云散，木棉只想就这样，在他的怀里睡到地老天荒。

“还痛吗？”他在耳边低声问。

木棉摇了摇头。

灯光柔缓，眼前是一片粉色，弥漫着浪漫而暧昧的气氛，多日来的冷淡和剑拔弩张仿佛都化为了温情。

被子里暖和得不可思议，她睁着眼，脑中絮乱又空白，不知过了多久，睡意涌了上来，眼皮阖上，慢慢地沉入梦乡。

翌日清晨，是被突兀的铃声吵醒的，迷迷糊糊间耳朵被捂住，她动了动身子，又继续睡去。

再次醒来，已是日上三竿，昨天阴云密布今日就放晴了，一张熟悉的脸近在咫尺。

和以前相比没有一丝变化，依旧是精致漂亮得过分，木棉静静地看着，睡意消失得无影无踪。

不知过了多久，那双纤长的睫毛开始轻轻颤抖，一对乌黑的眸子像是覆盖着一层雾气，懵懂地看着她。

两人无声地对视。

须臾，他缓慢地眨了眨眼睛，凑了过来，贴上了她的唇。

木棉没有动，任由他在上面辗转，阔别多年，唇上的温度依旧，柔软得不真实。

她闭上了眼，贴近了他。

不知缠绵了多久，林慕安终于放开了她，稍稍离开一点，乌黑濡湿的眸子发亮地盯着她。

木棉伸手把他推开，拥着被子坐起，目光搜寻着自己的毛衣，终于在床脚看到了目标，身子欲动，却蓦然被人从后头抱住。

堆在腰间的被子拉了上来，紧紧裹住两人。

“棉棉……”

他把头埋在她颈间轻唤。

木棉微微侧过脸，颊边蹭到了他柔软的发丝。

腰间的手臂骤然收紧，两人贴得严丝密合。

“去年，我爸爸出车祸了。”

“嗯。”

“然后我回国了一趟，我……来找你。”他把头埋得更深了些，鼻尖在那片柔嫩的肌肤上蹭了蹭。

“我看到了你和你室友在一起，她……她长得和男孩子一模一样，我以为你有了男朋友，你笑得特别开心……”

即使早已猜到了原因，也非常生气，可真正从他嘴里听到的这一刻，木棉还是又酸涩又想笑，可是很快，她就笑不出来了，因为他说：

“我不敢出现，也不敢再和你联系。

“我在国外过得一点都不好，吃不习惯，也睡不着觉，每天想你想得都快要疯掉了。

“我不敢给你打电话，每次一和你打完电话，总是难受得要命。

“棉棉，我错了，你不要生我的气。

“我以后再也不自以为是了。”

木棉眨了眨眼睛，那句不生气已经来到了喉咙，几欲脱口而出，耳边却再度传来了他的声音。

低低的、软软的，带着一丝可怜——

“你千万别离开我，我只有你了。”

林慕安最后在他经纪人的电话轰炸之下，终于启程回去。

木棉目送他上车，然后慢慢走回学校。

往日无比熟悉的景色，此刻在阳光的照射下，更加明媚，木棉翘起嘴角，就连脚步都要比平时轻快几分。

林慕安突然变得黏腻起来，木棉一天会接到他好几个电话，中午吃饭，傍晚下课，晚上睡觉。

夜里的时候情感被发酵得格外浓厚，林慕安在那头总是嘟嘟囔囔舍不得挂电话，木棉经常说着说着就没了声音，捏着手机就这样睡了过去。

早上醒来，手机还是显示在通话中，或者已经低电量自动关机了。

更让人胆战心惊的是他隔三岔五就会飞过来，有时是深夜，有时是凌晨，有时在霞光满天的傍晚，通常待一个晚上，第二天又立刻飞走。

就这样，12 月份慢慢过去。

冬日的一个清晨里，他拖着行李箱出现在木棉面前。

此时天边晨光熹微，早间寒气逼人，呼出的气体在空中化成一阵阵白雾。

他站在树下，不知等了多久，面容沉静，眉眼看不太真切，穿着那一身黑衣，像是要融入雾气之中。

整个校园都沉浸在睡眠之中，四周静悄悄的，木棉听见自己脚步踩在枯叶上的沙沙声，两人距离慢慢拉近。

木棉站在他面前，仰头，开口质问："你这是干什么？"

"休假。"林慕安垂下眸子，低低地答。

"休多久？"

"不知道。"他捏紧了手里的行李箱，露在外的手背皮肤有些干燥发白。

木棉把掌心覆了上去，带着刚从被窝里爬起来的热度，肌肤相贴的瞬间，传来一阵凉意，木棉立刻抓起他两只手放到唇边，轻轻呵气。

"不冷吗？"

"冷，我快被冻死了。"他立刻小声埋怨，眉宇间都是孩子气。

木棉叹了口气，认命地拉着他往外走："走吧，先把你安顿好。"

学校外面有不少房子短租，现在不是旅游旺季，倒是很好找，S 大靠海，旁边不少海景房。

木棉帮他找了间独栋的民宿，房子不大但有两层楼，装修风格非常小清新，面朝大海，露天阳台，重点是客厅和她家有六成相似。

房子里家具电器一应俱全，简单收拾下差不多也快到上课时间，林慕安当然舍不得让她走，木棉……也不愿把他一个人留在这里。

盯着他那张引人注目的脸思考了几分钟，木棉把脖子上厚厚的灰色围巾取了下来，然后踮脚，一圈圈系到了他脖子上。

这是宋棠某段时间看上了一位学长，决定唤醒自己的女性魅力，于是在宿舍日以继夜，纯手工织了条围巾出来，结果东西没送出去，人家已经先有女朋友了，然后这条围巾就到了木棉手上。

平心而论，织得还不错，针脚细密，花色耐看，唯一的缺点就是毛线买多了，织出来特别长，而且非常厚实，有点影响美观。

但现在，看着那张漂亮的脸被遮住一大半，木棉对宋棠的手艺十分满意。

下楼的时候，她又在旁边店铺给他买了顶黑色帽子，艳丽至极的容貌顿时被掩盖下来。

两人牵手走在路上，就如同普通的小情侣般丝毫没有引起注目。

此时天边朝阳已经冒出了头，金色的阳光驱散了层层雾气，眼前明朗而开阔，街边小贩都在忙忙碌碌地出摊，来往行人，骑着自行车的学生。

木棉牵着他的手，好像回到了高二那年一起上下学的时候。

唯一不同的是，再也看不到那满目的蓝白色。

"林慕安……"

"嗯。"

"你想过……如果当初，你没有出国，我们……会是什么样子吗？"木棉看着前方，声音浅浅地问。

话音刚落，手指蓦然被攥紧。

林慕安侧头，盯着那张白皙清秀的侧脸，如鲠在喉。

"我……不知道。"

全然不敢想象，那个时候没有答应林珩会是什么模样，可能全校会充满风言风语，他们被指责，被隔离，见不到面。

但如此度过漫长的高三那年，毕业，然后来到同一个城市上大学，会继续如以前般生活在一起。

也就不用经历这三年多漫长的分离。

可是如果时间重新来过，林慕安还是会选择离开，因为温暖如木棉，就应该站在阳光下，明朗坦荡地活着。而不是跟他一起被人指指点点，躲在幽暗的角落里，慢慢腐朽。

他舍不得。

“唉……”木棉突然长长地叹了一口气。

林慕安立刻惊慌失措地望着她，恰逢她侧头。

四目相对，两双清亮的眸里骤然荡起笑意。

“不过没关系啊，我们现在依然在一起。”

“嗯！”林慕安半张脸掩在了围巾里，眼睛弯成了两道月牙，他重重地点头，满眼都是即将溢出的欣喜。

木棉抿着嘴轻轻笑，拉着他慢慢往学校走去。

穿过校门，就是一条笔直的马路，两排是高大笔直的椰树，复古漂亮的建筑，见过无数遍的景色，却是和他第一次携手踱步其中。

朝阳初升，薄光笼罩。

没关系啊，未来还会有很多很多的时间，可以弥补我们错过的那三年。

距离上课还有段时间，木棉带着林慕安去食堂吃早餐。

一进门，看到那琳琅满目的食物，林慕安似是有些惊异，这个也舍不得放下，那个也很想吃，乌黑的眸里都是难以取舍。

木棉直接把那些东西全部放到了盘子里，然后刷卡。

“你拿这么多干什么？”他惊疑地瞪大了眼睛。

“嗯，都想买给你吃。”木棉扬起了唇微笑。

挑了个偏僻的角落，木棉把他挡到了里侧，还好此时食堂的人不是很多，学生们一般都很少会在清晨来吃早餐，不是打包踩着点去教室，就是叫人帮忙带回宿舍。

林慕安摘下那条大大的围巾，露出白皙的下巴，双唇被焐得绯红，木棉莫名咽了咽口水，他疑惑地侧头，把手里的小蛋糕递了过来。

“要吃吗？”

“你吃，我不饿。”她连忙摆手微笑。

林慕安闻言垂下眸子，小口吃着，他动作很慢，这一切都让他感到幸福和惶恐。

从开始到现在所走过的每一个地方，都有着木棉生活的轨迹，他想慢一点，更慢一点，就可以感受到他没有参与的，和她有关的日子。

盘子里的东西吃了大半的时候，食堂的人渐渐多了起来。

“饱了吗？”她轻声询问身旁的人。

林慕安满脸纠结地点头：“嗯，可是还剩了好多，可以打包吗？”

木棉盯着上面那几个香芋球、两个包子和半碗粥，一脸的不情愿。

“你买给我的，我舍不得丢。”他眨巴着眼，满脸赤诚。

“嗯……”木棉也极其真诚地点了点头，然后看着他，平静地开口，“可是我记得，当初买给你的早餐，不是全都进了垃圾桶吗？”

第八章

有你这么黏人的吗

Piaoliang de Ta Bushuohua

林慕安悻悻地闭上了嘴，垂下眼再也不敢提打包了，长长的睫毛耷在脸上，偶尔轻轻颤抖一下，像是受惊的蝶翼。

木棉轻叹一口气，认命地去拿打包盒。

临走之际，木棉再度把他的围巾拉了上来，这次捂得更加严实，除了眼睛下面一块全部被围巾遮住，大半张脸被淹没在毛线中。

头顶帽子再次被压低，饱满的额头和乌黑的眉尽数被遮住，只剩那双乌溜溜的眸子露在外面。

木棉身子后退稍稍拉开距离，左看右看，实在是叫人难以认出。

她满意地拉起他的手，往教学楼走去。

外面的人比起方才多了一倍不止，抱着书匆忙走过的女学生，骑着自行车飞快掠过的男同学，还有三两个挽着手臂并肩走着的好朋友。

脚边小花坛中开着不知名的花，常绿的树木在太阳下散发着生机，耳边传来欢声笑语。

一切看起来都是如此的朝气蓬勃。

林慕安牵着木棉的手，开心得像个二十岁的孩子。

两人来到教室的时候，人已经坐满大半了，木棉拉着他从后门进去溜到靠窗的那个角落。

她让林慕安坐到里侧，然后低头发着信息。

很快就看到了三个室友的身影出现在教室门口，木棉朝她们招了招手。

宋棠眼睛一亮，拎着手里的书就走了过来，然后目光在看到旁边那人时顿住。

与此同时，林慕安立刻身子一僵。

木棉从宋棠手里拿过自己的书，平静地开口："好了，你可以走了。"

"哎，不是，你旁边这位——"宋棠不死心地追问。

木棉朝李君、苏茗使了个眼色，那两人马上拉着宋棠走远了。

"她怎么长得这么像男生……"旁边传来闷闷的声音。

木棉侧头，林慕安正睁大眼瞪着前面还在频频回首的宋棠。

她面色平静地翻开书，回答："对呀，就像你生来就这么好看一样。"

身旁的人瞬间安静，哑口无言。

年轻的讲师夹着书本走了进来，象征性地环顾了教室一圈，然后开始授课。

木棉低头认真做着笔记，稀薄的阳光从窗边玻璃透了进来，打在身上暖意洋洋。

他耳边回荡着熟悉且陌生的讲课声，明亮的教室坐满了学生，阔别多年，再次在这样的场景下和她并肩坐在一起。

林慕安忍不住低头，悄悄地眯起了眼睛。

教室很安静，同学们都在一脸认真地听课做笔记，放在桌上的手臂突然传来重量，木棉垂眸，林慕安正把脸枕在上面睡得无比香甜。

层层缠绕的围巾松开一点，露出底下一片白皙的肌肤和殷红的唇，长长的睫毛安静地垂下，浓密而卷翘。

木棉轻轻地勾起嘴角，无奈地摇了摇头。

下课铃声响起，绷了一节课的精神终于松懈下来，教室里开始传来细碎的说话声、手机的提示声、嬉笑和打闹声。

林慕安依旧趴在那里，睡得一脸安然。

帽檐把额前碎发压低，有几缕过长发丝遮住了眼睛，木棉伸出手指小心翼翼地帮他拨开，眼神专注而认真。

原本打算起身的前排三人，默默对视了一眼，又坐了回去。

午休的时候，还是逃不过被质问的命运，木棉在餐厅里预订了个小房间，待点完菜服务员出去之后，她伸手摘掉了林慕安的围巾、帽子，他乌黑的头发被压得有些凌乱，她抬手帮他细细整理着。

弄完之后，她侧头便看到了对面那三张呆滞的脸。

安静半晌，宋棠咽了咽口水，盯着林慕安的脸试探出声：“请问，你认识一个叫林慕安的明星吗？”

“我就是。”林慕安面无表情地点点头。

包厢里又变成鸦雀无声的状态，三双眼睛睁得大大的，犹如见到了某种惊恐的事物。

许久，那三人呆呆地眨了眨眼，脸色方才恢复一点正常。

李君打量着木棉和林慕安，谨慎而迟疑地问：“那你们……是什么关系？”

木棉愣住了，脑海闪过无数个词条，却不知该如何解释他们的关系，有过无数个亲密的瞬间，却没有真正捅破那层纸。

突然，一个低沉的男性声音响起：

“男女朋友。”

一瞬间，脑海中像是炸开了烟火。木棉控制不住地牵起了嘴角，弧度越来越大。她眉眼弯弯地侧头，看着他。

四目相对，两双漆黑的眼里，脉脉情意满得仿佛快要溢出。

对面的三个女生顿时感觉受到了一万点伤害。

席间，趁着室友们结伴去洗手间的时候，木棉忍不住捏了捏身旁人的手，含笑小声地问：“我们什么时候变成男女朋友的？”

“难道不是一直都是吗？”林慕安认真地问。

木棉咬住了下唇憋笑，须臾，又有些不甘心地质问：“可是你都没有说过喜欢我。”

“我喜欢你。”他立即不假思索地回答。

“那你什么时候喜欢上我的？”她笑逐颜开。

林慕安极其缓慢地思考片刻，须臾，微微蹙起眉头。

“我不知道。”

或许是你把我按在墙上的瞬间，又或许是我烧得神志不清时你端来一碗粥的时候。

也可能是在更早之前，看到每天放在桌上的早餐，和你脸上温柔的笑。

阳光就不知不觉中洒了进来，开始驱散层层雾霭。

那一刻你脸上的笑容，温暖诱人。

就如同飞蛾生来喜爱火光，我开始情不自禁地想要靠近你。

木棉对林慕安的这个答案明显不满意，微嘟着嘴闷闷地挑着碗里的饭。

一缕碎发落了下来，挡住了她的脸颊，林慕安伸出手，帮她绾到耳后，然后俯身，在那双红唇上轻碰了一下。

他含笑开口：“从我愿意吃你买的早餐开始。”

那个时候并不知道，现在想一想，或许从愿意接受她的示好时，就已经软了心肠。

可能是因为上午睡得太多了，下午时林慕安格外精神，在底下小动作不断，拉着她的手不住把玩，低着头神色无比认真。

像极了他拿着手机玩游戏的样子，专注又沉迷，脸上带着一抹孩子气。

木棉一边听着课，一边任由他闹着，半支着头唇边泛起懒洋洋的笑意，眼底亮晶晶的，宛如流光溢彩。

她喜欢这样的林慕安。

玩了好一会儿，他好像有些无聊，随即趴在桌上眼睛一眨不眨地看着她。

木棉由着他看了会儿，最后终于受不了伸手把他的头扭了过去。

林慕安不满地嘟囔几声，然后拿出手机开始打游戏。

混杂着日光，干燥的空气，纸张翻动的声音，时间就这样悄然流逝，于傍晚西斜时分，结束了一天的课程。

木棉拉着林慕安，慢慢走回那个暂时能称之为家的地方。

沿海城市，海鲜种类繁多，街边小巷，随处可见摊贩叫卖，林慕安盯着那些平日少见的鱼虾贝类，几乎挪不开眼。

“想吃吗？”木棉问他。

他立刻忙不迭地点头，眼睛睁得大大的，里头是一目了然的渴望。

待回到那个小房子的时候，两人手里已经多了好几个黑色袋子，木棉进门便开始绾起头发，换鞋做饭。

厨房里的东西一应俱全，木棉拿出新买的围裙，刚一上身，林慕安便立刻跑过来帮她系好带子，然后垂着手站在一边，询问她需不需要帮忙，脸上的神情看起来乖巧又温顺。

“不用了，你去洗澡吧。”木棉皱眉上下打量着他，随后开口，“赶紧把你这一身衣服换掉，看得我心烦。”

不知怎么，自从两人相遇之后，每次见他，从头到脚都是一身黑色，偏偏脸又生得极白，两种颜色交织在一起，黑与白对比强烈。

第一眼便让人难以忘记。

但木棉不喜欢，她最喜欢的是，看他穿着宽松舒适的白T恤，脸上带着慵懒温暖的孩子气。

而不是凛冽的、森寒的。

林慕安闻言有些愣怔，随后垂下头打量着自己，一边看还一边嘟囔：“很丑吗？”

“嗯，非常。”木棉点头，给出了肯定的回答。

林慕安抬眸不满地瞪了她一眼，随后立刻噔噔噔地跑去了浴室。

不多时，他便换上了宽松的毛衣长裤出来，黑发濡湿，浑身带着未褪的热气。

木棉百忙之中抽空打量了他一眼。

嗯，深蓝色的毛衣，浅灰色裤子，勉强过关。

“去吹头发。”她淡淡吩咐。

饭菜上桌，已经华灯初上，天空变成了一片灰蓝，远处仅剩一抹残霞，海风从阳台灌了进来，吹起窗边白色的飘纱。

干净漂亮的少年站在客厅中央，黑亮的瞳孔映着橘色灯光，斑驳而明亮。

木棉忍不住轻轻弯起嘴角。

林慕安就这样住了下来，白天跟着木棉去学校上课，晚上打游戏睡觉。放假的时候，木棉会租一辆小电动车，带着他围绕着这个不大的小岛环行。

冬日萧瑟，但这个南方的城市依旧美丽如画，高大翠绿的椰子树，灿烂明媚的阳光，大片盛放着的花朵。

他们游览着人烟稀少却景致特别的公园，穿过大大小小的街道，品尝无数新奇的小吃。

在傍晚日落时分沿着海岸线骑行，风吹在脸上，带着腥咸的海水味。

时间过得飞快又酣畅，有些东西被刻意忽略着。

直到赵迪找上门来。

那个时候木棉正在给林慕安剪头发，冬日的阳光明媚又温暖，绿草如茵，碧空如洗。

他们搬了把椅子在外面草坪上，晒着太阳吹着风，林慕安乖巧地坐在那里，身上围着一块大大的白布。

木棉拿着剪刀剪断他额前过长的发丝，清俊的眉眼一点点显露出来，在阳光下染上了金色，让人难以直视。

他微阖着眼睛，神色安静，浓密的睫毛根根分明，从上往下看去，像是两把小扇子。

木棉垂着眸，动作专注而认真。

赵迪站在围栏前看着这一幕，默默咽下了嘴边的话语。

他见过林慕安无数夺目耀眼的时刻，但眼前这个平凡而普通的男孩，应该才是真正幸福的。

木棉给林慕安剪完头，拿掉了他身上的那块白布，然后用半干的毛巾细细给他擦着脸上的碎发，白净的面容慢慢恢复干净。

少了过长头发的遮挡，他整个人的气质瞬间阳光明朗不少。

木棉打量着他，满意地点了点头。

林慕安看着她的神情，忍不住俯身，在她嘴角轻碰了一下。

“咳咳——”赵迪终于忍不住出声。

两人随即望了过来。

赵迪目光有些微闪，看向林慕安，然后清了清嗓子：“我来是有事找你。”

赵迪坐在客厅的沙发上，眼神不住打量着四周，随后端起面前的水喝了一口，掩去眼底的惊异。

“《流年》的原著作者兼编剧南方有鱼指定要你主演。”他放下手里的杯子，抬头，郑重地补充，“并且表示删掉床戏，吻戏可以用替身，或者借位。剧组下周一开机，所以你最晚，明天要跟我回去。”

两人默默对视了一眼。

林慕安垂下头，没有作声。

“这已经是对你最大的让步了。”赵迪语重心长。

“嗯。”林慕安低低地应了一声。

赵迪走后，林慕安依旧保持着方才的那个姿势，低着头半垂着眸，眉眼抑郁。

木棉轻轻开口：“要走了呀。”

“嗯。”

“那房子要退吗？”

“不。”他倏忽抬起了头，眼睛睁得大大的，一脸认真地补充，“不退，我还要回来的。”

木棉闷笑，点头：“好，不退，等你回来。”

“对了。”她突然想起什么，盯着他问，“刚刚说的《流年》是怎么回事？”

删掉床戏，吻戏借位？

现在仔细回忆一下，他自出道以来，好像只有两部作品，第一部就是何导的《金色》，因此拿下了最佳男主角，人气口碑双丰收堪称一炮而红。

而后又接拍了一部宫廷谋略历史剧。

这两部剧都没有太多感情戏，也不需要和女演员有亲密接触。

木棉一直以为是巧合。

“没什么啊……”他悄悄移开了视线，侧过头盯着窗外。

木棉身子凑近，双手抱着他的头转了过来，睁着眼睛紧紧地盯着他。

那双乌黑的眸子纯净透彻，里头是一目了然的慌张。

猝不及防对上她的视线，林慕安眸光躲闪，不敢看她。

“说。”木棉简短地吐出一个字。

她看过《流年》这本小说，还是在高三毕业那年暑假，待在姑妈家百无聊赖，每天就靠看书打发时间。

当时还因为这个作者出色的文笔和跌宕起伏的剧情惊艳了一把，然后她把该作者所有小说都搜罗了一遍。

如果她没有记错的话，这本小说写的应该是一群男女在校园时期暧昧朦胧的感情，随后延伸到都市，其中男女主角除了会有吻戏外，还有一场床戏。

虽然在书里描写得唯美又隐晦，可如果把男主角换成是林慕安的话，木棉就有种想打人的冲动。

“就是赵迪帮我接了一部电影啊。”林慕安轻轻地开口，眼神始终低垂躲闪着。

“那删戏是什么意思？”木棉紧追不舍。

“哎呀，你好烦。”他扭过了头，挣脱她的手。

木棉盯着他打量了半晌，忽而蹙眉迟疑地发问：“你不肯拍？为什么？”

“没有为什么。”

“因为我？”

“不是。”

“不想亲别的女孩子？”

“嗯。”

“真乖。”木棉笑了起来，凑过去亲他。

浅浅一碰，刚分开他就追了过来，贴着她的唇不放，她伸手搂住了他脖子，两人倒在了沙发上。

林慕安趴在她身上喘气，她盯着天花板，脑海突然闪现一道光。

“所以你这段时间没有通告，没有工作安排，就是因为这件事情？”何止这些，就连之前铺天盖地的新闻都几乎消失不见。

“算是吧。”半晌，他才慢吞吞地回答。

“如果真的失业了那该怎么办？”木棉幽幽地问，片刻，又自问自答，“没关系，再过一年我就毕业了。到时候赚钱养你。”

“我有钱。”他蓦然抬起了身子，郑重地盯着她，“林深的公司我有三分之一的股份，而且我自己也赚了好多……”

“嗯！”木棉重重地点头，“那你养我。”

林慕安第二日便飞走了，木棉又搬回了宿舍。

宿舍的三人表示热烈欢迎，用李君的话来讲就是，自从少了一个人叫她们起床，给她们带早餐之后，一整天都感觉不到快乐了。

木棉：“……”

网络上关于林慕安的消息又开始层出不穷，风头最旺的便是传闻他要参演南方有鱼原著改编的电影《流年》。

这个消息在微博官宣之后，舆论被推到了顶峰。

抛开这部小说自带百万原著粉不说，南方有鱼的作品改编成的影视，无一不是口碑票房双高。

每次都是各路人马争相夺取，结果却被突然杀出来的林慕安拿下了。

即使再愤懑也无可奈何，因为林慕安是南方有鱼钦定的男主角。

也不知道他是哪来的运气，每一步都有贵人相助。

木棉点开微博下面的评论，短短几个小时已经破万，无数网友在撒花告白，也掺杂着质疑诋毁。

她一条条地扫过，单手托腮眨巴着眼。

这种感觉，还真是奇特不已。

林慕安进组一周后，木棉迎来了期末考试，开始进入到了紧张的复习阶段。

每天和他的电话粥变成了匆匆问候几句，晚上固定的视频时间也被取消。

S大校风严谨，在课业上也可见一斑，临近考试时就是平日里准备得再充分，大家也都是绷紧了精神全力备考。

更何况木棉这段时间和他在一起，已经落下不少功课了。

赵迪最近过得十分煎熬。

“今天那个祖宗还是不肯吃饭？”他面色焦灼地问林慕安的助理小美。

“他说调料味太重，叫我重新买。”小美哭丧着一张脸。

她从事这一行四五年，见过不少大牌的明星，但是第一次见到那么难伺候的。

赵迪叹了口气，这段时间林慕安整个人都是处于焦躁之中，气氛低沉而压抑，弄得他们也都是坐立难安，人人自危。

尤其是在今天下午的一场拍摄之后，林慕安的情绪瞬间到了爆发的临界点。

事情缘于和林慕安搭戏的那个女演员，刚好是一场吻戏，明明说好是借位的，但不知什么原因，女演员真的亲了上来，幸好林慕安反应及时，只堪堪擦过他的皮肤。

但林慕安顿时奓了毛，不留情面地把人家推开，女演员差点摔到了地上。

回到酒店之后，他就把那块被女演员碰过的皮肤洗得发红，然后发了好大一通火，不肯再去和女演员搭戏，连导演都劝不动他。

赵迪急得团团转，最后不得已，给木棉打了个电话。

木棉接到赵迪电话的时候，刚好结束最后一门考试，她静静听完，随后开口：“你把地址发给我，我过来。”

“好好好，我现在就帮你订票。”赵迪在那头连连答应，就像是看到了救星。

B 市的天气冷得让人打战，一出机场，木棉就裹紧了身上的羽绒服，拿出早已准备好的毛线围巾，把自己严严实实包裹了起来。

即使早有心理准备，蓦地从温暖如春的南方到天寒地冻的北方，骨子里还是冻得发寒。

尤其是现在正值深夜。

手机再次响了起来，木棉接通，赵迪焦急又担忧的声音从里面传了出来：“怎么刚才手机打不通啊——”

“刚下飞机没信号。”木棉一边拉着行李箱走着，一边回答。

“我车在门口，车牌尾号是 ×××。”

“嗯，好。”

木棉挂了电话，便看到不远处停着的黑色车辆。她走过去敲了敲窗户，车窗摇下，露出了赵迪的脸。

木棉打开门上了车。

酒店离机场大概半个小时的路程，一路上赵迪都在喋喋不休地数落着林慕安的恶行。

木棉听完，淡淡一笑：“你辛苦了，他就是这个脾气，以后还要请你们多多包容。”

她态度这么谦虚反而让赵迪有些不好意思，手里方向盘打了个转，然后挠了挠头，开口：“其实这也是我们的工作，只是他这个脾气吧，唉——”

他无奈地摇了摇头，忽地又提起了兴致：“你是不知道，我上次费了九牛二虎之力才给他拿下《流年》的男主角，结果他来一句不演就不演了……”

赵迪还记得那天的场景，气得他几天都吃不下饭。

原本签下合约是一件十分振奋人心的事情，可林慕安接过剧本，看到封面的一刹那就皱起了眉头。

“《流年》？”林慕安轻轻念了一句，随后翻开大致看了一遍，扬手一扔，“我不演。”

他瞬间气炸了：“你知道这是多好的机会吗？你知道我费了多大劲才从一群虎视眈眈的人手里抢过来的吗？你现在来一句不演？你演也得演！不演也得演！”

林慕安垂下眸子，无声拒绝。

他开始晓之以理，动之以情。

半晌后，林慕安仍是一句：“我不演。”

“为什么？”他几欲抓狂。

“里面有吻戏。我不亲别的女孩子。”

他不禁大呼一声：“大哥！你是个明星，还是个演员！这是最基本的职业道德！”

“那我不当了。”

“……”他要被气死了。

他深吸了一口气镇定道：“你和何导是有合约的，作为他工作室里的艺人，有义务服从公司安排……”

“我不管，实在不行，我赔好了。”林慕安抬起眸子，里头一片郑重，语调坚定不容更改，和方才表现出来的任性孩子气截然不同。

他几乎要掀桌。

最后，他恨恨地瞪了林慕安一眼，丢下一句：“那你就等着被雪藏吧！”摔门走了出去。

后来林慕安是真的被雪藏了，但人家二话不说就直接打了一个飞的去了S市，和木棉两人待在一起小日子过得十分潇洒。

只留赵迪在这里干瞪眼，最后还亏得《流年》的作者出来解了围，不然这台阶，他也下不了了。

房间没有开灯，一室漆黑。

木棉伸手开了灯。

灯光骤然照亮，坐在床上的林慕安眼睛微微不适地眯了起来，冷冷地抬起了头，在看清来人时，冷意如潮水般褪去。

“棉棉……”他叫道，声音轻软，细听还掺杂着一抹委屈。

赵迪顿时翻了个白眼，这要是换作旁人突然闯进来，恐怕他早就是一句“滚”了。

木棉没有作声，拖着箱子走了进去，提步的瞬间不忘把门关上。

“哐当”一声，被关在外面的赵迪悻悻地摸了摸鼻子。

林慕安眼睛一眨不眨地盯着木棉，木棉在他面前站立，然后弯腰捏住了他的下巴左右看了看。

而后，她轻轻地吐出两个字：“红了。”

木棉伸出手，指腹缓缓地在他脸颊那处微红的肌肤上摩挲，眸光渐渐加深，随后在那处落下了一个吻。

“别生气，我帮你消毒了。”

“嗯。”他垂眸低低地应着。

灯光下，他睫毛轻轻颤抖，皮肤白嫩，唇抿成了一条直线。

他抬起眼，乌黑的眸子就这样看着她。

木棉眼珠子一转，按住了他两边脸颊往上拉：“来，给小仙女笑一个。”

“别闹。”他打开了她的手，脸上的表情却松动几分，眼底仿佛是雨过天晴。

木棉洗完澡出来时，林慕安正仰面看着天花板，像是在发呆，乌黑的瞳孔折射出头顶的灯光，细碎耀眼。

她掀开被子，慢吞吞地爬了进去。

鼻息间是阔别许久的气息，熟悉得让人沉醉。

她伸出手，把自己埋进了那个宽敞的胸膛里。

“我想你了。”她说。

林慕安低头，木棉安静地闭着眼睛，鼻梁白皙挺秀，淡粉色的唇瓣被掩盖在发丝之中，他伸出手，轻轻地拨开捋到耳后。

“我也想你。”他低声说，接着又补充，“好想好想。”想到连拍戏的时候，恍惚间，会把对面的那个人看成是你。

半夜，林慕安被热醒了。

他睁开眼睛，不知何时，木棉的腿塞进了他的腿间。

随着她偶尔不自觉地微动，硬生生地把他从梦里唤醒。

林慕安狠狠地闭了闭眼睛，认命地翻身下床。

半个小时后，他带着一身湿气再次回来，把木棉转了个身，抱在胸前牢牢地围住，然后贴着她的背脊缓缓睡去。

在S市的那段时间，几乎每晚他都是这么过来的。

林慕安知道，木棉舍不得让他受一丝委屈，只要他开口，她什么都会答应。

可是他舍不得，这么好的木棉，就应该名正言顺地属于他。

由内而外，所有。

林慕安第二天去剧组的时候，连带着导演上上下下都松了一口气。

因为昨天的不愉快，导演特地把男女主角的对手戏延后，先各自分开拍摄，林慕安听完神色缓和许多。

尤其是，目光触及旁边的木棉时。

她坐在凳子上，单手托腮，眼神饶有兴致。

不知为何，被那双眸子注视着，林慕安总有些不自然，手脚莫名慌乱。

在导演喊了那声“咔”后，林慕安暗暗松了一口气，心想，幸好不是和女演员的对手戏。

不然，他可能要罢工了。

中午的饭，是木棉亲手做的，林慕安住的是一个套房，里面设备一应俱全，包括厨房家电。

木棉知道他吃不惯外卖。

下午开工时间很紧，中间只有半个小时吃饭，一般都是统一叫盒饭，有演员吃不习惯的，也会叫助理单独出去买。

林慕安就是这样的，却依旧不满意，助理小美每天最头疼的事情，就是给他买饭。

剧组环境很简陋，工作人员包括大部分演员吃饭都是在一张小桌子板凳上，甚至有些人直接就蹲在地上。

木棉拿出自己带的保温盒，放在桌上一一打开，一股区别于外面饭菜的香味传了出来，带着浓浓的家常气息。

赵迪和小美伸长了脖子看过去。

三菜一汤，红烧鸡翅、酸辣土豆丝、红萝卜炒肉、海带炖排骨，装在碗里的饭饱满光亮颗颗分明。

很简单的菜色，但不知为何，赵迪和小美再次看到自己手里的盒饭时，就瞬间失了胃口。

林慕安一改前几日的阴郁不耐烦，眉眼温软地夹着菜一口口往嘴里送，还不住点头，脸上都是满足。

赵迪和小美默默地对视了一眼。

少顷，赵迪咽了咽口水，挪了过去："木棉啊——"

"嗯？"木棉有些诧异地侧头。

"你这个菜看起来很不错啊，能不能让我尝一下啊，嘿嘿嘿……"赵迪觍着脸笑。

林慕安闻言，眼神立刻凉凉地扫了过去，然后伸手护着面前的菜，往里挪了挪。

木棉拿着筷子敲了林慕安一下，清脆的一声"啪"，听得赵迪眼皮子一跳，胆战心惊地望了过去，果不其然，那个小祖宗正狠狠地瞪着他。

一句"我不吃了"欲脱口而出，木棉却率先开口，语气温和平缓："可以啊，我做的量很多，两个人也不一定吃得完，你叫旁边那个女孩子一起过来吧。"

赵迪立刻感觉那道视线变得更为冷厉，几欲把他刺穿。他想，如果眼神能杀人的话，他可能已经不知道死了多少遍了。

"不、不、不了。"他连连摆手，拒绝，"盒饭也很好吃，呵呵呵……"

待赵迪走后，木棉瞪了面前的人一眼。林慕安一脸无辜地继续扒着饭，神色极其纯良。

木棉嘴角挑起一丝淡笑，凉凉地开口："厉害了大明星，现在还会威胁人了，脾气真是与日俱增……"

林慕安装作听不见，只是手里的动作放慢了几分，眼神黯淡下去。

如何舍得再责备他半分，一肚子的话就这样咽了下去，木棉暗暗地叹了一口气。

算了，遇见这样子的也只能纵着了。

赵迪和小美最近心情都十分不错，因为林慕安的心情很不错，连带着他们都神清气爽，但这份好心情也只维持到了李嫣归来。

是的，李嫣就是这部电影的女主角，在强吻未遂之后被林慕安一把推到了地上的那位。

赵迪犹记得她那时的神情，狰狞而扭曲。

“演戏拍吻戏那是天经地义，你不要因为个人原因而影响整部电影的质量！”

林慕安当时是什么反应呢？哦，他冷冷瞥了她一眼，随后仿佛是嫌脏般，立刻弯腰倒水擦脸，然后丢下一句“那我不拍了”，就头也不回地离开了。

李嫣气得七窍生烟，最后还是导演出来打了圆场，这件事才过去的。

如今，可谓是仇人相见分外眼红，更甚的是，即将开拍的是上次未成功的那场戏。

没错，这是一场吻戏。

李嫣盯着近在咫尺的人，嘴角勾起一抹胜利的笑容。

她踮脚凑近，眼看就能碰到那双诱人的红唇，心底有个声音在摇旗呐喊，多日来的不甘和欲望被积压得快要爆发。

她眼底透露出胜利的光芒，这次，她一定会真正亲到他。

两人的距离一点点拉近，已经隐约能感觉到他呼吸间喷洒的丝丝热气。

李嫣瞳孔紧缩，正欲动作之前耳边传来一声“咔”，熟悉厚重的声音响起。

“替身上！”

“导演？”李嫣瞪大了眼睛，难以置信地质问。

坐在中间的导演有些磨不开面，眼神躲闪地解释着：“这是季总吩咐的。”

当然不是，只是上次吃饭的时候，季总特意点名叫他照顾一下林慕安而已。当时他也是一脸蒙，天知道这两人怎么搭上关系的。

季梵尘，这部电影最大的投资人，名下资产数亿，做股票投资发家，近两年开始涉足娱乐圈。

季梵尘都亲自开口了，谁还敢对林慕安放肆。

这也是人家即使作天作地，自己这个当导演的依旧恭恭敬敬的原因。

导演一说完，林慕安就立刻消失在片场，仿佛不愿再多看李嫣一眼。

李嫣攥紧了拳头，气得眼角发红。

休息室，林慕安把木棉压在门上，含着她的唇辗转，像是在驱逐某种记忆，动作急促而慌乱。

直到他松开，木棉才轻柔地揉着他的头发，无声安抚。

“好讨厌。”耳边传来了他不满的抱怨声。

林慕安把头埋在她脖颈处，闷闷不乐。

“别生气了。”木棉拍拍他。

那个女人看他的眼神赤裸毫不掩饰，让人厌恶至极。他抱紧了木棉，汲取着她身上熟悉的气息，缓缓地驱逐掉那些阴晦的情绪。

一直到晚上吃饭的时候，林慕安都是郁郁寡欢的模样，连饭量都比平日少了不少。

夜里，窗帘被拉得严丝合缝，眼前一片漆黑，整个房间无比静谧。

耳边呼吸平缓，身后紧贴着的胸膛匀速起伏着，木棉轻轻覆上了腰间那只手，呼吸节奏忽地变缓。

“你当初，为什么要进娱乐圈？”木棉试探地问，声音轻浅而迟疑。

一直以来，木棉都不敢触及那段没有她的过往，林慕安选择踏入这一行，必定有他的原因，她想过很多，唯一的结果就是，可能这是他的爱好。

但近日来的种种，都在表明着，他并不喜欢演戏。

她屏息等待着，过了很久，身后才传来了他的声音，沙哑低沉，语调平静。

短短的一句话，却瞬间让她眼角发酸。

“因为我想让你看到我。”

临近春节时，林慕安被告知要去参加一场慈善晚会，据赵迪说，到时候会有很多大腕和行内翘楚，所以一定不能缺席。

当天木棉跟着林慕安一起过去，从试礼服到做造型一路下来，她充分见识到了林慕安的另外一面。

高高在上，难以接近，距离感十足。

冷漠又冷戾。

只有站在她面前时，他才会柔和了眉眼。

“好看吗？”他轻声询问，漆黑的瞳孔微微闪烁，嘴唇不自然地抿了一下。

木棉看着那张无可挑剔的脸，弯起了嘴角。

“好看。”再好看不过了。

木棉坐在休息室，面前放着一堆的甜品小吃，房间里有网络，她一边吃着东西，一边看着直播。

原本这次和林慕安一起走红毯的人选是定的李嫣，可因为林慕安的坚持，换成了这部剧的男二，幸亏剧中两人戏份互动很多，这样一组合也不会让人觉得很突兀。

木棉看着屏幕里的林慕安，和半个小时前的人判若两人。

就像是……一位真正的大明星一样。

举手投足间淡漠疏离，脸上没有太多表情，对着镜头从容而镇定，相貌超乎常人地出色。

看起来，和她完全是两个世界的人。

一股惆怅蓦然涌上心头，木棉咬了口手里的小蛋糕，深深叹了口气。

与此同时，面前的房门被推开。

木棉抬头，一张熟悉的脸出现在眼前，那口甜腻的蛋糕顿时哽在喉间，腻得嗓子发痒。

“咔嚓”一声，门被合上。

来者的视线从木棉脸上下移停在了她手里的手机屏幕上。李嫣轻笑，扬起下巴：“看到了吗？你和他，完全是两个世界的人。我们注定在闪光灯下光彩夺目，而你只能待在这个见不得人的房间里。”

闻言，木棉按灭了屏幕，不动声色地盯着她。

李嫣见状更加得意：“就算你们勉强在一起，也迟早会分开。”

“关你什么事？”木棉眼神微冷，面无表情地发问。

“我只是看不顺眼而已。”李嫣微微耸肩，脸上笑意扩大，俯下身子在木棉耳边轻轻开口，“你配不上他。”

“首先，我配不配得上你说了不算；其次，我就算再不配他——他依旧爱我爱得不得了。尤其是每次接吻的时候，总是抱着我不肯撒手，不像某人……”

木棉嘴角那抹嘲讽的笑意格外刺眼，李嫣控制不住地扬起了手，狠狠地挥了下去。

木棉眼疾手快，立刻抓住了李嫣的手腕，然后拿起桌上的红酒一泼，毫不留情面地把她从头到脚淋了个透。

一身洁白昂贵的晚礼服顿时布满大片污渍，李嫣难以置信地瞪大了眼睛，情绪崩溃般扑了过来。

木棉早有准备，一个转身就快步走到了门边，“哐当”把门死死地从外头锁上。李嫣被关在房间里，而她站在走廊上，她拿出手机，给赵迪打电话。

不出几分钟，赵迪急匆匆地从走廊那头过来了，看着眼前的架势一个头两个大，李嫣在房间里不停地拍着门，不远处还有脚步声传来。

赵迪立刻上来帮木棉堵住门，然后冲她说：“你快走，找小美带你回去。”

木棉思考了几秒，果断地往脚步声相反的方向跑去。

她方向感很差，有轻微的路盲，而眼前的走廊曲转悠回，不知为何，手机也突然没了信号。

木棉犹如一只无头苍蝇般四处打转，不知怎么转过了一个拐角，眼前蓦然开阔。

明亮宽敞的大厅，上面挂着无数华丽而耀眼的水晶灯，里头衣香鬓影，觥筹交错。

木棉呆站在那里，突然不敢往前一步。

手机突然疯狂振动，她慌乱地低下头一看，是林慕安打来的。

她连忙接通。

“喂……”声音轻飘飘得仿佛要飞走。

“你在哪儿？”林慕安的声音从手机里传来，焦灼慌张，隐约还能听出一抹惊恐。

木棉吸了吸鼻子，打量了周围一圈，回答：“我面前是大厅，里面好多人，我不敢进去……”

“你在那儿别动，等着我，我马上过来。”

耳边传来急促的呼吸声，好似在奔跑般。

木棉紧捏着手机，方才和李嫣对峙的强势荡然无存，现在的她像是被戳破了的气球，干瘪瘪的，颓然又无力。

眼前很快就出现了那个熟悉的人影，林慕安在她面前顿住，然后缓缓上前，抓住了她的手臂四处打量。

“没受伤吧？”

木棉忙不迭地摇头，随后立刻被拥入怀中，林慕安死死地抱住她，低声开口：“我们回去。”

走出一扇门，身后立刻拥上几名保安，面无表情地把两人团团护住，黑压压的，看起来莫名有些瘆人。

外面那些窥探的视线被隔绝，木棉低下头，目光落在了两人交握的手上。

林慕安拉着她疾步往外走去，脸上寒气逼人。

木棉忍不住轻轻捏了捏他的手指，小声道："你别生气，我没吃亏……"

他侧头睨了她一眼，嘴角微微翘起，但很快又立刻收了回来："我不是在生你的气。"

"谁的气都不准生，气坏了身子怎么办。"木棉不依不饶。

"嗯……"他应了一声，不置可否。

赵迪正在外面等着，一见两人出来就立刻打开车门。

回去的路上，木棉才知道李嫣也中途退场，被经纪人接走了。

"那你没事吧？"她担忧地看着赵迪。

"没事，他们刚出现我就跑了。"赵迪若无其事地说着，目光却偷偷地从后视镜里打量着林慕安，后者察觉，淡淡睨了他一眼，他立刻如触电般闪开。

木棉垂着头，还沉浸在方才的余韵中没有缓过神来，林慕安伸出手轻轻地摸着她的头，像是在给宠物顺毛般无声安抚。

须臾，他终是忍不住把她揽到了怀里。

他缓缓地阖上眼，收紧了手臂。

回到剧组第二天，导演告知李嫣戏份被删，还好对手戏在之前已经拍得差不多了，剩下不露脸的镜头全部用替身来替补，林慕安的角色出现了部分调整，戏份增加不少。

为了赶进度，林慕安每天早出晚归，黑眼圈也是一天天加重，木棉心疼不已，变着花样给他补身子。

好在春节很快来临，剧组统一放了几天假。

假期第二天，林慕安就直接睡到了下午。

外头天色暗沉，细密小雨中掺杂着点点冰雹，寒风刺骨，室内温暖怡人，木棉穿着宽大的毛衣，盘腿坐在沙发上敲击着键盘。

大大的领口处露出了纤细精致的锁骨，深蓝色的毛线衬得肌肤分外莹润，脖颈雪白修长，几缕黑发散落在其中，无比诱人。

安静的房间里，只听得见手指敲击键盘发出的声音，木棉盯着屏幕，神色专注而认真。

细碎的脚步声突然响起，木棉头也不抬地继续手里动作，直到身后贴上了一具温热的身躯，一颗毛茸茸的脑袋搭上了她肩头，微微有些沉重。

"醒了？"她随口问了一句。

“嗯……”

耳边传来低低的呢喃声，颈间却开始落下灼热而柔软的吻，顺着肩膀一路往下，最后在锁骨处流连辗转。

温热的呼吸喷洒在上头，有些痒意，木棉缩着身子躲他，却被控住了动作，湿热的唇落在了她的脸颊，随后来到了她的嘴角，慢慢含住了她的唇。

舌尖传来了淡淡的苦涩，浓密的薄荷味席卷而来，侵入了她的感官，她发出不满的控诉声，唇上吮吸的力度却是越来越大。

她手指从键盘上离开，轻轻地给他顺着头发。

疾风骤雨渐渐缓了下来，他像只小奶猫似的，就这样含着她的唇轻柔吮吸着，不肯撒手。

不知过了多久，林慕安才放开，唇色鲜艳欲滴，诱人至极，那双红唇缓缓张合，声音低磁性感得不像话。

“你穿我的衣服……”

他目光上下打量着，纤瘦的身子裹着他的毛衣，露出一大片雪白的肌肤，面容清丽犹山间芙蓉，唇上水光潋滟，像是绽开的红色花蕾。

林慕安方才出来看到她的第一眼，就控制不住地想亲她。

他的目光向下，落到底下那两条雪白笔直的腿上。

木棉察觉，立刻直起身子捂住他的眼睛，娇软身躯扑过去，他毫不费力地接住，然后握住了那把纤细柔软的腰。

“不准看。”木棉低低警告，声音有些懊恼，脸颊微红。

B 市已经下了整整一个月的雨夹雪，衣服晾在阳台根本干不了，木棉过来得仓促，没有带几身衣物，好在衣柜里他的衣服成堆，宽松的毛衣往身上一套，连裤子都省了。

只是平日自己一个人在房里这么穿习惯了，却忽略了他今天放假。

“嗯，我不看。”他轻笑出声，动作却是一点都不诚实，手顺着那片光滑的肌肤摸了上去。

木棉心头一跳，立刻松开手去推他，声音慌张又无措。

“你要干吗？”

话音落下，木棉身上的毛衣也被推到了腰上，不属于她的气息在身体四处流连，带着陌生的触感。

指尖的温度炙热无比，底下的肌肤几欲融化。

自重逢以来，两人一直都是克制而收敛的，这是第一次，任由着对方探索自己的身体。

木棉仰头，微微喘着气，眼睛里弥漫着雾气，眼角带着一抹薄红，指尖穿梭过他乌黑浓密的发间，然后揪起一丝，轻轻拉扯。

林慕安的动作却半分没有受影响，他抬起头，眼底一片猩红。

“棉棉……”

“嗯。”她无意识地应着。

“帮我。”

耳边传来粗重的喘息声，她闭上眼极力压制着疯狂跳动的心脏。

一切结束后，木棉立刻一把推开林慕安，往浴室跑去，惊慌失措，犹如一只小白兔。

林慕安垂眸，盯着自己的手，上面还残存着方才的余温触感，他轻轻扬起嘴角笑开了。

春节假期过后，没多久就是学校开学，电影的拍摄大概还需要一个多月，木棉拖着箱子飞回了 S 市。

而林慕安顿时从和煦的春天，变成了凛冽的寒冬。

赵迪又开始头疼不已。

木棉上学期就决定了要考研，找了本校一位知名导师，他带的学生一般都是直接进入研究所工作，这对木棉来说，是一个很好的选择。

大三下学期分外忙碌，而林慕安的通告也被排得满满当当，思念如同潮水，汹涌而至又被用力镇压，一点点累积被封存在心底深处。

《流年》杀青当天，林慕安立即买了机票飞往 S 市，仅仅是和她一起吃了顿饭，又立刻飞了回去，这还是推掉了剧组聚餐而换来的半天空闲。

他又马不停蹄地进入到了下一个剧组。

木棉不知道他为什么突然变得这么忙，但他不说，她也就不问。

时间一天天地过着，南方城市开始进入到了漫长的雨季，空气潮湿而燥热，地面永远都是湿漉漉的，晾在阳台的衣服，散发着难闻的潮气。

木棉某天早晨起来的时候，竟然在桌角发现了一朵长出来不久的小蘑菇。

当天晚上，她把这件事情当笑话一般说给了林慕安听，那头却久久没有声音，只有一阵阵缓慢轻浅的呼吸声传来。

木棉等了好久，终于确定他是睡着了。

她静静地听着，过了半晌，才挂断电话。

第二天收到了林慕安的解释短信，说最近有点累，所以不小心睡了过去。

木棉缓缓地敲着键盘，回过去一句“注意休息”。

自那次过后，再给他打电话时，木棉刻意减少了闲聊时间，浅浅地问候几句，便结束了通话。

倒是和赵迪的联系频繁了起来，林慕安最近心情怎么样、工作怎么样、胃口好不好诸如此类的问题，都是从他那里得到回答的。

久而久之，两人倒是比之前熟稔了几分。赵迪健谈，木棉每次也都能接上，你来我往，每次通话都是相谈甚欢。

直到有一次，木棉正和赵迪聊着天的时候，那头的声音突然变成了林慕安的。

“木棉。”

“啊……”

“你们两个为什么会通电话？还聊得这么开心？你是不是不爱我了？赵迪没我长得好看，没我有钱，没我这么喜欢你……”

“好了好了，知道了，我最爱你。”他在那头不停地絮叨，大有一副不讲完不罢休的架势，木棉头疼地打断了他。

静默良久，才再次传来他的质问声，带着一丝说不清道不明的委屈：“那你为什么给他打电话不给我打？”

木棉深吸一口气，没有解释什么：“我错了，以后只给你打好不好？”

“嗯。”他恶狠狠地威胁，“不准骗人！”

“好好好！”

这次小风波过去之后，留下了不少的余震。

每次木棉都不敢先挂林慕安的电话，总是被迫听他在那头说着一些乱七八糟的事情。

她一旦开口，他便要开始尖叫：“你和赵迪聊得这么开心，一和我说就要挂电话！”

木棉：“……”

空闲的时候，陪他说着也挺有趣，可有时候在做别的事情，就只好把手机放在那里开着扩音，听他絮叨。

声音从里面传了出来，倒也清朗好听，只是偶尔太久没回应，那头便会立刻传来不满的质问。

像个邀宠的小孩，唯恐失去她的一丝注意。

五一长假，木棉买了机票飞过去，林慕安的新电影是部古装剧，拍摄地点在H市的一个影视基地。

她买的是早班机票，落地时恰好阳光从云层中冒出了头，阴雨连绵多日的心情也不自觉好了起来。

打开手机，立刻叮叮咚咚地跳出来一连串短信，看着上面熟悉的发件人，她忍不住勾起嘴角摇头。

临上飞机前她就关了手机，估计是知道得不到她的回应，林慕安在那头自顾自地嘱咐着。

——今天这边天气很好，不用穿太多。

——车子停在外面，车牌尾号×××。

——给你买了早餐，还是热的，等你下了飞机刚好可以吃。

嘴角的弧度一点点地扩大，木棉低着头，盯着屏幕笑得像个傻子。

爱情就是这样，喜欢的人仅仅是看你一眼，就会觉得他含情脉脉；对你笑一下，便会觉得他是在暗送秋波。

一旦对你嘘寒问暖关怀备至，顿时觉得整个世界都是彩色的了。

身体轻飘飘的，像是要飞上天。

根据他给的车牌号码找到了那辆车，木棉方一坐稳，就被拦腰抱到了腿上，还未反应过来，唇已经被堵住。

呜咽两声，最终还是被吞入腹中，木棉气喘吁吁地推开他，仰头，林慕安正抱着她笑得无比餍足。

“放我下来。”她蹙眉有些恼。

“我不。”林慕安反而收紧了手臂，直截了当地拒绝。

一想到赵迪正坐在驾驶位上，木棉就如芒在背，可看着眼前这张漂亮执拗的脸，又舍不得责骂半句。

她难堪地咬了咬唇，搂着他的脖子把整张脸埋了进去，宛如一只鸵鸟般，依偎在他胸前。

没脸见人了。

林慕安揽紧了怀里的人，对赵迪淡淡地吩咐：“开车。”

那张脸上，眼角眉梢都是得意。

赵迪暗暗翻了个白眼，油门一踩，车子飞快地行驶了出去。

“饿吗？”林慕安伸手揉了揉她的肚子，力度透过布料传了过来，她又是情不自禁一窘。

她没好气地开口：“气饱了！”

“嗯，你肯定没吃早餐。”他自顾自说道，打开了旁边的袋子。

食物的香味蔓延出来，充斥着整个车厢。

他递过来一个包子。

散发着丝丝热气。

木棉咬牙切齿。

“我数一二三，立刻给我恢复正常！”

“我哪里不正常了！”林慕安气得直瞪眼。

木棉开始报数。

“一椰汁二！”

她深吸了一口气欲启唇，下一秒，腰间的手松开，林慕安委屈地看着她，黑眸湿润晶亮，怨气溢于言表。

木棉立刻从他腿上下来，坐在旁边的位置上拿过早餐一脸专心地吃着。

赵迪从后视镜里看到这一幕忍不住憋笑，林慕安却仿佛似有所感，瞬间瞪了过来，吓得他马上缩了缩脖子，专心开车。

H 市风景极其秀丽，有好几个知名景点，离林慕安待的这个拍摄基地并不远，他今天特意请了一天假，陪着木棉四处转着。

——在剧组范围内。

这边的建筑虽说是仿的，但宫殿楼宇都十分华丽壮观，在太阳下金碧辉煌，木棉还是第一次来到这种地方，不免有几分雀跃兴奋。

这里看看，那里摸摸，女孩子的心性被发挥得淋漓尽致，话也出奇地多，像一只快活的百灵鸟。

恰好她今天穿了条棉布长裙，外面是一件针织开衫，黑发如瀑，柔顺地披在肩头，露出那张白净清丽的瓜子脸。

太阳分外明媚，却不晒，但林慕安依旧担心她被晒着，不知从哪儿帮她弄来一顶大大的草帽，文艺少女的气质瞬间被衬托而出。

他拿着手机，拍得不亦乐乎。

殿宇正门，两人坐在高高的台阶上，屋檐投下巨幅阴影，圈出一大片阴凉。

木棉和林慕安头抵着头，一张张翻着手机里的照片。
“这张好看！”
“这张也好看！”
“都好看！哎，别删啊！”
林慕安惊慌失措地抬手，欲夺回手机，木棉微笑，看着那一张张画质模糊表情扭曲的丑照，手指在屏幕上点得飞快。
删除删除删除，全部删除！
“你干吗都删了呀？”他心疼地看着空空如也的相册，哀怨地瞪着木棉。
“丑。”木棉面无表情地说。
“哪有！好看！”他毫不犹豫地叫道，试图把照片找回。
木棉：“……”

傍晚回到酒店的时候，林慕安还在那里愤愤不满，抱怨自己手机里连一张她的照片都没有。
木棉不理，直接进浴室洗漱。
出来的时候房间一片安静，她目光搜索两下，最后停在了床上，林慕安躺在那里，睡得无比香甜。
夕阳从窗户洒了进来，投射在他身旁，白净的面容暴露在空气之中，一览无遗的漂亮。
望上去就让人移不开视线。
木棉心神一震，站在那里，忘了动作。
即使朝夕相处了这么久，对他这张脸依旧难以抵挡。
她暗笑，摇了摇头，轻手轻脚地走出了卧室。
待头发吹得半干，木棉放下手里的吹风机走到了厨房，可能是知道她要来，冰箱里的食材满满当当。
她想了想，挑出几样东西，把长发绾起，系上了围裙。

抽油烟机的声音有点响，但好在效果不错，木棉垂眸，手腕熟练地翻转。
饭菜端上桌，散发着丝丝热气，落日余晖从落地窗投射进来，照出一地昏黄。
木棉走进卧室，看着那张安静的睡颜，竟有些于心不忍。
她盘腿坐在了床头地板上，伸出手，慢慢描绘着他的五官，最后停在那抹殷红上。

手指细细地从唇间抚过，柔软得不可思议。

木棉缓缓扬起嘴角。

“你在笑什么？”低磁的声音带着一丝沙哑，骤然响起，打破一室宁静，话里都是浓浓的睡意。

林慕安不知何时睁开了眼，极其缓慢地眨着，像是将醒未醒，神色安静又懵懂。

嘴唇张合间，不经意碰到了她的手指，然后被他顺势含住轻轻舐咬着，坚硬的牙齿磕在柔软的指腹上，带来丝丝麻痒。

“没笑什么。”木棉回答，嘴角的笑意却未散，话音刚落，她抽回了手指然后俯身，轻吻着他的唇。

他顺从地闭上了眼，回应着她的吻，长长的睫毛偶尔轻颤，扫过她脸颊酥麻不已。

气息湿热，里里外外亲了个遍，两人才稍稍分开。

“起来吃饭了。”她轻声叫着，眉眼含笑，唇上水光泛滥，颜色妍丽。

林慕安身子未动，目光沉沉地盯着她，眼底蕴着蒙眬和不满，须臾，方才慢慢开口，咬字清晰：“不想吃饭，想吃你。”

木棉轻笑出声，贴近了他，声音清亮又干脆：“想得美。”

饭桌上，林慕安神色恹恹地坐在对面，盯着眼前的饭菜，视线飘忽，最后又凝在了她的唇上，喉结微动，咽了咽口水。

“吃饭！”木棉察觉，挑眉，用筷子敲了敲碗。

他闻言，不满地抿了抿唇，然后低头，安静地挑着碗里的菜，吃了几口之后，神色顿时又缓和下来，眼底晶亮，闪烁着满足。

木棉无奈地摇头，真是小孩心性，来得快也去得快。

吃完饭，刚睡过的人精神十足，盘腿坐在沙发上打游戏，手里抱着 iPad 戴着耳机玩得不亦乐乎，身子偶尔随着动作左右摇着，凌乱的黑发张牙舞爪地顶在头上。

木棉收拾完东西，忍不住过去揉了揉那个毛茸茸的脑袋。

他不满地蹙起了眉头，随即扭过身子躲开，眼睛凝在屏幕上，头也不抬。

木棉伸出一根指头，点在了他的眉心：“不许躲！”

林慕安立刻乖乖地坐在那里，任由她玩弄着那一头黑发。

可爱得不行。

木棉心情大好，由着性子在他头上作乱，最后一头黑发宛如鸡窝，刘海乱糟糟地覆在额上。

底下那张白嫩的脸颊微微鼓起，似是不满，又不敢言说。

木棉心满意足地捏了捏他的脸颊，方才坐下打开手机。

只是身旁那人却立刻靠了过来。

“再给我揉一下，好舒服……”

“……”

见木棉没有动作，他便主动把头伸了过来，在她手上蹭来蹭去，嘴里还在不停催促：“快点快点！”

木棉无奈只好抬手再次轻揉着他的头发，他索性把脑袋枕到了她腿上，仰躺着打着游戏，惬意又满足。

到最后，只要木棉动作一停，他便会立刻发出不满的抗议，在她怀里拱来拱去闹个不停。

木棉只好依着他。

感受到手腕的酸痛，木棉望天，隐约觉得自己给自己挖了个坑。

果不其然，夜里睡觉时，他直嚷嚷着自己睡不着，在床上翻来覆去，最后一头扎进了她怀里。

“棉棉，摸摸头。”他笑得无比讨好，蹭着她撒着娇。

“不。”木棉满脸冷漠地拒绝。

“一下！就一下！”他信誓旦旦地保证。

“嗯，半个小时前，你也是这么说的。”木棉面无表情道。

“我帮你捏捏手！”他抓住了她的手轻轻捏着，力度适中，舒服得让人浑身酥软，木棉阖上眼，涌起一阵睡意。

不知不觉中，手就被带了上来，放到了某个脑袋上，掌心下是细软浓密的发丝。

木棉无奈地暗叹了一口气，认命地帮他揉着头。

翌日醒来，两人的睡姿却完全换了个方向，木棉被他从背后揽在怀里，手摁在她腰间。

起身时看到那张干净的睡颜，脑海忽然想起他昨日说的话，木棉下床洗漱完，又再次爬了上来。

她掀开被子钻进去，贴近他的脸，随后拿出手机打开前置摄像头，设好美颜，嘴角勾起完美的弧度。

“咔嚓”一声，画面定格。

原本八分白的肤色瞬间被调成了十分，光线清晰，画质养眼，两张莹润白皙的脸靠在一起。

虽说不及身旁那人美貌的十分之一，但也算是清丽动人。

木棉满意地点点头，保存。

等林慕安醒来的时候，便发现自己的手机锁屏画面乃至背景，全部变成了两人的合照。

他睡意顿时全无，手指在屏幕上来回摩挲，嘴角的笑意快要翘上了天。

“棉棉！”

林慕安立刻翻身下床，四处找着她的踪影。

客厅沙发上，木棉摘下耳机，抬头，还未反应过来，整个人已经被抱住。

手机被举到了她面前。

“这张照片真好看！我们两个真配！你看你看，这眼睛，这嘴巴……”

“……”

“好了，去洗把脸冷静一下。”

“吧唧”一下，嘴上被亲了一口，木棉惊怒，看着那个已经撒腿跑远了的人影，她怒吼：“你还没刷牙！”

“哈哈哈哈哈……”

空中飘荡着一阵阵傻笑声，木棉咬咬唇，眼底却都是笑意。

吃完早餐，木棉陪林慕安去片场。

林慕安拍戏的时候，木棉和赵迪坐在一旁闲聊。

头顶是巨大的遮阳伞，两人各自坐在一张塑胶板凳上，盯着正在和男演员对戏的林慕安。

“哎，你觉得他们俩哪个更帅一点？”赵迪眯了眯眸子，倾身凑了过来。

“你别以为我不知道你手机在录音。”木棉白了他一眼，眼神轻蔑，“幼稚。”

赵迪：“果然是近朱者赤，近墨者黑！”

“他今年的通告都排满了是吗？”木棉看着前方拍戏的人问。

“满满当当！”

“明年就解放了？”

“差不多，他和何导谈的具体内容我也不清楚，大概意思应该是这样。”

“哦。”木棉点点头，垂下眸子暗自叹了一口气。

现在是 5 月，到年底，还有大半年啊。

眼前的这场戏拍完，导演又马不停蹄地换了下一场，这次是一场打戏。

虽然不到要吊威亚的地步，但也是刀光剑影，看得木棉心惊胆战。

这一场拍了好几次，终于过关。

工作人员要布置下场戏的场景，演员有不少休息时间，在导演喊完“咔”后，林慕安立刻在四周搜索着木棉的身影。

看到她坐在角落时，他眸光一亮，但触及旁边的赵迪时又顿时暗了下去，他微不可察地咬了咬唇，然后走了过去。

“棉棉——”林慕安在她面前站定。

赵迪立刻自觉地起身让座，林慕安毫不客气地坐了下去。

“好累。”他皱着一张脸抱怨，“手也疼。”

眼前白皙的脸颊带着丝丝薄红，饱满的额头布满细密的汗珠，他戴着古装的头套，刘海尽数梳了上去，精致的五官毫无遮挡地呈现出来。

宽大而烦琐的古装穿在他身上，把那张脸烘托得越发尊贵，气度不凡。

他之前的两部电影木棉都看过，在里面的古装扮相俊美又轩昂，不似平日里外人眼中的荫翳，也不像是在她面前的孩子气。

陌生却十分契合，就像是从古代穿越而来的翩翩贵公子。

以往都是隔着屏幕，熟悉而陌生的，如今真人在她眼前，依旧如往常一般向她撒娇，倒也看不出有几分不同。

木棉轻笑，帮他揉了揉手，然后拿出纸巾擦着他额头的汗珠。

林慕安飞快地把脸凑了过来，一副乐意至极的享受模样。

赵迪没眼再看，默默地走到了一边，和剧组其他人唠着嗑。

“哎，你们公司的艺人，都是可以谈恋爱的吗？”和林慕安搭戏的那个男演员凑了上来，英俊的脸上满是八卦。

赵迪瞥了那个男演员一眼，不动声色道：“我们公司其他的人不知道，但林慕安是可以的。”

“哦。”他点点头，一脸的若有所思。

这部电影进度赶得很紧，从早晨拍到下午，晚上还有一场夜戏，林慕安回来时已经是接近凌晨。

房间里开着一盏橘色小灯，木棉靠在床头静静地看着书。

他一打开门，就疲惫地扑了上来，连着被子把她抱住，趴在那里久久未动。

“快去洗澡。”木棉轻抚着他的头，吩咐道。

“嗯。”他几不可闻地应了一声，却未动。

须臾，他仿佛下了某种决心般，一鼓作气地爬了起来，翻出衣服进了浴室。

木棉低低地叹了口气。

这和上一次跟着他在剧组时简直是天差地别。

那时每天就一两场戏，松散自由，而且剧组所有人对他都是小心翼翼地伺候着。

木棉记得，两人经常还会有时间一起待在房间里。

而现在，几乎一整天都没有空闲，从早拍到晚，就连睡眠时间都仿佛是挤压出来的一般。

难怪他上次就这样睡了过去。

浴室响起淅淅沥沥的声音，时间一分一秒地过去，木棉目光凝在了那里，手里的书久久都未翻动。

洗完澡，林慕安穿着白色 T 恤和长裤走了出来，掀开被子在她旁边躺下，清淡的柠檬香袭来，和自己身上的味道融为一体。

木棉把书放到旁边的柜子里，抬手关灭了灯。

方一睡下去，就被他从后面揽进了怀里，不多时，匀速清浅的呼吸传来，木棉微微侧头，亲了亲他的额角。

三天的假期转眼即逝，林慕安送木棉到机场，抱着她久久不肯撒手，木棉最终还是推开了他。

飞机冲上高空，厚厚的云朵堆积在窗外，白得厚重，仿佛人一陷进去就没有了影子，耳边回响起方才的那句话。

他柔软的唇贴在她耳朵上，低磁的声音像是化作了轻烟，一缕缕钻了进来——

“棉棉，真想把你变成我的专属物品，然后一辈子带在身上了。”

5 月过后，天气开始热了起来，林慕安一到夏天，食欲就下降，每次饭点木棉都会按时跟他开视频。

一个在这头一个在那头，隔着屏幕，面对面吃着饭。

可即使如此，他也是日渐消瘦，本来就小的脸，都快要变成巴掌大了。

木棉忧心忡忡，给赵迪打电话左右叮嘱。

赵迪安慰：“导演说这样更上镜一点呢！”

木棉："戏可以不演，人一定要养好了。"

赵迪连连叫苦，怨声载道："他不愿意吃我有什么办法，难不成你以为我能管住那位祖宗吗？只要他每天不给我甩脸色，我就谢天谢地了！"

木棉："……"

次日，木棉在网上买了台小巧的电子秤，寄了过去。她要求每天晚上林慕安当着她的面去称体重并且记录下数字。如果在暑假之前达不到之前的重量，她就不过去看他了。

当时，林慕安在那头一脸的惊慌失措，黑眸湿润，试探而又侥幸地盯着她，问："棉棉，你不是认真的对吧？"

木棉微笑："你可以试试。"

林慕安那张漂亮的脸瞬间垮了下来。

隔日，木棉便收到了赵迪的捷报。

赵迪："你做了什么！他今天竟然吃完了一整份饭？"

木棉："山人自有妙计。"

第二天，赵迪："他今天还添了饭！"

木棉："当然，因为昨天比前天更轻了呢。"

第三天，赵迪："玄幻了，他竟然开始喝汤了。"

木棉："是呀，因为离之前的体重，还有一大截。"

……

过了半个月，林慕安跟木棉通电话的时候都快哭了。

"棉棉——可不可以忽略之前说的话……我每天都吃好多，可就是不长肉。"他伸手扯了扯自己的脸，委屈巴巴，"可能是我脸上的婴儿肥没有了，所以看起来才那么棱角分明……"

木棉都快被他气笑了。

她暗暗翻了个白眼，义正词严："撒娇、耍赖、可怜、混淆视听，统统都没有用！这件事情没得商量！"

话音落地，那头的人表情顿时变了。

如果描绘得更生动形象的话，那应该就是"哇"的一声哭出来。

暑假前夕，林慕安忧心忡忡，视频中的他愁眉不展，眸里水雾蒙眬，盯着木棉望眼欲穿。

瘦成巴掌大的小脸比起以前更多了几分精致。

用赵迪的话来说真是十分上镜。

宽松的衣领下露出了白皙的脖颈和纤细的锁骨，刚洗完的头发略为蓬松，刘海堪堪遮住了眉锋，唇红齿白的少年，就这样可怜兮兮地望着她。

木棉面上无动于衷，手下却非常自觉地开始查起了机票。

一回生二回熟，木棉这次直接从机场打车去了酒店，抵达时恰逢傍晚，林慕安应该还没收工。

木棉索性洗了个澡换上舒服的衣物，在房间等他回来。

原本学校还有些事情没处理完，木棉昨晚差不多熬到凌晨才收尾，一大早又起来收拾东西整理宿舍，然后赶飞机一路奔波到现在。

此时洗漱完整个身子都泛起了懒洋洋的倦意，房间中央那张熟悉舒适的大床，仿佛在无声地朝她招着手。

她顺从地投入了它的怀抱。

身子方一挨到柔软的枕头，浑身毛孔都在叫嚣着满足，下一秒，她便重重沉入了梦乡。

不知过了多久，耳边突然传来了说话声，嘈杂凌乱，伴随着“哐当”一声门响，木棉终于从梦中惊醒。

房间一片漆黑，门缝中透出一丝光亮，隐约传来动静，木棉摸索着在床边找到拖鞋，慢慢走了过去。

声音越来越清晰，手放在门把上轻轻一拧，视线顿时开阔。

客厅的灯没有全打开，昏黄暧昧的光流泻了一地，林慕安阖着眼半躺在沙发上，身侧坐了一名女子，正在小心翼翼地给他喂着水。

他们没有发现房间里多出来了一个人。

木棉走到墙边开关处，伸手“啪啪啪”几下，客厅灯光全部打开，一室明亮。

刺目的光线明显让林慕安不适，他抬手遮住眼，皱起了眉头费力地睁着眼睛。

那名女子瞬间一惊，目光立刻射了过来。她盯着木棉，像是质问般开口：“你是？”

“他女朋友。”木棉倚在墙上，双手环胸，点了点下巴示意女子放在林慕安背上的那只手松开，“你可以回去了。”

那女子眼里明显写着不甘，木棉表情未变地与她对视。

两人对峙间，林慕安仿佛清醒了几分，看着木棉开始痴痴地笑，语气娇憨地叫她。

“棉棉……”

木棉这才把目光放在了他身上，垂下眸子细细打量。

他今天穿了件白色衬衫，头发梳得极其工整，白皙的脸颊染上了点点薄红，唇色艳丽得过分，像是大红牡丹开放，灼灼如火。

一般人很难驾驭得了这般颜色，尤其是在男子身上，但配上了林慕安的那张脸，却是惊艳得让人移不开眼。

他身旁的那名女子，目光染上了几分痴迷。

他见木棉没有应他，又自顾自地嘟囔，眼睛半合，长睫微微颤抖，绯红的唇一张一合，声音有些含混不清：“我好想你……你怎么不来看我……”说到这里，他声音突然就高昂了起来，瞪着她质问，“你竟然真的不来看我！你这个狠心的女人！”

“……”

到最后，他开始呜呜地哭了起来，脸皱成了一团，揪着衣服下摆像是在对自己发脾气，全然忽略了身旁的两个人。

木棉终于确定，他可能是喝醉了。

见到此情此景，那名女子震惊之余也反应了过来，表情有些尴尬还有掩盖不住的失落。

她起身对木棉露出了一个得体的微笑：“今天我们剧组聚餐，赵迪也喝醉了，所以我帮忙送他回来。”

“有劳了。”木棉点点头，淡声道谢。

把无关紧要的人都摒除了出去，房间里就只剩下木棉和林慕安两人。

他这会儿发泄完了，垂着头颓废地倚在沙发上，面色难看，嘴里不停地唠叨着渴。

木棉转身进了厨房，重新洗了一个杯子倒了杯水给他。

林慕安就着木棉的手咕咚咕咚地喝着水，片刻后，心满意足地推开她，阖上了眼。

木棉平静地把杯子送回厨房，然后回卧室拿出了手机，点开，把摄像头对着沙发上那人，开口：“林慕安。”

没反应，她再次提高了音量：“林慕安！”

“唔……”他迷迷糊糊地睁开了眼。

“我是木棉。”

“骗子！”他恨恨地捶着身下的沙发，愤愤不满，“我不信！”他吸了吸鼻子，开始声泪俱下地控诉，“她都不来看我！她是个狠心的女人！我好可怜，呜呜呜……没人疼也没人爱……”

说着说着，那双眼慢慢变得莹润，里头像是盈满水光，在灯光下颤抖闪烁，他开始可怜兮兮地唱起了歌：

“小白菜呀，地里黄呀，三岁没了爹，四岁没了娘……”

第九章

我只属于你

Piaoliang de Ta Bushuohua

清晨，一缕阳光穿透云层，斜斜地投射进了房间，高亢的铃声乍然在耳边响起，被子里熟睡的人动了动，然后睁开了眼睛。

天转地旋，周围的摆设熟悉又陌生，林慕安揉揉脑袋坐了起来，环顾四周，才发现是自家客厅。

他疑惑地看着身上的被子，然后骤然反应过来。

昨天剧组聚餐，几个大的投资人都来了，所以不能推掉。席间他们一直都在灌酒，赵迪帮他挡了一大半，但最后还是喝醉了。

只有几个女演员幸免于难。

赵迪……赵迪最后好像也喝醉了。

那是谁送他回来的？

昨晚耳边好像隐约听到有女声！

林慕安快疯了。

他立即低头看向自己身上的衣物，随后勉强松一口气，立刻拿起茶几上的手机拨通了赵迪的号码。

电话很久才被接起，那头的人仿佛是刚从睡梦中醒来般。

林慕安立刻皱起眉头：“赶紧去洗把脸醒醒！”

一阵窸窣声传来，片刻，赵迪声音恢复了正常：“今天不是休息吗？你这么一大早打电话来干什么？”

“我问你，昨晚是谁送我回来的？”

“啊……”

提及这个问题，赵迪也有些断片了，他蹙眉想了想。

好像昨晚他们剧组一群人结伴回到了酒店，然后先到他房门口，再后来……他们就分开了。

“我、我是和你一起回到酒店的！”赵迪信誓旦旦地保证，欲盖弥彰。

“嗯，然后我怎么回房的呢？”

“这个……这个我也不太记得了……”赵迪心虚地开口。

林慕安头疼地揉了揉额角，深吸了一口气，眼底晦暗：“赵迪，我不希望这种情况再出现第二次。”

林慕安酒量不太好，稍微多喝一点就会失去意识，第二天起来什么也记不清。

如果，在这段时间他做了什么对不起木棉的事的话，恐怕死都不足以谢罪。

演艺圈鱼龙混杂，而仅仅对他这张脸产生好感的人不在少数，甚至每次和女演员初见时，总会在她们眼里看到亮光。

林慕安对此很反感，因此除拍戏外从来不会和异性有其他接触。

更别提是在醉酒后的情况下。

他坐在那里，努力拼凑着昨晚的记忆，脑海却始终只有隐隐约约的女声，其他什么都想不起来。

大脑闷痛得几欲爆炸，他打开手机，盯着屏幕上的那张合照，眼中的晦涩一点点淡去，心情勉强平复下来。

他点开右下角调出那个烂熟于心的号码，拨通。须臾，嘟声响起，与此同时，熟悉的铃声从卧室传了出来。

林慕安：“……”

他顿了两秒，立刻翻身下来，赤着脚跑到了那扇门前，推开，床上正躺着一个熟悉的身影。

即使被子裹住了她大半张脸，林慕安依旧能一眼认出她来。

“棉棉！”他难以置信地瞪大了眼睛叫道。

木棉睫毛颤抖两下，从睡梦中清醒过来，记忆瞬间回炉，她揉了揉眼睛，拥着被子坐了起来。

她垂着眸子，低低地应了一声：“嗯……”

“你什么时候过来的？”林慕安心情有些激动又有些复杂，还掺杂着说不清道不明的心虚。

木棉伸手，把额前散落的发丝捋至耳后，抬眸，平静地开口：“就在昨晚一个陌生女人正在喂你喝水的时候。”

宛如一道晴天霹雳，林慕安僵直在那里，炎炎夏日，身子像是如坠冰窟，从脚底升起一阵寒意，直往天灵穴钻。

他咽了咽口水，声音干涩沙哑："棉棉——我……"

我怎么喝醉了？记不清了？剧组聚餐？这一切说出来通通都像是借口。

林慕安抿紧唇，在原地低着头艰涩地道歉："对不起……我以后再也不会喝酒了。"

话音落地，空气无比安静，林慕安站在卧室门口，手还放在门把上，垂头盯着脚尖，像是一个犯错的小孩。

木棉的目光落到了他脚上，他没有穿鞋，白皙的脚板直接踩着冰凉的地板，脚指头不安地微动着。

"你先穿上鞋。"她说。

林慕安折返客厅穿好鞋过来时，木棉已经下床开始洗漱，他在浴室门口踟蹰两下，最后还是怯怯地上前抱住了她。

双手在那抹纤细的腰间收紧，林慕安把头搭在了她颈间，细细嗅着。

熟悉的柠檬香，他忍不住轻轻蹭了蹭。

"棉棉……我好想你。"

木棉吐出嘴里的泡沫，从镜子里瞥了他一眼，低头，洗脸。

拍完手里最后一丝乳液，木棉清洗干净，然后在毛巾上擦干，掰开了腰间的那双手。

"赶紧洗洗，一身酒味。"

林慕安咬咬唇，默默地去拿衣服。

洗完澡出去时，厨房已经响起了煎蛋的吱吱声，他坐到餐桌旁的椅子上，背脊挺直，双手乖巧地放在膝头。

木棉端着盘子出来，看了眼他的坐姿，不置可否。

两人安静地吃完早餐，林慕安立刻殷勤地起身收拾东西去了厨房。

木棉坐到沙发上打开了客厅的电视，手里按着遥控器换了几个台，最后又兴致缺缺地关掉。

她看了眼厨房那个背影，想了想，拿出了手机。

屏幕里那个人时不时笑得像个地主家的傻儿子，又时不时扯着衣角表情愤然，最后在他声泪俱下唱着《小白菜》的时候，她控制不住地笑得前俯后仰。

她死死地捂住嘴，唯恐发出一丝声音。

等林慕安洗完碗出来时，只看到木棉肩膀不住颤抖，偶尔传出一两声呜咽，他心间一跳，立刻急匆匆地跑了过去。

“棉棉！你别哭，我错了，我再也不喝酒了！”

木棉闻声，立刻极快地按灭了屏幕，抬头，一脸莫名其妙地盯着他。

“我……”林慕安噎住了，“我以为你在哭……”

“难道我不应该哭吗？”木棉反问，“熬夜解决完手里的事情，买了机票想给男朋友一个惊喜，结果却发现他和一个女人独处一室——我当时是不是应该立即买票回去，然后祝你们春宵愉快？”

“棉棉——”

他顿时一脸受伤，大大的眼里开始弥漫出雾气，眼巴巴地瞅着她，然后把脸埋在了她手心，声音轻轻地传了出来：“你不要说这样的话，我好难过。昨天是剧组聚餐，投资人都在，他们给我敬酒，又不能推，赵迪帮我挡了一大半，最后我们两个都喝多了。

“你知道的，我酒量不好，剧组人全部稀里糊涂地一起回了酒店，各自回的房间，我也不知道是被谁送了进来……”

木棉垂眸，他的头就埋在她手心里，软软地跟她低声解释着，头发乌黑细软，擦过她的手腕，刮起一阵酥麻。

像是扫在她的心尖。

他还在自顾自地解释着：“没有下次了，棉棉，一定不会再有了。你相信我……”

“嗯，我相信你。”她回答。

埋在她手心的头骤然抬了起来，林慕安激动地盯着她，鼻尖红红，眼眶也是红红的，眼底的欣喜雀跃像是要飞出来。

他紧紧握着她的手，一时间竟不知该说些什么。

这种被原谅的感觉，就像是瞬间得到了救赎，浑身压抑恐慌被一扫而空，轻飘飘得像是要飞上天。

“棉棉……”

“嗯。”

“我爱你。”

这三个字就如此自然地脱口而出，一时间两人都愣住了，四目相对，不知名的情绪在其中蔓延。

难以移开视线。

怔然间，林慕安的脸以肉眼可见的速度，一点点地染上了薄红。

还是木棉率先反应了过来。

她扬起了嘴角，眼底笑意盈盈，光华璀璨。

“我也爱你。”

中午的时候，木棉吩咐林慕安叫了赵迪过来，名曰做了一桌好菜，请他吃饭。而赵迪在得知木棉过来的那一刻，瞬间吓得魂飞魄散。

他在电话里惊慌失措：“天哪，你们还好吧，没有发生什么误会吧，那我可是千古罪人了！”

林慕安还来不及回答，他又开始自顾自唠叨：“要死了，要死了，这下要完了。万一你们因为我分手了，你肯定会把锅甩我头上，然后要求换经纪人……何导一定会大发雷霆，我要失业了……怎么办，怎么办——”

“闭嘴，过来。”林慕安没耳再听，“啪”的一声挂掉了电话。

米白色餐桌上的饭菜散发着热气，丝丝香味直往鼻里钻，赵迪盯着桌面，忍不住咽了咽口水。

“这段时间，赵哥辛苦了。”木棉微笑，拿起筷子给他夹了个鸡翅。

“不辛苦，不辛苦。”赵迪惶恐，连连摆手。

木棉又是极力寒暄，态度亲切语气真挚，让人打心底里觉得舒服。

赵迪心头堪堪舒展几分，刚准备开始动筷吃饭，耳边再次传来了她的声音，和方才一模一样的语调，却让他瞬间停住了动作。

“只是希望赵哥以后多注意一下，不要再出现昨晚那样的事情了。毕竟作为一位合格的经纪人，首先就是要保证艺人的人身安全。谁也不知道那种情况，最后会发生什么。”木棉笑容和煦地望着他，语调温柔。

“你觉得呢？”

话音刚落，两人的身子顿时一僵，赵迪偷偷看了眼林慕安，正撞上了他望过来的视线。

两人面面相觑，又各自垂下目光。

须臾，他低咳一声，悻悻道：“绝对不会再让这种情况发生了。”说完，又是慷慨激昂地保证，“大妹子，你就放心吧。”

“嗯。”木棉点点头，神色郑重，“那我可就相信你了。”

如释重负，赵迪终于可以动筷，菜一入口就忍不住惊呼，然后不住点头，手里动作飞快，不多时，盘子就快见底。

林慕安见状眸光一紧，立刻加快动作，不着痕迹地把自己喜欢吃的那两个菜往身前挪了挪，像是一只护食的小兽。

饭罢，赵迪餍足地半瘫在椅子上，双眼茫然地望着天花板，打了个响亮的嗝。

他目光扫过桌上的那些残羹剩饭，思绪飘忽，其实木棉做的菜比那些大酒店餐馆要普通很多，但吃到嘴里就是舒服。

不咸不淡，软硬适宜，色香味俱全。

看得出来做法也不是太烦琐，就是很普通的家常菜，可入嘴，就让人停不下来。

尤其是对他这种常年在外，极少能吃到家常菜的人来说，宛如致命诱惑。

想起林慕安那个性子，赵迪瞬间了然。

这种温暖对他来说几乎就如同毒药，抵挡不了地侵入五脏六腑，渗透进血肉，难以拔除。

果然世界万物，生来就是一物降一物。

如此一想，在林慕安自觉收拾桌子去洗碗时，他也没有太多的惊讶了。

昨天聚餐连同导演都喝多了，今天破天荒地可以休假一天，赵迪吃完就回去补眠了。木棉一直戴着耳机对着电脑不知道在干吗。

林慕安擦干手走了过去，目光凝在屏幕，好像……是在剪辑音频？

"你在干吗呀？"他把头凑了过去。

"你猜？"木棉嘴角弧度加深，手上动作未停，目光专注。

林慕安顿时气鼓鼓地瞪着她。

木棉屈起食指抵住唇，掩住笑意，只是那双眼睛却弯成了一道上弦月。

剪辑完成，保存，设置成手机铃声，木棉抬手，眸光晶亮。

"你给我打个电话——"

"干吗呀……"林慕安不情不愿地拿出了手机，拨通了她的号码。

须臾，铃声乍然响起，在空旷安静的客厅格外清晰，一道可怜兮兮的男声传了出来，闻者伤心，听者流泪。

"小白菜呀，地里黄呀，三岁没了爹，四岁没了娘……"

"！！！"林慕安愣了一瞬，随后震惊地瞪大了眼睛，脸瞬间涨得通红，羞愤得几欲爆炸。

"这是怎么回事？"

木棉托腮乐不可支。

他立刻眼疾手快地挂了电话。

歌声停止，浑身汹涌的血液平缓下来，林慕安深吸了一口气，央求："删掉好不好，棉棉？”

木棉憋笑，看着他摇了摇头。

“求你了……”

“NO！”

“怎么样才能删掉……”林慕安哭丧着一张脸。

“怎么样都不会删掉。”木棉笑得开心。

他盯着她，对峙几秒，猛地扑了上来，木棉躲避不及，任由他抢走手机删除，然后无比得意。

“我电脑里有备份。”

林慕安顿时颓然失力地压在了她身上。

木棉抬腿踢了他一脚：“起开。”

“不……心痛得无法动弹。”

木棉坏笑，阴阴地开口：“那你等下会更心痛。”

她摸到了手旁的遥控器，按下，打开了客厅中央的那台巨大彩电，漆黑的屏幕骤然亮起，一个人影跳了出来。

熟悉的摆设，就在两人正躺着的这张沙发上，林慕安看到了自己，不，那不是自己！他怎么会有这么蠢的表情！

穿着白衬衫的男子，头发凌乱，双颊殷红，眼神蒙眬地看着镜头，眼神呆滞。

他先是像个小孩一样愤怒地捶着沙发，胡乱发泄，接着表情一变，声泪俱下地控诉，越说越伤心，眼底慢慢盈满了水光。

林慕安僵直了身子，眼睛一动不动地盯着屏幕，惊愕羞耻得忘记了该如何反应。

接下来让他崩溃的一幕出现了。

屏幕上的那个人嘴巴一张，开始唱起了歌。

“小白菜，地里黄……”

余音绕梁，三日不绝，于耳边不停盘旋，林慕安终于忍不下去了。

他抢过了木棉手里的遥控器，“啪嗒”一声，关了电视，屏幕瞬间黑掉。

他盯着木棉，眼里晶莹闪烁，连耳根都是一片通红。木棉捂着肚子笑得不能自持，蜷缩着身子开始在沙发上打滚。

“哈哈哈哈哈，笑死我了！我还是第一次看见，你……你这不为人知的另一面！”

木棉笑得肩膀一抽一抽的，最后眼睛亮晶晶地盯着他，一副恍然大悟的样子发表结论——

“原来你是这样子的林慕安！”

林慕安生无可恋地闭上了眼睛，从她身上爬了起来，默默地回房，然后把自己紧紧地裹进了被子里。

他想静静。

木棉目送那个背影远去，他垂头耷拉着肩膀，身影看起来莫名有几分单薄，整个人散发着萧瑟和凋零。

像一只被斗败的公鸡，看起来可怜又颓废。

她眨了眨眼，盯着天花板想了想，慢吞吞地起身穿上了鞋，然后小心翼翼地走进了卧室。

她来到床前，看着那个连人带头都蒙在被子里的人，弯腰试探地掀开了一条缝。

还未看清里面的情形，那条缝又立刻被人从里面捂紧。

木棉咬了咬唇，伸手用力去扯，里头那人立刻往回拉，两人仿佛拉锯战般，僵持不下。

“林慕安！”木棉低喝了一声。

里头的人顿时停住，手里的被子一松。

木棉掀开被子，钻进去抱住了他。

被子里暖烘烘的，木棉拉着被角往下扯了扯，露出了他的头，在呼吸到新鲜空气的那一瞬，他立刻把脸埋进了她的颈间。

滚烫的温度袭来，贴在她肌肤，灼得有些发烫。

木棉把手背贴到了他脸上，左右抚摸，自言自语：“怎么这么烫？

“不至于吧。

“有这么羞耻吗？”

“有！”他立刻激动地反驳，头埋在她颈间，声音闷闷的，毫无震慑力。

木棉又忍不住勾起了嘴角，像是对待宠物般拍了拍他的头，轻哄：

“没关系的，只有我看到了，在别人眼里，你依旧是那个狂跩炫酷、高贵冷艳的林慕安。”

“你别说了！”他抓狂的声音传了出来，耳根热度一直未退。

木棉开心得直乐，伸手把他的头扳正。

凌乱的刘海下，那双乌黑湿润的眸子正不满地盯着她，两边脸颊上残留着殷红，嘴巴也是红红的。

木棉忍不住凑过去吧唧了一口。

他立刻垂下了眼，黑亮浓密的睫毛轻轻颤抖着，像脆弱的蝶翼。

木棉又忍不住在那上面印下了一个吻，落在了他薄薄的眼皮上。

方一离开时，林慕安就抬起了头，堵住了她的唇。

带着一丝愤意，又带着一丝羞耻，力度比以往要重一些，绞得她唇舌有些发痛，她呜咽两声，他动作轻了下来。

宛如和风细雨，在她唇间柔柔地亲着。

湿热的呼吸一缕缕交织在一起，渐渐融为一体，木棉的脸颊一点点开始发烫，待分开时，已经热得不像话。

“好了没有？”她问着面前的人。

林慕安脸上闪过几分扭捏，随后抱着她的身子转了个方向。

他的胸腔贴着她的背脊，手紧紧环住她的腰，头搭在了她颈间，低低地呢喃：“好困，我要睡了。”

木棉：“……”

陪着林慕安一起躺了会儿，不知不觉间，木棉也沉沉睡去，再次醒来，已是霞光满天，难以想象，一整天过得如此飞快。

她揉了揉眼睛，转身，在那个温暖的怀抱蹭了蹭，头埋在上面又眯了会儿，脑袋渐渐恢复清明。

仰头，林慕安依旧阖着眼，睡得满脸安然。

刘海掩盖下，漆黑工整的眉若隐若现，睫毛卷翘，鼻梁高挺，面容白皙莹润，唇是淡淡的粉色，轻轻抿着，饱满柔软。

木棉忍不住靠近，轻轻压了上去，浅浅触及便立刻分开，几秒后，又忍不住亲了亲。

真软。

暑假过后就是大四开学，考研时间定在大四上学期末，木棉打算全力备考，因此今年暑假她并不像以往一样出去实习。

话虽如此，今年即使是不考研，木棉……应该也不会再去实习了。

拿出复习资料在沙发上看着，目光落在面前的茶几上，总有几分不对劲，她想了想，拿出手机打开了购物网站。

找到了家里那块地毯同款，木棉心满意足地下了单，然后继续看书。

夕阳即将泯灭在天边时，她合上了面前的书本，淘米插电，拿出砧板处理食材，一切就绪之后，她洗净手，走到了卧室。

林慕安还在酣睡着，无比安然恬静，呼吸间，鼻翼轻轻翕动，睡颜美好得让人不忍打扰。

木棉轻轻推了推他，柔声唤道："起来吃饭了。"

意料之中的没反应。

木棉继续轻轻摇着他身子。

"起来了，别待会儿晚上又睡不着。你都睡了一个下午了！"

她稍稍提高了音量，被子里的人终于有了动静，他不满地蹙起眉头，眼皮稍稍掀开看了她一眼，又阖上沉沉睡去。

木棉习以为常地继续叫着，过了几分钟依旧无果之后，她果断地把未擦干的双手贴了上去，捧住了他的脸。

"哇啊！"

一声尖叫响起，他一骨碌坐了起来，神色懵懂，眼睛却睁得老大，相当不满地瞪着她。

"看什么看？"木棉睨他，恐吓似的作势要把手贴上他脸，威胁道，"再看，再看就把你吃掉！"

"棉棉！"他气得快要哭出来。

"起来吃饭了！"

林慕安撇着嘴，不甘不愿地从床上爬下来，一步一步地挪到洗手间。

木棉见状，心满意足地转身出去。

白天睡了一个下午，夜里时毫不意外地精神抖擞，吃过饭天色已经完全黑了下来，木棉把卧室窗帘全部拉上，打开了投影仪。

雪白干净的墙壁顿时投射出人影，木棉躺在床上，一边看一边笑，耳边悠悠荡起了歌声。

林慕安洗完澡出来看到的就是这一幕，即使下午已经经历过一次了，再看到这段视频时还是不禁血液上涌。

他闭了闭眼睛，掀开被子躺了进去，抱住了那个心情愉悦的人。

"棉棉，我要死了。"他把头搁在她颈窝，面色痛苦地说。

"真可怜。"木棉目光依旧停在视频上，顺手摸了摸他的头。

"你这样会失去我的！"

"无所畏惧。"

没有声音再传出来，他就这样安静地抱着她，过了好久，耳边突然再次响起他的声音。

"棉棉，我好想你。"

“嗯，我也想你。”

来来回回把那一小段视频看了好几遍，木棉终于心满意足，翻出了一部新上映的电影，裹着被子惬意地看着。

林慕安躺在她旁边，默默地盯着屏幕。

木棉最爱的就是这类小清新文艺片，男女主角颜值高，画面优美，剧情浪漫而曲折。

电影进展到了三分之一的时候，木棉已经全然投入了进去，目不转睛地看着，屏幕上的亮光映在她的脸上，忽明忽暗。

林慕安静静地注视着她，心想，这么无聊的电影，哪里有她好看。

电影放到一半时，男女主角终于亲上了，纯纯的、涩涩的，在镜头面前，格外美好浪漫，木棉眼里流露出笑意。

嘴角弧度刚刚翘起，唇边突然贴上了一抹柔软，她侧头，恰好如了他的意。

一个吻结束时，影片已经放映过了一大段。

木棉恨恨地瞪了林慕安一眼，随后把进度条往回拉，只是身上却多了一只作乱的手，搅得她难以安心看下去。

“别闹！”木棉阻止他。

“看电影不好玩！”他撒娇打滚。

“闭嘴。”

“我想和你玩。”

“……”

墙上的电影还在继续播放，里面的男女主角已经步入婚姻的殿堂，在众人的祝福和欢呼中，缓缓亲到了一起。

床上被子翻滚，在细碎的厮磨声中，逐渐归于平静。

翌日清晨，手机一大早就响了，赵迪催促着林慕安起床去片场，他皱着一张脸打了两个滚，默默地下床洗漱。

脸上被一个柔软的东西碰了一下，然后是轻微的一声门响，木棉又眯了一会儿，方才慢慢起床。

太阳已经冒出了头，淡淡的金色洒在客厅，木棉抓了把头发打开了冰箱，正在犹豫该吃什么时，门铃响了起来。

她有些疑惑地从猫眼看过去，是助理小美正站在门口。

她打开门。

“木棉姐，这是老板叫我送过来的，估摸着你这个点应该睡醒了。”小美笑得一脸灿烂，眼睛深深地眯了起来。

“啊，谢谢。”木棉有些受宠若惊，接过了小美手里的袋子。

“那我先走了啊。”

“好，再见。”

木棉关上门，把东西放到了桌上，打开，里面是一份小笼包、皮蛋瘦肉粥，还有四五样精致的小点心。

早餐散发着腾腾热气，摊开放到桌面上颇为壮观。

难得享受这样的待遇，木棉心情大好，打开手机调整角度拍了张照片，然后点开修图软件调色配文。

“受宠若惊，我们家的猪终于会拱白菜了。”

点击发送，木棉放下手机，慢慢地品尝着这一桌美食，心情愉悦。

美好的一天从早餐开始。

木棉想，说出这句话的人，绝对是个吃货。

巧合的是，刚好她也是。

吃完差不多十点，木棉收拾好桌子，点开手机，一连上网络，提示音立刻叮咚叮咚响个不停，图标上显示着鲜红的数字。

点进去映入眼帘的第一条就是李君的评论：

“震惊：少女清晨发朋友圈为哪般？哦，原来是秀恩爱/冷漠脸！”

她忍不住轻笑出声，手指继续往下滑。

苏茗：“虐狗，闪瞎我的眼。”

宋棠：“请开始你的表演。”

继续翻。

看到后面那条，手指顿住，木棉嘴角立刻牵起，露出了几颗大白牙。

林慕安：“不仅会拱，我还会唱。”

把这条信息来回看了几遍，木棉才又往下滑，接着笑容尽失。

莫莫：“自古深情留不住，唯有套路得人心，师妹，吃完该看书了。”

“唉……”她轻叹了一口气，按灭了手机。

木棉考研的那个导师名额很紧张，即使她成绩一直都很优异，也有些拿捏不准。

同学介绍了一位师哥帮忙辅导，每日有什么不懂的问题都可以咨询他，他也会经常给她讲一下考研经验。

当然这是有偿的。

但效果非常显著，至少像在这种偶尔想犯懒的时候，有个人可以坚定不移地督促她。

木棉盘腿坐在地板上，打开了笔记本电脑，从旁边柜子上抱出了一堆书本。连上网络，果不其然，莫师兄的头像正亮着。

她点开了对话框："师兄，我开始了。"

那头飞快地给她回了信息："加油！"

木棉埋头奋斗，时间一分一秒过去，她偶尔从书间抬起头来，敲打着键盘，询问对方几个疑难问题，接着又立刻看着眼前书本，满脸专注。

木棉是个注意力非常集中的人，一般想做某件事情时都会格外专注。老师和木铭他们都曾说过，她很适合走科研这条路。

不知不觉，已经太阳西斜，待腹中传来饥饿感时，木棉才合起了面前的书，揉了揉发酸的腿，洗手做饭。

今晚没有夜戏，林慕安收工早，回来时夕阳余晖正好，天边被染成了一片橘红，两人一起吃完饭，安静地窝在客厅。

一个打游戏，一个继续看书。

这样的生活，平淡又普通，但对他们来说，却又是难得的幸福。

莫师兄是个很负责的人，基本上木棉问他什么，都会得到很详细的回答，有时候就免不得多聊了几句。

时间一长，林慕安就发现木棉老是跟一个名为莫师哥的人聊天，噼里啪啦敲着键盘无比火热，于是，每次在他们聊天的时候，他就会偷偷地坐过去，然后光明正大地瞅着屏幕。

木棉目不斜视，继续询问着难题，你来我往，消息发送得飞快，林慕安看得眼花缭乱，努力地睁大了眼睛，发现还是看不懂。

他开始闹脾气了。

他不敢跟木棉发，自顾自地生着闷气，垂着头无精打采，在木棉故意忽视了他一天之后，自己又忍不住问了。

他修长匀称的手指点着屏幕，睁大了眼睛看起来十分天真无辜。

"他是谁呀？"

"学校里的师哥。"

"为什么每天都和他聊天？"

"辅导我考研。"

“噢，他怎么这么好心啊？”

“给了钱的。”

“啊……”林慕安顿时气势消了下去，垂眸抿了抿唇，睫毛心虚地颤抖着，木棉没理他，他又开始自己小声嘟囔。

“只能聊学习啊……不要和别的男孩子闲聊。”

木棉深吸了一口气，刚欲反驳，耳边又再次响起了他的声音，洪亮清脆，理直气壮。

“不然别人喜欢上你了怎么办？”

她顿时被气笑了，没好气地开口：“你以为我是人民币啊，人人都喜欢呢。”

“在我眼里，你比人民币更珍贵。”林慕安执拗地盯着她，眸子黑亮，像是两颗宝石，在闪闪发光。

木棉伸手拍了下他的头，轻嗔：“那是你呀，傻瓜。”

在别人眼里，我只是一个再平凡普通不过的女孩子了。

暑假过半的时候，林慕安目前拍的这部电影杀青了，但他又立刻马不停蹄地奔赴进了下一个剧组。

当天乘飞机时，机场堵满了粉丝，木棉跟在林慕安身侧，同他一样穿着一身黑，戴着鸭舌帽毫不起眼，宛如一位小助理。

人潮拥挤，欢呼呐喊，满眼的标牌和应援服，如此熟悉的一幕，让木棉仿佛回到了两人久别重逢的那一天。

身侧助理保安护着他们前行，但粉丝却是无比激动，费力地往林慕安身侧挤着，木棉不小心被推了一把，踉跄两下，立刻被身侧的人扶住。

“没事吧？”他低头问。

“没事。”木棉快速地摇了摇头，眼神向下示意他松开手。

林慕安抿了抿唇，最后绷成了一条直线，面色越发冷冽。

他抬手，压低了木棉的帽檐，遮住她的脸，然后紧紧怀抱住她，穿过拥挤的人群，大步往前走着。

粉丝的尖叫声不绝于耳，眼前场面无比混乱。

木棉低着头，把脸埋在了他怀里，温暖熟悉的气息扑面而来，她深吸了一口气，攥紧了他的衣角。

一直到登机找到座位，空气才安静下来，头等舱人不多，都是各自做着自己的事情，没人注意到他们。

耳边传来空姐温柔的提示音，飞机渐渐上升，冲入云层，木棉依旧被林慕安揽在怀中，她头靠在他肩头，面色疲惫。

“累了吗？”

“嗯……”

“那你睡会儿。”他轻声说，拨开了她脸颊上的乱发。

木棉轻不可闻地应了一声，身侧十指紧扣的手再次收紧了力度，她在脸下柔软的布料上蹭了蹭，慢慢进入梦乡。

下飞机的时候，一行人走的是贵宾通道，安然无恙地上车抵达酒店，一路上赵迪都抿紧了唇没有说话，脸色紧绷。

一下车，他就一马当先走在前头，步伐飞快，也不跟他们说话，招呼都不打一声。

木棉和林慕安走在后面，看着那个潇洒如风的背影，她悄悄拽了拽他的手，小声问：“赵迪怎么啦？”

“可能尿急吧。”

“……”

“林慕安。”木棉仰起头看他，脸色凝重，“你变了。”

他不动声色地盯着她，静候下文。

“换作以前，你肯定会白我一眼说，关你什么事……”

林慕安立刻白了她一眼，面色淡漠，说：“关你什么事。”

木棉：“……”

回房刚放好行李，赵迪便催林慕安去参加开机仪式了。木棉不喜欢人多的地方，没有过去，慢慢地收拾着两人的东西。

出发前也是她整理的，弄起来得心应手，把他的贴身衣物放在底下抽屉，衬衫裤子等挂在衣柜，洗漱用品摆好放在浴室。

将东西一件件归位，明明是很无趣烦琐的事情，却让她心底涌起一阵阵幸福和满足感。

爱一个人的时候，大概就是甘愿为他洗手做羹汤，挽袖剪花枝。

弄完之后，木棉和小美一起去附近的超市采购，两人推着车，慢悠悠地闲聊着。

她没有驾照，出门不太方便，林慕安便吩咐小美同她一起，久而久之，她们也开始熟络起来。

不经意间，便说起了赵迪。

“他今天情绪好像有点不对，上飞机之前还好好的呢……”木棉拿起一颗土豆仔细挑选着，随口问道。

“当然啦，每次一和林慕安吵完架，他都是这样子的，习惯了，反正他吵也吵不赢，只有和自己生气了。”

小美一脸的理所当然。

“啊……”木棉轻呼。

“那他们这次怎么吵架了……”她有些疑惑，毕竟好像从来没见过他们吵架的模样。

“因为粉丝都提前来接机了，林慕安却执意要走贵宾通道，你不知道当时外面炸成什么样了，现在网上都还在说这个事情……”她说完，立刻反应了过来，声音顿住，睁大眼睛盯着木棉，然后闭上了嘴。

木棉一脸的若有所思，拿起手里的那颗土豆装好袋丢进了车里，淡淡开口：“走吧。”

而后的一个月暑假，时间过得飞快，开学前一天，木棉收拾着东西，准备前往机场。

林慕安从起床开始就一直亦步亦趋地跟在她旁边，也不说话，就这样默默地看着她，从整理衣服到收拾日常用品。

他眸子乌黑透亮，睫毛轻颤，一眨一眨地盯着她。

她的心都软成了一团棉花糖，稍微一不小心，就融为一摊水，在心尖泛着丝丝甜。

“你别这样看着我。”木棉受不了了，踮脚伸手捂住了他的眼睛，声音软绵绵的，余音颤颤。

他又眨了眨眼，长长的睫毛似羽毛般轻轻扫过她掌心，她心头又是一跳，骤然提起到了嗓子眼。

她仿佛触电般松开了手。

那双眼眸一如方才般清亮，能看见倒映在里头她慌张的脸。

林慕安就这样静静地看着她，也不说话，只是那绯红的唇却抿起，带着丝委屈的意味。

“我……国庆再来看你。”木棉小声说。

“还有一个月。”他垂下眼，有些可怜巴巴。

“乖啦！”木棉轻哄，忍不住伸手揉了揉他的头发。

“那你亲亲我。”

“吧唧”一声，木棉踮脚在那红唇上轻轻碰了一下。

还未站稳他立刻低头寻了过来，腰间落下一双手，她身子紧贴在他身上，双脚几乎被提起离开地面。

木棉抱紧了他的脖子，极力地回应他。

林慕安依旧亲自送她到了机场，道别这种事情明明应该已经是做得驾轻就熟，但真正到了这一刻依旧是四目相对，说不出话来。

千言万语，堵在心口。

“我走了啊……”木棉轻轻地说。

“嗯。”他点了点头。

“路上小心，到了记得给我打电话。”

“好。”

异地恋大概就是，思念被镌刻进骨子里，时不时跑出来折磨人，搅得人心头发酸，全身无力。

而一听到那个人的声音，见到他的样子，顿时又满血复活，接着进入到下一轮的循环。

生活依旧在继续。

“十一”的时候木棉过去找他。

那几天林慕安格外缠人，哪儿都不愿意去就在房里和她待在一起，一刻都不肯离开她的视线。

像是干渴许久的旅人，终于见到了水源，然后疯狂地汲取着那一丝甘甜清凉。

七天假期过后，两人就一直没有见面，木棉专心复习，林慕安通告也是一刻不停，隔三岔五就会在网络上看到他的新闻。

到现在，木棉已经能做到习以为常地略过，面色平静无波。

莫师兄是个非常好的老师，不仅整理了复习资料给她，还经常和她一起泡图书馆，当面给她指导。

木棉非常感激，时不时会请他去外面吃顿饭，每次遇到林慕安打电话或者发消息来，也是毫不避讳地直言是男朋友。

他笑了笑，点点头，面色没有一丝异样。

不知不觉，气候慢慢转冷，柜子里压箱底的毛衣棉袄通通被翻了出来，漫长而炎热的夏天终于过去了。

圣诞节那天，学校格外热闹，张灯结彩，火树银花。

操场上不少人拿着仙女棒，童心未泯地欢快挥舞，南方极少下雪，即使已近深冬，气温依旧和缓，一件薄棉衣即可御寒。

木棉抱着一堆苹果回了宿舍，刚一推开门，就看到桌上几乎堆成了小山的精美小礼盒，她看着自己怀里的这一堆，想了想，给莫清打了个电话。

“喂，师兄，你现在有空吗？”

“就是今天平安夜啊，给你买了点苹果……”

“嗯，好，那待会儿见。”

木棉挂了电话，到处找着袋子，最后终于在柜子角落翻出了一个勉强能入眼的纸袋，这还是暑假时林慕安给她买手工饼干剩下来的。

她见袋子好看别致舍不得扔掉，所以一直留到了现在。

两人约在了校外的重庆小火锅里见面，冬天适合热气腾腾，况且吃火锅你来我往不会冷场，他们也都是能吃辣的人。

莫师哥是个健谈的人，再加上彼此之间也比较熟悉，饭间聊得还算愉快。吃完时间已经过去一个多小时了，木棉结完账拿出手机时，才发现已经低电量关机了。

他们慢慢走回学校，平安夜街上的人很多，即使是阴沉的天气依旧阻挡不了气氛的火热，刚吃完火锅的身体，由内而外都是暖意洋洋。

在外面被冷风一吹，反而觉得有几分惬意。

木棉把手插在棉服口袋，有一搭没一搭地和旁边莫清聊着天。

进了校门，莫师哥执意要送木棉回宿舍，她推托了两句后无果，也就任由他去了。

莫清是个很有绅士风度的人，每次两人一起出门，他总要把她送回宿舍才走。

快到楼下时，莫清恰好和她聊起了那位导师，导师姓张，平日里大家都称呼他为张教授，是个古板严肃的小老头。

“有段时间，张教授不是剃了个光头吗？”

“啊，对对对！”

木棉对这件事情印象非常深刻，当时在学校还引起了一阵颇大的骚动，毕竟谁也无法接受，平日里穿着打扮严谨的一位教授，会突然剃一个光头。

“怎么回事啊？”

“那是因为他每日泡在实验室经常忘记洗头，晚上睡觉的时候师母终于受不了了，直接用推子给他推了。”

“啊？哈哈哈！”木棉顿时笑得前俯后仰，合不拢嘴，眼前不由自主地就浮现出了那一幕，眼睛弯成了一道月牙。

莫清看着她，也嘴角含笑，连连摇头。

在外人看来，神似一对小情侣说笑，尤其是，男生看女生的眼神，活脱脱的宠溺包容，更何况两人的外形也十分般配，来往行人都忍不住将目光多逗留几秒。

木棉和莫清在宿舍楼下告别，她冲面前的人摆摆手，转身欲上楼之际，却听到身后传来了一道熟悉的声音，微冷的声线，极易分辨的语调。

她难以置信地回头，不远处的树下，站着一个高瘦的人影。

他缓缓走了过来。

身姿挺拔，略显清瘦，穿着和她身上同款的藏蓝色棉服，脖子上围着一条宽大的毛线围巾，遮住了大半张脸。

他在两人面前站定。

木棉此刻已经缓过神来，提步走到他面前，仰头笑：“你怎么过来了？”

“想你了。”林慕安垂眸，语气轻浅。

闻言，木棉眨了眨眼睛，随后挽住了他手臂，转头向面前的莫清介绍：“莫师兄，这是我男朋友。”

木棉随即侧头和林慕安解释：“这位是莫清，一直辅导我考研的师兄，感谢他这段时间的帮忙，刚才请他到外面吃了个饭。”

“你好。”莫清朝他点头微笑，伸出了手。

林慕安眉眼冷漠，盯着他打量了片刻，方才淡淡吐出两个字：“你好。”

气氛微僵，木棉有些尴尬地对莫清笑了笑，莫清非常大度地收回了手，目光在两人身上停留一圈，耸了耸肩：“那我先回去了。”

“好的，师兄再见。”

“再见。”

待他走后，木棉顿时有些头大，她看着身旁的人，正思索着该怎么安抚，林慕安已经率先开口了。

他的声音平静无波，却让人更为不安：

“上次也是在这个地方，看着你和宋棠走回来的，没想到，还会经历第二次。

“这种事情真是要命。

“哪怕知道你们之间没什么，依然控制不住地快要发疯。

“木棉，我想我应该加快脚步了。”

林慕安当天晚上就飞回去了，木棉要去送他，却被拒绝。

他说，这么晚你一个女孩子回来我不放心。

目送他的背影消失在视线里，木棉转身上了楼，回到宿舍给手机充上电开机时，才发现上面有几十个他的未接来电。

虽然林慕安看起来没有太多异样，但木棉却终是惶惶不安，总觉得有什么事情要发生，但每次和他通电话，却依旧如同往常一般。

考试日期一天天逼近，木棉也开始无暇顾及，每天天还未亮就起床去自习室占位，一直到夜深方才回宿舍。

如此熬了将近半个月后，终于迎来了考试。

前几天刚好降了一次温，天冷得令人发指，风很大，木棉拿出了宋棠手工织的那条围巾，严严实实地捂住了自己大半张脸，方才敢出门。

外面天空阴沉得可怕，让人心里无比压抑，想起即将要面对的考试，那一层压抑又更深一分。

木棉拢了拢外套，轻叹一口气，低头匆匆前行。

绷紧了精神结束一天的考试，傍晚时分天色更暗，随便在外头吃了点东西，木棉又一头扎进了书里。

第二天，天气非但没有好转，反而淅淅沥沥下起了小雨。

无可控制地想起了某个人，总是喜欢低头在雨中前行，任凭雨水打湿黑发，脸色苍白淡漠。

木棉咬了咬唇，他们已经快一周没有联系过了。

她最近忙得没空看手机，他也再没有主动给她打过电话。

思念就像是在心底晕开了一片涟漪，细密地扩散开来，木棉深吸了一口气，敛了敛心神，走进考场。

下午结束考试之后，雨已经停了，但天色依旧阴沉无比，像是下一刻就要塌下来般，但她整个人却是轻松不少，如释重负般，身体仿佛空了一大块。

路面还是湿漉漉的，木棉专注于脚下，刚到校门口，余光就发现了一个熟悉的身影。

林慕安站在不远处，微微含笑地看着她。

“你怎么来了！”木棉立刻小跑过去抱住了他，然后仰头问道。

“工作都结束了，我就来了。”

他依旧戴着大大的毛线围巾，接住木棉扑过来的身子，然后一只手搂着她，一只手摘掉了围巾，一圈圈地裹到了她的脖子上。

“你干吗呀，待会儿被人看到了。”木棉垂眸，看着他的动作，低声抱怨，手却是在他腰间环得紧紧的，捏着他柔软的毛衣。

温热的体温隔着布料透了出来，心中最后一丝荫翳被一扫而光，多日来的压抑沉重也消失得无影无踪。

林慕安给她整理好围巾，抬手把身后棉服的帽子扣上，遮住整张脸，然后捏住了她的下巴，吻了下来。

他帽子边缘有一圈羽毛，轻轻软软地扫过木棉额角脸颊，有些痒，唇上是炙热的温度，压得她透不过气来。

刚刚被他围在脖子上的围巾，散发着丝丝热气，仿佛有细密的汗珠从颈间冒了出来，脸开始发烫。

木棉却抱紧了他，踮脚迎合得更深。

亲完，林慕安拉着她往学校里走去，天已经黑得差不多了，来往行人面容看得不甚清楚。

木棉看着他毫无遮挡暴露在外的脸，担忧试探地开口：“真的没关系吗？”

“嗯。”他牵着她，淡淡地应了一声，“待会儿去宿舍收拾东西，跟我去北雁路那边住。”

“啊？你带行李过来了吗？这次会待多久？”木棉忍不住停住脚步。

林慕安回头看她，眉眼在昏黄的灯光下分外漂亮，夹杂着丝丝暖意，暗沉无比的天色仿佛被驱散，露出缕缕阳光。

他挑起嘴角，浅浅地笑了，声音温和得像是三月春风。

“待到你想离开这里。”

木棉是在洗完澡之后才看到新闻的，此时客厅无比安静，细微的空调声轰隆作响，她穿着舒适宽松的睡衣，盘腿坐在沙发上。

手机的屏幕上正显示着一则声明。

洁白的背景，上面的纯黑字体格外清晰。

林慕安微博发出来的，赵迪以及何导还有公司官微转发。

林慕安宣布退出娱乐圈的声明。

木棉看到的时候，这件事情已经上了微博热搜，网友们可以说是炸了，话题点击量已经破了三千万，单条微博评论达到十五万。

木棉很久都没有在网络上关注过他的新闻了，这次却忍不住点开。

满屏的评论，都是心痛不舍还有难以置信。

没有人会想到，也没有人会相信，一个当红男明星，会在他风头正旺的时候选择退出娱乐圈。

今年林慕安接下了三个大 IP 电影还有代言，等明年这些作品上映的时候，他的地位将无人可撼动。

粉丝如滚雪球般日益壮大，而他们所追逐、所信仰的那个人，却即将永远淡出他们的视线。

木棉看着那些评论，字里行间所透露出的悲伤，简直让人感同身受。

莫名地，心情就有些沉重。

林慕安洗完澡出来的时候，木棉正在认真地翻着评论，身旁的沙发陷下去一块，湿热的潮气夹杂着淡淡的奶香扑面而来。

这是今天新买的沐浴露。

那股香味离得更近，充盈着整个鼻间，他凑了过来，盯着木棉手机的屏幕。

片刻。

“你看到啦？”他轻轻地说。

“嗯。你……为什么突然做这个决定？他们都好难过。”木棉手指划拉着屏幕，一条条评论呈现在两人眼前。

林慕安垂眸静静看着，半晌，方才开口：“可是我更加舍不得让你难过。不想让你委屈，不想再让你来回奔波，也不想忍受那些见不到你的日子。”

他侧头，睫毛轻颤，眼睛乌黑透亮，面容依旧俊美白皙，漂亮得过分。

木棉愣怔地盯着他，似乎预感到了有些东西在呼之欲出。

林慕安接着轻轻地说：“我不属于他们。我只属于你。”

像是被某种东西击中，陌生又熟悉的情潮滚滚而来，在心头不住泛滥。

脑海还未反应过来之前，木棉的身体已经遵从本能凑了过去，贴上了那红唇。

林慕安揽住了她，温柔地回应着。

濡湿的唇舌厮磨，缠绵缱绻。

空寂的客厅里，安静得仿佛只剩下彼此。

属于他们的，二人世界。

早上闹钟响起的时候，木棉从被窝里挣扎起身，林慕安躺在旁边睡颜恬静，毫无起床的意图。

她轻手轻脚地洗漱完，整理东西前往学校。

上午上完两节课，课间休息时木棉给他打了个电话。

嘟声响了很久，电话才被接起，他声音黏糊，带着浓浓的睡意。

木棉把手机拿到眼前，再次确认了一次时间。

“你还在睡呀？”

“嗯……”

“都十点多了。”她仔细回想了一下，昨晚好像是十二点就已经睡了。

“嗯……”那头继续含混不清地应完，就再无动静传来。

木棉无奈地摇摇头，嘱咐几句，然后挂了电话。

中午木棉是和室友在食堂吃的，下午上完课回去的时候，他正蹲在地上不知道在鼓捣着什么。

不大的客厅，散落着凌乱的木料、纸盒，还有乱七八糟的东西。

他穿着大大的毛衣、宽松的棉质长裤，顶着一头蓬松的黑发，满脸专注地盘腿坐在地上鼓捣着。

“你在干吗呢？”木棉小心翼翼地抽回钥匙，关上门，站在玄关处疑惑地打量着这一地狼藉。

“组装画板架。”他头也不抬地回答。

“哦。”木棉点点头，任由他去，把肩上的包挂在了门后，随后绾起了头发，随口问，“中午吃了什么呀？”

“外卖。”

“好吧。”木棉应了一声，穿过脚下障碍，打开冰箱开始琢磨着晚上吃什么。

淘米切菜，开火翻炒，排骨香味开始溢出来时，林慕安鼓捣完了他那一堆东西，走到旁边洗手。

水声淅淅沥沥地响起，他拿起旁边的纸巾擦干，随后凑了过来。

“好香。”

木棉没理他，专心地盯着锅里。

“好香好香啊！”某人开始刷起了存在感。

木棉拿起木铲挑起一块，放到面前分辨了一下熟度，接着又扔了回去。

“棉棉——你给我尝一块嘛，快点快点。”他咽了咽口水直跺脚。

木棉得意地笑，扬起脸：“亲一口就给你。”

话音刚落，唇上脸颊顿时落下几个湿吻，林慕安凑过来对着她一阵猛亲："好了，给我给我。"

心满意足，木棉从锅里捞起一块送到他唇边。

林慕安快速地吹了吹接着小心翼翼地伸手拿起，往嘴里送。

"唔唔……好吃，好好吃。"他兴奋得直点头，眼底冒出大大的喜悦，在灯光下乌黑晶亮。

木棉笑了笑，起锅装盘，吩咐道："端出去。"

等一切就绪出去吃饭时，外面的那盘排骨已经少了三分之一了。

木棉看着桌上的那堆骨头，再看了眼端坐在那里傻笑的人，顿时也是没了脾气。

室内开着空调，门窗关得紧紧的，外面天色已经全黑下来，客厅灯光全开，一室明亮。

木棉打量了几眼客厅角落摆放的那个画板架和高脚凳，随后坐下来开始吃饭。

吃完，林慕安去洗碗。

木棉收拾衣服进了浴室，出来时，林慕安已经坐到了画板前，手里拿着一支笔，一脸专心地在上面画着。

木棉好奇地走了过去，猫着身子脚步轻轻。

"咦——"

白纸黑线，上面简单几笔，描出了一个人影，细看还有些熟悉。

"这是我吗？"她试探地问道。

"嗯。"

"哎，画得还不错，你之前学过吗？"

"学过一点。"

"我怎么不知道？"木棉有些不高兴了。

林慕安立刻停住了动作，仰头解释："上了高中就没学了，后来才认识你的。"

"好吧。"木棉勉强接受了这个解释，刚应下，立刻又问，"那你现在怎么突然想起画画来啦？"

"无聊。又不能出门，你又不在家，我一个人无聊死了。"

林慕安嘟囔。临走前，赵迪特意嘱咐他，先避过这段时间，不然被媒体拍到又会是一阵轰动。

况且再过几个月他的作品都要上映了，未来一年估计都很难销声匿迹。

只能低调行事，躲避风头。

“心疼。”木棉揉着他的脑袋，安慰，“等我放假了，带你出去玩。”

于是，木棉白天去上课时，林慕安就乖乖待在家。

干净整洁的客厅，渐堆满了一张张画纸，开始是各种各样的素描，后面变成了五颜六色的水彩。

每次画完，这些纸稿都被他随手扔在角落，木棉回来时，总是细细地帮他收好，卷起放在一块。

后来实在是堆不下了，木棉抽了周末两天，从中挑出一些不错的画框了起来，其他的都给贴到墙上。

在网上买了外框贴纸，花了大半天的时间弄好，往日雪白的墙壁贴满了各式各样的画作，整个房子的格调感觉瞬间提升不少。

木棉满意地打量着，里面有不少都是她的画像，背影正面侧脸，素描水彩简笔画，各种各样的形态，让她爱不释手。

和其他画作掺杂在一起，凌乱又无比契合。

木棉忍不住拉着身旁那人邀功。

“你看，是不是特别好看！”

“好看，特别好看。”

林慕安笑着把她拉到了怀里，从后面抱住她，眼睛盯着墙上那些她的画像，各种神态、动作、姿势，每一张他都喜欢极了。

在国外的那段时间，没有人说话，也没有事情可以打发时间，只能在心里无数遍描绘着她的模样。

后来一次偶然的机会，经过了一家店前，看到了里面的画板，一时心动，就买了下来。

安萎不发病的时候，应该算是一个非常合格的母亲，除了必要的学习外，还给他报了不少兴趣班。

但林慕安上了一圈课下来，最后也只选择了一个绘画。

他从小就不爱讲话，对其他的乐器运动都没有兴趣，只有安静地坐在画板前时，才会感觉到几分雀跃。

那是一种很隐秘而微小的愉悦。

只是后来安萎进了精神病院之后，他突然对什么事情都失去兴趣，整个人渐渐麻木，失去了感知。

后来在国外重新拿起画笔时，反而给那段灰暗的时光添上了几分美好记忆。

尤其是独自一人在空寂的房子里，一笔一画，看着那张刻在脑海中的脸跃于纸面，就仿佛离她更近了一些。

有时天气好的时候，他也会出去采风，在广场上画着复古而高耸的建筑，喷泉白鸽，来往行人。

而何导，就是在这样的情况下遇见他的。

然后，工作繁忙，让他再次丢掉了画笔。

寒假来临时，木棉实现了自己的承诺，带林慕安出去玩，国内认识他的人太多，于是他们飞去了希腊圣托里尼。

恰逢旅游淡季，两人过去的时候那里人烟稀少，恍然有一种包岛的错觉。

天是云层较厚，但幸好没有下雨，傍晚时，天边还露出了一大片夕阳。

金灿灿的阳光洒在海面，映在高矮不一的建筑上，和大片蓝白色交织在一起，漂亮得让人移不开眼。

木棉和林慕安肆无忌惮地牵着手，穿梭在一栋栋蓝色屋顶白色墙壁的房子中间，不远处是一望无垠蔚蓝的大海，连绵的山峰。

不可控制地，在这样的美景之下，木棉俗人心态发作，只想要留住这一刻。

在林慕安给她拍了无数张照片之后，木棉叫住了一位高大的白人男士，礼貌地请他帮忙给两人拍几张合照。

听闻来意，他非常热情地接过了相机。

镜头中，林慕安揽住她的肩膀，头侧了过来，和她抵在一起，两张脸上扬起了如出一辙的笑容，眉眼弯弯，灿烂得过分。

“咔嚓”一声，画面定格，连着后面的美景，停在了这一刻。

木棉连连致谢，上前接过了相机。

那位男士却冲她竖起了大拇指，兴奋地夸赞：“Your boyfriend is really good-looking！”

“啊……”木棉愣了一下，随后笑得越发灿烂，连忙弯腰点头道谢。

她拿着相机回去的时候，林慕安正盯着她，眉头微蹙，有些疑惑地问：“刚刚他和你说了什么？”

天边夕阳恰好在此刻洒在了他的脸上，头发边缘被染成了一片金色，眉眼仿佛沾着金粉般，让人难以直视。

木棉看着眼前的这张脸，狡黠又得意地眨了眨眼睛，慢悠悠地拉长了语调：

“他说——你的男朋友真漂亮。”

夜幕降临。

回到酒店，木棉盘腿坐在床上，一张张翻着相机里的照片，看到两人合照时顿时心痒难耐，她立刻连上网络传到了手机上。

然后趁着林慕安洗澡时，她更换了他的手机屏保和头像。

他们在这边玩了将近半个月，回去的时候恰好是春节前后几天，木铭和赵萱提前说了不回来。

研究所正好有个项目紧张，所以假期取消了。

其间考试成绩也出来了，木棉考上了本校的研究生，木铭和赵萱两人在电话里夸奖了她一番。

木棉犹豫几秒，还是没有告诉他们林慕安的事情。

回国那天，江城下起了小雪，两人提着行李出机场时，顿时被冻得浑身一哆嗦，两地之间的温差大得吓人。

林慕安立即敞开了自己的大衣，把木棉整个身子裹了进去，然后接过她手里的行李箱。

在风中等了片刻，终于来了辆出租车，上去关门时林慕安遮脸的围巾不小心掉了一点，露出了大半张脸。

司机师傅从后视镜里打量了他几眼，有些不确定地问：“你……是不是最近正在放的那个电视剧里的男演员，叫……”

他皱眉思索了几秒，猛地一拍大腿：“林慕安对不对！哎哟，我跟你说啊，我女儿可喜欢你了，一天到晚在那里叨叨的，房间里全都是你的海报。”

他说完继续打量着，然后肯定地说：“绝对没错，你的海报我都看了无数遍了，一模一样！”

接着，他问：“你能不能给我签个名啊？”

木棉“扑哧”一声笑了出来，气定神闲地开口：“师傅啊，您认错人了，大家都说他像那个男明星，所以出门才必须要戴个围巾遮住脸。要真是那个明星，又怎么会和我坐您的出租车呢？人家都有司机保安专人接送的好不啦。”

“这、这说得也有点道理，可是……可是真的非常像啊。”司机从后视镜里望着林慕安，有些迟疑又不敢确定了。

木棉轻笑：“要您真不信，那就让他给您签个名，回去就骗你女儿，说是刚好在机场遇到他特意上去要的？”

“哎，这也行，来来来，小伙子，那就麻烦你了。”司机师傅连忙掏出了纸笔，从驾驶座递了过来。

林慕安不动声色地接过，唰唰几笔，龙飞凤舞的签名就印在了上面。

那个司机师傅接过，方一入眼立即惊叹：“哎呀，小伙子，你这是练过的呀，这签名可真漂亮。”他说完，又抬头看了林慕安几眼夸赞，“就和你这个人一样漂亮嘞！”

啧啧，真是冰雕玉琢的人儿，那眉那眼那瓷肌如雪，除了女儿房里的海报，他还是第一次见到长得这么精致的人。

今天真是开了眼界。

车子在小区门口停下，林慕安率先去后备厢拿行李，木棉弯腰朝前头的司机师傅道了句谢。司机笑得无比欢快，冲她分外热情地摆摆手。

两人拖着箱子慢悠悠地走着。

许久未曾回来，这里却一点都没变，依旧是熟悉的建筑，连花草树木，都仿佛未曾改变过模样。

木棉一直觉得，那短短的几个月，是她这辈子最难忘最美好的记忆。

哪怕后面他们会有更多的时间来创造无数幸福的时刻。

但始终，是不一样的。

“你想念这里吗？”木棉忍不住问。

林慕安侧头，抓起她的手在唇边亲了一口，然后十指紧扣，放进了大衣口袋里。

“想。”他轻声回答，接着盯着她，无比郑重地补充，“很想很想。”

想到每次午夜梦回，都会回到这里，然后梦醒之后，失落空荡，辗转反侧彻夜难眠。

“我也想。”

曾经无数次想过，要是我们不用长大就好了，这样，就可以一辈子待在那段时光里，没有分离，也没有痛苦。

拿出钥匙打开门，推门的那一刹那，灰尘的气息扑面而来，将近两年没有人住的房子，散发着陈旧和寂寥的气息。

木棉环视了里面一圈，扫过那些熟悉的陈列和摆设，眼底莫名有些湿润。

“这里，多久没人住了？”林慕安明显有些诧异，微讶地瞪大了眼睛，愣愣地看着眼前场景。

“两年。”木棉平静地说。

林慕安忍不住侧头盯着她，声音莫名有些发涩：“为什么……不回来？”

木棉转头，正对上他的视线，眼角有些微红。

她吸了吸鼻子，笑了：

“我不敢。

“我不敢回来，这里都是你的痕迹。

“看到厨房时会想要给你做什么菜，看到客厅时会想起你躺在沙发上打游戏的样子，来到房里，眼前都是你可怜兮兮抱着枕头站在门口的模样。

“林慕安，我怎么敢回来……”

她眼睛一眨，泪水滚落了下来，顺着白皙的脸颊一路滑到唇边。

心口骤然一痛，林慕安扔下了手边的行李，扶住她肩膀，俯身吻住了那双眼睛。

“我错了……”他唇边溢出轻喃，“对不起，对不起。”

木棉趴在林慕安的怀里哭得泣不成声，肩膀一颤一颤的，看得林慕安心惊胆战。

他不住地拍着她的背轻哄着，胸前却还是濡湿了一大块。

压抑了多年的不满、委屈、怨恨，在这一刻通通发泄了出来。

纵然木棉早已原谅了他，但这些细小的伤疤依旧刻在心底，被她用爱的名义遮挡掩盖。

木棉不是矫情的人，痛痛快快哭过一回之后又是一条好汉。

她把行李一推就开始卷起袖子打扫卫生，只是经历过方才那一回的林慕安，是再也不敢叫她动手了。

“我来，我来。”他拿走木棉手里的抹布，然后把她推到了椅子上坐着，翻出 iPad 塞到她手里。

“你坐在这里玩就好了。”

木棉睁着一双兔子眼盯着他，点点头：“心意我收到了。”说完，立刻从椅子上蹦了下来，拿过他手里的抹布叹息，“但是让你来弄，估计今晚要露宿街头了。”

她满脸认真地看着他，开口：“人贵在有自知自明。”

林慕安：“……”

麻利地接好水，木棉开始擦着家具，林慕安有些手足无措地跟在她旁边，满脸茫然。

“你去扫地。”木棉忍不住点了点下巴示意。

“噢噢，好。”他连忙点头。

林慕安埋头干活，动作认真得不得了。

木棉打量了他几眼，忍不住低头笑了笑。

花了一下午的时间打扫，一桶桶脏水往洗手间倒着，房子渐渐一点点恢复了窗明几净。

两人热得直接脱掉了外套，穿着毛衣哼哧哼哧地奋斗着。

最后把洗衣机里的被套沙发罩都晾好之后，木棉和林慕安一起瘫在了刚铺好的地毯上。

双眼呆滞地看着天花板默默喘着气，须臾，木棉挪了挪身子，依偎进了他的怀里。

林慕安揽住了她。

“我不想动了……”她有气无力地开口。

“我也是……”林慕安的状态和她一模一样。

“好饿，今天叫外卖好不好？”

“好，我想吃火锅！”

“海底捞？”

“先叫十盘肉！”

“可以，就这么定了！”

两人一拍即合。

林慕安拿出手机下单，刚休息得差不多的时候，门铃就响了，外卖小哥扛着两个箱子进来，熟练地给他们上锅底开火。

热气腾腾，红油翻滚，两人情不自禁地咽了咽口水，然后手里飞快地下菜和肉，几近狼吞虎咽。

暖黄的灯光下烟雾缭绕，火锅的香味弥漫了整个房间，劳作过的身体分外饥饿，满桌食材几乎被一扫而空。

夜里，也分外好眠。

一觉睡到自然醒，已是接近中午，吃过早餐，外面天寒地冻的，也懒得出门，两人在沙发上裹着毯子开始打游戏。

打着打着，心思就从游戏里分出来了，落在旁边的人身上，大概是林慕安拥她在怀里的姿势太过亲密，抑或彼此都情难自禁，不知怎么着，两人就亲到了一块。

那条毛毯渐渐落到了腰间，沙发上纠缠的两个人不知餍足，强撑着理智，木棉推开了他。

“够……够了。”

林慕安恍若未闻，不依不饶地寻了过来，继续咬住她的唇厮缠着，直到喘不过气来，才恋恋不舍地放开她。

四目相对，彼此呼吸炙热，连同着气温都升腾起来，他们面容离得极近，缓慢地平复着胸口的剧烈跳动。

血液发烫，脑子一热，木棉盯着那张染上薄红的脸，突然控制不住地脱口而出：

“林慕安，要不你别忍了。”

第十章

漂亮的他温软又柔和

Piaoliang de Ta Bushuohua

林慕安顿时僵住，难以置信地紧盯着木棉，细细打量分辨着。

木棉镇定地与他对视。

确认她不是在开玩笑时，林慕安不自然地抓了抓头发，坐了起来。

“我……可是……我还没有正式见过你爸妈。”他垂着头，微微咬着下唇，声音温暾，睫毛轻轻颤抖。

木棉眨了眨眼睛，盯着他，开口：“所以呢？”

“我不能。”林慕安小声地说。

木棉瞬间忍不住笑了，点点头，一脸认真：“那好吧。”

数不清的失落顿时滚滚而来，林慕安看着她张了张嘴，又泄气般闭上，眉宇间都是郁郁寡欢。

最后他恹恹地穿上鞋，去了洗手间。

木棉重新躺了回去，在沙发上打了个滚，然后趴在抱枕上闷闷地笑着，眼前都是方才那张脸。

委屈巴巴，天可怜见的。

有些事情不说还好，一说起，那个念头仿佛就压抑不住了一般。

木棉一整天都觉得林慕安看她的眼神不太对劲。

辛亏夜里的时候，他还比较安分。

第二天雪停了，天却还是阴沉沉的，地面有些潮湿，依旧冻得要命。外面一片冷冷清清，看起来有几分萧瑟。

今天是除夕，虽然只有两个人在家过年，但也觉得十分美满。

比起以往那些热闹却分离的时刻，现在真是幸福快乐得多。

两人在温暖的被窝里赖了一早上，中午起床吃过饭，包成了一团球出门了。

出了小区门口，街上倒是有三两行人，木棉踮脚把他用围巾将脸遮得越发严实，走到超市门口时，已经堪称是人潮拥挤了。

即使天气严寒，买年货的大妈阿姨依旧多得令人发指，木棉拉着林慕安小心翼翼地从人群中穿过，推着车默默挑人少的地方走。

超市里头触目所及的都是一片红色，商品比以往都要丰富，琳琅满目的货架，特意设计过的造型摆设，终于让人感受到了几分年味。

隔了几年没来，里面不少商品都换了位置，有很多地方也都重新装修更改了，超市人很多，空气有些混浊。

木棉快速地挑选好所需用品，拉着林慕安结账出门。

外面寒风凛冽，却瞬间让人神清气爽。

回到家时间还早，木棉拌了肉馅准备包饺子，客厅里放着电视，林慕安摘掉了身上的累赘，穿着件宽松的毛衣盘腿坐在沙发上。

木棉端着盆走了过去。

“包饺子。”她把手里的东西往他面前一放。

林慕安立刻乖乖地坐直，然后趿拉着拖鞋去洗手。

木砧板上，洒着薄薄的面粉，旁边放着一堆饺皮，机器做出来的，有些干，木棉还准备了一小碗水。

给他演示了一遍后，林慕安学着她的动作，小心翼翼地包出了一个，然后献宝似的凑到了她面前。

“棉棉，好看吗？”

木棉打量了一眼，不动声色地开口：“自己包的自己吃。”

“……”

林慕安委屈地垂下了眸子，默默地把手里那个“被嫌弃”的饺子放到砧板上，然后拿起了下一块饺子皮。

他的动作僵硬而生涩，眼见下一个成品即将出来，木棉看不过去了。

“这里，往里掐一下，然后合拢。

“对，就是这样。”

木棉握住他的手，捏着他的指尖，几乎是手把手地教他包好了第二个饺子。

“你看，这就好了。”她端详着刚出炉的成品，满意地收回了手。

林慕安动作顿了几秒，接着眨了眨眼睛，抿抿唇：“我还是不会，你再教我包一个。”

木棉又如法炮制地教他包了下一个。

“懂了吧！”

“还是有点不太会……”他无辜地睁着眼。

木棉认命地继续教，在帮林慕安包了一圈饺子出来之后，她终于察觉到不对劲了。

“你故意的吧？”木棉睨他。

“没有！”林慕安信誓旦旦地开口。

“是吗？那你这么蠢，还是不要做这种高难度的事情了，退下吧。”木棉作势要把东西搬回厨房，林慕安立刻㞞了。

“我会了！棉棉，相信我。”他一脸诚恳地发誓，然后立刻动作麻溜地包了一个堪称标致的饺子。

木棉：“……”

接下来，林慕安还算安分，老老实实地坐在那里。两人一边看着电视，一边包着饺子，偶尔闲聊几句，时间过得飞快。

解决完那一堆饺子皮时，已经接近傍晚。

木棉开始处理食材做饭。

虽然只有两个人，但鸡鸭鱼肉也不能少，她把饺子放到了冰箱冷冻，林慕安看见了立刻跑了过来。

“今晚不吃饺子呀！”

“你见过谁家除夕吃饺子的？”木棉没好气地瞪了他一眼。

“可是我好想尝尝味道！第一次亲手包饺子……”

他眼巴巴地看着她。

木棉顿时心软，拿出一个小碗给他装了几个：“可以了吧，就尝一下，今晚有很多菜的。”

“嗯嗯嗯。”林慕安欣喜，忙不迭地点头。

两人在厨房忙忙碌碌。

外面天一点点黑了下来，橘色的灯光亮起，食物的香味渐渐传了出来，外面响起了炮竹烟花声。

“嘭”的巨响，像是在耳边炸开。

两人纷纷抬头，窗外，漆黑的天空中五颜六色的烟花肆意绽放，绚烂耀眼，照亮了他们的半边脸颊。

木棉忍不住侧头，恰好对上了那双熟悉的眸子。

烟火映红了两张脸，笑意璀璨。

饭菜上桌，丰盛无比，鸡鸭鱼肉一应俱全，经过木棉的手直叫人食指大动，她端详了几眼，只觉得少了些什么。

思考几秒，木棉猛地一拍头，然后噔噔噔地跑进了木铭的书房，在柜子里翻出了一瓶红酒，双眼放光地拿了出去。

“你看！”她献宝似的放到了林慕安面前摇了摇，“这个时候必须要来点酒呀！”

林慕安抿着唇笑，立刻起身去洗杯子。

红色液体缓缓注入透明的高脚玻璃杯，沿着杯壁滑入底端，拿在手里轻轻摇晃几下，唇畔泛起笑意。

两个杯子在空中相碰。

“除夕快乐。”

客厅的电视放着《春晚》，主持人字正腔圆的声音透了出来，红酒的味道很好，木棉轻啜着不知不觉也喝了好几杯。

她看着对面林慕安微红的脸，制止了他第三次想要去倒酒的手。

“酒量不好的人，最多只能喝两杯。”

“那好吧。”他乖乖地收回了手，安静地吃着饭。

红酒的酒精度数不高，但木棉起身时依旧感觉有些头晕，她笑了笑，吩咐林慕安洗碗，自己拿了衣服去浴室。

其实她的酒量，比起林慕安也不遑多让。

热水一蒸腾，整个人瞬间清醒，只是觉得比往日疲软几分，她抱着枕头趴在沙发上看着《春晚》，一动都不想动。

林慕安洗完澡出来陪她一起看着，沙发不大不小，刚好容两人躺在上面，木棉侧着身子，林慕安从背后揽着她。

下巴抵在她的头顶，温热的身躯紧贴着她，热度源源不断地传来，只让人昏昏欲睡。

木棉眼睛缓慢张合，懒意洋洋，脑海混混沌沌，昏沉间，却感觉脚越来越凉，她动了动身子，弯起了膝盖，自发地靠往热源。

耳边传来了熟悉的声音，隐约说着什么。

接着，身子腾空而起，木棉瞬间清醒。

“怎么了？”她伸手揽住了林慕安的脖子。

“好像空调坏了。”林慕安抱着她往卧室走去，步伐稳健，脸上一片沉静。

“啊……”木棉小小地惊呼一声，担忧地望着他，“那怎么办？”

“你先睡，我打物业电话试试。”

林慕安把木棉放到了床上，接着从柜子里再拿出了一床厚棉被，仔细帮她盖上之后，才开始打电话。

一阵交涉，最后却被告知维修工人都放假了，最快也要明天。

室内温度已经降得差不多了，仅着一件毛衣不足以抗寒，林慕安把手放在唇边哈了口气，起身关掉了外面的灯和电视。

被窝里被木棉的体温烘得有些暖，一钻进去就驱散了全身寒意，林慕安把她身子揽了过来，抱在了怀里。

破天荒地，木棉立刻转过了身，紧紧地抱住了他，头还在他胸前不住蹭着，嘴里嘟囔着冷。

与此同时，一双手钻进了他的腰间，越过了那层布料，肆无忌惮地在他温热的肌肤上摩挲。

冰凉冰凉的手，汲取着他的温度。

林慕安身子顿时僵住，又不忍心推开她，任凭着木棉取暖。

与往常不同的是，此刻怀中的柔软，每分每秒，都在挑战着他的意志力。

木棉身上一点点暖了起来，抱在怀里像个小火炉，更加让人蠢蠢欲动，残留的酒精在此刻开始作祟。

牢牢克制的理智，在木棉无意识地在他锁骨处轻蹭，温热的唇软软擦过肌肤时，瞬间“铮”的一声，毁于一旦。

林慕安压下脸去吻她。

黑夜中，一切感官被放大，木棉溢出了两声短促的呜咽，然后被动地张开嘴，与他唇舌交织。

被子很厚，紧紧地包裹住两人，狭小而温暖的被窝里，欲念一点点从心底升起，难以抑制地渴望更多。

一件件衣服散落，两具年轻的身体毫无阻碍地纠缠在一起。

浑浑噩噩间，自制尽失，在这寒冷的冬夜，与自己心爱的人，在柔软的被子里翻滚，耳鬓厮磨，肌肤相亲。

……

除夕守岁，凌晨外面开始传来鞭炮声，噼里啪啦吵得人难以入眠，木棉从睡梦中惊醒，方一动身子，林慕安就立刻察觉。

“吵醒了？”他声音有些沙哑，响在耳边低沉却格外动听，让人心痒痒。

“嗯……”木棉含糊呢喃一声，在他胸前蹭了蹭，接着又迷迷糊糊地睡去。

被窝里很热，蓬松的棉被贴着肌肤，两人挨在一起，彼此体温交融，不经意的摩擦间带起一阵阵酥麻。

木棉困得不行，立刻坠入梦中，只是好景不长，下一刻，耳边又响起了鞭炮声。

她皱眉刚欲睁开眼睛，耳朵被一双手捂住，巨大刺耳的响声顿时锐减，变得模糊和缓起来，木棉放松了身子，沉沉睡去。

再次醒来不知时间，房间一片昏暗，从窗户望去，外面阴阴沉沉，鼻尖是寒冷的空气，空调依旧没好。

她正被林慕安紧抱在怀里，她忍不住动了动，顿时一阵酸痛从身体各处传来。

睁着眼睛望天花板，脑海开始不由自主地回放昨晚的情景，脸颊一点点升温，然后上面落下了一抹柔软。

林慕安把头埋在她颈间，继续亲着，酥酥痒痒，她不由得缩着肩膀躲他。

“别闹……”木棉把他的头推开。

林慕安就势附到了她耳边，湿热的气息涌来。

“有没有不舒服？”他抱着木棉，低低地问。

“嗯，酸痛。”

“哪里酸，我帮你揉揉……”

林慕安说着，手开始在她身上缓缓移动。

木棉任由他作乱，一动不动地平躺着继续观望天花板，嘴里平静地吐出两个字：“流氓。”

耳边顿时传来闷笑声，林慕安把她身体扳了过来揽在怀里，胸腔微微震动。

“棉棉，你真可爱。”

闹腾了半会儿，两人终于磨磨蹭蹭地起床，把昨晚冰箱冷冻的饺子拿了出来，煮上满满一盘，再调上生抽、辣椒和醋，吃得无比满足。

吃完给物业打了个电话，工人大概要下午才能过来，木棉坐在沙发上冻得瑟瑟发抖，林慕安干脆从卧室抱来了一床被子。

客厅开着电视，两人在沙发上裹着被子相互依偎取暖，时间缓缓流淌，门铃声响起时，木棉恰好睡意上头。

她不满地嘟囔两声，然后被林慕安连人带被子抱到了床上。

安置好她，林慕安认命地出去开门，果不其然，外面是维修工人。

鼓捣半天，终于修好了空调，暖气一阵阵吹着，林慕安轻手轻脚地走了进去，把木棉身上的棉被拿掉了一层。

第二天，外面开始下起了小雨，两人都没有出门的意愿，冰箱存粮充足。

冬天总是容易让人倦怠，就如同动物冬眠般，只想要躲在温暖的一处待到地老天荒。

而对于初尝人事刚知晓滋味的林慕安，和木棉独处一室，总是控制不住地想拉着她，做成年人的事情。

一回生二回熟，外面阴雨连绵，室内春暖香浓，整整一天，木棉都没有下床来。

当天夜里，林慕安被赶到了隔壁。

连着下了两天小雨，农历初四那天，天气开始放晴，太阳终于从云层中冒了出来，露出了它羞答答的脸庞。

明媚的朝阳一缕缕洒在地面，绿油油的植被像是在闪闪发光，高耸的建筑上被投下了一大片金色，一眼望去让人心情大好。

"我们今天去一中转一下好不好，我两年没有回去看过了。"木棉挑着碗里的面条，看着对面的人，嘴角带笑。

"好啊，好啊！"

林慕安立刻把头点得跟鸡啄米似的。

两天来，难得木棉对他有好脸色，别说是去学校了，哪怕是上刀山下火海，他也是愿意的。

吃过饭将近中午，两人穿上棉袄戴着围巾出门了，虽然外面阳光明艳，但天气依旧冻得吓人。

一出门，冷空气瞬间席卷而来，尚带有余温的肌肤立刻变成了一片冰凉，林慕安马上抓住木棉的手塞到了衣服口袋里。

街上空荡荡的，人烟稀少，就连路上的车辆都几乎销声匿迹。春节家家户户都在走亲戚拜年，唯独两人四处游荡。

偌大的马路上只有他们在慢慢走着，林慕安攥着木棉的手，嘴角翘得老高。

这感觉可真好。

穿过两个红绿灯，远远就看到了一中校门，走过去，才发现校门紧锁，就连旁边的保安室也是关得严严实实的。

两人四目相对两秒，须臾，木棉把视线转到了一旁的围墙。

林慕安猛摇头。

木棉：“你先上还是我先上？”

他把头摇得更加猛烈，木棉开始动手摘围巾。

千钧一发之际，两人身后响起了一道试探的声音，宛如遇到救星般，林慕安立刻抬眼望了过去，眸子晶亮晶亮。

“你是……木棉？”站在那里的女孩盯着木棉熟悉的侧脸，忽视了旁边那道炙热的目光。

原谅她实在认不出来那个用围巾把自己的脸裹成木乃伊的人是谁。

木棉闻声转头，打量了面前这个女生几秒，迟疑地开口：“李晓？”

“果然是你啊，我就说没有记错！”女生兴奋地说，接着目光落到了一旁林慕安身上，打量着。

“你们这是……”

“哦，本来打算回学校看看的，结果没想到今天都没人值班。”木棉笑着解释。

“这样啊，我带你们进去啊！”她神色雀跃地解释，“你忘了，我爸妈住在里面的，当然有钥匙啦。”

她一边打开门，一边和木棉说着话：“他们今天都在姥姥家拜年，我东西忘拿了，所以回来，没想到刚巧碰到你了。”

两人其实上学的时候交集并不多，李晓成绩很好，一心扑在学习上。

木棉记得看到的最多的一幕，就是在空无一人的教室里，李晓埋头做题的身影。

而她那个时候，一门心思都在林慕安身上。

没想到几年不见，往日沉默寡言的女同学，已经变得如此健谈。

三人穿过了校门，走上了那条熟悉无比的林荫道，往事不受控制地浮上心头，木棉握着林慕安的手，缓缓打量着四周。

两边道路依旧树木茂盛，枝干粗大，树冠郁郁葱葱，耳边仿佛响起了雨滴击打树叶的声音，沉闷接连不息。

风一吹，雨水簌簌落下，打在了她的伞面，一声声不绝于耳，像是倒计时的钟声，让人惶恐又惊惧。

那时的她故作镇定，带着一腔无所畏惧的孤勇，单枪匹马地杀入了林慕安的世界，现在想想，真是莽撞单纯又天真。

幸好，那是一个比她更加纯净的孩子。

一点点的温暖，就让他敞开了心扉，收起了那些高高竖起的棱角，变成了现在这副柔软的模样。

“对了，后天我们班级聚会，听李秦说没有联系到你，你要来吗？”

李晓的声音蓦然闯入脑海，打乱了心中思绪，木棉一愣，反应了过来。

“我……回头看看消息，很久都没有上 QQ 了。”

因为班级群消息实在太多了，木棉就把它屏蔽掉了，而自从考研成绩出来了之后，她也基本没有上过 Q 了。

因为身边的朋友用的都是微信。

周遭的一切都在发生着变化，有的东西被时代淘汰，有些新鲜事物开始崛起，有些人离开，有些人填上。

幸好他们，依旧还在一起。

“啊……这样啊，哎，你留个电话号码给我吧，回头看到李秦让他打给你，不然你又失联了怎么办？”李晓开玩笑道。

木棉依言把号码报给了她。

“我从这边走，你们慢慢逛着，回见啊。”李晓摆摆手，往教师宿舍走去。

木棉同她道完别，和林慕安慢慢在学校里逛着。

穿过小花坛，走到教学楼下，来到他们的教室，已经变得十分陌生，里面的桌椅已经全部换过，座位排列也不是以前的模样。

唯有那黑板旁白色墙壁上的脏污斑驳，隐约让人有几分熟悉。

他们牵着手从窗外缓缓走过。

“林慕安。”

“嗯？”

整个学校空无一人，他已把围巾摘下，闻声侧头看了过来，眉眼温和漂亮，面孔白皙干净，木棉眨了眨眼睛。

“没什么，就是想叫叫你。”

他看了她一眼，攥紧了她的手。

下楼，继续往前走，两人来到了天台，经过那个楼梯拐角时，脑海情不自禁地浮现出一幕。

“我在这里威胁过你。”木棉仰头开口。

“嗯，流氓得很。”林慕安眼里泛起了笑，点点头一脸认真。

“只对你耍流氓。”她说。

天台门关着，但是没有上锁，林慕安轻轻一推就开了，随着那扇铁门缓缓打开，刺眼的阳光扑面而来。

木棉眯起眼睛，外面一片光亮。

空旷的天台，安静寂寥，天空蔚蓝广袤，白云飘浮其中，明媚的阳光铺满了整个地面。

林慕安拉着她慢慢走了过去。

难以置信的是，这里几乎看不出一丝变化，依旧如同当年一样，就连墙壁上的痕迹，都没有太多差别。

木棉忍不住盯着他笑：“看来这个秘密基地，还是只有你一个人知道。”

“这是我们的秘密基地。”

林慕安说完，拉着她走到了围栏边。

从高处放眼望去，整个学校尽收眼底，宽大的篮球场，红白相间的跑道，高矮错落的建筑。

让人心境瞬间开阔，木棉刚扬起嘴角，旁边就传来了林慕安的声音。

“其实没认识你之前，我曾经无数次想过从这里跳下去。”

脸上的笑意顿时僵住了，木棉缓缓地侧头，他正眺望着远处，侧颜干净柔和。

“那个时候活着对我来说，根本一点意义都没有，冷冰冰的房子，一个人，就像是孤魂野鬼一样。”

他轻轻扯起了嘴角，淡淡讥讽：“每次我都在想，如果突然有一天，我死在了那个房子里，恐怕等尸体发臭了，都不会有人知道。”

木棉缓缓摩挲着他的指节，没有打断他。

林慕安转头，盯着她，眸中荡起了笑：“可是你就这样突然冒了出来，好像只围着我转一样。”

他语气清浅，面容柔和得不像话。

“木棉啊……你可能不会知道，你对我有多重要。”

“我知道。”木棉抓紧了他的手，盯着他认真重复，“我知道。”我对你有多重要，你对我就有多重要。

安静空旷的天台，洒满了阳光，一阵阵风吹起，黑色发丝随风飘摇，贴在她的脸上，那双眼睛，亮得吓人。

“你别忘了，是我先靠近你的。”

木棉目光执拗地盯着他。

林慕安缓缓抬手，整理了下她被风吹乱的头发，手指留恋地在她耳后停留片刻，语气轻柔：“下去吧，这里风大。”

“好。”木棉轻轻地点了点头。

在学校转了一圈，两人才出来，沿着街道慢慢地走回家，冬天的太阳温和舒适，打在身上暖意洋洋。

木棉想起了方才李晓说的事情，打开手机，果不其然李秦敲了她好几次，大致扫了眼信息，收起，仰头问身旁的人。

“同学聚会你要去吗？”

林慕安思考了几秒，回答：“你想去就去。”意思是你去我就去。

“好吧。”木棉点点头，回复信息。

晴朗的天气持续了好几天，同学聚会的地点定在一中不远处的一家酒店，订了个独立的包厢。

木棉牵着林慕安进去的时候，空气安静了一瞬。

李秦率先起哄：“哎哟，学委不错嘛！都带家属来了，快快快，坐坐！”他连连招呼。

即使许久没有联系，一打照面，感觉依旧亲近而熟稔，老同学这种关系，真是世界上独特又奇妙的东西。

木棉和在座的人一一点头打着招呼，她上次参加同学聚会的时候，他们都有来过，现在见面也不算陌生。

况且当年读书的时候，她人缘就不算太差。

林慕安默默地跟在她旁边，两人落座，木棉抬手摘掉了他的围巾。

一时间，喧闹的房间顿时鸦雀无声，所有人都瞪大了眼睛，愣愣地看着林慕安那张脸。

须臾，李秦咽了咽口水：“那个，你们……你们又在一起了啊……”

“对呀，我们又在一起了。”木棉侧头和林慕安相视一笑。

满满的一碗狗粮，众人在心里默默地骂了句之后，接着七嘴八舌开始八卦起两人的坎坷情路。

木棉："没什么好说的，有情人终成眷属。"

"滚！"

席间气氛非常融洽，没有人再对他们多加议论，大家各自谈着现状，你一言我一语，十分热闹。

其中有高中毕业就出来工作的同学，现在买房买车娶妻生子了，有正在实习或者准备步入社会的，还有像木棉这样选择继续留在学校的。

林慕安全程都比较安静，只有别人问到他时，才会简短地回答，这已是很难得了，毕竟以前读书时，他都是不理人的。

中途木棉去了趟洗手间，出来时在外面看到了一位还算熟悉的男同学，她笑着打了声招呼，擦身而过的瞬间，却被对方叫住。

那张脸上有些犹豫神色，他吞吞吐吐地开口："木棉……其实有件事情一直没告诉过你……当年林慕安出国……"

木棉再次回到包间时，眼角有些微红。

旁人没有注意，林慕安却是一眼就能察觉，他立刻握住了她的手，凑近低声询问。

"你怎么了？"

"没事。"木棉猛摇头。

"没事怎么眼睛红了？"他抬手轻轻抚上了她的眼角，指腹柔软而温热，一时间，刚止住的眼泪又有倾泻而出的架势。

木棉吸了吸鼻子，拨开了他的手，瓮声瓮气："风大，吹的。"

吃完饭例行去楼上唱歌，木棉以身体不适拒绝了，回家路上一句话都没说，紧抿着唇心事重重。

林慕安打起十二分精神来，一路小心翼翼地看护着她，唯恐出现一丝纰漏。

到家，门一关上，木棉就开始动手脱他的外套，摘围巾，然后亲了上来，咬着他的唇像是发泄般，用力又急切。

林慕安顺着她，缓缓安抚着，纠缠间气息渐渐混乱，木棉就在此刻松开了他，接着把他拉到了房里，用力一推。

林慕安一时不察仰躺在床上。

她开始脱衣服，接着身子压了上来。

木棉俯身亲他，咬着他的唇，黑发从两边散落，扫过脸颊痒痒的，他回应着她的吻，唇舌纠缠间含混不清地问着：“你怎么了……”

没有人理他，木棉的动作越发急促，不知何时，他们已经坦诚相对。

房间开着空调，空气温暖适宜，被子盖在两人身上，圈出一小块狭窄的空间。

林慕安翻身压住她，占据了主动权。

相比之前几次的和缓，今天他们明显都失了控，林慕安渐渐加重了力道，木棉咬着唇低吟，指甲不知不觉中陷入了他的背中。

她抬起了腰迎合得更深。

白皙修长的脖子高高仰起，像是一只优美的白天鹅般，极力伸展，划出一道诱人的弧度。

林慕安忍不住俯身咬了上去。

……

木棉软成了一摊泥，倚在林慕安的怀里，他抬手一下下顺着她的背，时不时在她脸上落下轻吻。

柔软的唇贴上来，温热又舒服。

木棉闭着眼睛，睫毛偶尔轻颤，两人相拥许久，她才轻轻开口：“林慕安……你当初，为什么要出国？”

旁边的人立刻僵直了身子，他抿了抿唇，声音有些干涩：“都过去了。”

“回答我。”

“念书。”

“是吗？”

“嗯。”

“那你就完全没有一点，舍不得我吗？”这句话，是木棉从他当初决定要走之后就想问的，一直到现在，才有勇气问出口。

林慕安抱紧了她，把脸埋在她的脖颈间轻轻蹭着，鼻尖传来丝丝幽香，他深深吸了两口气，声音低不可闻。

“有……”非常非常舍不得。

“傻。”木棉盯着身后的窗帘，轻轻吐出一个字。

哪怕所有人都知道又怎样，只要我们在一起，便无所畏惧。

世界上最大的痛苦莫过于和你分开。

春节在家一直待到开学，复试结束，木棉如愿以偿成了一名准研究生，拜在张教授门下。

林慕安白天偶尔和她去上上课，大多数的时间还是独自一人，他买了个数位板，开始在网上找教程练习。

倒也不至于那么无聊。

时间过得飞快，去年拍的电影陆续上映，票房口碑一路走高，热度不断，他更加出不了门。

天气慢慢转热，勉强可以用来遮脸的围巾也不能再戴了，只有夜里才能去一些人少的偏僻处散步。

两人最常去的地方就是小房子前面的海边，沿着那条海岸线走，有一座小山，上面树木茂盛，一条石板小路蜿蜒盘旋。

拾级而上，那里人烟稀少，半山腰上设有围栏，木桩和铁链制成，放眼望去，无垠的大海和沙滩尽收眼底。

灰蓝暗沉的天空，残留着一抹薄红，晚霞余晖，微风吹拂，心境瞬间开阔。

大四下学期不是很忙，木棉有更多的时候可以陪他，两人每天吃饭散步睡觉打游戏，仿佛已经提前过上了老年生活。

安逸总是容易麻痹人的警惕性，一不小心，就出了纰漏。

6月，木棉开始忙了起来，准备毕业论文答辩等一系列的事情，不知不觉已经很久都没有和赵萱他们联系过了。

夜里，浴室水声哗啦啦响起，放在床上的手机在疯狂叫器，林慕安看了眼屏幕，上面是一串数字。

“电话——”他仰头喊道。

“谁的？”里面水声小了一点，传出了木棉的声音。

“不知道，陌生号码。”

“哦，那你帮我接一下吧！”

林慕安按下接通。

“喂，你好。”

“你是？”里面传来了一道女声，隐约有些熟悉。

“你找谁？”林慕安凝眸思考两秒，开口。

“我找木棉。”

“请问你是哪位呢？”

"我是她妈妈。"

木棉出来的时候，林慕安正神色严肃地坐在床边，看见她立刻抬起了头，拿起旁边的手机递给她："电话。"

"谁的？"木棉疑惑。

"你妈妈。"

短短的几个字瞬间让她提起心神，木棉脸上闪过愕然和惊恐，随后接过手机，咽了咽口水，迟疑出声："喂……妈。"

"刚刚接电话那个男生是谁？"

"是我男朋友，很抱歉没有提前和你们说。"木棉抬眸看了眼林慕安，他正低着头，不知在想些什么。

"是我们认识的人吗？"

出乎意料的问题，木棉愣了一下，随后微微颔首："是。"

那边安静了下来，仿佛在等着她的解释。

木棉深吸了一口气："是林慕安，之前在我们家住过一段时间，但是我们是去年才在一起的。"

"你们同居了？"

"是。"

"暑假你带他过来一趟，我和你爸爸见见他。"

木棉挂了电话，林慕安正在看着虚空发呆，白皙俊秀的脸上一片茫然，双眼愣怔。

"你干吗呢？"木棉笑着推了一把他的头。

"我害怕……"林慕安可怜兮兮地望着她。

"别怕，我爸妈人很好的。"木棉安慰，毕竟从小到大，她大大小小的事情，都是自己做的决定。

木棉觉得，这次也不会有意外。

酷暑将至，大四毕业一系列流程走完之后，大家开始各奔东西，S 市不属于一线城市，本地大企业不多，就业并不是很理想。

除了留校读研的，基本都是回到户籍所在地，或者往一线城市发展。

李君回了老家，宋棠去了沿海的一个一线城市，只有苏茗留在这里。她家里早早就给她找好了一家国有企业，一毕业就可以直接去上班。

拍完毕业照，当天晚上聚餐，班里所有人基本都来齐了。

其实大学相比高中，同学情谊并没有那么浓厚，除了几个舍友玩得格外好之外，其他人大多都交情一般。

但当天气氛依旧热烈，毕竟同窗四年的情谊做不了假。

吃完饭，班里那几个活跃分子闹着去唱歌，宋棠叫得最为起劲。

已经很晚了，木棉犹豫几秒，还是随着他们一起去了。

开好包厢之后，服务生便一箱箱地往里面搬酒。

班长拿着话筒站在房间中央，神色激动，声音高亢：“今晚——我们不醉不归！”

底下是一片的叫好声。

音乐响起，灯光旋转，一张张年轻的脸庞明暗交织，在这夏日的夜里，他们享受着属于他们最后的学生时代。

一群人喝得烂醉如泥，相互搀扶着回学校，木棉即使有意控制，到散伙时也有些晕乎，一出门，就看到了站在不远处的林慕安。

他穿着白色 T 恤，牛仔长裤，戴着顶黑色鸭舌帽，身子隐藏在阴影处，看不清表情。

木棉立刻冲他摆摆手，嘴角高高翘起。

林慕安过来接她的时候，看到的就是这样一幕——

木棉正站在台阶上冲他傻笑，偏生又笑得十分好看，映着身后的一大片灯光，穿着白裙子的女孩天真又烂漫。

他压低了帽檐，缓缓走了过来。

宋棠几人见状，立刻嘻嘻哈哈地和木棉告别，然后同林慕安打了个招呼，勾肩搭背地往学校走去。

“喝醉了？”林慕安搀扶着她，低低询问。

木棉闻言，立刻把头摇得跟拨浪鼓似的，盯着他痴痴地笑着，眼底一片蒙眬。

林慕安认命地半抱着她，走到路边去拦车。

车里，木棉一点都不安分，时不时去捏他的下巴，又时不时抓着他的手把玩，十根白皙匀称的手指亲密交缠。

然后她停下了动作，盯着那两只手，咯咯直笑。

声音一阵一阵的，痴傻无比，引得司机都频频从后视镜里打量着他们。

林慕安默默伸手，捂住了她的嘴。

木棉顿时没了声音，睁着圆溜溜的眼睛瞪着他。

林慕安竖起一根指头，放在了唇边：“嘘！”

她眨巴了下眼睛，忙不迭地点头。

林慕安小心翼翼地松开手，她自觉地伸手捂住了唇，然后伸出手指："嘘……"

"嗯，真乖。"林慕安奖励似的揉了揉她的脑袋。

那双眼睛顿时弯成了两道月牙。

回到家，林慕安把她推到了浴室，找好衣服放进去，嘱咐："好好洗澡。"

"嗯！"她用力地点了点头。

林慕安放心地关上门，去厨房倒了杯水，回来，浴室毫无动静。

他蹙眉，上前敲了敲门："木棉？"

没人应他。

他再敲了敲，还是毫无动静。

林慕安沉吟两秒，手下一拧，门把轻松转动，门没锁，他缓缓推开，试探地叫道："木棉？"

视线慢慢开阔，浅蓝色瓷砖地板正中间，躺着一个熟悉的身影，满头乌黑长发盖住了她的脸，发尾凌乱地散落在地上。

林慕安轻轻叹了口气，蹲下拨开了那头长发。一张白皙清秀的脸露了出来，睫毛乖巧地耷在上面，鼻翼微微翕动，呼吸平缓。

他认命地在浴缸里放满水，滴入精油，然后把人抱起，脱衣服，白色泡沫顿时盖住了大半身子，唯有那对纤细诱人的锁骨露在外头。

木棉仰躺在浴缸边缘，白皙的脖颈微微扬起，面容恬静，睡得无比香甜。

明亮的灯光下，那一大片雪白的肌肤，如月光般皎洁莹润。

林慕安打开花洒，慢慢替她洗着头。

他先将她头发打湿，再挤上洗发露，然后轻轻揉出泡沫，动作刻意放得无比轻柔，直到满头泡沫被冲干净，木棉都没有醒来的痕迹。

林慕安拿着毛巾擦干湿漉漉的头发，然后在手心抹上洗面奶，帮她洗着脸。

最后弄完之后，用浴巾把她包起，放到了床上，在脸上拍好水乳，他拿出了吹风机。

木棉头发浓密乌黑，这两年又留长了一些，夜里不吹干明天肯定会头疼。

吹风机轰隆声响起的那一刻，木棉立刻蹙起了眉头，晕乎乎地把身子卷成一团，往旁边移着。

林慕安加快了吹头发的动作，几分钟后，空气终于再次安静下来。

木棉舒展了眉头，缓缓睡去。

林慕安看着自己这一身水渍，摇摇头，起身洗澡。

翌日，木棉醒来，全然忘记了昨晚的事情，面前只有林慕安那张写满浓浓睡意的脸。

她下床洗漱，看到浴室的那一刻，脑海隐约出现一些记忆。

扎起头发准备刷牙洗脸，指间的发丝蓬松柔软，明显是昨夜洗过的模样，木棉回忆了几秒未果，摇摇头把牙刷塞进了嘴里。

林慕安起床之后，木棉正把早餐端出来，她头发半绾，穿着浅蓝色围裙，脸上带着浅笑，气质温和又居家。

林慕安站在那里愣了一下，随后抓了抓头发，开口说："你以后还是不要喝酒了。"

"我昨晚干了什么吗？"木棉睁大了眼睛，顿住动作，脑海不可控制地想起了他之前喝醉的模样。

"你什么都没干。"都是我干了。

"哦，那就好。"木棉长松一口气。如果像他一样，那就完了。

天气最热的时候，暑假来临了，木棉彻底闲赋在家。

S市的夏天，平均温度30℃，艳阳高照，人一出去，就如同置身火炉一般，烧得人头昏脑涨，干什么都没有心思，只想寻个阴凉地，度过这难熬的时光。

白天基本不敢出门，只有夜里太阳下山温度降下来时才敢出去转转。

在这样的天气里，木棉再次感谢了发明了空调的人。

凉爽的客厅，两人并肩坐在沙发上，捧着半个大红西瓜，一边吹着空调，一边看电视，时不时讨论两句剧情，日子过得是悠闲又滋润。

林慕安最近心情格外好，木棉和他作息基本一致，每天一同起床吃饭玩耍睡觉，简直美得想上天。

多么希望这个暑假长一点，再长一点。

只可惜，好景并没有想象中那么长，在过了一段悠闲的日子之后，木棉接到了赵萱的电话。

"我们过两天休假，打算过来看看你。"

"啊，不用了，还是我们过来吧。"木棉有些惶恐。

"没事，我和你爸爸也早想去S市玩一下了。"

赵萱的语气不容置喙，木棉只能妥协，当天便拉着林慕安开始大扫除，忙活了整整一下午。

直到两人忙完瘫在沙发上时，木棉才发现他很久都没有说过话了，沉默得有些异样。

“你怎么啦？”她轻轻握上了他的手，询问。

林慕安没有回答，只侧过头来看着她。

两人静静地对视，须臾，他凑过来亲她。

“你在害怕吗？”待他离开，木棉方有所察觉，抬眸凝视着他，轻问。

林慕安依旧没有回答，只是抓着她的手扣了进来，紧紧地相握。

许久，他才低低地应了一声：“嗯。”

“别怕。”木棉用力地握了握他的手，“他们都不是不讲理的人，好好说一定没问题的。”

“可是你妈妈她不喜欢我。”林慕安垂着头，声音很轻，眼里闪过一丝微不可察的受伤。

“怎么会呢？当初你们见面的时候，不是挺好的吗？”木棉蹙眉，有些心疼地看着他。

林慕安没有再开口，只是神色黯淡了下去。

赵萱和木铭的飞机是上午十点抵达，林慕安不方便出门，木棉独自一人去的机场，她解释的时候，两人神情淡淡，看不出喜怒了。

一路上，木棉都在隐晦地为林慕安说好话。

进门，林慕安站在那里乖巧地打着招呼问候。

赵萱和木铭点点头，接着打量参观着四周，木棉和林慕安垂着手恭敬地跟在身后，像是两个犯错的孩子。

一落座，他们就直接发问：“你们打算结婚吗？”

木棉愣了一下，还未反应过来，林慕安已经立刻回答了，吐字清晰，掷地有声：“是。”

空气安静了几秒，赵萱的声音骤然响起：“结婚不仅仅是你们两个人的事，也是两个家庭的结合。”

说完，她话锋一转，盯着林慕安，开口：“据我所知，你现在没有工作，也没有父母是吗？”

“妈！”木棉立刻不满地出声，蹙眉瞪着她，“人的出生是没有办法选择的，你怎么能这么直接地揭人家伤疤呢？”

“没关系的。”林慕安握了握她的手安慰，随后直视着赵萱的目光，回答，“目前情况是这样的。”

说完，他立刻补充：“但是——我有收入，而且存款也可以支撑我们以后的生活，所以这点你们不用担心。关于父母，我想棉棉说得对，没有人可以选择自己的出生。”

话音落地，整个房间安静无声，林慕安坐在那里迎接着赵萱和木铭的审视，神色是前所未有的坚定。

仿佛对峙般，谁都没有先开口。

赵萱的目光落到了他们交握的手上，许久，轻叹了一口气：“罢了，随便你们了。”

她抬眸盯着木棉，语气有些发凉：“反正从小到大，我也没怎么管过你，自己选择的路，好好走下去就行了，总归，是过得下去的。我和你爸爸就去机场了，研究所还有一大堆项目等着我们。”

见木棉和林慕安起身欲说话，她立刻开口，语气不容拒绝：“不用送了，又不是找不到路。”

木棉张了张唇：“我还是送送您吧……”

木铭深深地看了木棉一眼，摆摆手。

赵萱和木铭开门离去。

后来好长一段时间，他们在电话里都十分冷淡，可能是对木棉的先斩后奏感到心寒，也对她最终的选择感到失望。

虽然是松口了，但也无声地表达了自己的态度——

反正我就是不喜欢他。

木棉也就失落了一下子，山高水远，在电话里尽量态度好一些就是了，日子还是自己过自己的。

只要他们两人不分开，其他的都不是什么大事。

但林慕安明显有些放在了心上，一副心事重重的模样。

木棉想了想，刚好还有一个月的暑假，不如出去旅游顺便散散心。

在家做了几天攻略，最后还是决定去布拉格。

时间充足再加上难得出去一趟，于是，两人从克拉科夫一直到布拉格再转维也纳，把那条线路上有名的城市和景点都玩了一圈，回来时已经过了大半个月，在家休息几天刚好开学。

出去玩了几天，林慕安明显心情缓和不少，几乎和之前的状态一模一样，木棉见状也放下了心。

研一主要是上课，相比本科内容要更加深入，但大体作息还是相差不大，两人又回到了之前的那种模式。

木棉白天去学校，林慕安在家。

晚上的时候，两人静静地待在一起。

吃饭，看电视，上网，睡觉。

只是很久没有看到他的新画稿了。

时间悄悄流逝，酷热逝去，天气一天天凉了起来，到了要穿毛衣的季节时，木棉突然在客厅茶几上发现了一本漫画。

她没有想到林慕安还会买这种东西，瞬间提起了兴趣。

林慕安去洗澡了，她此时无事，于是饶有兴致地翻开漫画，里面的人物景色画得都很有美感，而且极具特色。

讲的是一个异次元世界的故事，剧情非常吸引人，至少木棉看完几页之后就很感兴趣地继续往下翻了。

只是越往后看越觉得这个画风隐约给她一种熟悉感。

看完后，木棉合上手里的册子，目光落到了那个笔名上面。

那两个小字在大气磅礴的封面上并不是很起眼，木棉一开始并未注意到，现在发现之后，心中的猜测则立刻落到了实处。

林木。

——你看你名字里有两个木，我名字里也有两个木，我们注定就是要在一起的。

脑海情不自禁地浮现出了这句话，木棉手指缓缓摩挲着那两个字，忍不住轻轻勾起嘴角。

浴室的水声停了，细碎的脚步声在身后响起，然后动静顿住。

林慕安盯着她手里的那本书，悄悄地咽了咽口水。

“棉棉……”

“嗯？”木棉抬头，饶有趣味地盯着他。

“你看啦？”他小心翼翼地试探。

“看了。”木棉点了点头。

林慕安顿时觉得有些羞耻，双唇翕动组织着措辞。

这是出版社寄给他的样书，晚上取了快递上来之后便忍不住一口气看完了，之后去洗澡时就随手扔在了茶几上，没想到今天木棉这么早回来。

“这个……是……是我买的！”他点点头，慌乱过后露出个笑，定下心来。

“对，我无聊买来看的，你看完觉得怎么样，好看吗？”他说完，眼神期盼地看着她。

木棉强忍着笑意，一脸认真地颔首夸赞：“好看！剧情十分吸引人，而且画面人物特别有美感，尤其是——这个作者的笔名，刚好是我们两个的姓氏呢！”

林慕安立刻扶住了额头，认命地开口：“好吧，你早就猜到了对不对？”

木棉闻言立刻神色一变，板起脸，严肃地质问：“你怎么回事呢？瞒着我就算了还骗我？看来这日子是没法过了。”

“我错了，对不起。”林慕安认真道歉。

道歉这种事情他现在做起来是十分得心应手，驾轻就熟，念头刚起话就从唇边脱口而出，真挚又诚恳。

木棉虽然听得耳朵都快起茧子了，但的确是十分受用，她“嗯”了一声，继续盘问：“那你从头到尾给我交代清楚。”

“就是无聊画了一些东西放到网上，然后被编辑看到出版了。”他三言两语地略过。

木棉稍作思考，继续发问：“什么时候的事？”

他这次顿了一下，悄悄地抬眸打量了她一眼，小心翼翼地开口：“半年前……”

木棉顿时面无表情：“寒心。”

“棉棉……”他立刻撇着嘴凑了过来，开始抱着她求饶，“我不是故意的，我只是不好意思，你别生我气……”

木棉冷笑了两声，拿出例行拒绝他的话：“撒娇、耍赖、装可怜，统统都没有用！”

几句话堵得他哑口无言，他睁大眼睛欲语还休地瞪着她。

木棉还在冷冷地往外蹦着词，一字一句直往人心口戳刀子，他出于本能地，身体先大脑一刻做出了反应——拿抱枕去堵她的嘴。

木棉猝不及防奋死挣扎，却还是被他推翻在沙发，最终放弃抵抗，一动不动地躺在那里。

林慕安双颊薄红，手里还拿着枕头不放，恶狠狠地威胁：“不准再说了！”

“好好好。”木棉举手投降，“那你先放开我。”

他这才察觉到两人姿势的……有些羞耻。

木棉仰躺在沙发上，他紧压着她，这种姿势，真是容易让人联想。

他立刻翻身下去，随后把沙发上的人拦腰抱起，木棉惊叫一声，接着被放到了熟悉的床上，他站在床边开始脱衣服。

宽松的圆领T恤一下从腰上拉到头顶，然后在领口处一甩，顿时露出白皙的皮肤和那匀称的肌肉，带着浓浓的侵略性。

条件反射，木棉立刻翻身滚到了床边，却在下一秒又被人捉住脚踝拖了过去。

“别跑。”

他声音低沉，手上极快地开始扒她的衣服。

木棉佯装挣扎了两下无果之后，开始放弃挣扎躺平。

不多时，卧室里响起了一阵细碎喘气声。

月亮害羞地藏到了云里，星星在天空中一眨一眨，夜风吹过外边的树木，枝叶纷纷簌簌作响。

过了许久，房里的动静渐渐平息了下来。

夜深了。

这件事情最终以林慕安睡了一个星期的客房为代价掀过，木棉好长时间对他都没有好脸色。

自此之后，大大小小的事情，林慕安都不敢再瞒她。

日子一天天过着，在林慕安出版了一系列的个人作品集之后，木棉也从研一升到了研二，开始正式进入实验室，给张教授打打下手。

每天重复地做实验，一天二十四小时有十个小时是泡在实验室的。

用林慕安的话来说就是，再过几年，女科学家没出来，倒是重蹈了你爸妈的覆辙。

说完，他又是深深地叹了口气，无限感慨。

幸好还有他这个整日待在家的自由职业者，不然以后他们的小孩，可得活活饿死。

木棉看着手里的资料头也不抬，轻嗤：“说得好像你自己会做饭一样。”接着又瞥了他一眼，冷嘲，“真是咸吃萝卜淡操心。”

林慕安顿时被堵得哑口无言。

不过木棉忙起来的时候，也经常会疏忽给他做饭，久而久之，林慕安自己也能下点面条或者炒两个简单的菜。

比如西红柿炒鸡蛋、青椒炒鸡蛋、洋葱炒鸡蛋之类的。

今年春节的时候，木铭和赵萱有了一周的假期，两人回家过年。

木棉想了想，还是决定厚着脸皮把林慕安也带回家。

然后，不出意外地受到了冷暴力。

木棉又气又难受，只能在私下里对林慕安加倍好，想尽法子在赵萱和木铭面前说着他的优点。

比如：

她拿出一堆漫画放在茶几上，不经意地开口："林慕安今年出了一套个人作品集呢。"

木铭和赵萱两人一个看着报纸，一个盯着电视，无动于衷。

又比如：

她端出两道简单的家常菜，献宝："林慕安现在每天做饭给我吃呢。"

木铭和赵萱尝了一口，面色冷淡："味道一般吧。"

……

春节七天过去，他们的关系还是毫无进展，比起之前没有丝毫的缓和，反而是林慕安都快被弄阴郁了。

自此之后，木棉彻底放弃了这项艰巨的任务。

研二下学期快结束时，国内各种新闻网站已经找不出林慕安的消息了，对于一个选择退圈也没有了新作品的昔日明星，没有人会再关注他的消息。

在去年上半年所有作品全部上映之后，林慕安就慢慢地退出了公众视线，而之前接的几个代言也全部协商赔偿撤掉了。

那个充满浮华名利诱惑，布满着闪光灯的世界，仿佛只是黄粱一梦。

暑假时，两人照例出去玩了一圈，他们这次去了马尔代夫潜水看鱼，蓝天白云碧海沙滩，两人戴着墨镜草帽，躺在椅子上撑着太阳伞喝椰汁。

周边大多数都是新婚夫妻和情侣，随处可见拥吻的男女和甜蜜画面。

木棉在见证了五对不同肤色发色的男女在她眼前不远处热烈接吻之后，咬着嘴里的吸管盯着旁边的林慕安直笑。

"我们这是提前把蜜月给度了吗？"

他没有说话，面无表情，喉结微动，吸了一口椰汁之后，清磁的声音骤然响起："棉棉，回去我们顺便去趟江城，把证领了吧。"

语气淡然随意得仿佛就像对木棉说"今晚我们吃什么"。

若不是他吐字清晰，木棉都快要怀疑自己出现幻听了。

她摘掉了墨镜盯着林慕安。

他那张精致的脸被硕大的墨镜挡住了一半，黑亮的镜片上只映出了她的脸，看不见他眼里的神情。

木棉俯身过去，摘掉了他脸上那副碍眼的墨镜。

林慕安正睁着眼睛静静地看着她，乌黑的眸子像是泛着水光，濡湿透亮。

木棉盯着那双潋滟漂亮的桃花眼几近一字一顿地开口：“你、想、得、美。”

木棉放完狠话，第二天起床时便在手指上看到了一枚璀璨的钻戒，镜子里的人哭笑不得，她极快地洗漱完，然后转身回房把床上的被子一掀。

那个装睡的人立刻抓了抓头发坐了起来。

“棉棉早呀。”他脸上都是讨好笑容。

木棉双手环胸似笑非笑地盯着他，一个坐着一个站着，颇有些居高临下的意味。

她冲他伸出了手，把那枚亮晶晶的戒指放到他眼前，故意开口：“怎么回事啊，现在送礼物都兴送钻戒了啊，真是一份大礼呢。”

“棉棉……”他讨好地笑，眼睛弯弯面容真挚，“我这是在求婚。”

“滚。”

木棉立刻把手里的戒指摘下扔到了他身上。

当天傍晚，酒店侍应生把她引到后面沙滩时，木棉还有些愣怔。

天边云霞瑰丽，碧海无垠，面前是无数玫瑰堆积成的心形，层层叠叠，美丽又壮观，四面柱子上，扎着一层层粉色的轻纱，随风肆意飞舞。

头顶飘着数不清的粉色气球，脚下是一条笔直的红毯，那端缓缓出现一个人影。

林慕安穿着黑色西装，捧着一束巨大的火红色玫瑰，慢慢走到她面前，然后单膝跪下，拿出一枚精致的钻戒，漂亮的面容郑重而诚恳。

“棉棉，你愿意嫁给我吗？”

木棉眨了眨眼睛，忍住笑意，严肃地开口：“为什么突然弄这一出？”

“你生气了，我要哄你。”他继续跪在她脚下，睁大眼睛乖顺地回答。

“那你为什么不一开始就这样？”木棉挑眉，害得她白生了一场气。

“对不起，是我疏忽了。”林慕安如实回答，顿了顿，又解释，“其实每个女孩心中都住着一个小公主。”

他无比真诚地保证：“棉棉，我以后一定会永远把你宠成小公主的，你嫁给我吧。”

“既然你都这样说了，那我就答应你吧！”

木棉一脸的勉为其难，接着纡尊降贵般朝他伸出了手。

林慕安立刻欢天喜地地捏着她指尖，小心翼翼地把戒指套进了她的无名指中。

一抹冰凉，沁入心扉，在其中盘旋打转，木棉轻轻弯起了嘴角，盯着眼前的人，好像和从前一样，又好像多了些不一样。

回江城的前一天，木棉给赵萱打了个电话。

得知这件事情之后，赵萱安静了许久，最终还是妥协了。

“希望你幸福。”

“我会的，妈妈。”

两人去民政局那天，依旧炎热无比，天气晴朗得可怕。

木棉翻出了压箱底的白衬衫，和林慕安一起招摇过市。

然而民政局门口空无一人。

没有谁会在这么曝晒的时候，跑过来领证。

只有他们。

手续很顺利，一系列流程走下来无比简单。

两人接过红本本时，那个工作人员打量着林慕安，有些迟疑地发问：“你是……林慕安？”

“我是林慕安。”他微微颔首，因为心情好的原因，面容看起来分外柔和。

“那……能不能给我签个名啊！我可喜欢你了！”工作人员紧张地咽口水搓手，目光瞟向了一旁的木棉，语气无比复杂，“没想到竟然会亲手给你办结婚手续……”

“那可能不行。”林慕安转头盯着木棉嘴角含笑，“我太太会生气。”

“……”

木棉读研的最后一个学期，实验室临时安排了个工作，需要去南极考察，为时两个月。

林慕安顿时不干了。

自从他定居在这里之后，两人从来都没有经历过如此漫长的分别，最久的一次，还是因为赵萱突然生病住院，木棉过去陪了一周。

那个时候林慕安几乎每晚给她打电话聊到睡着，木棉回去的时候，只觉得他整个人都憔悴了几分，脸小了一圈。

以前异地时，倒也还勉强忍受，但在一起久了之后，就真的是难以分开了。

感觉一个人的时候就是空荡荡的，身体里仿佛少了一块，怎么都不对劲。

可这次却没办法拒绝，师兄前段时间不小心从楼梯上摔了下来，现在还躺在医院里，张教授年纪大了，这个课题也是她一直在跟。

木棉义不容辞。

南极的条件是意料之中的艰苦，有时候空调还会出现故障，只能用其他设备取暖，效果极差，裹上两床被子半夜依旧会被冻醒。

木棉是极其怕冷的一个人，在这种时候就越发想念林慕安，他虽然性子冷，但身子却很温暖，晚上抱着的时候，就像个天然火炉一样。

她这下终于明白林慕安在国外时的心情了，完全不敢给他打电话，一听到那个熟悉的声音，眼睛就控制不住地发酸。

每次他打电话过来的时候，木棉总是匆匆说几句就挂掉，她怕继续说下去，就被他察觉出她的哽咽。

这天夜里空调又坏了，木棉在床上辗转反侧，手脚都是一片冰凉，她把身子蜷缩成一团，死死闭着眼睛催眠自己。

昏昏沉沉间有些许睡意涌来，放在桌上的手机却突然响起，木棉挣扎着把手从和外面相比算是温暖的被子中伸了出来，极快抓住手机往回缩，然后接通放在耳边，压在枕头上。

身子开始打冷战。

“喂。”

“棉棉，睡了吗？”林慕安的声音在耳边响起，温柔又夹杂着绵绵情意。

眼眶瞬间一热，木棉吸了吸鼻子稳住声音。

“还没呢……”

“我也没有。”那头传来两声轻笑，接着是低声询问，“你那边冷不冷啊，一定要多穿点……”

话音刚落，木棉就绷不住了，她委屈巴巴，声音微颤，又软绵绵的，听得人心疼不已。

“冷，好冷，空调又坏掉了，都睡不着觉……”

木棉不记得自己后来说了什么了，反正就是不停地哭。电话不知道是什么时候挂掉的，一觉醒来时，她脸上一片冰凉，手一摸，上面都是干掉的泪迹。

她收拾好情绪，继续若无其事地上班。

第二天傍晚，却在基地外边见到了林慕安。

他穿着厚厚的棉袄，帽子上有一圈饱满的绒毛，遮住了大半张脸，身上仅背着一个双肩包，双手插在兜里还是不停地跺脚。

木棉立刻就扑了过去，难以置信。

“你怎么来的？”

“坐飞机，坐船。”

林慕安伸手捧住了她的脸，低头亲了下来。他的指尖很凉，唇却很热，烫得人有些浑身发软。

木棉抱紧了他，慰解着这一个多月来的相思之苦。

直到耳边传来两声低咳，木棉才惊慌失措地松开。

回头，不远处正站着研究所的同事老吴，打趣地盯着两人。

这一下，理智瞬间回笼。

“小木啊，这是男朋友？”

“嗯。”木棉不好意思地挠挠头。

“那他今晚有落脚地吗？”

话音刚落，木棉就愣住了。

基地外来人员入住，都必须要提前打报告上去，上头批准了才能安排，林慕安来得突然，而除了这里，也没有别的地方可以住人了。

“没有……怎么办？”木棉哭丧着一张脸看着老吴，焦急又无助。

“这样，你先别着急，我找所长说一下，看看能不能通融。”

“好好好，麻烦你了，吴叔。”

最后还是特批林慕安可以留宿一晚，但是明天必须离开。木棉长松一口气，立刻把他带进了自己房间。

空调依旧还是坏的，维修工人来看了一下，最后发现缺了一个零件，于是还要等上几天，室内温度比外面要高上几度，但依旧还是冻人。

木棉打了热水，两人勉强洗了个澡就上床裹着被子取暖。

多日来的念想终于在这一刻得到了满足，木棉窝在他怀里，舒服地躺着。

“棉棉……”

“嗯？”

“我好想你。”林慕安抱着她，在她耳边低声说道。

木棉往他怀里缩了缩，开口：“我也想你。”

他身上暖和得不行，往日冰冷的被窝很快就热了起来，木棉把手脚紧紧贴在他身上，惬意地眯起眼睛。

“棉棉……”他又叫道。

木棉闭着眼轻轻应了一声。

林慕安开始在她耳边絮叨着最近一个人怎么怎么样，低低的，声音又软又磁，好听得不行。

就像催眠曲一般，木棉有一搭没一搭地应着，意识渐渐模糊。

房间里的灯还开着，柔柔地打在她的脸上，秀气又温柔。

木棉最近好像瘦了，下巴尖了不少，看起来更加清丽几分。

粉色的唇轻轻抿着，鼻头白皙又小巧，呼吸间微微翕动，林慕安看着怀里的人，情不自禁地低下头去吻她。

最后一刻，他停了下来。

木棉情不自禁地在他身上蹭着，嘴里还在不满地嘟囔。

林慕安抱住了她的身子，声音满是压抑：“棉棉，不要动。”

“我难受……”她睫毛轻颤，睁开了眼睛，睡意褪去大半，眼里只剩蒙眬的求索。

林慕安深吸了一口气：“不行，这里没有……”

他的话戛然而止，身子僵住，看了看木棉，所有的克制在这一刻尽数沦陷，如同雪山崩塌般轰然化作粉末。

被动化为了主动，寂静温暖的夜，被无限拉长。

林慕安回去的第二天，基地收到了一批空调，听说是社会爱心人士捐助。

靠着新空调的温暖，木棉度过了接下来的大半个月考察。

回去之后，她好好地犒劳了“爱心人士”一番。

又过了一个月，木棉正式研究生毕业，留在张教授的实验室工作，彻底定居在了 S 市。

林慕安把海边的这栋房子买了下来，房产证上写的是木棉的名字。

名曰，聘礼。

木棉则拿出了这几年的奖学金和项目奖金，给他买了辆中等价位的代步车，名曰，嫁妆。

天气越来越热，可能是最近工作强度太大，也可能是夏天通病，木棉最近越来越嗜睡，在某天吃饭时突然反胃干呕时，她终于想起“大姨妈”已经许久未造访了。

从准备毕业到工作这段时间，木棉每天都忙得天翻地覆，而她的经期从来都不准确，她也就没有太多注意。

而现在这些症状加在一起，毫无疑问都指向了一个结果。

她的心情顿时复杂万分。

身后，林慕安轻轻顺着她的背，打量着她的神情试探地开口：“要不，我去药店买点东西来测一下？”

木棉点了点头。

不出两分钟，林慕安就提着一个袋子飞快上来了，气息还有些微喘，面色潮红，他有些紧张地把手里的东西递给了木棉。

蹲在马桶上看着那两条醒目的红线，木棉竟有些不知所措，她想起了在南极站的那天晚上，顿时懊恼不已。

算着的确是安全期的，但不知是她例假不准的原因，还是因为……那晚太过了。

仅仅一次的疏忽，就这样中奖了。

木棉还没有为人父母的准备，她事业刚刚起步，林慕安在生活方面，完全又是个小孩，一个大的都让她头疼不已，何况还要再来一个小的。

但是不管怎样，这个孩子，她都是必须要留下的。

因为……这是她和他的共同体啊，怎么舍得。

想着未来有个小小的人，和他一样精致漂亮，跟在她身后一声声叫着妈妈，木棉竟情不自禁地笑出了声。

这么一瞬间，她心里就有了决策。

木棉打开门出去的时候，林慕安立刻紧张地迎了上来，乌黑的眸子盯着她，眼底都是期待。

“我们明天去医院再确认一下吧。”

话音刚落，林慕安顿时愣住，眼睛瞪得圆圆的，脸上都是茫然，他有些不确定地开口：“棉棉……你是说，我们要有宝宝了吗？”

“不出意外的话，应该是的。”木棉认真地点了点头。

面前的人有一瞬间的噤声，似乎是突然忘记了言语，只知道这样直愣愣地望着她，从肩膀一路打量到了木棉平坦的小腹上，最后目光怔怔地停留在上头，似乎要在那里戳出个洞来。

木棉又无奈又好笑，伸手拍了下他的额头，出声：“看什么呢！傻啦？

“是……快要高兴傻了。”

林慕安这才如梦初醒般抬起头来，视线盯住她，缓缓绽放出一个笑，他嘴角弧度越来越大，直至最后高高翘起，再也控制不住。

“我真的高兴得都快要疯了，甚至觉得这一刻有点不真实。”他小心翼翼地上前抱住了木棉，腾出一只手，慢慢放在她肚子上，仿佛里头藏着珍宝，郑重谨慎地摸了摸。

“这是属于我们两个人的孩子。”他眼睛有一刻的濡湿，又很快平复下来，紧紧搂住了木棉，往怀里收拢。

“谢谢你。”

没有人知道他对“家”有多么渴望。

自小孤寂冷僻地长大，在漫长的过程中，陪伴他的只有无尽的黑暗和孤独。

曾经短暂的一段家庭健全的孩童时光，如同虚幻梦境，永远地被封存在大脑记忆里。

而现在，她不但给了他一个心灵归处，还给了他一个完整的家。

林慕安把脸压在她颈窝里，声音带颤。

“棉棉，我一定会做个好爸爸，会一直在宝宝身边，陪伴着宝宝健康长大。我也会对你好，很好很好……”他有些语无伦次，到后来，千言万语只化为一句话，在心口处反复辗转，在嘴中一遍遍重复——

“我们一家人，永远不分开。”

……

医院最终结果出来之后，木棉如实向张教授报备了。张教授有些复杂地盯着她，叹了口气，随后语重心长地开口：“那这段时间就先给师兄们打打下手吧，等生完小孩，再给你独立安排项目。”说完，他又是郑重地嘱咐，“好好注意休息，生个健康的宝宝。”

木棉十分感激地冲他点点头，语气郑重：“我会的！谢谢教授！”

自木棉怀孕之后，林慕安就像是彻底换了个人，家里有棱角的家具全部被他包上了，每天叮嘱着她吃水果，不准经常玩手机，不准熬夜，不能晚睡。

还在网上查了什么孕妇食谱，开始学着做菜。

更加可怕的是，以前从来不爱运动的人，现在每天要拉着她出去散步。

有时候木棉犯懒，死都不肯出门时，林慕安就半拖半抱着她，像哄小孩似的带着她出门。

木棉被他惯得脾气也越来越大，尤其是到后面开始孕吐食欲不振时，总是三更半夜的要吃这个吃那个。

林慕安每每从梦里被吵醒也丝毫没有脾气，立刻穿上衣服任劳任怨地满大街给她买。

有时候木棉又会突然良心发现，轻声软语地向他道着歉，乖巧一段时间，但过不了多久，又会变回原样，那段日子林慕安被她折磨得瘦了一大圈。

连赵萱都看不过去了，忍不住责备了木棉几次。

木棉怀孕这件事情并没有瞒着父母，赵萱当时嘴上没说什么，却是立刻买了机票过来看她。

想着两个年轻人没有经验，原本赵萱是打算休假一段时间照顾木棉的，但见了林慕安那个样子，又放下心来，对他的态度也缓和不少。

两人的关系就这样融洽了下来。

后面月份大了的时候，木棉倒是很少会吐，也吃得多了，只是经常半夜腿会抽筋，而且还浮肿。

于是，林慕安又开始学习按摩技巧，每天帮她揉着腿疏通血液。

夏去春来，折磨了两人十个月的宝贝，终于出生了。

可能是知道爸爸在他到来过程中的辛苦，也可能是因为木棉工作繁忙，林小宝格外喜欢黏着林慕安，吃饭睡觉都是要爸爸，只有饿了要喝奶时，才会想起他那个妈。

林小宝一天天长大，容貌像极了爸爸，五官小巧又精致，白嫩的脸就像是刚剥壳的鸡蛋，软绵绵的，又光滑细腻，让人爱不释手。

尤其是每次他迈着小短腿在房间里跑来跑去时，木棉总是控制不住地把他抱到怀里一个劲地亲，嘴里嚷嚷着我的小心肝，小宝贝。

林慕安气不过了，夜里压着她一个劲地质问：“到底谁才是你的小心肝、小宝贝！”

木棉被他问得意识涣散，嘴里一个劲地求道：“你你你，是你，都是你……”

“那叫一声听听？”

“小心肝……小宝贝……”

林慕安勉强满意了，逼着木棉叫了他一整晚。

林小宝断奶之后，木棉就投入了工作。林慕安担起了照顾宝宝的责任，很奇怪的是，以前生活都不能自理的人，当了爸爸反而像换了一个人，竟然能把林小宝照顾得无微不至——奶应该怎么泡，一日三餐吃什么，教宝宝说话，带宝宝出门散步……

总之，大大小小的事情，林慕安做得无比细致。

某天，林慕安因为漫画改编成电影的版权问题要出差两天，木棉请假在家带林小宝，难以想象的是，全然乱了手脚。

她最后头疼地看着坐在地板上大哭不已的林小宝，拿出手机向林慕安求助。

听木棉说完，林慕安在那头有条不紊地指挥着她泡奶粉，叫她以什么样的姿势将林小宝抱到怀里。

果然，不多时，那个小团子立刻止住了哭声，两只手抱着奶瓶津津有味地吸着，白嫩圆鼓的脸颊一动一动，乌黑的眸子湿漉漉的，眼睛还泛着红。

乖巧得让人生怜，和之前那个哭闹不止的混世大魔王简直判若两人。

林慕安发了视频过来，木棉把手机放在茶几上，开电视，让她和孩子的身影尽数出现在屏幕中。

林慕安看着两人，神色无比温软，眼里柔得仿佛能掐出水来。

“他不哭了？”

“嗯。”木棉低头看了怀里的小团子一眼，宝宝正睁大眼睛盯着电视里的那两只熊，看得津津有味。

木棉埋怨地瞪着林慕安，轻嗔：“一看电视就不哭了，都是你给惯的。”

“这两天辛苦你了，我订了明天的机票。”林慕安在那头轻轻笑出声，嘴角上扬，眼睛微微弯起，白皙精致的面容让人移不开眼。

即使已为人父，林慕安依旧还是当时模样。

在他身上看不出一丝岁月留下的痕迹，一如木棉最开始认识的那个少年。

那个时候的他，总爱穿着一身蓝白校服，双手漠然地插在兜里，单肩背着书包，身形单薄，神色寡淡冷峭。

让人惊艳痴迷，又让人不敢接近。

而现在，他正对她笑得温软又柔和。

眼尾微翘，像月牙般弯起，眸光潋滟，仿佛盛着一片星光，让人情不自禁地想要沦陷下去。

木棉忍不住露出笑意，轻轻地点头：

“好，我们等你回家。”

番外

在见到你第一眼时就紧紧抓住你不放

Piaoliang de Ta Bushuohua

江城一中。

早上七点，木棉来到教室，拿出书本开始复习，嘴里小声地背着单词。

过去半个小时，学生陆陆续续地进来，交谈声开始充斥在耳边。空气中还有早餐的香味，木棉收起英语课本，拧开桌上的保温杯喝了口水。

她目光习惯性地往门口张望，时间的流逝变得缓慢清晰，似乎过去好久，才看到那个人出现。

他穿着熟悉的蓝白校服，身形清瘦冷峭，脸却好看得惊人，白皙漂亮，充满少年特有的干净，却又过分昳丽。

无论何时何地，一眼落在上面便难以收回。

木棉的心习惯性地怦怦直跳，她仅仅只敢偷看他一眼便飞快地收回目光，掩饰性地再度喝了口水。

课间，木棉被英语老师叫去办公室拿练习资料。她从一楼走上来，到自己班外面的走廊上时，在拐角处猝不及防地撞上了一个人。

满怀的练习册散落一地，稀里哗啦，还有些砸在她手背上，坚硬的书脊砸得她生疼。

木棉抬头刚想说话，在看到面前这个人时顷刻哑然，然后下一秒，脸颊不自觉地烧红，眼神游离。

林慕安就在她身前，漆黑的眸子没有情绪地盯在她身上——确实是看着她的，即便一言不发，她还是第一次在他眼里看到了自己的存在。

她不自觉地蜷缩起放在身侧的手指，口干舌燥，正鼓了天大的勇气想抓住这个罕见的机会，绞尽脑汁地寻个开场白同他搭话时，男生抿了抿唇，淡漠地与她擦肩而过，神情堪称冷冽，漂亮的眸中结了寒霜，连句对不起都没有说。

木棉僵在原地，好一会儿，自嘲地笑了笑，自己蹲下来把练习册一本本地捡起来，拍了拍上面粘上的灰。

想什么呢？

这才是林慕安。

独来独往，沉默孤僻，任何东西都无法被他装进眼里，像是游离在这个世界之外，却又那么高高在上。

木棉只敢默默地注视他、窥探他、仰望他。

夏天快要来了，午后炽烈的太阳挂在头顶，空气里掺了几丝闷热。

学校小超市里，货架上的牛奶是常温的，手触上时依旧冰冰的。

木棉拿起一瓶去结账，付完款走出来，将牛奶插上吸管。

很寻常的味道，比起别的牌子大概甜度更高一点，不算腻。

木棉走回教室的路上就把这一瓶牛奶喝完了，手里晃了晃空荡荡的瓶子，却舍不得扔。

他似乎喜欢吃甜的。

真奇怪，一个男孩子竟然有这个爱好。

木棉胡思乱想着，没注意前面走来的人，等看到林慕安时已经来不及了，他从自己身边越过，眼角余光都没有分出半点。

木棉目送他的背影消失，再看向手里这个牛奶空瓶时，立刻像烫手山芋一样丢进垃圾桶。

也不知道他刚才有没有看到，自己盯着他常喝的这种牛奶发呆。

像个变态。

木棉在心里懊恼地骂了自己一句，低下头加快脚步，飞速地走远了。

学校里的一条林荫道，笔直狭窄，两旁树木过于葱郁，占据了不少空间。

林慕安走在林荫道上，木棉只能看到他穿着校服的身影和后脑勺。

他走得不快，可她怎么样也追不上，在后头徒劳地叫着他的名字都没有任何回应。视若无睹般，冷漠得让人痛觉麻木。

木棉跟着他穿过这条路，走上教学楼，来到曾经同他撞上的走廊，最后顺着楼梯一阶阶往上，看他走上了天台。

光影开始变幻，头上仿佛藏着一个坏了的灯泡，明明灭灭，事物模糊，周遭一切晦暗不清。

下一秒，又变成她在各个场景里，偷偷注视着他的画面。

体育课队伍中，他站在最右边，和木棉之间隔了四五排同学。

她做着操的途中，总是时不时瞥向他。

课堂上，她假装扭头和后座借东西，然后极快又不经意地看向某一处。

食堂排队打饭，他习惯坐在窗边，她刻意挑选他斜对面的座位，在吃饭的间隙，透过人群扫过那抹角落。

她做得自然极了，这两年来日复一日，早就熟能生巧。

每天藏在心底的欣喜和雀跃，少女仿佛揣了只兔子在胸前，偶尔温顺地窝在那儿，偶尔横冲直撞，叫人心慌气短，又紧张兴奋。

即便是暗恋这么苦，在枯燥无味的生活中，她也像是找到了一根彩色糖果，舔一口，就可以快乐一整天。

卑微又苦涩的快乐。

他太难以接近了，隔着无法跨越的空间远远看着他，木棉以为这就是自己的宿命。

从这个梦里醒来时，木棉整个人还沉浸在那种情绪中，心脏像是泡在了酸水里，苦涩发酸，怅然若失。

木棉无声地盯着天花板，睁着眼，脑中还残留着方才一幕幕似是而非的画面。那是她曾经刻骨铭心，却又很久很久未曾想起过，像是上个世纪发生的事情。

眼角不自觉地渗出了泪水，潮湿温润，她惊慌，不由自主地翻了个身，想用手擦去这荒唐的痕迹，却没注意，惊醒了身旁的人。

“怎么了……做噩梦了吗？”他在半梦半醒中本能地向木棉伸出手，把她抱紧在怀里，轻柔地拍着她的背脊，下巴抵在她头顶含混不清地嘟囔着。

“别怕别怕，我在呢……”

他的气息弥漫在空气中，他身上的温度传来，没有任何间隙地包裹住她。眼前的人同刚刚梦中的身影重合在了一起，木棉的眼泪突然开了闸，不受控制地在他胸前痛哭。

林慕安彻底清醒了。

他先反应了两秒，随即感觉到木棉扯着他睡衣的扣子哭得伤心不已，似乎连布料都被浸湿，温热的泪水贴上了肌肤。

林慕安飞快地抬手摁亮灯，暖融融的橘黄灯光充满房间。怀里的人哭声止了一瞬，像从梦魇中脱离了。

她最近瘦了很多，一手便可环住肩膀，单薄的身躯打着战，一下下抽泣，平复着情绪。

林慕安的心疼泛滥开来，连五脏六腑都密密麻麻地泛着疼，只能小心翼翼地安抚她，放软了口气哄着。

“怎么了？是不是哪里不舒服？宝宝又闹你了？”

木棉最近处于孕中期，大概是激素原因，整个人情绪起伏比较大，而且和怀林小宝时不太一样，多了很多症状。

前两个月基本吃什么吐什么，以肉眼可见消瘦下去。

这段时间好了一点，但心情似乎出现了点问题。

林慕安摸不准她深夜莫名哭泣的原因，轻声细语地安抚好一会儿。窝在他身前的人像是恢复了正常，然后突然伸手在他胸口砸了一拳。

说不重又有点痛，裹挟着泄愤的力道，林慕安哭笑不得，盯着那双还泛红的眼睛。

“我哪里惹你了？”

凌晨两三点，夜深得静悄悄，房间透着安谧温柔的光，窗外树影都止住簌簌，只剩两个人靠在一起喁喁细语。

木棉吸了下鼻子，还是很委屈：“你就惹我了。”

“嗯？”他好脾气地纵容，让她继续谴责。

“你都不知道你有多讨厌。”木棉想起梦里那些事情，就恨不得想要打他一顿。

“从来不跟别人说话，一脸高冷谁也不搭理，老师让学习委员收作业本，你都无视她；在走廊撞到人了，也没一句对不起……”

她像一下被打开了开关，顿时倾吐出他无数的罪行。

林慕安反应了好一会儿，才想起来那个学习委员就是她。

不过，他倒是不记得在走廊撞到过她了。

或许有，他也完全不记得。

事情是从那顿早餐开始失控的，在此之前，他的脑中没有装下过任何存在。

林慕安忍俊不禁，对着迟来多年的控诉，一一认下。

“是我错了，当时不该不理你。如果早知道有今天，我一定在见到你的第一眼时就紧紧抓住你不放。”

“才怪。”木棉嘟囔，不想去解释里头的曲折，却奇异地轻易被他这番话安抚治愈。

“算了。”她宽宏大量，扬起脸望着眼前人，勉勉强强的口气，“我就勉为其难原谅你吧。”

“好的，那我真是太感谢了。”

“哼。”她的声音带着鼻音，黏黏糊糊的，毫无威力。

林慕安笑着，眼里盛了光，这么多年仍然未变，依旧俊朗得像个少年。

“可以继续睡觉了吗？棉棉，天都快亮了。再过几小时，那个小魔王就要起床叫妈妈一起玩耍了。”

五六岁的林小宝已经不是当初的宝贝了。

每天精力充沛得满屋子抄家，人憎狗嫌的年纪，令人又爱又恨。

木棉闻言哀号一声，当即一头撞进他胸膛。

图书在版编目（CIP）数据

漂亮的他不说话 / 江小绿著. -- 南昌 : 百花洲文艺出版社, 2020.6
ISBN 978-7-5500-3728-1

Ⅰ. ①漂… Ⅱ. ①江… Ⅲ. ①长篇小说 - 中国 - 当代 Ⅳ. ①I247.5

中国版本图书馆CIP数据核字(2020)第078994号

漂亮的他不说话

江小绿 著

责任编辑 余丽丽
特约编辑 欧雅婷
装帧设计 Insect Cain酱
特约绘制 王点点
出 版 者 百花洲文艺出版社
社 址 江西省南昌市红谷滩世贸路898号博能中心A座20楼 邮编：330038
电 话 0791-86895108（发行热线） 0791-86894790（编辑热线）
网 址 http://www.bhzwy.com
E-mail bhzwy0791@163.com
经 销 全国新华书店
印 刷 长沙鸿发印务实业有限公司
开 本 880mm×1230mm 1/32
印 张 10.125
字 数 363千字
版 次 2020年7月第1版
印 次 2020年7月第1次印刷
书 号 ISBN 978-7-5500-3728-1
定 价 39.80元

赣版权登字：05-2020-57